COLLECTION FOLIO

Bernard Chapuis

Le rêve entouré d'eau

Gallimard

Ayant débuté à *Combat* et à *Elle*, Bernard Chapuis a été responsable des Informations générales au *Quotidien de Paris*, billetiste au *Monde*, collaborateur au *Canard enchaîné*, chroniqueur de télévision au *Nouvel Observateur*, rédacteur en chef à *L'Événement du jeudi* et directeur du magazine *Vogue-Hommes*. Il collabore actuellement à la rubrique Livres de *Madame Figaro*. *Le rêve entouré d'eau* est son sixième roman.

À Dame Yo

Or, continua Aramis en prenant sur son fauteuil la même pose gracieuse que s'il eût été dans une ruelle et en examinant avec complaisance sa main blanche et potelée comme une main de femme, qu'il tenait en l'air pour en faire descendre le sang, or, comme vous l'avez entendu [...].

ALEXANDRE DUMAS
Les Trois Mousquetaires, chap. XXVI

I

LA SELLE
DE L'ALLEMAND
DU BRAHMAPOUTRE

— Ça va, Bichot ?

Le capitaine l'avait accueilli alors qu'il posait avec précaution le pied sur le pont. La navette roulait sur les clapots et venait heurter les pneus du ponton dans un grincement de haussières. Pour se rendre à bord, il fallait attendre le moment où, après s'être affalée dans le creux d'un remous, la grosse embarcation remontait tout droit à hauteur du quai, puis franchir sans hésiter l'espace obscur au fond duquel écumait un bouillon coléreux tandis que le capitaine vous empoignait fermement le bras.

— Ça va, capitaine, et vous ?

C'était classique, le capitaine avait déjà salué cent fois le petit homme un peu rond, chaussé de Dockside et de chaussettes de couleur, en veste de tweed, chemise de chasse et cravate tricotée, enveloppé hiver comme été dans un imperméable mastic à boutonnage droit, toujours équipé d'un sac à dos. Il y avait pas mal d'années déjà qu'un soir, après avoir amarré la navette au débarcadère du Ferret, il l'avait invité à boire un verre à L'Escale.

Le capitaine était bref et compact, agile et nerveux. De minuscules yeux noirs brillaient sous la visière d'une casquette de drap qui avait parcouru un tour de globe entre Arcachon et le Cap-Ferret. Tout au plus avait-il fréquenté d'autres horizons lorsque, jeune inscrit maritime, il avait accompli son temps comme gabier à bord de l'escorteur d'escadre *Tartu*, et c'était là une des rares confidences qui lui avaient échappé au cours de ces verres bus ensemble à L'Escale. La première fois, il avait d'emblée demandé son nom à son invité.

— Mon nom est Bichot, François Bichot, avait répondu ce dernier d'une voix calme et chantante, sans se faire prier.

— Et votre métier, si je puis ?

— Je, herm, travaille dans un cabinet juridique.

— Ah, vous êtes juriste.

— Non, une sorte d'archiviste, de documentaliste, je m'occupe, par exemple, des documents et des, herm, communiqués émanant de ce cabinet.

— Ah, la communication ! s'exclama le capitaine. Pourtant on ne dirait pas que vous êtes un bavard.

— Oh, je suis liant, je crois, mais assez réservé, sans doute, avait-il nuancé en considérant le capitaine, par-dessus ses lunettes.

Puis il avait choqué le verre du capitaine.

— Et vous, comment vous appelle-t-on ?

— Capitaine.

— J'ai bien compris, mais, votre nom de famille ?

— Capitaine, je m'appelle Laurent Capitaine.

Par la suite, le capitaine Capitaine et son passager Bichot avaient assez souvent trinqué à la terrasse ou au bar de L'Escale quand c'était l'hiver.

Ils ne s'étaient pas dit grand-chose de plus qu'à leur première rencontre. Par exemple, rien n'avait filtré sur ce que pouvaient être leurs vies en dehors des quelques moments où ils étaient ensemble à bord de la navette, l'un à la barre, l'autre assis sur une banquette, lisant à côté de son sac à dos. Pourtant, quand ils étaient attablés à L'Escale, si différents d'aspect, échangeant des silences et des bouts de mots, on aurait pu penser qu'ils avaient appris à lire dans la même école. Chacun payait à son tour et sans jamais se tromper de tour même si des mois s'étaient écoulés.

Ce soir-là, on était en août, période creuse pour leurs échanges : il y avait beaucoup de monde à bord et quand la navette toucha le quai du Grand-Piquey, chacun était attendu ailleurs, le capitaine et son passager privé rataient L'Escale. Coincé entre le bord de la banquette et une rangée de vacanciers, accompagnant du buste les coups de roulis, Bichot avait tiré un livre de poche de son sac, calé entre les jambes. Il levait de temps à autre le nez des pages pour jeter, par-dessus ses lunettes, un regard arrondi sur les péripéties nautiques du bassin dont les eaux, illuminées par un début de couchant, frisaient sous les rafales de vent tiède. Le capitaine, qui avait été frappé, le matin même, à l'écoute des informations, par la coïncidence entre le dérèglement du climat et celui des finances internationales, ces histoires de « subprimes », qui flottaient soudain dans l'air de l'été, avait plusieurs fois tendu le cou en direction de son ami passager, en quête d'un échange avisé. Mais ce dernier se déroba à toute tentative de conversation, même laconique, obstinément absorbé par sa lecture. Il se sentit d'ailleurs assez piteux de cette dérobade et constata, surpris, que dans une relation aussi ténue que la leur pouvait survenir une sorte de petite crise. La navette avait traversé la moitié du bassin et cinglait comme une diligence agitée par les cahots vers la jetée du Grand-Piquey, qu'on commençait à deviner à contre-jour en s'aidant d'une main en visière. Le passager à l'imperméable, après avoir vérifié que le capitaine était occupé à la navigation, interrompit sa lecture pour scruter au loin, en direction du nord-ouest. Il ne discernait pas grand-chose, par-delà les étendues de pieux de bois noirci qui colonisaient par champs entiers les eaux du bassin : il s'efforçait de deviner le point éloigné où se trouvait la maison qui allait l'accueillir et il ne pouvait qu'imaginer des voix, du vin, de la cuisine en plein air, une plage où des garçons et des filles jouaient au foot. À la fin, les hautes balustrades de la jetée du Grand-Piquey surgirent quasi à l'improviste.

Il sortit de la navette le dernier pour que le capitaine ait le temps de le saluer.

— Allez, Bichot !

Parvenu en haut de l'escalier de ciment qui menait à la jetée, il se retourna et cria en direction du capitaine :

— Salut, Capitaine !

Le capitaine ne se retourna pas. Peut-être n'avait-il pas entendu ?

Bichot ajusta les sangles de son sac, s'engagea sur le plancher de la longue promenade suspendue, perchée sur ses pylônes de béton au-dessus d'une eau sableuse. Il était incommodé par les bruits de mastication caoutchouteuse de ses semelles sur les planches humides du ponton. Tout au bout, France l'attendait devant la vieille petite Virga bleue, offerte autrefois par son mari. Parvenu à sa hauteur, il respira le parfum de terre humide et de goudron, et leva les yeux vers un chapelet de nuages pâles qui fuyaient comme des voleurs, à basse altitude, dans un ciel rincé.

— Oui, il a bien plu ici, il y a à peine un quart d'heure, dit France, qui avait interprété son regard.

France Domot, une grande fille coiffée en plumeau avec des muscles tout en rondeurs, qui bavardait avec bonne humeur :

— La Terre se réchauffe peut-être, François, mais l'air est frais. Ici, c'est la capitale du rhume.

Il aimait qu'elle vienne le chercher car elle obéissait à ses pointilleux critères de bonne conduite routière. Il s'excusa à mesure de cette estime, en la bombardant de protestations et de courbettes verbales qu'elle interrompait en contre par des roucoulades. Dans la Virga, il avait installé soigneusement son sac à l'arrière et bouclé sa ceinture, en regardant la main de France tourner la clé de contact.

— Comprenez, François, depuis qu'on se connaît ! Vous n'allez pas vous excuser chaque fois que je viens vous chercher.

La voiture démarra. Promesse faite, il profita du bonheur d'être conduit par cette femme qui, selon lui, possédait le « tact routier ». Les quinze kilomètres qui les séparaient des maisons de Sébastien Canit et de Talbeau étaient limités à quarante-cinq. Dans la limite de ces quarante-cinq, tout en bavardant agréablement, France pratiquait une « conduite chauffeur » que François Bichot goûtait comme un trio de Debussy. D'après lui, cette vitesse de quarante-cinq, imposée sur une route d'intérêt local, aurait largement mérité d'être proclamée Vitesse Universelle par le jury du patrimoine mondial de l'Unesco ou tout autre organisme concerné. Limiter l'ensemble des routes de la Planète à quarante-cinq, c'était changer en bien la face du monde. Il ne s'était pas privé de défendre ce point de vue alentour et Sébastien Canit, vers lequel il roulait alors si douillettement, avait fait le malin : « Et il va falloir mettre au point des avions qui volent à quarante-cinq à l'heure, autrement ils seront trop en avance, non ? » En pensant à la joie d'être conduit par France, il fut saisi d'un accès de reconnaissance et se confondit à nouveau en remerciements. Elle roucoula et impulsa à la Virga une soudaine petite accélération d'un demi-kilomètre à l'heure, doucement perceptible à l'intérieur de l'habitacle. La Virga était si peu menaçante qu'à son approche des écureuils traversèrent, les mains dans les poches, la mince vicinale à deux voies sinuant en montagnes russes entre les bois de pins. Bichot considéra distraitement les petits rouquins, depuis longtemps aussi communs que les rats, les chats errants et les mouettes qui récupéraient tout aux quatre coins du cap. Respirant par la vitre baissée, bercé par le chuintement mouillé des pneus sur le bitume, il regardait dans l'air du soir les remorques à bateau rangées le long des petites villas aux noms bavards et le désordre moderne des bourgades littorales et plaisancières qui avaient prospéré à partir des quartiers huîtriers, demeurés jalousement intacts.

Il pensa à Aramis, qu'il avait confié à Paris aux visites quotidiennes de Valentine Florent, sa voisine du dessous, aux empilements de sacs de granulés minceur et de litière. Comment allait Aramis ? Au retour, Valentine remettait à Bichot un animal à belle fourrure, passablement arrondi par deux semaines de doubles rations de granulés.

Il vagabonda en esprit jusqu'à la rue, l'immeuble, le cinquième face, le bureau, le téléphone et le chéquier qu'il avait empoignés avant son départ d'une main décidée avec les dossiers impôts, Sécurité sociale, assurances complémentaires, loyer, banque, et réglé des obligations jusque-là cent fois repoussées. Il avait appelé à la rescousse la formule du maréchal Leclerc : « Les jours les plus sombres sont des veilles de victoire. » Sa victoire était ce bonheur soudain, facile et attendu, éprouvé, tête tournée vers la fenêtre ouverte de la voiture, tandis que France lui donnait des nouvelles de Florence, sa cadette, qui venait de mettre au monde, à dix-huit ans, une fille, à peine quatre mois après son mariage avec Yannick.

— Un bébé, à dix-huit ans, et Yannick n'a pas de situation.

— Quel âge a-t-il, déjà, Yannick ?

— Dix-neuf, vous pensez !

— Et ils voulaient un enfant tout de suite ?

Bichot perçut aussitôt que sa question datait du temps des bouillies et des couches à l'ancienne, mais France ne parut pas s'en apercevoir :

— Ils sont ravis, ils jouent à la poupée. Tout de même, comme ma tante Martine disait de son gendre après qu'il avait fait un enfant à Ida, ma cousine germaine, qui elle aussi avait dix-huit ans : « Il aurait pu arroser le persil. » Et avec la capote et la pilule, aujourd'hui, il n'y a même plus besoin d'arroser le persil, pas vrai, monsieur François ?

Il se recroquevilla en pouffant et en se tortillant sur son siège. Une pensée éveilla sa culpabilité toujours disponible : jamais, depuis qu'elle venait le chercher, il n'avait pensé à offrir à France le moindre présent. Seulement des caresses verbales, sauf, une fois, des chocolats. Pris de remords, il saisit en pensée son portefeuille dans la poche revolver, en tira un éventail de billets neufs, mais recula devant un geste aussi bas. Alors, il ouvrit en grand sa générosité et songea à la manière de lui envoyer la clef d'une Virga neuve, aussi anonymement que possible. Cette belle image de lui-même l'endormit et il rêva.

— Réveillez-vous, François, vous êtes arrivé !

Il se réveillait habituellement seul. Il entendit avec plaisir la voix rieuse de France lui faisant remarquer qu'il avait ronflé. Il découvrait dans le crépuscule la menue place entourée de maisons de bois, où sommeillait un parking à quinze places, face au hangar pointu et aux engins de levage du mareyeur Quentin. Déséquilibré par un vent tiède qui sentait la mer, il demanda à France, qui l'aidait à passer les bretelles de son sac :

— Vous ne venez pas ?

— Non, on m'attend. Et ils vous attendent. Allez !

Il boutonna le col de son imperméable.

— Vraiment pas ?

Elle fit non de la tête.

Alors il s'engagea, sac au dos, sur le chemin de sable, chevronné par les pneus d'engins, qui descendait vers la plage. Il marcha le long des grèves en direction du jour finissant et sentit croître, porté par le vent, le murmure d'une conversation. Le sable sec alourdissait son pas et, content de produire cet effort familier, il déboula au cœur de la scène anticipée plus tôt à bord de la navette : sous un soir lumineux, des garçons et des filles jouaient au foot à grands cris sur le sable où couraient des bandes de chiens excités et où les vagues mouraient au bord d'un cirque de maisons de bois aux fenêtres éclairées. Les plus anciennes dataient de l'époque de la guerre de 1870 et les plus récentes, quoique d'allure « tutti frutti », méritaient d'être qualifiées de « modernes ». Cet ancien et ce nouveau se confondaient et marinaient dans les vents de mer et dans une durée où la pêche, la chasse, la braconne déterminaient, dans la suite des jours, ce point de la planète où l'on touchait le reste du monde du bout des doigts. C'est là que Bichot rêvait d'être un jour assez riche pour acquérir une masure où vivre de rien. En accomplissant les dernières enjambées, il parvint à hauteur d'une terrasse de rondins où, sous la lueur jaune d'une lampe accrochée à une branche d'arbre, des convives étaient attablés devant les reliefs d'une salade de coques et un enchevêtrement de bouteilles et d'écorces de pin remplies de sable où l'on étouffait les chicots de cigarettes. Canit tournait le dos à Bichot qui posa les mains sur son encolure. Au même moment, Marie-Conté, une châtain clair, avait demandé à Canit :

— Et la guerre, elle est arrivée jusqu'ici ?

Canit saisit les mains de Bichot posées sur ses épaules et tourna la tête vers le nouveau venu. Il tira une chaise et poussa une assiette de coques devant le visiteur qui avait posé son sac et soigneusement plié son imperméable au pied d'un vernis du Japon. Sur la plage, éclairée par des torches à pétrole montées sur des bambous, le foot avait fait place au volley à la demande des filles auxquelles Canit demanda de faire moins de bruit pour répondre à Marie-Conté :

— À ton avis ? Les bunkers de l'océan n'ont tout de même pas été installés ici par les créatifs locaux.

C'était en effet la guerre — quoi d'autre ? — qui avait laissé ces bunkers dont les casemates massives déboulaient lentement cul par-dessus tête sur les dunes au gré des vents. L'artillerie côtière des Allemands y avait attendu les escadres de débarquement alliées comme le lieutenant Drogo avait guetté les Tartares aux glacis de son fort. La garnison des soldats de Buzzati avait certes plus d'attrait que les troupiers bavarois et wurtembergeois qui vivaient au rythme des exercices sur la plage, de la gamelle et de l'extinction des feux.

— J'avais sept ans, dit Sébastien Canit. Le béton des Allemands était alors bien rangé, à l'état militaire. Dès que les parents avaient le dos tourné, on allait y traîner à bicyclette. Les sentinelles laissaient souvent passer les enfants au-delà de la zone autorisée aux adultes. Nous pouvions voir d'assez près les canons pointés vers la mer et observer tout un monde vert-de-gris qui s'entraînait à la guerre de siège côté défense. Nous attendions, hostiles, apeurés et fascinés, qu'un officier botté vienne pointer sa grande casquette de vainqueur, mais nos plus hauts gradés étaient des caporaux rougeauds coiffés du calot de service. Il y avait des horloges de gare un peu partout, jamais en panne et, pour ceux qui en possédaient, nous réglions nos montres à l'heure infaillible de l'occupant. Toute leur vie était axée vers le large, et on sentait qu'ils n'avaient pas envie d'être dérangés. Un jour de l'été 44, un Focke-Wulf, d'après les spécialistes, est allé s'écraser sur la dune du Pilat. Par la suite, on l'a cherché en vain, on croyait avoir rêvé, et puis, il y a vingt ans, le vent a mis à nu la carcasse de l'avion avec le pilote à l'intérieur…

— Cette histoire, tout le monde la connaît, dit Marie-Conté. Tu n'aurais pas une histoire à toi ?

— Si. Vous voyez la plage devant nous ? Imaginez-la un matin d'avril, piquant et ensoleillé. Je me tenais debout devant cette maison après avoir bu mon café au lait, avant de partir pour l'école. Dans la cuisine, j'entendais ma mère s'affairer. Tout à coup un bruit de galop. En pleine lumière, surgissant du bois de la colline des Jacquets, une escouade de cavaliers. À mesure qu'ils approchaient, je vis qu'ils portaient des turbans et mordaient leur cravache entre leur barbe et leurs moustaches en cornes de bouc. On devinait leur appartenance à l'armée allemande à leurs pantalons feldgrau élimés, en oreilles d'éléphant. Leurs cols et leurs broderies de manches en velours noir étaient cousus de lettres gothiques argentées, comme des larmes sur une tenture de funérailles. C'était la brigade de cavalerie indienne de la SS, qui avait échoué devant l'océan, où elle venait d'être mise au dépôt. Des Aryens à nez d'aigle, à tête de bronze et à œil de charbon. Les réguliers des bunkers avaient repoussé ces romanos vers les zones habitées du cap, en confiant leur entretien aux populations, qui nourrissaient déjà la garnison et les détestèrent immédiatement. Ma mère les appelait les Allemands du Brahmapoutre. Mme Mouliet, notre vieille voisine, disait que, si sa grand-mère avait vu Buffalo Bill au cirque à Paris, elle aurait connu les maharadjahs sur le bassin. Les cavaliers passaient chaque matin à bride abattue et je les regardais d'un air maussade pour bien montrer à ma mère que, comme elle, je trouvais ce spectacle effrayant et dégoûtant. Elle n'aimait pas les soldats.

» Un matin que j'étais à les attendre avec cet air de les détester, ils déboulèrent jusqu'à la maison et l'un d'eux, s'adressant à moi dans un allemand des Allemands et dans un français du Brahmapoutre, se pencha et me saisit sous les bras pour m'asseoir sur le devant de sa selle, dont le pommeau était noué d'un beau tartan de soie usée. Il tenait, entre les dents, une fleur qui m'impatientait la nuque tandis que nous partions au pas, au trot, au galop, puis au triple galop, slalomant entre les coques échouées à marée basse et nous élançant sur les grèves désertes jusqu'à la limite des eaux basses. De ses bras et de ses jambes, il me montrait comment rester en selle et comment accompagner la tête, la croupe et les flancs de cette monture, aussi allègre que son maître. Au retour, je vis de loin ma mère debout près de la maison. Nous avons fait halte devant elle. Le cavalier a saisi la fleur et l'a portée à ma bouche, puis il m'a posé à terre, avec cette fleur entre les dents, a volté en criant joyeusement mon nom et s'est éloigné à toute vitesse, suivi de sa cavalerie. Ma mère avait aussitôt saisi la fleur et l'avait enfoncée dans le sable du bout du pied. Durant les semaines qui ont suivi, chaque matin à la même heure, les cavaliers sortaient du bois au galop en poussant des cris qui ne ressemblaient pas à nos cris à nous, des sortes de miaulements qui allaient avec leur façon de monter comme des chats acrobates. Je me tenais toujours devant la maison et ma mère au carreau de la cuisine. Elle avait échoué à me faire partir une demi-heure plus tôt pour l'école, mais ce qui la perturbait était que le cavalier sache mon nom et que je sache le sien. Chaque matin, il me saluait : « Bonjou, Sibastien », et moi je répondais d'un ton sévère : « Bonjour, Mohammed Khan. » Et puis un jour il est passé devant moi sans me saluer et, par la suite, nous n'avons plus jamais vu les cavaliers.

— Je me demande d'où ils pouvaient venir, ceux-là, demanda Armand Cézat. Pourquoi des SS indiens ? Pour les charges à l'arme blanche contre la flotte alliée au cas où elle débarquerait là ?

— Je n'en sais rien. J'ai vu que c'étaient des SS à leurs parements d'argent sur fond noir, à leurs têtes de clou sur le col. Je savais ce qu'était un SS. Tous les enfants savaient ce qu'était un SS : dans les familles collabos, ils servaient de père Fouettard et dans les autres, de mauvais exemple. Mais ceux du cap étaient inattendus.

Il y eut un bref silence, puis la voix de Bichot, qui venait de vider son assiette de salade de coques et d'avaler une gorgée de vin, s'éleva légèrement :

— C'étaient des musulmans de l'Inde du Raj. Comme les hindous, ils n'aimaient pas les Anglais et avaient de la sympathie pour les nazis. Si le petit Sébastien Canit a pu croiser Mohammed Khan sur cette plage, il y a soixante-quatre ans, c'est qu'un leader indien antianglais du nom de Chandra Bose quitta un jour l'Inde pour Singapour à bord d'un sous-marin japonais. En ce lieu, il recruta parmi les prisonniers indiens de l'armée anglaise vaincue. Comment arrivèrent-ils en Europe, je n'en sais rien, mais il a dû y avoir pas mal d'escales. Chandra Bose eut moins de difficulté à acheminer le reste de sa brigade, recruté en Cyrénaïque parmi les prisonniers de Rommel. Et c'est ainsi que l'on retrouve la « Free Indian Legion » dans la région de Bordeaux, dès 1943. Début août 44, cette unité fut affectée à la Waffen-SS, ne fut jamais engagée dans un combat et fut dissoute en Allemagne sur ordre de Hitler. Lors de l'effondrement du Reich allemand, il devait y avoir des types errant au milieu des ruines, en manteau de cuir, coiffés de turbans. Ils n'ont pas dû aller loin. Mystère.

Autour de la table, on voulut savoir d'où Bichot tenait tant d'informations.

— Sur un programme de télévision, j'avais repéré un documentaire qui parlait de SS indiens. Cela m'avait semblé étrange, mais j'ai oublié de regarder l'émission. Je me suis dit que j'allais la podcaster, et j'ai encore oublié. J'ai fini par débusquer ces Indiens sur un site du Net, plein de moustachus et de barbus enturbannés, dont le badge était un tigre bondissant sur la mention : « Freies Indien », Inde Libre. On les voyait en manteau de drap kaki, accroupis dans les dunes derrière des canons de 75, on aurait dit des photos prises pour la revue *Signal*. Drôle de site : normal et pervers, ni visages, ni voix, ni signatures et des pseudos — colonel Bobterring ou Charlemagne 47 — qui dialoguaient : « Très intéressant, je n'avais jamais entendu parler d'une telle unité au sein de l'armée allemande », à quoi un sceptique répondait : « Nous sommes à l'âge de bière et l'homme des cavernes rentre chez lui le *soire* », un nazi de sensibilité bavaroise, d'obédience Hofbräuhaus. Et voilà que j'entends Canit parler de Mohammed Khan galopant sur ce sable en poussant des cris de chat.

— Le jour où les Indiens ont déguerpi du cap, reprit Canit, une estafette dont le sabre courbe battait le flanc d'un pur-sang énervé trotta jusqu'à moi, jeta à mes pieds la selle de Mohammed Khan et repartit à bride abattue vers le bois d'où l'on ne verrait plus désormais débouler les Allemands du Brahmapoutre. Ma mère s'est emparée de la selle pour aller la jeter sur un tas de bûches sous l'auvent. Le lendemain, la selle avait disparu.

Elle avait dû la confier à quelqu'un qui l'avait donnée à quelqu'un qui l'avait vendue à quelqu'un qui l'avait vendue plus cher à quelqu'un qui l'avait vendue plus cher encore.

Le « forcené tranquille », c'est ainsi que Talbeau avait un jour appelé Bichot, au grand dam de ce dernier, car le surnom était passé et lui revenait de temps à autre. Il en fut encore affublé ce soir-là quand il refusa de s'associer à un balayage de la plage consistant à aller et venir le long du rivage, avec quelques bouteilles. Il regarda le groupe compact et bavard des balayeurs disparaître dans la nuit et saisit son sac et son imperméable puis se dirigea vers la maisonnette de bois rouge où Talbeau lui réservait ses quartiers.

La maison de Talbeau, qui en avait lui-même planifié les modifications et les ajouts, était composée de trois petites maisons de bois, l'une bleue, les deux autres jaune et rouge, et d'un grand phare carré de dix mètres de côté, peint de gris mat et de blanc, qui couronnait la maison centrale, donnant sur le bassin. Un ponton portait l'ensemble, qui commençait à la lisière de la forêt et finissait au premier sable où l'on descendait par six larges marches de bois. Le ponton était encore mouillé de la pluie du soir et semé de fleurs de glycine dont le parfum humide occupait l'obscurité.

Sous la marquise éclairée par une lumière chuchotante, il tourna le bouton de la porte et pénétra dans la petite maison aux murs de planches peints en blanc mastic. Elle abritait une chambre avec un grand lit haut perché où s'arrondissaient une couette et quatre grands oreillers de coton blanc, une salle de bains et un étroit cabinet. Bichot avait très sommeil et Josy lui tendait les bras. Josy était le nom de son lit, si doux, si vaste, si protecteur, donné en souvenir des bonnes étreintes qu'une opulente infirmière lui avait prodiguées quand il avait été opéré d'une péritonite à dix-sept ans. Par forte chaleur, Josy était fréquemment squatté à l'heure de la sieste car la maison rouge était la plus fraîche. Il défit son sac, se toiletta et suspendit sa chemise à un portemanteau fixé au mur, où des sous-verres de photos en noir et blanc de châteaux d'eau étaient accrochés depuis des années. Sur le mur faisant face, Talbeau changeait régulièrement l'iconographie : Bichot en béret avec lunettes de soleil, souriant sur fond de mer, ou Bichot et Talbeau, ou Talbeau, Canit, Armand et Luca, etc., mais toujours en mer et en noir et blanc.

La photo sélectionnée cette fois par Talbeau avait des années : Armand, Marie-Conté, Éliane et Rose bébé, leur mère Clotilde, Valentine, Luca, Talbeau, Bichot, Canit, il ne manquait que Julien Cézat, qui avait dû prendre la photo, au plus tard fin juin 1996, car, passé cette date, Clotilde et lui étaient morts.

« Talbeau exagère », pensa Bichot. Il n'avait plus la moindre envie de dormir. Il enfila un T-shirt, passa son col roulé, se sentit mieux et sortit. Il alla droit au phare carré dont il ouvrit la porte, traversa le salon-cuisine où une porte vitrée débouchait à nouveau sur le ponton.

À pas mesurés, car le sol était glissant, Bichot

atteignit l'escalier qui menait à la plage, le descendit et, aussitôt, le sable pénétra dans ses Dockside. Il ouvrit son pantalon et se soulagea en respirant profondément, le regard tourné vers une lune pleureuse dans un ciel mouillé. Il alluma une cigarette et entendit s'approcher la rumeur et les piétinements spongieux de la patrouille des balayeurs.

Elle passa à quelques mètres devant lui sans le voir. Encouragé par cet anonymat, il emboîta le pas. On parlait d'objets perdus, dont la selle de l'Allemand du Brahmapoutre avait ravivé le souvenir. Luca se rappelait les figurines en plastique gris à peindre du café Mokarex, Talbeau de son tas de sable chez sa grand-mère, à Vaux-sur-Seine, Armand insistait sur une épée de Touareg dans le Ténéré et Bichot évoquait un *matsu*, un pin du Japon de sa connaissance, et c'est à ce moment-là qu'on s'aperçut de sa présence.

Un pique-nique fut décidé, du côté de l'île aux Oiseaux, au milieu du bassin, avec des huîtres de Quentin, des vins de Talbeau, des saucissons de Canit, à bord des bateaux de Canit et Talbeau. Une jeune femme qu'on voyait pour la première fois, dont on savait qu'elle se prénommait Perle, et que Talbeau se rappelait vaguement avoir invitée, avait embarqué avec empressement sur son bateau, le *Rose*, du nom de la plus jeune fille de Julien Cézat, et, s'installant à ses côtés derrière le tableau de bord, lui avait demandé avec enthousiasme : « Talbeau, dites-moi tû sur ce magnifique bateau », et c'est à ce moment-là que l'on découvrit un petit défaut de prononciation. Talbeau s'exécuta et déclina d'un trait les caractéristiques du *Rose* : « Coque et superstructures en bois d'acajou, 13,50 × 2,20, deux moteurs turbo diesel Volvo de 150 ch, vitesse 38 nœuds, coussins en mousse de tissu Sunbrella gris pâle gansé. » Et comme cette Perle prenait son souffle pour poser beaucoup d'autres questions enthousiastes, Talbeau la stoppa dans son élan : « Voilà, Perle, je vous ai tout dit. » Quant au bateau de Canit, c'était un de ces chalands de travail, dont une étroite cabine surplombe la plateforme, qui pullulent sur le bassin d'Arcachon, d'un gris Marine nationale, et qui, à l'origine, n'avait pas de nom : un chaland, voilà tout. Mais depuis qu'un idiot administratif, selon Canit, avait changé l'appellation « chaland » en « bateau-bac », celui-ci avait baptisé le sien *Nom : Chaland*, peint très visiblement sur la coque.

Une grosse vingtaine de passagers avaient marché jusqu'à ce que l'eau leur arrive à mi-jambes et escaladé lourdement les bastingages du *Rose* et du *Nom : Chaland*, bottés de lourdes cuissardes épaisses comme des pneus, vêtus de cirés, gantés et coiffés de bonnets de laine. Canit, Talbeau et Quentin portaient des casquettes de drap identiques à celle du capitaine Capitaine de la navette, et Bichot arborait un béret de cheminot style *La Bataille du rail*, à la rondeur compacte. Il avait pris place à côté de Talbeau, sur le poste du *Rose*, derrière lequel s'élevait une vaste cabine de bois verni dont les parois étaient entièrement vitrées et où se trouvaient un immense lit blanc, un poêle à bois et un réfrigérateur. De la cabine, s'échappaient régulièrement des rires féminins. Le pont avant était plus dur à cuire, plus buveur, comme l'équipage du chaland, qui faisait route à un quart d'encablure sur la gauche. À peine sorti du chenal de piquets, Talbeau poussa la manette et son carrosse accéléra et leva la proue avec une lourde puissance, et, simultanément, avec la légèreté et l'aisance d'un *motoscafo*, tandis qu'à l'intérieur fusaient des cris de protestation : les verres avaient débordé sur les cirés des buveuses. Bichot se rappelait avoir connu la même impression dans une Rolls-Royce où il avait plusieurs fois voyagé, adolescent : une accélération comparable à celle éprouvée dans un gros-porteur au décollage. Il fallut moins d'un quart d'heure pour parvenir à portée de pierre de l'île aux Oiseaux et Talbeau passa assez brusquement à trois nœuds, provoquant à nouveau les protestations de cabine. Talbeau coupa les moteurs, tandis que le gros *Rose* venait doucement dodeliner à l'approche de l'île, puis il fit jeter l'ancre. Par une manœuvre experte de Canit, le chaland vint mouiller à touche-touche et le pique-nique commença. La lune éclairait les reliefs et la végétation de l'île où pointaient ici et là les arêtes d'une toiture de cabane, de masure, de chaumière, cinq ou six toits pas plus, sous lesquels vivaient parfois d'invisibles personnages. Les buissons, les bruyères et les fleurs sauvages entouraient de petits ruisseaux où les eaux de pluie allaient et venaient vers les eaux de mer, avec leurs insectes, leurs têtards. Là, les oiseaux étaient chez eux et, comme disait Canit, « vivaient en charentaises », faisaient leurs couvées aux meilleurs endroits, même exposés, car les renards ne pouvaient venir à la nage, même par les marées les plus basses. En somme, le combat pour la vie s'exerçait dans les meilleures conditions et le combat contre les hommes n'était pas au programme. L'île ne pouvait devenir ni une marina, ni un centre culturel, ni un jardin paysager, ni un lieu de mémoire, ni une people écologique, ni une chasse, ni même un patrimoine de l'humanité. Un jour, Canit avait dit à l'île : « Toi, tu as de la veine de ne pas être née sur la Côte d'Azur. »

La lune, voilée par de minces nuages, inclinait sa face de satin pâle sur les visages des pique-niqueurs qui s'étaient emparés des huîtres, des saucissons et des bouteilles. Elle leur dessinait des bouches noires et des yeux crevés et se mirait dans la nacre des coquilles. Que voyait-elle ? se demandait Bichot. Sûrement, éclairée par ses rayons, elle voyait sur un pan de mur de la maison rouge la photo qu'y avait accrochée Talbeau et qu'avait prise Julien Cézat, peu avant l'accident du Boeing de la TWA : cette photo prise par un mort, de ses amis, de ses orphelins et de leur mère qui avait disparu avec lui. Éliane, que Talbeau avait appelée princesse de Clèves, et Rose, Françoise Sagan dès l'âge de cinq ans. Armand, sans surnom, ce qui était rare chez Talbeau qui donnait à tous des noms de vie, comme le font les Sioux. Et Valentine : tout le monde avait bien essayé de l'appeler Val. Et tout le monde s'était fait rembarrer : elle n'aimait pas du tout. En ce moment, elle devait dormir. En descendant du bac, Bichot avait trouvé un SMS : « Petit Homme, Aramis n'est pas triste. Val. » Aramis, le chat de

Bichot qu'elle avait en pension à Paris. En constatant qu'elle avait signé « Val », Bichot avait trouvé qu'elle ne manquait pas de culot. En réalité, cela faisait déjà quelque temps que Val faisait un retour. L'initiative était venue de Valentine elle-même. Évidemment, Val était un diminutif assez démodé, mais enfin, c'était plutôt commode. D'ailleurs, une personne l'avait toujours appelée ainsi, c'était Jean-Do, le barman de Chez Huguette, la brasserie en bas de chez eux : « Alors, Val, Perrier citron ou Negroni ? OK, Val, un Negroni. »

Puis la lune détourna son regard de la photo de la maison rouge et Bichot fut tiré de son vagabondage par les conversations qui l'entouraient. Il s'agissait à nouveau des objets perdus, et Bichot sortit tout à fait de sa rêverie en entendant la voix d'Armand prononcer : « Tacouba. » Il le chercha du regard et finit par le trouver, qui le fixait de ses immenses yeux marron sous de grands sourcils arqués, ayant affalé son grand châssis contre le bastingage du *Rose*. Pour Bichot, c'était Quentin Durward. Durward avait-il vingt-cinq ans, comme Armand ? Il se tourna vers Talbeau et demanda :

— Ne trouves-tu pas qu'Armand, c'est Quentin Durward ?

— Oui, les yeux, peut-être, dit Talbeau, en plus grand et en plus mince. Tiens, fais-lui pousser une barbiche et coiffe-le d'un plat à barbe, c'est aussi Don Quichotte.

Armand les regardait, et plus particulièrement Bichot, auquel il répéta, par-dessus le pont du bateau :

— Tacouba !

Une voix demanda :

— Qu'est-ce que c'est « tacouba », une danse brésilienne ?

Armand leva les bras.

— La tacouba, dit-il, est l'épée des guerriers touaregs. Il y a presque trente ans, mon père a accompli dans le désert du Ténéré une méharée au sein d'une caravane en compagnie de son ami François Bichot ici présent.

Bichot détesta cet outing forcé et signala par grimaces son agacement à Armand.

— Le chef de la caravane s'appelait Ahamed et sympathisa avec les voyageurs français. À la fin de la méharée, Ahamed a offert sa tacouba à mon père, ce qui était le plus inouï des cadeaux. Ahamed et mon père échangèrent leurs noms, mais mon père refusa de prendre l'épée que son ami lui tendait : « Je reviendrai la chercher une prochaine fois, disait-il, ainsi nous nous reverrons. — Tu es fou ? avait répondu Ahamed. Quand tu reviendras, tu seras peut-être mort, moi je serai peut-être mort et la tacouba dans une autre main. — Dans ce cas-là, avait dit mon père, cachons-la ici et nous reviendrons la chercher ensemble. » Ici, c'était à Agamgam, dans le massif du Takolokouzet. Ils creusèrent un trou et y enfouirent l'épée recouverte de papier journal et de plastique bulle. J'ai fait raconter cent fois cette histoire à mon père et il avait fini par me promettre de m'emmener au désert. Il est mort avant, sans quoi il l'aurait fait.

— Bichot, pourquoi n'irais-tu pas rechercher

cette épée avec Armand, ce serait une belle histoire, non ? demanda Marie-Conté.

— J'avais vingt ans la dernière fois, dit Bichot, peu enclin aux folies. Je ne les ai plus et, physiquement, c'est très au-dessus de mes moyens.

— Mais tu n'as que quarante-huit ans, François, dit Talbeau à Bichot, outré de cette indiscrétion publique sur son âge. Quarante-huit ans, poursuivait Talbeau, ce n'est plus jeune, mais ce n'est pas vieux, sauf aux yeux des enfants ou dans les métiers de la communication : tu n'es pas concerné.

Et Rose, qui ne craignait jamais de s'exprimer, d'une voix assez moqueuse, dit à Bichot :

— Oui, tu verras quand tu seras jeune, oncle Bichot.

Bichot chercha le regard d'Armand, le trouva, ne le quitta pas. Puis il lui adressa de la main le même genre de petit signe printanier que la Queen Mother faisait en passant en revue les bonnets à poil.

À la faveur de l'obscurité, une odeur dégoûtante se répandit sur tout le bassin. Une odeur capable de réveiller les dormeurs et les dormeuses et qui provenait de l'élevage de poules situé à une dizaine de kilomètres de là, où l'on devait changer les litières des pauvres bêtes.

— Ils changent les culottes des poules, s'écria Rose.

Au même moment, une immense clameur s'éleva, bien au nord de l'île aux Oiseaux. C'étaient les escadrilles des oies bernaches, qui, en raison des désordres climatiques, séjournaient chaque année un peu plus longuement sur le bassin où leur tintamarre, quand il s'élevait apparemment sans raison, couvrait le chant des crapauds dans les terres. On allait repartir.

On ne les avait pas vus s'éclipser, on les vit revenir : cette Perle, invitée de Talbeau, et Luca, qui lui avait fait visiter l'île et qui la tenait par un bras, tandis qu'ils marchaient dans l'eau en direction du *Rose*. Une femme entre deux beautés, avec d'abondants cheveux noirs domestiqués par des peignes sur la tête et tombant sur la nuque, un peu gênée, peut-être, d'avoir à porter ces vêtements en caoutchouc jaune. Luca l'aida adroitement dans la difficile escalade du bateau. Peu après, on appareilla.

Cette fois-ci, Bichot était venu rejoindre Canit sur son chaland. Il s'était installé sur une banquette de bois adossée au kiosque du bateau, dont il sentait le moteur ronronner comme une bonne usine, une embarcation tranquille, puissante, qui attaquait de bonne humeur les ruades clapotantes du bassin, ses coups de nerf, ses courants cornus. Il n'avait pas sommeil, il se sentait invulnérable et n'en laissait rien voir. À l'équerre du pont, Éliane et Rose, les jambes allongées devant elles, le visage fouetté par les cheveux dépassant du bonnet, riant du moteur qui ruait parfois sur un clapot, les filles de Julien Cézat absent depuis dix mille ans, depuis dix minutes. De l'autre côté du pont, Marie-Conté, leur demi-sœur, née du premier mariage de Clotilde. Petite fille, elle avait déjà des cheveux qui lui tombaient jusqu'aux reins. Elle les avait coupés au bas des joues, Bichot trouva que c'était mieux. Elle parlait avec des garçons de sa génération, un peu plus jeunes qu'elle, Marie-Conté avait trente ans, et des types un peu plus âgés tournicotaient dans ses parages. Quand elle regardait à droite, à gauche, le vent découvrait sa nuque, que Bichot voyait pour la première fois : elle avait six ans quand il l'avait connue, avec ses cheveux longs qu'elle coiffait de gestes patients. Oui, ces cheveux plus courts lui allaient bien, le bas de son visage, sa bouche, sa gorge, ses épaules étaient changés.

Elle aperçut son regard et cria vers lui : « François ! » Puis elle reprit sa conversation avec les prétendants et Bichot se remit à vagabonder. C'est le 17 juillet 1996 que Julien et Clotilde Cézat furent éjectés de leur vie. Ce jour-là, le Boeing 747 du vol TWA 800, qui venait de décoller de New York pour Roissy, avait explosé en plein vol après avoir passé Long Island et s'était dispersé dans l'Atlantique par deux cent trente mètres de fond. À l'intérieur, Julien, quarante-trois ans, et Clotilde, quarante ans. À l'extérieur, Marie-Conté, dix-huit ans, Armand, douze ans, Éliane, quatre ans, Rose, un an. Et aussi Talbeau, Canit, Valentine, Luca et Bichot, qui, réunis chez Talbeau deux jours après les funérailles, se demandaient ce qu'ils allaient bien pouvoir faire de ces enfants orphelins jusqu'au cou. Julien n'avait plus ses parents et ni frère ni sœur. Les parents de Clotilde, un vieux monsieur et une vieille dame qui passaient leur retraite au Maroc, s'étaient déplacés pour la messe. Ils avaient déclaré qu'ils n'avaient ni l'âge ni la santé ni les moyens de prendre les enfants en charge et qu'ils étaient disposés à en confier l'autorité légale aux amis des disparus, si la chose était possible. Le lendemain, ils étaient repartis pour Rabat. Bichot revoyait le grand salon de Talbeau où ils étaient vautrés sur les canapés en buvant des whiskys. Canit était vêtu d'un pantalon de velours à grosses côtes noir qui donnait chaud à voir et d'une veste de maquignon en toile noire et il était chaussé de nu-pieds sans chaussettes, dans sa tenue d'ours. Talbeau, méconnaissable et inconscient de l'être, était sanglé dans un prince-de-galles en laine qu'on ne lui avait jamais vu et qu'il ne se décidait pas à déboutonner. Bichot se rappelait son joli petit costume d'été bleu pâle, qu'il n'avait jamais plus remis, jamais jeté et dans lequel, de toute façon, il ne rentrait plus. Luca portait sa veste de jean noir, son T-shirt noir, son interminable jean noir et ses Reebok pointure cinquante. Quant à Valentine, dans son haut à larges bandes mauves et sa jupe de lin gris pâle, elle avait à ce jour à peine blanchi. La beauté de son visage aux yeux bleu sombre était intacte. En fait, celui qui avait le plus changé durant les treize ans qui avaient suivi, c'était lui, Bichot. À trente-six ans, il se revoyait encore joli et appétissant ; depuis, il s'était arrondi et comme il n'était pas très grand… Cependant, il n'avait pas succombé à la tentation de s'habiller jeune, qui menace souvent l'âge poivre et sel. Il avait gardé ses costumes, ses chemises et ses chaussures pour Armand, mais celui-ci, qui mesurait déjà un mètre quatre-vingts à quatorze ans, n'avait pu les porter (pour lui faire plaisir) qu'une saison à peine. Dans ce grand salon-bibliothèque assez lugubre où l'on n'entendait que les glaçons tinter dans les verres, tout s'était décidé quand Valentine, qui n'aimait pas voir traîner les « trophées d'ivrognes », s'était levée, avait saisi la bouteille vide et était revenue de la cuisine avec deux bouteilles neuves. À ce moment-là, Bichot essuyait ses lunettes avec cette cravate de soie rose fuchsia qu'il mettait encore aujourd'hui et Canit s'était adossé à la cheminée de marbre noir à pattes de lion. Valentine s'était assise au bord d'un énorme fauteuil témoignant des goûts cossus de Me Talbeau, le père de Talbeau. Tout le monde attendait qu'elle parle.

— Quoi que nous fassions, le but est de donner à ces enfants un maximum de bienveillance et d'autorité et, comme ce ne sont pas les nôtres, il ne faudra pas en démordre.

Canit était prêt à s'occuper des jeunes Cézat durant toutes les vacances scolaires, se déclarant incompétent, du moins durant les prochaines années, en ce qui concernait les demoiselles Éliane et Rose. Luca était prêt à les sortir et à les accompagner à partir de quinze ans. Il pourrait apprendre la photo à Marie-Conté et Armand ainsi que le bricolage. Talbeau avait alors pris les choses en main.

— Bon, avait-il dit, c'est en train de devenir le congrès des bras cassés, alors voilà ce que je propose. Valentine et moi devenons tuteurs légaux, si, du moins, les parents de Clotilde et la juge des tutelles sont d'accord mais, croyez-moi, le dossier sera bien ficelé. Comme cotuteur, je finance les études des petits Cézat et je les nourris. Valentine les prend chez elle, les éduque, les accompagne.

— Mais c'est beaucoup trop petit chez moi, avait protesté Valentine, je ne peux pas accueillir trois enfants et une jeune fille de dix-huit ans, à cinquante-cinq ans et dans soixante mètres carrés.

Les bras cassés s'étaient rendu compte alors que Talbeau avait effectivement préparé son dossier. Il s'était déjà renseigné sur un appartement de cinq pièces avec deux salles de bains dont le prix, du fait de la crise des années quatre-vingt-dix, était ridicule en regard des moyens de Talbeau.

— Je suis d'accord, avait acquiescé Valentine, mais à condition de ne pas déménager trop loin, je suis habituée à mon quartier.

Ça tombait à pic, c'était à cinq rues de chez elle, au quatrième étage de l'immeuble dont Bichot occupait le cinquième étage. Il avait en effet, signalé la mise en vente de cet appartement à Talbeau, pour information. Mais Valentine ne s'était pas avouée vaincue.

— Entre nos mains, dit-elle, ces enfants sont assez en danger. Je veux bien apprendre la propreté et la politesse, mais je me vois mal m'occuper des devoirs à la maison et des conseils de classe, sans parler des angines et du docteur : nous sommes tous des célibataires et je ne sais pas ce que ça peut donner, des enfants de célibataires.

Talbeau avait tout prévu :

— Tu ne seras pas seule, chère Valentine : Marie-Conté n'a sûrement pas envie d'aller s'installer dans une chambre d'étudiant, ni de retrouver son père absent. Elle adore ses frère et sœurs, et s'en occupera avec toi. Et elle est délicieuse. Et puis, ajouta-t-il, dans ce dispositif, il y a Bichot, l'indispensable homme du cinquième étage, que les enfants connaissent depuis toujours ; crois-moi, il y aura du va-et-vient entre le quatrième et le cinquième.

Ainsi en avait-il été décidé. Canit, déjà, se préparait mentalement aux fonctions de professeur de vacances aux Jacquets : la pêche, l'étude des vents, des marées, des arbres, des animaux, des moteurs, de la navigation, des étoiles, de la cuisine. Et ainsi fut fait, après accord des parents de Clotilde et décision de la juge des tutelles.

En sortant de chez Talbeau, Valentine et Bichot s'étaient arrêtés à un tabac pour jouer au Loto. Bichot, pour conjurer le sort, peut-être, avait mis en chiffres le vol TWA 800. Il avait joué le 8, le 18, le 28, le 38, et le 48, et, comme c'était une grille à sept numéros, il avait au final inscrit le 16 (8 + 8) et le 24 (8 × 3). Valentine lui confia qu'elle avait joué les dates de naissance des enfants. Le mercredi suivant, Bichot gagna huit mille francs. Depuis, il avait toujours joué des 8 ou des combinaisons de 8, sans succès d'ailleurs, mais il s'était obstiné, suivant en cela sa nature de forcené tranquille. Et, cinq ans plus tard, il avait empoché cinq mille euros. De son côté, Valentine avait gagné plusieurs fois toujours avec les dates de naissance. Julien leur portait chance.

Le bateau de Canit avait pris de la vitesse et Bichot referma son ciré. À sa montre, il était un peu plus de quatre heures du matin. Il se rappela le SMS de Valentine et extirpa son téléphone d'une poche du ciré. Il l'appela : parfois, la nuit, elle lisait. Et elle lisait. En décrochant, elle lui demanda :

— Tu ne dors pas ? Où es-tu ?

— Je suis entouré d'eau, sur le bateau de Canit. Figure-toi que j'ai encore gagné soixante-dix euros avec les 8.

— Tu ne vas pas me croire, mais j'ai gagné deux mille.

— Qu'est-ce que tu as joué ? demanda Bichot avec excitation.

Il n'était pas doué pour les chiffres mais il croyait aux nombres.

— Le jour et le mois de naissance des filles, puis deux de tes 8, en multiples : le 16 et le 48.

— Ce n'est pas très fair-play de jouer mes 8.

— Je le fais souvent quand tu as le dos tourné.

— D'accord, mais tu en partages une partie avec moi.

— Pas question, bonne nuit !

Et elle raccrocha.

Il était un peu contrarié. Il décida qu'à son retour à Paris il irait à l'église Saint-Roch déposer un cierge à saint Antoine de Padoue, avec son Jésus dans les bras, et, comme d'habitude, il se dirait que ce Jésus s'appelait François Bichot, un fauché qui avait besoin d'un petit coup de main. Mille euros serait très bien, sept cents euros serait déjà idéal. Comme Bichot, Valentine allait aussi poser des cierges à Saint-Roch devant la statue de saint Antoine. C'était commode, juste en bas des marches de l'église se trouvait le tabac Le Rallye. Ils jouaient au Loto, puis traversaient la rue Saint-Honoré et allaient voir saint Antoine à Saint-Roch. Mais ils s'étaient toujours épargné la gêne et le ridicule d'y aller ensemble, ce n'était pas un travail d'équipe. Valentine, dont le père avait été fusillé par les Allemands parce que juif et résistant, voulait être tranquille pour parler avec saint Antoine, qui n'était tout de même pas de sa paroisse : « S'il vous plaît, bon saint, faites que Dieu ne soit pas trop *flushahlam* avec moi. » Bien qu'ashkénaze, elle estimait que ce « *flushahlam* » (« radin » en séfarade) aurait quelque chose de plus parlant.

Bichot ne bougeait plus de sa position, adossé au kiosque du bateau de Canit, qui se tenait perché derrière lui, sur la passerelle. Le chaland marchait au sud, vers la barre où le bassin s'ouvrait sur l'océan. Bichot regarda autour de lui, les yeux à demi ouverts, puis les ferma tout à fait pour mieux voir encore. Julien Cézat ne fut pas long à rappliquer. C'était chaque fois pareil : dès qu'il y avait du Loto dans l'air, Cézat s'invitait dans ses songes de fortune, surtout quand les gains étaient très élevés, comme dans ce rêve-là : trois millions d'euros. Julien lui demandait les deux tiers du magot. Il apparaissait à Bichot exactement comme dans ce film où Woody Allen voit surgir dans le ciel de New York l'immense visage de sa mère qui lui parle du haut des nuages : « Je suis désolé, disait Cézat d'une voix à demi reconnaissable, je suis désolé, mais vous tous, vous n'imaginez pas à quel point c'est cher, ici. »

Une série de petits chocs brutaux, provoqués par les clapots qui durcissaient à l'approche de la barre du bassin, réveillèrent Bichot et interrompirent son entretien avec le racketteur céleste. Il s'ébroua, se leva et escalada l'échelle du kiosque, où Canit l'invita d'un geste du menton à se servir dans un casier situé derrière le pare-brise et contenant des verres et quelques bouteilles de vin blanc. Devant, c'était toujours la nuit mais, tandis que la lune pâlissait, une lueur de fer-blanc naissait doucement, loin vers l'est, et éclairait l'immense silhouette de Luca, qui les rejoignit dans la baignoire du kiosque. Il se servit un verre de vin. Comme Valentine et Bichot, Luca était un authentique fauché, mais, à la différence des deux premiers, fauchés faute de mieux, lui avait fait un vrai choix, couronné de succès grâce à ses talents conjugués de photographe portraitiste, de plombier, peintre et menuisier, et une spécialisation de *mummy sitter*. Sans trop se forcer, car il était fort beau, il avait plu aux jeunes mères de ses petites amies, effectué des travaux, des réparations et plus encore en raison des affinités. Son caractère débonnaire et sa disponibilité le faisaient apprécier des maris, des enfants et des animaux domestiques, car il aimait promener les chiens et savait emmener les chats chez le vétérinaire. Sa virtuosité culminait avec la photo de famille : une photo en noir et blanc, prise en intérieur, avec des lumières crémeuses et des ombres étalonnées qui n'étaient pas sans rappeler le style des studios Harcourt, qui ont tant fait pour l'image des vedettes de cinéma, mais avec la touche Luca, qui apportait une sensation de jamais-vu. Le rendu final évoquait, sans trop insister, une de ces publicités Ralph Lauren qui avaient conféré à la marque de vêtements cette sorte de légitimité dynastique. Les familles ne boudaient jamais l'onéreux budget consacré à la location d'un matériel de première valeur, et la photo, encadrée et bien exposée à la vue des visiteurs, provoquait souvent de nouvelles commandes. Avec le temps, les filles, les mères et Luca avaient vieilli et la carrière de Luca connaissait moins de temps forts. Mais, à soixante ans, malgré les premiers signes d'arthrose et les trahisons épisodiques de la testostérone dont il lui avait fait récemment la confidence, Luca, aux yeux de Bichot, était toujours actif, comme on dit d'un peintre qu'il a été actif entre telle et telle date, alors que Bichot, qui avait douze ans de moins, ne pensait pas pouvoir en dire autant. La preuve la plus récente en était la promenade que Luca était allé faire sur l'île aux Oiseaux avec cette femme que personne ne connaissait. Une invitée de Talbeau, sans doute rencontrée à l'une de ces grandes soirées mondaines de la rue de Lisbonne, et à laquelle il avait dû laisser son numéro de téléphone avec une arrière-pensée professionnelle. Et qui l'avait appelé avec l'arrière-pensée d'être invitée dans sa maison du cap, dont elle avait beaucoup entendu parler.

Pour ne pas avoir à crier dans le vent, Bichot se dressa sur la pointe des pieds pour atteindre l'oreille de Luca.

— Sais-tu comment s'appelle cette femme avec qui tu te trouvais dans l'île aux Oiseaux ?

Luca se pencha très bas vers la petite oreille de Bichot et de sa voix grave, presque lugubre, avec cet accent italien qui plaît souvent aux Françaises :

— Elle s'appelle Perle Bartheret, le genre de nom auquel on ne s'attend pas, non ?

— Et t'a-t-elle dit ce qu'elle faisait ? demanda Bichot, dont la manie de renifleur était de vouloir connaître l'âge, la profession (et celle des parents) de tous les nouveaux venus ainsi que le nom de la rue où ils habitaient.

— Parce que toi, au cours d'une promenade au clair de lune, illico, tu demandes à la personne ce qu'elle fait dans la vie ?

— Non, évidemment, répondit Bichot en haussant les épaules.

— Mais il y a quelque chose d'amusant chez elle, poursuivit Luca : elle prononce les « ou » comme des « û ». Comme Johnny, qui prononce « amûr ». Bizarrement, ça m'a assez excité. À part ça, pour répondre à ta question, entre une phrase et une autre, elle m'a dit qu'elle travaillait au musée de Versailles. Et, si tu veux mon avis, ce n'est pas elle qui passe la cireuse dans la galerie des Glaces.

Canit ne tenait plus la barre que d'une main et s'était rapproché pour être de la conversation :

— Talbeau pense qu'elle est l'un des conservateurs de Versailles.

— Eh ben voilà, dit Luca, comme ça je n'aurai pas besoin de lui demander.

Ce fut au tour d'Armand, émoustillé, de venir s'incruster dans le kiosque où l'on ne pouvait plus bouger, malgré les protestations de mammifères émises sur la passerelle. Il était aussi grand que Luca et n'eut pas à se pencher pour se faire entendre.

Armand et Marie-Conté venaient de passer un moment avec l'invitée de Talbeau. Sympa. Pas mal. Il y avait quelque chose d'assez amusant : elle ne pouvait pas dire « ou ». Elle disait « û ». À un moment, elle leur avait parlé avec enthousiasme de la maison de Talbeau (où elle logeait dans une chambre du grand phare), dont elle avait inspecté le moindre détail avec la voracité éblouie des chipeurs d'idées et, dans le feu de son admiration et parce qu'elle était pompette, elle avait laissé échapper que Talbeau avait un goût fou, un « gû fû ». Armand et Marie-Conté l'avaient tout de suite appelée Mme Gûfû.

— Si l'un d'entre nous arrive à lui faire dire « goût fou » avant que nous ayons touché terre, il a gagné. Je propose une mise de vingt-cinq euros par tête.

La proposition fut acceptée sans discussion et Armand fit le compte :

— Donc, Canit, Bichot, Luca et moi, nous sommes quatre : s'il y a un gagnant, il empoche soixante-quinze euros en plus de sa mise.

Et, aussitôt, il fit signe à Perle Bartheret, qui s'était levée. Et tandis qu'elle se déplaçait vers eux avec la grâce pataude que lui permettaient son ciré et ses lourdes cuissardes de mareyeur, Luca avait tenu à faire remarquer :

— Soixante-quinze euros, ce n'est tout de même pas le casino de Beyrouth.

Marie-Conté, qui s'était glissée à la suite de

Perle, se tenait au pied du kiosque, tournée vers la passerelle.

— Venez, venez nous rejoindre, Perle, avait dit Sébastien Canit, tandis qu'Armand l'aidait à gravir l'échelle entre deux coups de roulis, et que les occupants du kiosque l'accueillaient en lui tendant un verre de vin.

Elle s'installa entre Canit et Luca. Bichot, l'observant du coin de l'œil, la trouva pas mal. Elle était à la fois effarouchée et ravie parmi la faune du *Rose* et du *Nom : Chaland*, qu'elle semblait découvrir comme une peuplade inconnue. C'était réciproque pour les occupants du kiosque. On sentait bien que, à Paris, elle était une de ces femmes qui ont pris leur vie en main et qui savent donner des ordres, mais ici, au milieu du bassin d'Arcachon, ce n'était pas ça qui comptait. Ce qui comptait, c'était qu'elle excitait Luca et qu'il y avait soixante-quinze euros à gagner sur sa tête. Et aussi cette bizarre façon de parler, très audible, très compréhensible, mais avec une étrange panoplie d'intonations d'origine inconnue et surtout ce « û » dont avaient parlé Luca et Armand, que Canit et Bichot n'avaient pas encore entendu. Armand, revenant à la conversation que Marie-Conté et lui avaient eue avec Perle auparavant, taquina cette dernière sur la décision prise de rendre payante l'entrée du parc de Trianon, décision qu'il estimait particulièrement regrettable :

— Pourquoi, dans ce cas, ne pas faire payer l'entrée du Luxembourg, des Tuileries, du square de la place des Vosges ?

— Et le square Lamartine, tant que vous y êtes, ajouta Luca.

Elle semblait s'amuser beaucoup :

— C'est quand même fû que des gens comme vous ne puissent pas comprendre !

Le bateau se mit à danser, à faire des embardées et à retomber brutalement. Canit cria à tout le monde de s'accrocher et Luca entoura Perle de son bras. On était parvenu très près de la passe agressive qui marque la frontière avec l'océan. Le manège rageur des courants, l'irritation contagieuse des eaux et les scintillantes mâchoires d'écume du rouleau exprimaient la même colère depuis des centaines de siècles. Canit et Talbeau laissèrent venir au plus près, soulevant des protestations apeurées, des cris nerveux et des approbations hésitantes, puis ils bloquèrent à gauche toute, en mettant les gaz. L'océan et ses grognements disparurent en quelques secondes, la dune du Pilat apparut et disparut et la proue des bateaux immobilisée face à l'axe du bassin pointa tout au loin la plage des Jacquets, que Canit et Talbeau étaient encore loin de pouvoir discerner, et où ils allaient, un peu comme les oiseaux savent où ils vont.

Durant la visite au fauve océan, Perle s'était accrochée frénétiquement au bras de Luca, qui en garda des bleus, et, pendant un moment, on ne l'entendit plus parler. Alors qu'on était revenu au calme et que le chaland ronronnait sur les eaux du bassin, tressant régulièrement son sillage à huit nœuds, Canit, servant à Perle un verre mérité, lui demanda :

— Alors, Perle, avez-vous aimé la visite de la barre ?

— J'avais trop peur, répondit-elle, je n'ai pas regardé, je suis désolée, mais vous savez, Sébastien, je n'ai pas un goût fou pour les émotions fortes.

— Pouvez-vous répéter, je ne vous ai pas entendue à cause du vent, lui demanda Canit.

— Je disais que je n'ai pas un goût fou pour les émotions fortes, répondit Perle.

Les parieurs, Canit le premier, furent d'autant plus déçus que, peu après, Perle fit remarquer :

— C'est fû comme l'air est dû, tout à cû.

Luca regarda tour à tour Marie-Conté, Armand, Bichot et Canit, et dit :

— C'est inexplicable.

— Qu'est-ce qui est inexplicable ? demanda Perle.

— Le temps qu'il fait ici cette année en plein mois d'août, enchaîna Bichot, regardez les nuages là-bas, dit-il en pointant le doigt en direction des Jacquets.

À mesure qu'ils approchaient, le vent de nord-nord-ouest, le vent du mauvais temps, qui tournait parfois par caprice, était parfumé de résine, de pain grillé et poussait devant lui des chants d'oiseaux. La flottille amorça un arrondi pour aller chercher l'entrée du chenal, où elle s'engagea à trois nœuds. On voyait une fumée s'élever au-dessus d'un toit, comme une sentinelle signalant le retour aux accueillantes monotonies de la terre ferme. Les nuages gris-violet signalés plus tôt par Luca étaient au rendez-vous. Arrivés de nulle part en rase-mottes, semant une lumière de Golgotha, mate et crépusculaire, ils crevèrent brusquement, libérant des torrents de pluie froide et s'éloignèrent aussitôt, préméditant un autre forfait, tandis que le matin d'été s'éclairait à nouveau.

Comme tous ceux qui n'avaient rien sur la tête, Perle était coiffée en méduse et tremblait de tout son corps.

— La pauvre femme, souffla Canit à Bichot, pour elle c'est Koh-Lanta.

La marée haute permettait d'approcher le rivage, mais il y avait cependant, une fois débarqué, une trentaine de mètres à franchir avec de l'eau jusqu'aux cuisses. Les cuissardes, si l'on était de grande taille ou si l'on ne tombait pas dans un trou où elles s'emplissaient d'un coup de cent litres d'eau, étaient idéales pour aborder à sec. Perle protesta à peine quand Luca la fit asseoir sur le bord du chaland et la porta dans ses bras jusqu'au sable. En quelques instants, les noctambules disparurent comme s'ils n'avaient jamais existé et Bichot reprit conscience du silence. Lors du débarquement, il avait été pénalisé par sa petite taille : l'eau s'était engouffrée dans ses cuissardes et il était mouillé jusqu'à la ceinture. Armand lui avait pourtant proposé de le porter, et maintenant Bichot regrettait d'avoir décliné l'offre.

Marie-Conté l'aida à retirer ses monstrueuses bottes, dont elle bloquait le talon entre ses jambes en le maintenant à deux mains tandis que, de l'autre pied, Bichot la poussait aux fesses. Le ponton était couvert de fleurs arrachées par la petite tornade. Elles étincelaient sous une pellicule d'eau dans la lumière joueuse d'un soleil oblique et neuf. Il s'arrêta pour respirer les bouquets semés par l'averse. Il était trempé et gelé des chaussettes au caleçon, avec ce pantalon mouillé et lourd, par-dessus. C'était un de ces cas où il se parlait à lui-même à la troisième personne : « Ah, non ! un coup de froid au ventre et il va attraper la colique. »

De part et d'autre de la marquise de la maison rouge perlaient des grappes de glycine. En face, la porte de la maison bleue, celle de Luca, était entrouverte. Il passa la tête : la chambre était vide, le lit fait au cordeau comme dans une carrée de cistercien, et Bichot reconnut au pied d'une chaise la paire de Dockside à la spectaculaire pointure, éculées et luisantes, rangées côte à côte comme deux croiseurs de la VIe flotte. Une petite risée sur son pantalon mouillé le chassa vers sa maison où il prit une douche en se shampouinant longuement, se rasa, puis s'étendit sur le lit.

Mais il ne parvint pas à dormir et une odeur de toast et de café l'encouragea à passer un short et une chemise pour aller rejoindre sur le ponton Canit, Armand, Marie-Conté et Talbeau, en proie eux aussi à l'insomnie des noctambules. Ce qui restait d'eux c'était leur silence, qu'ils partageaient doucement comme des bêtes au pré et auquel il s'associa tandis qu'un mince ronflement s'élevait de la chaise longue de Canit. Cette note paisible, loin de les troubler, berçait le calme de ses voisins.

Un peu plus tard, intrigué par des marmonnements s'échappant de Bichot, Talbeau lui demanda à voix basse s'il était en train de dire quelque chose de particulier. Bichot répondit par l'affirmative : il se livrait à des superpositions. On dressa aussitôt l'oreille car les superpositions étaient une de ses spécialités et son entourage en était friand. Il y avait deux sortes de superpositions : les superpositions verticales, qui associaient des temps différents en un même lieu, et les superpositions horizontales, qui associaient des lieux différents en un même temps.

Bichot tira ses exemples de l'actualité : le lieu de la superposition verticale était la crique des Jacquets où ils se trouvaient à ce moment. On pouvait y superposer les maisons et les cabanes de mareyeur qui, de la fin du Second Empire à la guerre de 14, avaient été les premières à coloniser le rivage. Puis d'autres avaient suivi, des villas à belvédère, en bois ou en fer, devant lesquelles les Allemands du Brahmapoutre avaient galopé et où, peu à peu, l'eau courante, l'électricité, la radio, le téléphone, les antennes de télévision et, désormais, les ordinateurs, avaient apporté la modernité sans en bousculer l'éternité.

À titre d'exemple personnel, pris au hasard, mais sans en faire part à ses amis, Bichot inclut dans cette superposition un après-midi de mars où, assis sous l'auvent de la porte du phare, il avait regardé et écouté sans se lasser la pluie tomber et respiré le parfum des pins. Talbeau l'avait trouvé là, emmitouflé dans un plaid comme un oiseau mouillé et lui avait dit : « Toi, tu es un contemplatif, c'est pour ça que tu es lent », et il était vrai que Bichot, qui se sentait lent en tout, aimait bien les superpositions qui permettent des instantanés spectaculaires aux gens les plus lents.

Il ne se fit pas prier pour fournir une superposition, horizontale celle-là, à Marie-Conté et Armand qui en faisaient la demande en se poussant du coude : celle-ci était inspirée, disons, par le thème principal de la nuit précédente. Plusieurs lieux d'objets perdus, qui n'avaient en commun que d'avoir été évoqués au même moment, pouvaient être ainsi réunis dans cet instant : la selle du cavalier indien — qui figurait sans doute aujourd'hui dans une riche collection, en France, en Europe, en Amérique ? —, la tacouba du guerrier touareg, enterrée dans un massif du désert du Ténéré, et le matsu, l'objet perdu de Bichot, quelque part au Japon.

— Qu'est-ce que c'est qu'un matsou ? demanda Canit, qui s'était réveillé.

— Un pin maritime, comme on en voit sur les estampes, les paravents, les scènes de théâtre nô, répondit Bichot, ça s'écrit matsu et ça se prononce matsou.

— Ah, le matsou ! Cela ferait un bon matsû pour Mme Bartheret, dit Armand.

Marie-Conté se leva. Elle avait sommeil. Vingt minutes de marche la séparaient encore de La Belle de la Nuit, où elle habitait avec ses frère et sœurs. Une brise nerveuse s'était levée et faisait chanter les haubans des bateaux tirant sur leurs corps-morts, des hirondelles poussaient leurs trilles d'acrobates en effectuant des rase-mottes. Bichot enferma aussitôt Marie-Conté, le vent dans les haubans et les hirondelles dans une superposition verticale, comme un de ces coffres dont on fait sauter la serrure dans les histoires de pirates. Chacun se leva et on se dispersa dans ses quartiers.

Au moment où il arrivait à la maison rouge, Bichot vit s'ouvrir la porte d'en face et en sortir la jolie Mme Bartheret, en peignoir blanc, les cheveux mouillés et en désordre, tenant ses vêtements serrés sur son avant-bras. Elle sursauta comme un chat surpris à la sortie de la cuisine, esquissa un sourire tremblé et murmura : « François, vû ne m'avez pas vue ! », avant de disparaître en ondulant de la poupe. Comme elle n'avait pas fermé la porte, Bichot se sentit autorisé à se pencher vers la chambre de la maison bleue : Luca était au lit, adossé à deux énormes coussins et semblait lire un roman policier. Bichot, incapable de réprimer sa curiosité, lui dit d'un ton de bon voisinage qu'il venait de croiser Perle Bartheret.

— Ben oui, mon vieux, acquiesça Luca en posant son livre sur la couette, je crois bien que tu viens de croiser Perle Bartheret.

Le ton patient et las sur lequel Luca avait répondu incita Bichot à abréger la visite. Sur le ton de la confidence, il lui annonça qu'il allait se coucher, et, toujours debout sur le seuil, lui demanda :

— Veux-tu que je ferme la porte ?

— Ben oui, mon vieux.

Bichot se déshabilla et se jeta sous la couette. Il appuya sur le bouton de commande du ventilateur du plafond qu'il régla à la vitesse minimale, la vitesse témoin qui sert surtout à indiquer à toute personne qui souhaiterait en faire l'acquisition que le ventilateur est en état de marche. Bichot, opérant une superposition verticale de lui-même sur lui-même, dit tout haut, d'une voix *off* de vieux film doublé : « Tout en veillant sur François Bichot, le bon ventilateur brassait paresseusement l'air de ses palmes. » Et il ne s'entendit pas confondre palmes et pales, car il dormait déjà.

Son précédent sommeil remontait à l'avant-dernière nuit à Paris, et quand, au milieu de l'après-midi, il se réveilla et reconnut la chambre de la maison rouge, il se leva d'un bond. Il passa un pantalon en satin de coton clair et une chemise de lin bleu pâle, portée par-dessus la ceinture pour atténuer l'effet de ses rondeurs, chaussa une paire d'espadrilles assorties à la chemise et sortit. La maison de Talbeau dormait. Il descendit sur la plage où des chiens, sortant de l'eau, vinrent le saluer en l'aspergeant de sable mouillé. Il marcha sur le rivage en direction du nord, passa devant les hangars de Quentin l'ostréiculteur, dont il vit au loin sur le bassin approcher le chaland gris chargé de palettes d'huîtres. Il parvint bientôt au point où la plage était creusée par le chenal qui menait aux hangars. La marée était au jusant et, pour passer, il dut retirer ses espadrilles et son pantalon et traverser en caleçon, dans une eau courante qui le glaçait à mi-cuisses. Debout devant la porte d'une maison qui dominait la grève, une voisine le salua en souriant. Il se rhabilla et reprit sa marche vers le nord, avec ses pas pour compagnie, tandis que l'après-midi mûrissait sous une lumière dorée.

Il éprouvait une patience sans fin à progresser ainsi dans cette durée de sable et de ciel où il retrouvait l'amour du temps. Enfin, tournant le dos au bassin, il obliqua vers l'ouest, où le sable venait mourir au pied des collines boisées. Il emprunta un acrobatique escalier de rondins et accéda à une forêt de pins maritimes — « Des matsus », pensa-t-il — qui cachaient des maisons de bois champignonnant au gré de chemins de terre, tout juste assez larges pour livrer passage à une voiture et à travers lesquels le soleil rayonnait timidement. Bichot composa aussitôt une petite « sonate verticale » avec des notes de bois mouillé, de résine et de fleurs des chemins dont il humait le parfum de bons amis.

Tout était si facile, si évident, qu'il en profita pour imaginer une nouvelle organisation des jours, lors de son retour à Paris : lever à cinq heures du matin, coucher à dix heures du soir. Entretemps, calés dans des horaires monastiques, gestion de la PME (c'est ainsi qu'il nommait les tâches administratives), lectures à la table, travail, apprentissage du japonais, cuisine, *open bar* avec Valentine. Il plia en quatre dans un coin de sa mémoire le nouveau programme et, l'âme musclée par ces nouvelles résolutions, reconnut un chemin solitaire qu'il salua d'un « mon cher petit ami » en s'y engageant.

Sur le bord du chemin, il ramassa deux pommes, sans doute tombées du panier d'une bicyclette. Il en essuya une avec un pan de chemise et la croqua : une pomme de verger, acide et juteuse, dont il jeta le trognon au moment où il parvenait à hauteur d'une palissade fatiguée, supportant un désordre de grosses grappes de fleurs pâles.

Un portail aux battants disjoints, qui affichait beaucoup d'intempéries à son palmarès, bâillait nonchalamment, entrouvert sur un jardin brouillon qui moutonnait à l'ombre de grands pins, dont une pomme se détacha et percuta avec un bruit de quille le toit d'un pavillon de planches appuyé sur de courts pilotis. La façade était bordée par une galerie couverte d'un auvent que supportait une colonnade de piliers. Bichot se posta devant le portail où une plaque de bois, peinte de trois fleurs blanches, annonçait « La Belle de la Nuit », dont le nom venait de ces fleurs aux cinq pétales ovales d'un blanc crémeux et dont les grandes feuilles ressemblaient à celles des nénuphars. Elles avaient envahi les palissades et s'étaient approprié le jardin où elles régnaient au petit bonheur.

C'était la maison que Talbeau, treize ans plus tôt, avait offerte aux enfants de Cézat. Talbeau l'avait entretenue *a minima*. Il disait : « Je n'aime pas ces vieilles maisons qui ont l'air neuf. Plus tard, les petits Cézat feront ce qu'ils voudront. » Et quand Marie-Conté et Armand avaient commencé à gagner leur vie, ils avaient rafistolé dans l'esprit Talbeau. Si bien que la maison, par la force des choses, avait fini par habiter sous le même toit que les enfants Cézat. Leur père et leur mère étaient morts depuis à peine deux mois quand Talbeau leur avait présenté La Belle de la Nuit, qui n'avait pas encore de nom : « Je sais que vous êtes tristes mais, vous verrez, cette maison ne vous abandonnera pas. » Bichot avait envié les enfants.

Il aurait adoré appartenir à ce phalanstère d'orphelins, lui aussi l'était, après tout. Il aurait établi l'emploi du temps général, accroché une cloche de quart pour sonner l'heure des repas, la première heure, la dernière heure. Mais en fait, il s'y rendait assez rarement. Les jeunes Cézat avaient pris Talbeau pour maître. Certes, ils avaient fait le nécessaire pour l'interdire à la pluie et aux courants d'air, mais pas question de changer le vieux toit pour quelques mètres carrés de tuiles cassées ici ou là. Ni de remplacer une porte voilée par l'humidité alors qu'il existe des bandes d'autocollants anti-vent coulis.

Bichot se dressa sur la pointe des pieds pour regarder la maison par-dessus le portail. Marie-Conté était assise sur la plus haute marche de l'escalier menant à la galerie couverte. Elle parlait à ses demi-sœurs, Éliane et Rose, chacune flanquée d'une copine de son âge, que Bichot voyait de dos, debout au pied de l'escalier. Marie-Conté semblait leur donner des instructions. À la fin, elles acquiescèrent de la tête et firent volte-face en poussant des cris et se mirent à courir vers le portail. Bichot s'était aussitôt éclipsé et caché un peu plus loin derrière une ondulation de la palissade. Mais Rose, qui avait débouché la première dans le chemin, l'aperçut et revint sur ses pas pour crier :

— Marie, il y a un drôle de monsieur qui nous regarde derrière le portail !

Marie-Conté s'était dressée, prête à chasser le satyre, mais aussitôt Bichot se montra, tandis que Rose, fière de son coup, lui donnait des bourrades. Marie-Conté s'était rassise sur sa marche, alors qu'Éliane et les deux copines inséparables, qu'elle appelait les rémoras, avaient rejoint Bichot.

— Où allez-vous, les filles ? leur demanda-t-il.

Les grandes allaient au village, côté bistrot, les petites, côté forêt, ramasser des pommes de pin pour le feu.

Marie-Conté portait une chemise de shantung marron dont les pans tombaient sur un paréo émeraude. Elle avait noué ses cheveux dans une serviette et, assise sous les guirlandes de belles-de-nuit qui cascadaient de l'auvent, elle alluma une cigarette et sourit à l'approche de Bichot. Conté était le nom de son père, le premier mari de Clotilde Cézat. Un père sympathique, triste, joueur, coureur. Après le divorce, Marie avait adopté les Cézat. Un jour mélancolique, dans les temps qui suivirent la mort de Julien et Clotilde, Talbeau l'avait attrapée et prise dans ses bras et embrassée en lui disant : « Toi, tu es ma petite Marie-Conté », et c'était resté. Sauf chez ses frère et sœurs, qui l'appelaient Marie. Talbeau avait convenu tardivement que Marie était plus simple, mais, chez les anciens, le pli était pris et elle était restée Marie-Conté.

Quand Bichot fut parvenu à sa hauteur, elle lui fit signe de s'asseoir à côté d'elle sur l'escalier de bois. Il lui tendit la pomme qu'il avait gardée et elle la croqua.

— Elle est délicieuse, acide et juteuse. Merci d'être venu des Jacquets avec cette pomme. Fais-moi plaisir, goûte.

Il goûta la pomme acide, juteuse, que Marie-Conté avait mordue. Il lui demanda si Armand était dans la maison. Non, elle ne l'avait pas revu depuis le matin, il avait dû sauter dans un bateau et passer la journée sur le bassin. Il voulut savoir si elle avait dormi : oui, trois heures seulement, mais elle s'était bien reposée. Elle se leva et disparut dans la maison. Bichot essuya ses lunettes avec le pan de chemise qui avait essuyé la pomme et les chaussa pour regarder à nouveau ces grandes fleurs crème : jamais il n'avait vu un jardin ainsi colonisé par une seule espèce de fleur. Canit avait planté les premières et personne n'avait jamais su d'où elles venaient. Marie revint avec deux verres de cuisine remplis de vin blanc qu'ils choquèrent en se regardant : Bichot voyait les yeux verts de Marie-Conté qui ne percevait que l'éclat de la lumière sur ses lunettes. Il indiqua de la main les fleurs blanches tout autour d'eux et lui demanda l'origine de leur nom. Comme s'il ne le savait pas. La question fit sourire Marie.

— Bon, alors on les appelle belles-de-nuit car, à cette époque de l'année, elles exhalent, le soir venu, un parfum exquis et puissant. En ce moment, c'est extraordinaire, elles sont en pleine forme. Pourquoi ne viens-tu pas ce soir ? Tu ne viens jamais !

Un souffle d'air chassa vers lui le parfum de cheveux mouillés et de toilette fraîche de Marie.

— Es-tu satisfait de ma réponse ? demanda-t-elle en pivotant vers lui, les jambes serrées sous son paréo.

Mais elle dut, en changeant de position, poser son pied sur une marche inférieure et désunir ses jambes de telle sorte que Bichot, à son regard défendant, aperçut, avec une sensation mêlée de brièveté et de ralenti, sous l'abri du paréo, une fourrure claire à la naissance de jambes dorées. Pour échapper au trouble provoqué par ce « charmant coup de théâtre », comme il l'appela plus tard en secret, il s'intéressa du mieux qu'il put au jardin et au bleu du bassin, visible entre deux futaies.

— Les verres sont vides, dit Marie-Conté en se levant, je vais rapporter la bouteille.

Bichot se leva et, tenant les verres vides d'une main, il emprunta une allée menant au bout du jardin, donnant sur le bassin balafré par les sillages fugitifs des bateaux. Il s'adossa à un pin et se demanda : l'avait-elle fait exprès ? Avait-elle vu qu'il avait vu ? Il parlait à voix basse, comme si son chuchotement s'adressait au pin, quand Marie le rejoignit avec la bouteille.

— À La Belle de la Nuit, lui dit Marie, les yeux dans les yeux.

— À la Belle ! répondit-il du ton enjoué d'un laird partant courir le renard.

En même temps, il se demandait si « À la belle de La Belle de la Nuit » n'aurait pas été mieux. Un peu lourd, peut-être.

Ils parlaient sans élever la voix, si proches que Bichot respira à nouveau ces cheveux mouillés. En réalité, il n'avait jamais vu d'aussi près ces yeux, ces taches de rousseur, cette bouche, petite, très rouge et charnue. Elle lui posa la main sur l'épaule, se mit sur la pointe des pieds et lui donna un baiser à bouche fermée, comme un baiser à la camarade, car il n'avait pas échappé à Marie-Conté que Bichot, captivé, restait farouche. Puis, comme étonnée de son geste, elle était restée tout près de lui, la main sur son épaule, tandis que Bichot, prenant sur soi, renonçait à la Vitesse Universelle de quarante-cinq kilomètres à l'heure. Le baiser qui suivit fut moins inoffensif et leurs bouches se livrèrent à une longue découverte. Les lunettes de Bichot étaient tombées par terre et la bouteille de vin, renversée par le pied de Marie, était aux trois quarts vide. Un premier baiser où s'échangèrent deux langues étrangères et que Bichot, enfin convaincu, considéra comme un feu vert. Ils marchaient maintenant au hasard du jardin et parvinrent à une extrémité ombreuse, touffue, hostile, excitante, sauvage et abandonnée, où la palissade menaçait de s'effondrer en plusieurs endroits. Bichot fit remarquer à Marie, qui lui avait pris la main :

— Les deux petites vont bientôt rentrer, je crois ?

— Non, ce soir elles ont permission et dînent chacune chez son rémora.

Elle vint contre lui, avec une tiédeur de petit animal, et ils restèrent allongés debout, collés l'un à l'autre, le ventre plein d'impatiences, dans ce coin de jardin inconnu et isolé. Sans rencontrer de résistance, la main de Bichot, qui sentait battre en lui un cœur oublié, visita doucement les dessous du paréo. Marie déboutonna délicatement son pantalon et y glissa de longs doigts curieux. « Feu à bâbord, feu à tribord, feu à ma perruque ! » pensa Bichot. Marie l'entraîna vers la maison, dans sa chambre, où le feu se propagea sur le lit. Elle lui abandonna ses seins ronds, sa taille étroite, son derrière soyeux et joufflu, ses parfums secrets et cette voix étrange et nouvelle qu'elle laissait chanter sans se retenir et qu'il attisait avec obstination pour en découvrir les nuances. Plus tard, ils étaient restés enlacés, immobiles et somnolents. Puis, quand la faim avait chassé le sommeil, Marie avait apporté une assiette de ratatouille froide qu'ils avaient grignotée silencieusement assis côte à côte sur le bord du lit, leurs jambes se touchant, en buvant un vin blanc glacé.

Sur le chemin du retour, qu'il lui semblait avoir parcouru en sens inverse une éternité plus tôt, Bichot, soucieux de poser des limites à son rêve, se rappela qu'il avait dix-huit ans de plus que Marie. Il l'avait connue quand elle en avait six et elle était sa nièce, à la mode de Bretagne, certes, mais sa nièce tout de même : « Quelque chose qui frise l'inceste et la pédophilie, à vrai dire ? — Mais pas un instant ! intervint l'avocat de Bichot. Vous n'êtes pas plus pédophile que cette jeune femme n'est gérontophile, réfléchissez une seconde ! dit-il à son client. Quant à l'inceste, il est, dans votre cas, génétiquement et légalement nul. En revanche, oui, il y a bien un petit inceste symbolique, mais qu'y pouvons-nous, monsieur Bichot, ce qui est fait est fait. »

Il s'était rendu sans combattre aux arguments

de l'as du barreau, et, tout en cheminant sous les arbres, il appela le Genji à la rescousse : « Après tout, quand le prince parfumé enleva la petite Murasaki pour l'élever jusqu'à ce qu'elle soit une femme accomplie et alors, seulement alors, devenir son amoureux, c'était tout sauf de la pédophilie, non ? » Le chemin s'était élargi, sous une longue voûte rectiligne bordée de feuillus qui chantaient légèrement sous la brise. Tout au bout de l'allée, il reconnut la haute et mince silhouette d'Armand Cézat, qui venait en sens contraire. Quand ils furent parvenus à portée de voix, Armand cria :

— François ! Que fais-tu là ?

Et Bichot, presque à voix basse :

— Je viens de rendre visite à La Belle de la Nuit.

Quand ils se rencontrèrent, Armand se plaignit :

— Pour une fois que tu viens à la maison je n'y suis pas ! Qui est là-bas ?

— Quand je suis parti, il n'y avait plus que Marie-Conté, qui m'a offert du vin blanc.

Bichot ne savait trop quoi ajouter.

— Tu permets ?

Il s'empara du journal qu'Armand tenait roulé dans une main et chercha les pages locales de *Sud-Ouest*. Il tomba sur un gros titre : « Arrestation d'un satyre à Piraillan ».

— Tu sais, Bichot, dit Armand, j'ai repensé à la tacouba : nous devrions vraiment aller la rechercher ensemble.

Bichot leva les yeux au ciel.

— Cela n'aurait pas grand sens, elle est bien là où elle est, cette épée.

— Garde le journal, dit Armand et ils repartirent chacun dans leur direction.

Il y avait encore une colline à gravir et à redescendre avant les premiers sables. Bichot, armé du journal, chassait les moucherons qui pullulaient en fin d'après-midi. Il manqua tomber sur Luca et Perle qui, toutes voiles dehors, se donnaient de la joie un peu plus haut au pied d'un bouquet de pins. Par chance, il les vit d'assez loin et s'éclipsa par un autre sentier. En coupant par les bois, il arriva à la grève et, ses espadrilles à la main, marcha face au soleil sans faire d'autre rencontre, jusqu'au chenal du mareyeur qui était à marée basse, si bien qu'il n'eut pas à retirer son pantalon au passage. Il devinait déjà au loin le panache d'arbres abritant les maisons de Canit et Talbeau, d'où serpentait une mince fumée. Alors, il accéléra le pas d'une âme inquiète et radieuse.

Dans les jours qui suivirent, Sébastien Canit découvrit sur sa terrasse une grosse chose qu'on avait sans doute déposée pendant la nuit. Certainement quelqu'un qui était présent le soir où Canit avait parlé de l'Allemand du Brahmapoutre. Ou bien quelqu'un qui en avait entendu parler. En tout cas, c'était la selle. Pas la selle magnifique dont la mère de Canit s'était débarrassée soixante-quatre ans plus tôt. Elle n'avait pas été préservée, conservée et entretenue par tel collectionneur de Turin ou tel autre de Heidelberg. Tout ce temps-là, elle avait peut-être séjourné, oubliée, au fond d'un hangar à pinasse désaffecté. Constellée de crottes de souris, de fientes d'hirondelle, tapissée de toiles d'araignée, elle devait être à demi cachée derrière des jerrycans, des bidons de vernis à bois, des moteurs en réparation et des bicyclettes. Incongrue, elle trônait maintenant sur la terrasse et semblait, dans son délabrement, exhiber une grimace funèbre. Le cuir du pommeau avait été rongé jusqu'au bois et les arçons pelaient honteusement.

— Elle a une tête de momie, fut le seul commentaire de Canit, au milieu de la badauderie alertée par la rumeur.

Mais ce n'était pas la momie de Rascar Capac, tout en cheveux, en diadème, en bracelets, en colliers, magnifiquement parée pour l'au-delà. La pauvre selle était une momie de fosse commune, elle qui avait senti l'étreinte de son cavalier et les flancs mousseux de l'infatigable et gracieux cheval noir à la crinière venteuse.

— Qu'en penses-tu ? demanda Canit à Luca, dont le père, avant sa faillite, avait possédé des chevaux.

— Elle était sûrement splendide, répondit Luca. Il y a vingt-cinq sortes de selles, presque autant que de pays. Mais il n'y a qu'une vingt-sixième sorte de selle, la selle anglaise. La première catégorie — celle des vingt-cinq — est faite pour les couilles d'acier, alors que la selle anglaise est faite pour des reins de fer.

— Bon, admit Canit, mais, couilles à part, quel est ton avis ?

— Eh bien, il n'y a pas plus intimes que la selle

et le cavalier : elle est modelée par lui. Elle est bien plus intime qu'une culotte de cheval, elle se culotte comme une pipe, et on ne la prête pas. Si elle n'est plus montée, elle doit être très jalousement entretenue, sinon elle vieillit à une vitesse incroyable.

Et, désignant du menton les restes de la selle de l'Allemand du Brahmapoutre, Luca, tournant la tête vers Canit, ajouta :

— Celle-là, elle a été jalousement non entretenue, c'est sans espoir.

Canit entoura la selle de ses deux bras et la porta sur la grève, à une quinzaine de mètres devant la terrasse. Puis il retourna dans sa maison et revint peu après en tenant un lourd bidon d'essence qu'il déversa longuement sur l'épave. Il l'enflamma d'un coup, avec un chiffon imbibé d'essence. Les flammes s'élevèrent furieusement dans le jour finissant devant une assistance silencieuse parmi laquelle Talbeau fit circuler quelques bouteilles.

Bichot, convoquant Canit du regard, se livra à une superposition verticale :

— Il avait sept ans quand elle lui fut offerte ici-même par un cavalier mystérieux. Elle disparut longtemps, puis réapparut. Il avait soixante et onze ans et la brûla.

— De toute façon, dit Canit, je n'aime pas les objets, je n'aime que les outils.

Marie-Conté, qui s'était peu à peu approchée de Bichot, chuchota à son oreille. Les rangs des participants s'éclaircissaient et ils se glissèrent dans le mouvement pour s'éclipser sans être vus.

La maison rouge fut complice de leurs retrouvailles. Bichot et Marie s'oublièrent beaucoup à l'abri de cette nuit, au point de se reconnaître à peine quand ils eurent retrouvé leur calme. Elle quitta l'abri pour regagner La Belle de la Nuit, où elle voulait se trouver le lendemain matin, au réveil des filles, au petit déjeuner d'Armand, pour ne laisser place à aucune question, car, dit-elle à Bichot : « Les questions laissent des traces. » Ils sortirent de la maison rouge comme des voleurs et, faisant durer le temps, longèrent le rivage jusqu'à l'escalier de rondins, au pied duquel ils se séparèrent, sans se toucher, sans s'embrasser. Parvenue à la dernière marche, elle se retourna. Il la distinguait à peine quand il l'entendit dire :

— Je t'aime, Bichot, je t'aime comme ça.

Elle lui fit signe de la main puis s'effaça dans l'obscurité en direction de La Belle de la Nuit.

En revenant sur ses pas, il lui revint à l'esprit ces moments à deux où elle l'avait appelé « Bichot », de cette voix inconnue. Y pensant, il marchait, excité, sous la nuit. Quand il arriva chez Canit, on s'apprêtait à dîner. Talbeau faisait la vaisselle des ustensiles de cuisine. Bichot chaussa une paire de gants Mapa vert fluorescent et vint à la rescousse s'installer à côté de Talbeau qui lui demanda :

— Mais où étais-tu donc ?

Les jours suivants, Marie-Conté, disponible envers tous, fut inapprochable pour Bichot. Elle était toute à ses jeunes sœurs de treize et seize ans, à son frère, qu'elle nourrissait, aidée pour les courses par Éliane et Rose, faisant la cuisine, la lessive (Éliane et Rose l'aidaient pour le repassage), Armand réparait tout ce qui tombait en panne, on partait en bateau sur le bassin, sans prévenir : Marie-Conté, une cendrillon heureuse et aimée. Durant le temps qu'il lui restait à passer au cap, Bichot ne parvint pas à la distraire un instant de ce bonheur.

La veille de son départ, tentant sa chance, il la trouva à La Belle de la Nuit où elle était seule contre toute attente. Dès qu'il arriva, elle lui dit qu'elle n'avait cessé d'avoir envie de le voir.

— Marie, j'aimerais voir ta jupe, dit Bichot.

Elle fit un pas en arrière et, les mains posées à plat sur ses hanches :

— La voilà, ta jupe.

— Et alors, peut-être...

Contente de montrer, elle remonta progressivement la jupe pour laisser apparaître une culotte blanche, engloutie par le creux des jambes. Bichot, dont la curiosité l'emportait sur la timidité, demanda :

— Et, peut-être, de l'autre côté ?

Elle pivota lentement, jusqu'à lui tourner le dos, puis releva à nouveau sa jupe pour dévoiler son derrière rebondi dans l'écrin de la culotte blanche.

Marie avait fait volte-face et ses cheveux masquaient à demi son visage. Après lui avoir montré, elle lui fit sentir et se tint contre lui.

— Et maintenant, lui dit-elle, ne bougeons plus.

Cela dura et c'était délicieux. Pourtant, peu à peu, Bichot ne put s'empêcher de penser au grand lit vide de la chambre de Marie-Conté. C'est à ce point de ses réflexions que le portail tremblant s'ouvrit sur Armand, qui rentrait tôt. Il revenait d'une soirée. Il les trouva assis en haut des marches et se tint un moment en silence en bas de la galerie, puis il fit remarquer à quel point la belle-de-nuit embaumait.

Tôt le lendemain, Bichot s'assit dans la Virga de France Domot en jetant son sac à dos sur les sièges arrière, sans prendre les précautions habituelles. La petite voiture s'engagea sur la route, épousa les courbes et grimpa les côtes boisées à la Vitesse Universelle et Bichot, cette fois, aurait aimé aller plus vite.

— Alors, François, vous partez déjà ? lui demanda-t-elle, tandis qu'un parfum de pain chaud pénétrait dans la voiture à hauteur de la boulangerie.

— Eh oui, déjà.

— Vous ne serez pas resté longtemps, cette fois-ci. Au moins, vous ne vous serez pas ennuyé, d'après ce qu'on raconte.

Il se redressa sur son siège et, d'un ton indifférent :

— Ah ? Et qu'est-ce qu'on raconte ?

— Eh bien, l'histoire de la selle de Canit, vous savez.

— Ah oui, en effet, quelle extraordinaire histoire !

— Et je peux vous dire qu'ici, on n'a pas fini d'en parler. Il paraît que des journalistes vont venir. Canit va les foutre à la porte.

— Je pense, oui.

Comprenant que Bichot resterait taciturne, France se tut jusqu'à l'arrivée à l'embarcadère du Grand-Piquey où elle fit demi-tour après avoir embrassé son passager.

Et tout se déroula en sens inverse : il parcourut le pont de planches sous un beau soleil neuf qui l'éclairait de face, descendit l'escalier de l'embarcadère, et passa à bord de la navette tandis que le capitaine Capitaine le soutenait par le coude.

— Ça va, Bichot ?

— Ça va, capitaine, et vous ?

À cette heure matinale, un mardi, la navette était aux trois quarts vide. Bichot s'était assis sur un banc, non loin derrière le capitaine, et quand, après avoir mis le cap sur Arcachon, ce dernier le regarda, Bichot lui demanda :

— Alors ?

— Alors, RAS, c'est l'été, si vous voyez.

— Je vois, dit Bichot.

Son ami à la barre et lui se trouvaient dans les mêmes dispositions. Ils partagèrent leur silence en deux. Plus tard, durant la traversée, le capitaine s'était retourné vers Bichot et avait accompagné son regard d'un haussement d'épaules complice.

— Allez, Bichot, à la prochaine fois, avait dit le capitaine en l'aidant à monter sur le quai d'Arcachon.

Et, sac au dos, Bichot était reparti vers ce monde auquel il appartenait, qui n'était pas tout à fait le sien. Il avait pris le train d'Arcachon à Bordeaux et de Bordeaux à Paris. Il avait acheté deux petites bouteilles de vin médiocre, il avait lu, il avait bu, il avait dormi et s'était réveillé au moment où le train dodelinait, sur des aiguillages compliqués, à l'approche de la gare Montparnasse, entre ces immeubles des XVe et XIVe arrondissements dont la laideur l'intéressait chaque fois. Il était resté seul assis à sa place, essuyant ses lunettes de sa cravate, tandis que les voyageurs s'étaient agglutinés dans un encombrement de bagages pour se ruer vers la ville dès l'arrêt, comme s'ils attendaient déjà que le feu passe au vert.

Bichot prit le métro et descendit à Concorde, à cinq minutes de chez lui. Il monta au cinquième où il tomba sur Aramis avec lequel il eut un long flirt. Valentine l'avait remonté du quatrième étage, où elle avait hébergé le chat durant son absence. Sur la grande table de cuisine de mousquetaire, elle avait laissé, dans de petits paniers tressés, des tomates, de petits artichauts violets et un fromage de chèvre au cas où Bichot aurait voulu dîner légèrement. Aramis avait sauté sur la table où il dessinait des huit en ronronnant, le plumet dressé. C'était un grand chat rayé, roux aux yeux de cuivre et au confortable embonpoint, promenant ses barboteuses de fourrure avec une aisance nonchalante. Il se laissa faire quand Bichot le prit dans ses bras et l'embrassa en disant : « Mon petit gros, mon petit charmant. » Sûr que son colocataire était bel et bien de retour, Aramis s'échappa de ses bras, et Bichot, vidant son sac de vêtements, fit un tri et mit en route une machine. Sa règle était de « Ne jamais attendre demain », car, d'une manière générale, il se méfiait du lendemain depuis sa treizième année. Le linge, comme toujours lorsqu'il revenait du cap, sentait un peu le moisi des maisons de bord de l'eau. Et il aimait cette odeur de moisi, ce morceau de cap. Il avait donné à manger à Aramis, en dehors de l'heure des repas, pour marquer son retour et le chat, assis sur son derrière, le regarda en miaulant d'un miaulement rare, un miaulement muet, que Bichot rangea aussitôt dans sa collection.

C'était tout à fait un lieu de mousquetaire, à cinq mètres sous les toits, avec une cheminée-rôtissoire dont le plan de feu s'élevait, sous un grand auvent, à hauteur de taille humaine, flanqué d'une cuisinière à gaz munie d'un four électrique : les dîners de Bichot étaient réputés. Un lavabo, une douche et des cabinets complétaient l'équipement de la grande pièce qui donnait de part et d'autre sur la chambre et sur un salon-bureau. Il s'y était installé une vingtaine d'années plus tôt, grâce à une petite annonce du *Figaro* : il avait bénéficié de la particularité de l'endroit, qui décourageait les couples et les bourgeois bohèmes.

La chambre ouvrait sur une cour aveugle, le bureau-salon donnait sur la rue, au-dessus de chez Valentine. Quand Bichot avait fait visiter les lieux à Luca, auquel il voulait confier les aménagements, Luca avait dit : « Il y a du boulot, mais c'est parfait : un endroit où tu pourras mourir tranquille, entouré de tes amis, comme au bon vieux temps. » Bichot avait dit tope là à la propriétaire incrédule, trop heureuse d'échanger quatre mois de loyer contre le prix des travaux nécessaires. Luca avait fait merveille et Talbeau avait donné un coup de pouce. Un jour, Mme

Arroyo, la concierge, avec laquelle Bichot était en excellents termes, lui avait annoncé que le grand cinq pièces du quatrième était à vendre : « Ce n'est pas dans vos moyens, monsieur Bitchotte, mais je vous le dis à tout hasard, si vous avez des amis que ça intéresse. » Peu de temps après, Julien et Clotilde Cézat avaient disparu et Talbeau avait acheté le quatrième pour Valentine et les enfants.

Bichot, sous ses toits retrouvés, couvait le petit spleen du cap, les mots et le parfum caressant de Marie-Conté. Il descendit au quatrième, heureux à l'idée d'y trouver Valentine, mais elle n'était pas là. Il sonna plusieurs fois, elle n'était pas là. Il remonta chez lui, prit une douche, s'habilla et sonna à nouveau chez Valentine. Toujours pas là. Alors il sortit et se rendit chez Huguette, où il dîna très tôt, puis but. En poussant la porte du vieil ascenseur de bois il était éméché. Il était tard pour sonner encore au quatrième. Il grimpa à son étage où, sur la table, Aramis, allongé sur le dos, dormait à côté d'un mot de Valentine : « Es-tu libre demain matin, 8 h 30 ? Rue de Rivoli. Autobus 72, arrêt Castiglione. » Il écrivit : « D'accord », sur le même bout de papier, descendit le glisser sous la porte de Valentine et remonta. Aramis l'attendait, assis sur le palier. Il n'y avait pas un souffle d'air, on étouffait. Il alla à la penderie, saisit sur une pile un beau yukata de lin noir à fines rayures grèges et prit, derrière le paravent de bambou que lui avait offert Mariko autrefois, une douche froide en poussant des cris démoniaques. Il se sécha puis passa le yukata devant le lavabo et le noua bas sur la taille, comme le lui avait appris Mariko. L'image que lui renvoyait le miroir était flatteuse, il avait vraiment l'allure d'un gentleman nippon dans son précieux kimono d'intérieur. C'était un démenti à Luca, auquel Bichot faisait penser à un professeur d'anglais dans un collège normand des années soixante. Tout en se regardant, il prononça « Mariko », avec l'accent, qui mouillait le « r » de Mariko, comme un « l » enroulé : « Maliko ». Elle n'avait jamais pu prononcer son nom à lui autrement que « Bitchotte ». C'était l'occasion d'une petite superposition horizontale : « Bitchotte, onze heures du soir à Paris, Maliko, sept heures du matin à Tokyo. » Il déboucha une bouteille de chardonnay, saisit un verre et passa au salon où Valentine avait déposé dix jours de courrier sur le grand canapé prune. Il s'installa dans un des petits fauteuils crapauds de cuir sombre devant la cheminée de marbre noir. C'était ce que Luca appelait un « courrier de charme » : des factures et des publicités. Il fuma deux cigarettes en buvant, puis, accompagné d'Aramis, alla dormir.

Il se présenta à l'arrêt du bus, rue de Rivoli, peu avant huit heures et demie du matin. Valentine l'attendait, vêtue avec cette élégance insolite que Bichot définissait comme d'une époque contemporaine, mais parallèle à la nôtre. Des cheveux brun foncé, très argentés, d'immenses yeux bleu foncé et une grande bouche passée au rouge d'une main parfois indécise. Un ample foulard vert canard était noué au col de son long imperméable droit, elle portait des collants noirs assez épais et des chaussures de sport customisées par ses soins, c'est-à-dire repeintes à l'encre de Chine et ornées de petits nœuds de soie noire. Un pan d'imperméable entrouvert laissait deviner une jupe mi-longue vieux rose. Bichot l'avait toujours connue ainsi : jupes larges en tissu souple, crêpe, laines légères, collants, souliers maison. Elle achetait des pulls bon marché qu'elle détricotait pour faire des emmanchures raglan : « Pour que ça tombe bien », expliquait-elle. Elle n'avait pas toujours été comme ça : « Pour rien au monde, avait-elle dit un jour à Bichot, je ne serais sortie sans mettre un tailleur, tu peux demander à Talbeau, lui m'a connue en tailleur. Mais désormais, j'ai opté pour le confort, je mets tout sur élastique. » Elle était d'une grande beauté, disait Talbeau, qui l'avait rencontrée tout jeune avocat. Elle était venue sur la recommandation d'amis de son père, pour une question de droits artistiques que ne parvenait pas à démêler Bob Nolan, un jeune acteur américain devenu célèbre en France grâce à un feuilleton télévisé. Le feuilleton s'appelait *Les Indiscrets*, mais c'est dans la discrétion que Valentine vécut avec Bob Nolan un bel amour. Par la suite, elle avait connu des hommes charmants qui auraient aimé faire route avec elle, mais il arrivait toujours un moment où ça ne collait plus, où elle ne pouvait plus se voir en peinture avec eux. Par contre, comme elle aimait à le dire, elle était devenue une amie d'enfance de Talbeau.

Valentine et Bichot attendaient en silence le 72 qui n'arrivait pas, regardant distraitement vers le jardin des Tuileries, dont une haie d'arbres peignés à la française délimitait la zone autorisée aux chiens et à leurs maîtres. Au-delà, des couples de joggeurs, sortis des grands hôtels, trottaient avec régularité dans le parc encore vide de touristes. Un homme et une jeune femme s'embrassaient sur un banc de pierre. Lui était assis à califourchon sur le banc, face à elle qui, d'un geste hardi, lui enlaçait la taille de ses jambes. Comme une diligence essoufflée, le 72 déboucha à l'angle de la rue de Rivoli et de la rue de Castiglione. Valentine moulina du bras, le bus s'arrêta et ouvrit ses portes dans un bruit de soufflet. Elle escalada les trois marches avec une agilité de chèvre, salua le machiniste avec effusion comme s'il s'était arrêté spécialement pour elle et fonça vers l'arrière en se retournant pour voir si Bichot suivait, et, obéissant au mouvement du bus qui démarrait, ils s'affalèrent sur la banquette. Ils n'étaient guère plus qu'une demi-douzaine de passagers dans l'aquarium ensoleillé qui filait plein ouest à la poursuite de son ombre déformée. Bichot se surprit à repenser au couple du jardin des Tuileries. Comme le photographe de *Blow up*, développant les photos prises dans un parc londonien et découvrant un crime jusque-là invisible, il s'aperçut qu'il avait vu « plus que ça » : sur le négatif de sa mémoire, ce n'était pas un couple de petits amoureux qu'il découvrait, mais un homme d'environ quarante-cinq ans et une femme d'un peu moins de quarante ans. Lui, le visage mince, elle, plutôt blonde, avec quelque chose de mélancolique dans sa manière de pencher la tête et de se nouer à lui par les cuisses, comme pour échapper à quelque chose qui allait arriver. Assez beaux l'un et l'autre, élégants, mais pas d'une élégance parisienne. Des étrangers ? Ou bien des Français, mais l'un vivant à l'étranger ? Ce n'était pas un amour installé, qui avait tout son temps. Mais ce qui intriguait Bichot, c'était cette étreinte assez impudique, qui était plus jeune que leur âge.

À l'intérieur du bus, la température légale était montée de plusieurs crans et Valentine déboutonna son imperméable et desserra son foulard. En ce matin d'août comme en toute saison de l'année, elle était couverte comme un oignon. Elle prétendait qu'elle n'était pas frileuse. Elle craignait seulement d'avoir froid. Bichot, las de voir le 72 brûler les arrêts où personne n'attendait et où aucun passager ne demandait à descendre, n'ayant aucun journal à tirer de sa poche et ayant renoncé à résoudre l'énigme des amoureux des Tuileries, se laissa gagner par la torpeur tout au long du Cours-la-Reine, du cours Albert-Ier et de l'avenue de New York. À la station Lamballe-Ankara, enfin, une scoute ravissante monta, portant un sac à dos d'où dépassait la poignée d'une raquette de tennis. Quand elle apparut dans l'allée, après avoir validé sa carte, se déplaçant d'un pilier métallique à l'autre en hochant la tête à chaque secousse et en esquissant un sourire gêné, comme pour dire : « Ça secoue drôlement », Bichot et Valentine la regardèrent se diriger vers l'arrière du bus où ils se trouvaient et où elle s'assit à quelques places d'eux dans le salon circulaire, après leur avoir adressé un bref salut d'un mouvement de ses sourcils bien arqués. Bichot, aussitôt, dressa sa fiche signalétique : un serre-tête bleu marine domestiquant des cheveux blonds, rétifs et mi-longs, de grands yeux châtain clair, un nez grec, droit, une bouche large, dessinée et charnue que l'on devinait bavarde, une jupe plissée bleu marine. Des jambes robustes, griffées sans doute par des ronces, tombaient dans des socquettes et de grosses chaussures de tennis. Elle devait avoir dans les dix-sept ans. Bichot aurait vivement souhaité joindre la voix de la jeune fille à son signalement, mais il ne savait comment engager la conversation, et Valentine, qui l'avait senti venir, ne fit rien pour l'aider. La nouvelle arrivante avait regardé ce petit homme et cette vieille dame emmitouflée, puis elle s'était assise et avait posé au sol le sac à dos, la poignée de la raquette se dressant comme un manche à balai de pilote entre ses jambes. Elle sortit un téléphone portable d'une poche de son blouson pour engager une conversation émaillée de pouffements de rire. « Une copine de patrouille », pensa Bichot. Elle parlait d'une voix si confidentielle que Valentine et Bichot, qui tendaient l'oreille en regardant ailleurs, ne parvinrent pas à saisir un mot, eux qui s'intéressaient à tout. À un moment, tandis qu'elle se redressait en riant de ce qu'elle entendait, son regard les surprit et elle leur adressa un sourire qui les consola, puis tourna la tête dans une autre direction et poursuivit sa conversation.

— Chez ce genre de beauté bien lunée, le sourire est un pléonasme délicieux, ne trouves-tu pas ? chuchota Bichot.

— J'allais le dire, répondit Valentine, accoutumée aux excès de préciosité de son voisin.

Elle ne lui avait pas encore appris les raisons de leur rendez-vous dans un transport en commun et il se gardait de l'interroger, laissant sa curiosité mijoter à feu doux. Dans un Paris désert, il était ainsi possible de récolter, tout au long des lignes d'autobus, des instants à demi oubliés, proches ou lointains, invisibles et inaudibles en semaine, où règnent sur les citadins, de leur toute-puissance, les instants prioritaires et pourtant jetables. Par exemple, la station Lamballe-Ankara où était montée la belle jeune fille en bleu lui fit longer l'ambassade de Turquie et gagner les pavés ronds de l'étroite rue Berton, bordée par la maison de Balzac. Bichot y conservait, comme une fleur dans un livre, les baisers interdits qu'il avait échangés tous les soirs, à la limite des comtés d'Auteuil et de Passy, avec Thérèse à la voix sourde, aux cheveux noirs, aux yeux noirs et à la petite bouche si rouge, le grand amour de ses seize ans et qu'au fond, à l'arrière de ce bus, il aimait encore.

— À quoi penses-tu ? lui demanda Valentine.

— À quelque chose d'ancien et de personnel.

— Ancien et personnel ? Ça pourrait être moi.

Il reporta son attention sur leur jeune voisine en bleu, muette bien qu'assise à portée de mots, intouchable bien qu'il eût suffi d'allonger le bras pour l'atteindre. Sa jeunesse n'était pas la cause de cet éloignement, après tout, pensait Bichot, tout le monde entendait parler de la jeunesse au moins une fois par jour. Non, c'était ce visage régulier, symétrique et dont la beauté n'était pas de cette époque, peut-être d'une époque à venir ? Elle descendit au sombre carrefour Mirabeau et Valentine et Bichot la regardèrent s'éloigner en direction de la rue Mirabeau où elle s'engagea en pleine lumière, longeant les murs monotones d'un hospice, arpentant le trottoir désert d'un pas de marcheuse sans souci.

Quand le bus redémarra, Valentine grogna et, ouvrant à peine la bouche :

— C'est lugubre ce carrefour Mirabeau, avec tous ces gens qui paient des loyers de plomb pour cette aisance sans lumière.

— C'est gubre ? demanda Bichot qui avait mal entendu.

Valentine adopta aussitôt le « gubre » :

— Oui, gubre, c'est le diminutif superlatif de lugubre, c'est lugubre en pire.

Ils inscrivirent alors à l'inventaire national du gubre l'avenue Montaigne, la rue Saint-Honoré, le carrefour Saint-Germain et ses dépendances de la rue de Grenelle. Sur le trajet du 72 se dressait une publicité quatre par trois, comme disent les professionnels. L'image représentait un mannequin voluptueusement entortillé dans les plis artistiques d'un drap de lit, le regard habité d'une songeuse promesse d'orgasme, toute cette extase étant garantie par la présence d'un flacon de parfum Calvin Klein.

— Regarde-moi cette pauvresse en train de vêler sa connerie, fut le commentaire de Valentine.

Un peu plus tard, au croisement de l'avenue de Versailles et de la rue Chardon-Lagache, ce fut Bichot qui s'énerva. Rue Chardon-Lagache à cent mètres de là s'élevait jadis le cinéma le Palladium, un des cinémas de son enfance au magnifique décor d'opérette, détruit depuis des lustres, bien sûr, mais la colère de Bichot demeurait intacte. Il avait horreur qu'on lui change ses lieux. C'était pourtant inévitable et il était ridicule, il le savait, de se mettre la rate au court-bouillon, de vouloir protéger le moindre bistrot, la moindre charcuterie, le moindre marchand de journaux, comme un monument historique. Mais des années et des années plus tard, il en restait inguérissable. Les blessures de sa vie privée cicatrisaient, jamais les blessures infligées à sa ville. Ainsi, expliquait-il à Valentine, quand Viviane, sa fée Viviane comme il l'appelait, la seule femme avec qui il avait été marié, était partie du jour au lendemain avec un homme qui n'était pas du tout son genre à lui, il avait apprivoisé sa déconvenue et fini tout simplement par s'en féliciter. Alors qu'il était blessé à vie par la disparition du magasin de musique Pan boulevard Saint-Germain, ce boulevard Saint-Germain gagné, comme tant d'autres points stratégiques au charme moribond, par la métastase du look et du make-up. Bichot se consolait en se disant qu'un jour ou l'autre l'herbe recommencerait à pousser entre les bords disjoints des trottoirs, au pied des enseignes aux devantures éteintes et livrées aux saisons. Dans les arrière-cours inertes s'entasseraient des caisses de robes fripées comme des culottes sales, de lunettes noires agglutinées comme des insectes morts, de chaussures béantes aux talons édentés, de sacs ventre à l'air.

Valentine et lui étaient la plupart du temps

d'accord sur tout et le fait qu'ils habitent à un étage l'un de l'autre facilitait cette communauté de pensée. La règle était que chacun dînait chez soi. « Autrement, ça ferait maison de retraite », avait dit Valentine, approuvée par Bichot. Ce principe, une fois posé, autorisait légitimement les exceptions. Le soir, après le dîner, il l'appelait. Ou bien c'était elle. Mais la plupart du temps, c'est lui qui descendait chez elle. Elle trouvait que son salon faisait un peu trop « cabine du capitaine Achab » et il est vrai que le salon « russe » de Valentine était infiniment plus confortable et propice à la conversation. Il n'avait certes pas grand-chose de russe au sens propre du terme : l'ensemble alliait la simplicité débrouillarde de l'isba à un sens très sûr du canapé, des plantes sur sellette, du sofa, du coussin et des boissons fraîches, qui faisait très datcha. De temps en temps, Bichot ouvrait une fenêtre et se penchait au balcon, et la cabine du capitaine Achab disait au salon russe : « C'est merveilleux, Valentine, on voit même les bouleaux s'agiter dans le vent. » Quand il cuisinait, elle montait chez lui. C'est ainsi qu'en découvrant le chaton orange que Gé, un barman de chez Huguette, avait un jour installé dans les bras de Bichot, qui n'avait jamais vécu avec un animal, Valentine l'avait aussitôt baptisé Aramis.

— Selon moi, avait répondu Bichot, Aramis serait plutôt un chat de presbytère, et Portos conviendrait mieux pour une cuisine de mousquetaire, qui est ici la pièce principale. Mais va pour Aramis.

— Évidemment, c'est joli, Aramis, avait reparti

Valentine en haussant les épaules, et puis, ici, c'est une cuisine de mousquetaire. Ce n'est pas la cuisine des trois mousquetaires. Aramis n'est pas obligé d'aller à la messe et d'égarer des mouchoirs de batiste, il peut bouffer comme Portos.

Valentine dormait à côté de Bichot, derrière ses lunettes de soleil, légèrement désaxées par les cahots du 72, quand ils arrivèrent au parc de Saint-Cloud, qui était le terminus de la ligne. Il lui tapa sur l'épaule, elle se leva aussitôt, empoignant son grand sac et ils se retrouvèrent dehors, entourés d'arbres et de pelouses, dans un air déjà tiède, sous un ciel entièrement bleu. Valentine ressemblait un peu à une Esquimaude en visite à Louxor. Après avoir confié le sac, qui était lourd, à Bichot, elle entreprit de remonter à vive allure une longue allée qui menait au belvédère. Tout en haut, comme ils reprenaient leur souffle, elle lui expliqua :

— Je sais que ce n'est pas la plus belle vue sur Paris, mais, comme ça, elle ne nous gênera pas pour pique-niquer.

Il était seulement dix heures du matin, mais ils allèrent s'installer sur un banc de pierre.

— À cette heure-ci, il n'y a encore personne, dit Valentine, on est chez nous.

Et elle commença à extirper le pique-nique du grand sac. Une bouteille de rully sur laquelle était scotché un tire-bouchon à l'ancienne, un ravier de radis peignés et raclés en bons élèves, du saucisson tranché et épeaucé, du beurre, une tortilla de pommes de terre, du céleri en branches, quatre œufs durs, une mayonnaise maison, des tomates épluchées, du sel, du poivre, du chèvre, du pain, un flacon d'huile d'olive, deux grosses poires et des serviettes. Et Bichot crut apercevoir, au fond du sac, une autre bouteille de vin. Ils trinquèrent. Valentine commença par les branches de céleri, accompagnées de pain et de beurre, et Bichot par les œufs durs et la mayonnaise. La vue sur Paris était, en effet, sans grand charme. C'était un horizon d'immeubles d'un blanc grisâtre aux toits plats, une succession de masses indistinctes, au résultat uniforme, surmontées par un réseau d'antennes, de manches à air et de cheminées de ciment, et cet ensemble ne disait rien.

Il était onze heures du matin, le soleil commençait à taper et les premières familles débarquaient. Bichot avait mis une petite casquette de retraité en toile beige et chaussé ses lunettes de soleil rondes imitation écaille. Il ressemblait à la fois à un espion des pays de l'Est dans le début des années soixante et à une grenouille. Valentine avait coiffé une immense visière transparente vert d'eau qui ombrait entièrement son visage. Car si Valentine craignait d'avoir froid, elle n'en redoutait pas moins le soleil. Mariko avait offert autrefois cette visière à Valentine. Au Japon, en effet, il n'est pas question pour une femme de s'exposer volontairement au soleil. Dans ce pays si consommateur, les crèmes avant, pendant et après bronzage étaient aussi introuvables, selon Bichot, qu'un bikini dans un drugstore d'Anchorage. « Tu comprends, avait dit Mariko à Valentine, au Japon, on a des plages et de la mer partout, pourtant, à mon avis, le mot “bronzing” ne doit même pas être prononcé une fois par jour dans tout le pays, sauf pour rigoler. Dès qu’il y a du soleil, toutes les femmes mettent une visière ou sortent avec leur ombrelle. »

Les Japonaises portent leur visière rabattue sur le visage, à la Suzanne Lenglen. Valentine l’installait un peu en arrière sur le front, si bien qu’elle était moins protégée et que la visière, ainsi portée, faisait un peu casquette de merveilleuse. Elle s’en fichait, de même qu’elle se fichait qu’on la regarde dans les tenues qu’elle avait mises au point pour affronter le général Hiver et le général Été. De même, quand on la félicitait pour cette abondante chevelure qu’elle arborait encore à soixante-sept ans, elle répondait simplement : « J’ai eu de la chance : j’ai blanchi, mais pas éclairci. »

Sur le gril de leur banc de pierre, Valentine et Bichot reprirent conscience de la réalité. Il demanda :

— N’as-tu pas un peu chaud ?

— Terriblement, dit-elle.

— Alors, pourquoi ne t’allèges-tu pas un peu ?

— Allons plutôt sous les arbres, quelle idée de s’installer ici !

Elle fit signe à Bichot de l’aider à remballer le pique-nique et ils élirent domicile au pied d’un grand hêtre. Ils finirent de déjeuner de bon appétit et débouchèrent la seconde bouteille de rully car, ce jour-là, quand Bichot buvait un verre, Valentine en buvait deux, alors que c’était habituellement l’inverse. Et ils remontèrent dans le temps comme ils aimaient le faire. Ils dessinèrent en pensée le grand arc de cercle qu'ils faisaient commencer, par ordre d'est en ouest, à Meudon, avec le méchant petit clan de Monseigneur, pigeon, fils d'un aigle, qui se poursuivait ensuite à Saint-Cloud, chez Monsieur et sa bande dangereuse et fardée et cette grosse Palatine au milieu de tout ça, puis à Versailles, tout empharaonné de rituel, d'or et de caca, et enfin, après un détour qui leur était personnel et commun par leur désert de Retz, le parcours s'achevait à Marly, les week-ends de Louis, avec ce côté informel et obligatoire : « Ça devait être le pire, je crois », déclara Valentine en finissant la bouteille dans son verre. Ils étaient à Saint-Cloud et il n'y avait plus de Saint-Cloud. Il fallait de l'imagination pour se représenter le dernier Saint-Cloud. Et les dernières Tuileries, donc. Valentine avoua qu'elle avait mis un temps fou avant de comprendre que le château des Tuileries, qui avait brûlé pendant la Commune, était situé exactement entre les pavillons de Flore et de Marsan. Elle savait bien que le château des Tuileries devait se trouver aux Tuileries, mais, alors, ce devait être dans un endroit impossible. Et elle avait découvert que l'endroit impossible était entre les pavillons de Flore et de Marsan.

— Tu te rends compte ? dit-elle à Bichot. Et imagine-toi que tout ait disparu comme les Tuileries, Marly et Saint-Cloud : Versailles rasé à la Révolution. Le guide : « Mesdames et messieurs, c'est à cet endroit même que se dressait autrefois le château de Versailles. La surface colorée en rouge sur le sol indique les anciens appartements du roi. » Où accrocher le homard de Jeff Koons, Bichot ?

Il comprit la raison de cette expédition à Saint-Cloud et pourquoi Valentine avait bu comme à l'entraînement quand elle laissa tomber d'une voix faussement neutre :

— Margot est passée, mon petit vieux.

Rattrapé par le mot Margot comme un kangourou par un boomerang, il essuya ses lunettes à sa cravate, demanda une cigarette à Valentine, et, pour changer de sujet, lui parla de son séjour au cap Ferret, de la selle de Canit, de l'épée de Touareg, de la promenade en bateau, la nuit, sur le bassin, tout en maintenant Marguerite Canouville à distance. Mais, innocemment, Valentine le prit de flanc :

— Et Marie-Conté, tu l'as vue, comment va-t-elle ? Elle ne m'a même pas appelée.

— Marie-Conté ? répéta Bichot en finissant de remplir le sac et en cherchant les mots justes. Marie-Conté ? Magnifique. Bien, même.

Valentine, suivie de Bichot portant le sac, descendit l'allée rectiligne bordée d'arbres qui menait à l'arrêt du terminus. À son habitude, elle se déplaçait avec la légèreté d'une chèvre, mais elle suivit cette fois une trajectoire sinueuse connue d'elle seule, avant de s'endormir, aussitôt installée sur la banquette arrière. Le 72 roula vers Paris, et Marguerite Canouville, invisible, occupait la place à côté de Bichot.

Les funérailles de Julien et Clotilde Cézat avaient eu lieu à Saint-Roch, par un jour de très beau temps. Un enterrement sans cercueils où les deux disparus gisaient dans les cœurs. À la sortie, sur les marches de l'église, Bichot avait beaucoup essuyé ses lunettes en échangeant des poignées de main ou des étreintes avec des gens qu'il connaissait plus ou moins et dont beaucoup portaient les précieuses lunettes noires qui cachent le chagrin et préservent l'incognito. Il était allé passer un moment en compagnie des parents de Clotilde qui se tenaient timidement à l'écart, égarés, et leur avait adressé laborieusement quelques paroles de sympathie. Ils étaient pressés de regagner leur hôtel et déclinèrent son invitation à passer la fin de la journée avec leurs petits-enfants et les amis de Julien et Clotilde.

Bichot avait alors descendu les hautes marches de l'église, traversé la rue Saint-Honoré et pénétré dans le bar Le Rallye où, plus tard, Valentine et lui joueraient au Loto avant d'aller mettre un cierge à saint Antoine de Padoue. Les enterrements provoquaient toujours des *happy hours* dans un méli-mélo d'endeuillés et d'ouvriers du bâtiment. Bichot, installé sur une banquette de moleskine rouge au fond du bar, avait commandé une bouteille de vin et plusieurs verres et commencé à boire en attendant d'être rejoint par les Cézat et consorts. La cérémonie s'était achevée en queue-de-poisson : pas de défunts, pas d'inhumation ou d'incinération, pas de réception, Talbeau ayant, à la demande générale, renoncé à recevoir dans le salon de la rue de Lisbonne, ce dont tous s'étaient par la suite repentis.

De temps à autre, quelqu'un repérait Bichot et

venait s'asseoir en face de lui pour échanger des soupirs et des silences. D'un verre à l'autre, il pensait à Julien Cézat et à leurs coups de fil du soir. Durant des années et des années, ils avaient ainsi prolongé une conversation de vieux couple. C'était ce qui lui avait tout de suite manqué le plus. Son regard traînait du côté du kiosque de la buraliste où la Cellophane des paquets de cigarettes miroitait sous le néon. Quelqu'un était venu vers lui, semblant reconnaître cet homme immobile et dodu, avec ses lunettes rondes en fausse écaille, puis, convaincu d'avoir confondu cet ivrogne local avec François Bichot, avait fait demi-tour.

Il avait ensuite perçu une présence non loin de lui. Ce n'étaient pas Talbeau, Canit, Luca ou Valentine, qu'il n'avait pas besoin de regarder pour les voir. Non, il sentait une présence étrangère, féminine, se tenant légèrement à distance, comme on le fait en face d'une bête irritée et craintive. Et il avait entendu qu'on s'adressait à lui, d'une voix prudente :

— Pardonnez-moi, monsieur, n'êtes-vous pas François Bichot ?

La voix était jeune, comme les mains, dont l'une tenait entre ses doigts une cigarette provenant du paquet de Merit posé sur la table. Sans se tourner vers elle, il avait acquiescé en inclinant la tête. Elle était désolée de s'imposer ainsi, elle ne connaissait personne à part les gens du musée de l'Homme et elle avait tellement besoin de partager sa tristesse avec un proche de Julien Cézat.

— Je travaillais avec lui, expliqua-t-elle, j'étais son assistante de recherche.

Bichot se décida à la regarder : un peu plus de la trentaine, grands yeux clairs, grand front couronné de boucles blond cendré, teint transparent. Sa veste entrouverte laissait voir la naissance d'une poitrine laiteuse, portée par des épaules solides. En l'entendant parler du musée de l'Homme, il s'était dit qu'il l'avait peut-être déjà vue, il avait rencontré plusieurs fois des collaboratrices de Julien Cézat.

— Puis-je vous proposer un verre de vin ? lui demanda-t-il.

Elle s'était déplacée jusqu'à sa table et s'était présentée :

— Je m'appelle Marguerite Canouville. Je vous ai reconnu d'après une photo de vous et Julien Cézat scotchée sur un mur de son bureau, ajouta-t-elle tandis qu'ils choquaient leurs verres.

Bichot leva un sourcil.

— C'est une photo assez ancienne, je crois. Vous êtes tous deux allongés sur un quai de gare, adossés à des sacs de voyage. D'après Julien, vous reveniez de trois jours de bamboula.

Effectivement, Julien aimait bien dire « bamboula », un mot dont il était gourmand. Mais quelle gare ? Quelle bamboula ? Quel âge avaient-ils ? Bichot se sentait un peu gêné, tout ça était intime.

— Il parlait de vous, et citait d'autres noms, Canit, Talbeau, je crois. Cela ne vous dérange pas si j'allume une cigarette ?

— Pas du tout. Puis-je vous en voler une ?

Elle lui avait tendu le paquet de Merit et son briquet. Des Merit : les cigarettes que fumait

Julien. Ses élèves devaient fumer des Merit, comme ceux de Gilles Deleuze se laissaient pousser les ongles des mains et des pieds. Mais les Merit, pensa Bichot, c'est carrément plus rare que les ongles : qui fume cette marque aujourd'hui ? Il doit falloir se la procurer par commande spéciale. Déjà, Cézat n'aimait pas se retrouver dans un coin perdu, car les tabacs n'avaient pas toujours de Merit en rayon.

La jeune femme écrasa sa cigarette et saisit son sac :

— Je vais m'éclipser, monsieur Bichot, je suis tellement heureuse d'avoir pu évoquer Julien Cézat avec vous. Un jour, peut-être, aimeriez-vous que nous en reparlions ?

D'un calepin, elle avait détaché une feuille sur laquelle elle avait écrit, à l'encre bleue, son nom et un numéro de téléphone. Quand elle s'était levée, imitée par Bichot, il avait constaté qu'elle était grande, plus grande que lui. Il l'avait regardée s'éloigner d'un long pas furtif. En passant la porte, elle s'était retournée dans sa direction, mais son regard ne semblait pas le voir. « Myope, peut-être », s'était dit Bichot. Les Cézat, qui étaient restés à l'écart en le voyant en conversation avec la jeune femme inconnue, l'avaient entouré peu après. Bichot avait commandé une autre bouteille de vin. Éliane, qui avait alors quatre ans, tirait pensivement sur une paille plongée dans une bouteille de Champomy. Elle avait bien compris que son père et sa mère étaient morts et elle attendait patiemment leur retour. Marie-Conté avait dix-huit ans et, après trois verres de vin rouge, elle commençait à apprivoiser son chagrin. Et Armand avait douze ans, un sale âge pour devenir grand d'un coup. Et comme personne ne parlait, Valentine, « pour changer d'air » comme elle disait, avait demandé à Bichot qui était la jolie fille avec qui il était en conversation.

— Une collaboratrice de Julien au musée. Elle s'appelle, elle s'appelle...

Il se rappelait bien son nom, mais il avait sorti la page de calepin de son portefeuille.

— Marguerite Canouville, dit-il, vous connaissez ?

Personne ne connaissait.

Et puis tout à coup, Talbeau avait eu un eurêka :

— Si, si, ça y est, souviens-toi, Bichot ! Un soir, il y a longtemps de ça, à un concert Chostakovitch au Théâtre des Champs-Élysées, Julien est arrivé avec elle. C'est la seule fois où je l'ai vue, mais je m'en souviens très bien, maintenant. Pas toi ?

— Le concert, oui, mais elle, non.

Il se rappelait effectivement très bien le concert : il était assis à côté d'un type en pull-over Jacquard qui sentait des aisselles. Une contrariété que Bichot était incapable d'oublier après des années. Et en fait, il se rappelait aussi la cavalière de Cézat ce soir-là. Au cours de leur discussion un peu plus tôt, la mémoire lui était revenue d'un coup. Cézat était déjà marié à Clotilde, alors, et quand il allait sans elle au spectacle, il était habituellement seul. Et là, il était arrivé en compagnie de cette inconnue sur laquelle on se retournait et l'avait présentée à Talbeau et Bichot. Il la revoyait bien, maintenant, et il lui semblait qu'elle avait alors un peu caché sa beauté. Il l'avait vue fleurir un soir de concert, et puis n'y avait plus pensé. Au Théâtre des Champs-Élysées, Marguerite Canouville avait fait une apparition, au café Saint-Roch, elle avait fait une entrée. C'est alors que Luca, qu'on n'avait pas entendu depuis des heures, dit en se penchant vers Canit et Bichot, et Valentine, qui tendait l'oreille :

— Je sais que ce n'est pas le jour, mais cette jeune femme est une bombe. Si j'avais travaillé avec elle, comme Cézat, ça m'aurait rendu malade.

Ils avaient fini chez Mme Arroyo, la concierge de Bichot, à qui ils avaient confié Rose, qui avait eu tous ses biberons et dont elle avait changé les couches. Elle avait préparé une abondance de sandwichs de sa façon et Bichot était redescendu du cinquième étage avec des bouteilles. Deux adolescents, une fillette, un nourrisson : le club des anciens regardait ces enfants Cézat dont il allait peut-être devenir responsable pour tout et les membres du club se servaient un autre verre.

C'est deux jours plus tard, après la réunion au cours de laquelle avait été décidé un nouvel avenir, que Mme Arroyo avait emmené tout le monde visiter l'appartement vide du quatrième où Valentine et les enfants allaient emménager. On avait suivi en silence la visite de Valentine. D'ailleurs, Valentine n'avait rien dit. Elle avait beaucoup inspecté, mais elle était restée muette. Dans la petite chambre destinée à Éliane, elle avait seulement remarqué :

— Vous ne trouvez pas que ça sent le dessous de bras ?

— C'est une odeur de vieille maison, avait dit Talbeau, et n'oublie pas, Valentine, c'est avant travaux !

Bichot quitta ce moment et regagna l'autobus où Valentine ronflait légèrement à ses côtés. Ce matin, en se levant, il n'aurait pu imaginer qu'elle l'emmènerait au parc de Saint-Cloud, que le parc de Saint-Cloud le conduirait à Margot Canouville et que Margot Canouville le déposerait à l'église Saint-Roch : belle superposition horizontale ! Valentine, qui n'avait pas besoin de montre, se réveilla aussitôt après le pont de la Concorde. Ils descendirent à la passerelle Solférino et empruntèrent le souterrain qui débouchait sur les Tuileries où ils s'engagèrent, discutant chemin faisant.

— Elle m'a appelée, il y a trois jours, dit Valentine. J'ignore comment elle savait que tu n'étais pas à Paris. C'est toi qui lui as dit ?

— Nous ne nous sommes ni vus ni parlé depuis des mois.

— Elle avait besoin d'un « dépannage », m'a-t-elle dit, son appartement était « occupé ». Si elle pouvait passer une ou deux nuits chez toi, ça lui rendrait service.

— Alors ? demanda Bichot en retirant sa vilaine casquette beige pour se passer la main dans les cheveux.

— Alors, je lui ai dit que tu arrivais le surlendemain et elle a insisté pour que je lui laisse les clefs de chez toi pour une nuit. Sa voix était tellement normale, tellement calme, j'ai compris que ça allait mal et je lui ai donné les clefs. Elle me les a rapportées hier matin.

— Je n'ai remarqué aucune trace de son passage. Je n'ai pas l'impression que quelqu'un ait dormi dans mon lit. Mais il est vrai que je n'ai pas fait un tour de la maison. Seul Aramis est au courant. Comment l'as-tu trouvée quand tu lui as remis les clefs ?

— Magnifique et dans le pétrin. Jolie, coquette, lumineuse, elle ne s'est pas attardée.

Il était presque six heures du soir, il n'y avait pas un souffle d'air et la sorcière pollution empoisonnait Paris. Bichot se dirigea, au plus court, vers la sortie du jardin qui faisait face à la rue Cambon, mais il fut retenu par Valentine.

— Sortons par Castiglione, je voudrais m'arrêter chez Galignani avant de rentrer.

Bichot, qui aurait volontiers évité le détour, escorta son amie à travers les rangées de touristes qui soulevaient un nuage de terre sèche, cette terre administrative, cette mauvaise terre technique, à laquelle ne réussissent ni la pluie ni le soleil. Déglingués et empoussiérés, ils parvinrent à la rue de Rivoli, traversèrent les cohortes de peuples en visite et débarquèrent comme des naufragés dans le silence boisé de la librairie Galignani. L'endroit le ramenait toujours à cette photo d'une bibliothèque londonienne, pendant le Blitz, dont le toit était éventré et à laquelle il manquait un mur. Les trois autres murs, à ciel ouvert, étaient restés tapissés de leurs boiseries et de leurs volumes. Au milieu, trois hommes en chapeau, en manteau et en parapluie lisaient debout en se tournant le dos.

— Mais que cherches-tu chez Galignani ? chuchota Bichot.

— Quelque chose sur les arts décoratifs des années vingt, murmura Valentine en entraînant Bichot à l'écart. Ce sont vos histoires d'objets perdus : la selle de Canit, l'épée touarègue, l'arbre japonais. Cela m'a donné une idée. Je suis à la recherche d'un canapé Ernest Boiceau, qui était dans ma famille.

— Mais ces objets perdus, ce n'était qu'un jeu, Valentine.

— Alors jouons, dit-elle en se dirigeant vers le *desk* de son vendeur préféré, André, un jeune homme d'une quarantaine d'années qu'elle croisait parfois à l'heure du café au bar de Chez Huguette.

Par chance, celui-ci était responsable des livres d'art, secteur clé chez Galignani. Pendant qu'André s'occupait de Valentine, Bichot déambula dans les allées de ce temple où la clientèle était indifférente à la clientèle. Valentine n'avait pas trouvé ce qu'elle cherchait, mais André était sur la piste. Ils sortirent et contournèrent la queue devant Angelina, qui occupait dans les guides une place prioritaire. Les arcades grouillaient de gens qui s'interpellaient dans toutes les langues. Ils arrivèrent à hauteur du Meurice où des portiers en redingote, coiffés de chapeaux droits à bord cassé, postés devant la porte à tambour, canalisaient la foule avec une morgue de valets.

Ils étaient fort respectueux quand la porte à tambour livrait passage à d'éminents mâcheurs de chewing-gums au crâne pelé, au menton bleu et au costume sombre, qui fendaient la populace en direction des limousines patientant sur le parvis du palace. Puis la porte vomissait des cohortes de femmes aux parfums concurrents, en proie à une urgence telle qu'elles n'hésitaient pas à poinçonner de leurs talons les pieds des chasseurs. D'autres arrivaient, disparaissant sous des soies magnifiques, suivies d'humbles et craintives servantes au voile modeste.

Toutes ces princesses, chacune le bijou d'un homme, allaient s'abattre comme un vol de sauterelles au long des vitrines et moissonner les robes, les dessous qui feraient écrin à leur origine du monde (rasée ou bio), les sacs, les chaussures, les parfums et les produits de beauté hors taxes. Elles passeraient d'un essayage à l'autre, d'un miroir à l'autre, parlant avec les dociles et impassibles vendeuses le pidgin de la fachonne. Puis elles jetteraient leur carte sur le comptoir tenu par une mante anorexique, et retourneraient à leur chambre ou à leur suite. Là, elles s'affaleraient, pleines de leur butin.

Bichot saisit le bras de Valentine, et, nageant en habitués dans cette houle contraire, ils atteignirent la porte de leur immeuble. Calculé pour contenir deux personnes et deux filets à provisions, l'ascenseur en bois, qui ne pouvait aller plus haut, s'arrêta au quatrième, chez Valentine. Pendant qu'elle ouvrait sa porte, Bichot avait déjà grimpé le bref escalier qui menait au cinquième. Aramis l'attendait, tortillonnant, la queue en panache.

— Tu es gros, lui dit Bichot, mais tu es tellement mignon quand tu es gros.

Il lui servit son dîner, prit une douche et passa son yukata, vérifiant devant le miroir, qui n'était pas grand, s'il l'avait bien noué, si le col était bien monté. Aramis s'était allongé sur la table et le regardait, avec une grâce débonnaire, laissant pendre une patte dans le vide.

— Margot est venue te voir ? demanda Bichot à Aramis.

Il alla au bureau, alluma, inspecta. Il y avait un drap plié sur l'accoudoir du canapé prune, qui n'avait pas été utilisé et que Valentine avait dû sortir pour Margot. Margot avait dormi sur le canapé, sous la couette du lit de Bichot. « Le drap aurait été plus léger », pensa-t-il. Sur la planche du secrétaire, il y avait un papier qu'il n'avait pas remarqué la veille : « Petit Homme, sous ta couette, sur ton divan, la passante va bien dormir. (Un monsieur en colère chez moi.) Baisers. »

Bichot s'allongea sur le divan, accoudé à un oreiller dans une position à la fois confortable et, lui sembla-t-il, élégante. Dans son yukata de lin noir, il parcourut la pièce du regard, ce cabinet du capitaine Achab où Valentine refusait de mettre les pieds. Cette gravure peinte, dans un cadre d'acajou, *Southsea Wales Fishery*, où l'on voyait des baleiniers dépecer des cétacés et l'équipage d'un doris affronter un immense cachalot. Et le daguerréotype de la *Sylptre*, ce petit trois-mâts immortalisé par temps calme, dans son cadre doré, avec cette marie-louise bleu pâle. Décidément, Valentine n'aimait pas ça. Elle n'aimait pas son bateau-bœuf du golfe du Lion, son langoustier Cap-Sizun, son harenguier normand, elle détestait ces maquettes, c'était zéro. Zéro, la vitrine de marin avec sa poignée en cuivre. On la soulevait et l'on mettait au jour un grouillement portuaire, de l'époque brève où la marine à voile et la marine à vapeur se partagèrent la mer à égalité : un grand trois-mâts tiré par un petit remorqueur à cheminées jumelles, un grand vapeur, un autre vapeur, moins grand, un cotre, un lougre, des drapeaux bleu, blanc, rouge un peu partout, des fumées de coton échappées des cheminées, des sillages blancs. « Et quand vous regardez sous la vitrine, vous voyez dépasser les étraves des plus gros bateaux », mais les gens s'en foutaient généralement. Et la jonque chinoise, si fine, dont le cabestan fonctionne et remonte l'ancre. Et les tout petits volets qui s'ouvrent et se ferment. Et la jolie frégate en pointe sèche originale de Nicolas Ozanne.

Le bourlingueur casanier se leva, et revint en compagnie d'une bouteille de vin, se servit un verre et retrouva sur le divan de la cabine du *Pequod* cette position avantageuse qu'accompagnait bien son yukata noir. Et il remit le cap sur Margot.

Il n'avait pas utilisé le numéro de portable que lui avait laissé l'inconnue de Saint-Roch car il pensait que c'était trop familier. Il était passé par le musée de l'Homme, et ce n'avait pas été facile mais, finalement, quelqu'un avait pris ses coordonnées personnelles, et elle avait rappelé.

« Bonsoir, je suis Marguerite Canouville, disait le message, vous m'avez appelée ce matin à mon bureau. Je vous laisse mon téléphone chez moi. » Et elle l'avait répété.

Bichot avait trouvé le message en remontant de chez Valentine, qui venait alors d'emménager au quatrième et ne refusait pas la compagnie. Après avoir composé le numéro, il s'était excusé d'appeler si tard. Elle lui avait répondu en riant que huit heures et demie du soir n'était pas une heure tardive. Pour lui, qui dînait tôt quand il était seul, c'était tard.

— Je ne vous dérange pas ?

— Non, pas du tout, j'allais me préparer une salade de thon, à la tomate et à la coriandre.

— Je peux vous rappeler une autre fois, je vous assure.

— Non, vous m'avez déjà appelée, d'ailleurs pourquoi m'avez-vous appelée ?

Bichot détestait ces moments où il faut faire attention à ce qu'on va dire :

— Je me suis permis de reprendre contact avec vous parce que j'ai pensé… je me suis dit que les enfants de Cézat, avant que tout ait disparu, aimeraient voir l'endroit où il travaillait, cela pourrait être une bonne chose, pensez-vous que ce soit possible ?

— Je serais ravie de vous accueillir tous. Je vous rappelle bientôt.

La visite avait été un succès. La tribu Cézat au complet, à l'exception de Rose, au berceau, et de Canit, retourné au bassin, avait débarqué dix jours plus tard au musée, comme une délégation de province. Dans le bureau de Julien Cézat, Armand était tombé en arrêt devant la photo de son père et de Bichot étalés sur un quai de gare. Devançant les questions, Bichot avait expliqué à Armand qu'il s'agissait d'un retour de feria et que, au cours d'une feria, on boit, on mange, on danse, on dit n'importe quoi, et on dort trois heures par nuit.

— Et vous vous tapiez des filles ? avait voulu savoir Armand.

Dans la salle de travail contiguë au bureau, on avait tendu l'oreille.

— Tu veux savoir ? avait demandé Bichot.

Armand avait fait oui de la tête en regardant ailleurs.

— Eh bien, on s'en tapait sept ou huit par jour, minimum.

Valentine avait saisi Armand par le col et Marguerite Canouville avait entraîné les visiteurs dans les coulisses magiques du musée. Tout le monde l'avait appréciée. Au cours du déjeuner au Totem où ils avaient tenu à l'inviter, Luca, qui était assis à côté d'elle, ne l'appelait déjà plus mademoiselle mais Marguerite, et comme tous s'étaient mis à l'appeler par son prénom, Bichot s'était autorisé à en faire autant.

Au retour chez Valentine, au milieu des cartons de déménagement, les éloges pleuvaient sur cette fille charmante. Cette visite du bureau de Julien avant qu'il ne soit plus le bureau de Julien, quel joli geste ! Et puis toute cette partie du musée qu'on ne visite pas, au fond plus intéressante que le bureau. Talbeau, à l'approbation générale, proposa de lui faire un cadeau. Bichot l'inviterait à prendre un verre, et, au fil de la conversation, il finirait bien par deviner ce qui pourrait lui faire plaisir. Bichot avait refusé, Luca s'était proposé, Valentine avait tranché :

— Non, c'est Bichot qui ira : il a le contact.

Après plusieurs jours d'hésitation, il avait appelé Marguerite Canouville. Parmi les affaires de Julien ne restait-il pas une chose ou deux qui, sans dépouiller le musée, feraient un souvenir pour les enfants ? Si, justement, elle y avait déjà pensé et avait mis une enveloppe de côté en attendant de se décider à lui en parler.

Il l'avait invitée à déjeuner chez Huguette, où il se sentait chez lui. De la banquette face au passe-plat où il avait ses habitudes, il l'avait vue pénétrer dans la salle bondée et bruyante. Évoluant comme un vaisseau désemparé, elle avait effectué devant lui un passage, puis deux, apparemment sans le voir, et, à chaque fois, il s'était soulevé à demi en l'appelant : « Marguerite ! », mais trop bas sans doute pour qu'elle l'entende. Un garçon l'avait enfin guidée à la table de Bichot, où elle avait posé une grande enveloppe de kraft.

— Désolée, avait-elle avoué en rougissant, je suis une taupe ! J'ai perdu mes lunettes et je ne me suis toujours pas résolue à porter des lentilles de contact, maintenant vous savez tout.

Elle avait déjeuné de bon appétit (un petit salé aux lentilles). À la fin du repas, elle avait étalé le contenu de l'enveloppe de kraft sur la table. Des polaroïds et des notes de voyage de la main de Julien Cézat. Les photos dataient de la méharée que Julien et lui avaient accomplie dans les montagnes de l'Aïr, en 1980. Il les voyait pour la première fois : il n'était jamais venu à Julien l'idée de les lui montrer. L'une d'entre elles représentait Bichot, noblement dressé sur un chameau blanc, coiffé de son chèche blanc, vêtu de sa veste de soie bleue et de son large pantalon noir, le pied droit glissé sous le collier de corde au cou de sa monture. Bichot, si maigre alors, maintenant embarrassé de ses rondeurs face à son invitée. Il reconnut l'endroit où avait été pris un autre polaroïd, le puits de Didjinet, et où l'on voyait Ahamed et Moussa en compagnie de Cézat. Bichot avait saisi la photo et la déchiffrait attentivement. Croyant qu'il avait du mal à distinguer, Marguerite Canouville avait pointé son index sur le polaroïd. « Julien est là », avait-elle indiqué, posant le doigt sur un chameau. Bichot l'avait détrompée. Elle avait ri : « Il faut que je m'achète très vite des lunettes. »

— Le cadeau, ce sera une paire de lunettes, avait dit Bichot, rentré faire son rapport le soir-même chez Valentine.

— Des lunettes ? avait dit Luca. Pourquoi des lunettes, ce n'est pas très poétique.

Bichot avait expliqué qu'elle était complètement myope et qu'elle avait perdu les siennes.

— Vous ne vous souvenez pas qu'elle portait de coquettes lunettes vert pâle au déjeuner du Totem ?

— Si, si, je m'en souviens, avait dit Valentine, elles lui allaient très bien. De belles lunettes, ça vous fait un loup de jour, quand vous êtes une femme, regardez mes lunettes de milliardaire discrète, elles ne sont pas bien ?

— Bien sûr que si, avait répondu Talbeau.

— Alors inutile de dormir là-dessus, à la première occasion, Bichot et moi nous irons choisir une monture à L'Écrin d'Iris.

— L'Écrin d'Iris ?

— C'est là où j'ai trouvé mes lunettes de milliardaire, faites-moi confiance.

— Mais la monture sans les verres, ça fait un peu rat, vous ne trouvez pas ? avait demandé Talbeau.

— Oui, mais les verres, ça fait un peu ophtalmo, tout de même, avait corrigé Luca.

— D'accord, avait insisté Talbeau, mais je trouve ça moche de lui offrir des lunettes avec des trous au milieu.

— Nous perdons du temps, avait dit Valentine.

Et, sur une feuille de papier à lettres, elle avait écrit : « Bon pour une paire de nouvelles lunettes à choisir et à retirer chez L'Écrin d'Iris. » Elle avait signé pour elle, pour Canit et pour Rose, puis Armand, Éliane (en tirant la langue), Marie-Conté, Talbeau, Bichot et Luca (en hochant la tête) avaient signé à leur tour. Comme il n'était pas question de demander une ordonnance d'ophtalmo à Marguerite Canouville, il était convenu qu'à L'Écrin d'Iris on préciserait que tout était offert. Le soir même, Talbeau avait fait adresser le message par porteur.

— Mais tu connais son adresse ? avait dit Bichot, qui n'aurait pas dû ignorer que Talbeau savait toujours ce genre de chose.

— Eh oui, je l'ai fait rechercher hier, ça n'était pas sorcier.

Elle avait appelé le lendemain soir :

— Je suis si émue, si touchée ! C'est une si jolie attention pour une taupe. Mais je ne peux accepter, c'est très gênant.

— Gardez le bon, on ne sait jamais, il est valable pour une durée illimitée.

— De toute façon, je ne pense pas pouvoir résister. Alors j'irai dès demain à (il l'entendit déplier un papier) L'Écrin d'Iris pour faire mon choix. Je repasserai prendre mon cadeau dans une quinzaine de jours, à mon retour de voyage, et je vous donnerai vite de mes nouvelles.

C'étaient les premiers temps d'après Julien et Clotilde. On repeignait l'appartement de Valentine qui détestait l'odeur de peinture, et Talbeau lui disait : « Tu vois, maintenant ça ne sent plus le dessous de bras. » Les jeunes Cézat appréciaient le déménagement, cette nouvelle vie qui commençait bizarrement, mais loin en tout cas de leur ancienne maison et de ses fantômes. Rose biberonnait et pleurait peu. Armand montait souvent au cinquième quand il revenait de l'école. Il faisait ses devoirs sous la surveillance d'Aramis, sur la grande table de la cuisine de mousquetaire, et, quand il avait fini, il allait rejoindre Bichot dans la cabine du capitaine Achab, que lui au moins aimait beaucoup, passant de longs moments devant les maquettes de bateaux et servant avec style le vieil ami de son père qui lui avait appris à préparer les cocktails. Marie-Conté aidait Valentine à s'occuper des deux petites et trouvait une sorte de consolation à réviser calmement son bac. Valentine, exténuée après s'être occupée, en priorité, de la salle de bains, de la cuisine et des chambres, attaquait enfin la mise en place de son salon russe. Bichot se rendait chaque matin rue de Lisbonne, au cabinet de Talbeau, qui lui avait demandé une synthèse préparatoire à la conclusion d'un contrat, un gros contrat, comme toujours avec Talbeau, et qui allait donner de l'oxygène à Bichot. Quant à Luca, qui n'avait à l'époque ni chantier de décoration, ni photo d'art ou intime à faire dans la bonne bourgeoisie, il était d'une disponibilité vite devenue indispensable pour Valentine qui lui confiait un travail après l'autre. Chaque jour, on voyait la haute silhouette de Luca passer au quatrième et au cinquième.

Un samedi en début d'après-midi, Bichot était attablé dans sa cuisine en compagnie d'Aramis, pour un déjeuner Brive-Toulouse devant sa petite télévision. Pour l'occasion, il avait ouvert une boîte de cassoulet et débouché une bouteille d'irouléguy. À quinze ans, il n'avait joué que deux fois au rugby, qui n'était pas de son format, et en était revenu avec un double nez, puis un œil fermé. Il était resté amoureux de ce sport au-dessus de ses moyens, ne s'y associant plus que par la télévision ou lors de rares et mémorables troisièmes mi-temps dans le Sud-Ouest où il avait des amis. Rien n'était plus luxueux que ce moment où il partageait de petits bouts de saucisse ou de canard avec Aramis, tout en se tordant sur son siège devant les mêlées ouvertes ou les échappées de trois-quarts.

Son téléphone portable avait bruyamment vibré sur le bois de la table. Il ne l'avait pas entendue depuis quinze jours, mais il avait aussitôt reconnu la voix de Marguerite Canouville :

— Je suis en bas de chez vous : je peux monter ? J'ai quelque chose à vous montrer.

Il lui avait donné le code et l'étage et l'avait attendue à la porte. Il avait écouté l'ascenseur s'immobiliser au quatrième, puis elle était apparue en haut des marches du cinquième.

— Vous voyez ?

Il voyait. Elle portait des lunettes aux verres épais et à la monture corail :

— Mes lunettes « Cézat » ! avait-elle dit, en souriant.

Il s'était entendu répondre :

— Elles vous vont très bien, vous êtes vraiment belle.

Puis, pour amortir l'audace du compliment, il l'avait invitée à entrer et elle avait découvert la cuisine, la télévision avec son bruit de rugby, le chat et le cassoulet.

— Voulez-vous partager un déjeuner et un match de rugby avec moi ? lui avait-il demandé d'un air faussement navré.

— Évidemment !

Il l'avait fait asseoir sur une chaise à côté de lui et avait redonné un coup de chaud au cassoulet.

— Comment s'appelle-t-il ?

— Aramis.

Il lui avait proposé un verre d'irouléguy, mais elle avait préféré de l'eau. En revanche, elle avait attaqué hardiment le cassoulet. Il avait toujours été agréablement troublé par une jolie femme mangeant de grand appétit.

— Ne vous occupez pas de moi, avait-elle dit, je regarde le match avec vous.

Et, en se servant un verre, Bichot avait pensé que c'était ce qui pouvait arriver de mieux. Il était juste un peu étonné qu'elle ne boive que de l'eau avec un tel plat.

— Vous ne buvez pas ?

— Si, très peu : je ne tiens pas l'alcool.

Et elle était retournée à son assiette et Bichot s'était accroché tant bien que mal au match, dont il s'efforçait de suivre les péripéties : Brive avait mené de dix points, puis Toulouse était revenue au score et menait d'un petit point. L'intensité était telle qu'il oublia un moment sa visiteuse et se tortillait à chaque action.

— Oh, mais elle est méchante, cette chaise !

Elle venait de déchirer un bas sur la chaise de jardin où elle était assise. Elle lui indiquait l'estafilade qui courait le long de la soie et disparaissait sous sa jupe.

— Ah, mon Dieu ! s'était écrié Bichot, tandis qu'une clameur s'élevait du Brive-Toulouse, signalant un essai ou un maul près des poteaux.

— Regardez, c'est incroyable, avait-elle insisté tout en relevant un peu sa jupe pour lui faire constater l'étendue de la blessure.

Bichot s'était penché.

— Je vais vous l'enlever et je le ferai stopper.

Elle avait ri.

— On ne stoppe plus, vous savez.

— On ne sait jamais.

Et il avait dégrafé le bas, l'avait saisi doucement à deux mains et descendu jusqu'au pied où il l'avait confisqué et posé sur une chaise.

— Irréparable, avait-elle répété.

Ils s'étaient embrassés un long moment à lèvres entrouvertes, leurs langues au bord de s'atteindre mais ne se touchant pas.

— Alors, ce match, où en sommes-nous ? avait demandé Marguerite Canouville.

Bichot s'était à nouveau penché vers elle et avait retiré le second bas et elle avait aidé son geste en allongeant la jambe.

— J'avais une jambe oui et une jambe non, maintenant j'ai deux jambes oui, je crois.

Une fois nue dans la chambre de Bichot et tandis qu'ils faisaient durer et durer les jeux d'approche, Marguerite n'avait pas quitté ses belles lunettes. Elle avait envie de voir. Pourtant, quand vint le moment où le désir s'impatiente et où le regard chavire, elle voulut les retirer, mais Bichot l'avait priée de n'en rien faire.

— Pour les inaugurer, lui avait-il dit.

C'était devenu un « catleya » entre eux. En fait, par la suite, ils n'avaient pas fait ce « catleya lunettes » si souvent que ça. Mais, quand il fallait aller débusquer Bichot là où il se trouvait, quand elle avait envie de bien l'exciter, les lunettes étaient souvent appelées à la rescousse. Le jeu le plus efficace avait lieu dans la studieuse cabine du capitaine Achab, et commençait dans le calme d'une séance de lecture. Elle était allongée sur le grand canapé prune, calée par un coussin de velours, lui dans un petit fauteuil crapaud. Le feu tremblait dans la cheminée de marbre noir, le temps passait silencieusement, on entendait les pages tourner. Margot, absorbée par sa lecture, appuyant son livre sur ses genoux relevés, bougeait parfois pour changer de position, aussi, peu à peu, sans qu'elle s'en aperçoive, sa jupe glissait vers sa taille. Quand la jupe avait atteint son plus haut niveau, Margot abaissait son livre et jetait un coup d'œil distrait à Bichot, en le regardant pardessus ses lunettes, puis elle se replongeait dans sa lecture, écartant les jambes, comme pour s'étirer, découvrant sa culotte éclairée par le feu. Puis, le regardant à nouveau du même air détaché, elle le voyait se déboutonner tacitement et lui faire voir ce qu'il en était, jusqu'à ce que leurs livres leur tombent des mains.

Ils lisaient parfois les mêmes livres, aimaient parfois la même musique, ils regardaient les émissions animalières à la télévision, ils pouvaient être d'accord sur les mêmes choses, ils pouvaient passer des jours sans se voir en se téléphonant plusieurs fois. Ils n'avaient pas la moindre idée de ce que c'était que la vie, mais ce n'était pas la même idée, et, de toute façon, ils n'en parlaient pas. Ils ne se parlaient pas de leur passé, de leurs autres mondes, sauf si l'occasion se présentait et ça n'allait pas loin. Leur rencontre était une île, pas un refuge. Un soir, elle était arrivée en zigzaguant jusqu'au canapé du capitaine Achab, elle avait défait la ceinture de sa jupe qui était tombée, elle était allée s'allonger en slip sur le canapé prune et lui avait demandé de lui servir un Campari soda avec gin et une tranche d'orange et beaucoup de glaçons. Quand il était revenu avec le verre, elle l'avait vouvoyé d'un ton mauvais :

— Vous voyez, je suis ivre, je n'ai plus de secret pour vous.

Il leur était arrivé, dans leurs bons moments, de se donner un « vous » érotique. Mais ce n'était pas un vous de ce genre. Ils avaient très bien fait l'amour, mais chacun de son côté, et ils n'avaient pas changé de côté.

C'est ainsi qu'ils avaient été chassés de leur île. Ils avaient découvert d'autres manières, comme de s'empoigner par les cheveux et de se donner des coups. Le même alcool, parfois, les rapprochait, et c'était un instant de répit dans un vilain rêve.

— Nous sommes bas, disait Margot.

Chacun était reparti de son côté. Ils se téléphonaient, se voyaient, dînaient, passaient la nuit ensemble quelquefois, se caressaient longuement ou bien se haïssaient, puis il n'était plus resté que les coups de téléphone et un verre de temps en temps, dans un bar d'hôtel, car elle refusait les déjeuners et les dîners. Quand elle pénétrait dans le bar et venait s'asseoir à sa table, les hommes se retournaient. Bichot n'aimait pas ça, Margot non plus. Elle s'asseyait en face de lui et le regardait, souriant de ses yeux clairs derrière ses lunettes de corail pâle.

Il se rappelait fort bien. La veille du soir où elle était arrivée ivre et en furie, il y avait eu un quelque chose de nouveau et de mauvais entre eux. Après le dîner, il n'y avait eu aucun jeu avec les livres ou les bas ou les culottes ou autre chose, et ils étaient allés assez vite au lit. Bichot, déconcerté et irrité, avait empoigné un livre et s'était mis à lire.

— Tu ne mets pas un pyjama pour lire ? avait demandé Margot d'un ton glacial.

Margot voulait être désirée tous les soirs, même quand elle était chiante, sinon, à quoi bon être Margot ? Elle lui avait parlé d'une voix calme qui ne l'avait pas rassuré :

— Tu es gentil, toujours gentil, tu es présent, toujours là pour moi. Tu es délicieux. Mais au fond, tu te fous de tout, tu existes au hasard, tu ne te défends de rien.

Bichot trouva qu'elle exagérait, mais elle avait continué :

— Tu es monotone et tu es charmant, Bichot. Que faire ?

Oui, c'était ainsi que tout avait commencé. Enfin, c'était ainsi que Margot s'était mise à boire comme quelqu'un qui a déjà bu, avec des alternances de vin mauvais, de vin baiseur, de vin rebelle. Ils avaient entamé une descente dont elle semblait, mieux que Bichot, connaître à l'avance les péripéties et cela avait duré longtemps. Il avait très vite perdu toute initiative, Margot conduisait le bal et l'orchestre jouait sans limites. Il y avait eu ce soir où, rentré tard chez lui, il avait entendu des ronflements derrière la porte de sa chambre. Il avait entrouvert et refermé aussitôt : un homme dormait avec Margot. Il était deux heures du matin, il ne pouvait appeler personne, l'idée de prendre une chambre d'hôtel l'épouvantait. Il était allé se réfugier dans la cabine du capitaine

Achab, en compagnie d'une bouteille de J&B et d'un seau de glaçons. Il avait saisi un livre sur le voyage de l'*Astrolabe*, dont il aimait relire des passages, et s'était assis à son petit secrétaire de marine. Il n'avait pas lu deux pages qu'il avait dû se resservir, dans un verre dont les glaçons n'avaient pas encore fondu. Dès la fin du deuxième verre, il pouvait lire à la fois les aventures de l'*Astrolabe* et penser que plus il se dégoûtait de ce que Margot et lui devenaient, plus il dépendait de son cul, et plus il sentait venir la fin de son désir : il l'aimerait toujours, il n'en voudrait plus et c'était sans doute ce qu'elle avait prévu. Désormais, il se fichait de savoir qu'elle était passée du Trocadéro au quai Branly, il était avec Dumont d'Urville sur la passerelle de l'*Astrolabe* et qu'on ne vienne pas le déranger, parce qu'il n'était pas si commode que ça, Bichot. Peu après cinq heures du matin, il était sorti sur la pointe des pieds et s'était retrouvé à l'air libre. Pour occuper son temps, il avait pris le métro à Concorde, direction Vincennes. Dans le wagon où il était monté, deux clochards s'étaient allongés sur les banquettes latérales, et Bichot s'était installé à l'autre bout de la voiture, pour ne pas les déranger et aussi parce qu'ils renardaient furieusement. Quatre ou cinq travailleurs parisiens matinaux étaient montés en cours de route, mais pas plus. À Château-de-Vincennes, Bichot était passé sur le quai d'en face et était monté en direction de La Défense, où il avait à nouveau fait demi-tour en direction de Vincennes, et cette fois-là il n'y avait plus de clochards mais, déjà, beaucoup de gens qui allaient au travail. Quand il était arrivé à Château-de-Vincennes une deuxième fois, il avait changé de quai et était reparti vers La Défense en habitué, encore agréablement imbibé de J&B, et les voyageurs s'étaient mis, comme à l'ordinaire, à monter et à descendre en masse aux grandes correspondances. Connaissant Margot, il avait estimé qu'elle avait déjà déguerpi en compagnie de son ronfleur et qu'il pouvait maintenant prendre congé de la RATP et descendre à Concorde pour regagner son domicile sans déranger. En sortant de la bouche de métro qui donnait sur la rue Cambon, il avait découvert un matin frais et ensoleillé, un matin de mars annonçant prématurément le printemps entre deux jours de giboulées, qui, dans la perspective de la rue Duphot, éclairait les colonnes pâles et le toit vert de la Madeleine, comme un de ces jolis Dufy dont la mère de Bichot était si entichée. Pour se laisser une marge de temps, il s'était arrêté chez Huguette, qui venait d'ouvrir.

— Vous êtes bien matinal aujourd'hui, François, lui avait dit Gé, le barman, en lui servant ses deux tasses de café serré.

— Oui, Aramis m'a réveillé à cinq heures et je n'ai pas pu me rendormir.

Quand il était rentré chez lui, il s'était rendu directement à la chambre. La fenêtre était grande ouverte et une housse de couette et un drap-housse avaient remplacé ceux qui tournaient dans le tambour de la machine à laver. Margot n'avait pas laissé de mot, mais le soir elle l'avait appelé pour s'excuser : « Je sais que ça ne changera pas grand-chose entre nous, mais ça ne se reproduira pas. »

Il s'était dit que cette fois tout était fini. Mais leur fin allait à sa propre vitesse et ils avaient recommencé à se voir, irrégulièrement, en passant par la bouteille. La nouveauté était qu'elle lui parlait des autres sur l'oreiller tandis qu'ils fumaient en regardant le plafond.

— À qui d'autre pourrais-je en parler ? avait-elle dit.

— À qui d'autre, en effet ? avait-il répondu.

— Vraiment, cela ne te gêne pas que j'en parle ? demandait-elle toujours.

Il se récriait, il lui donnait le feu vert. Alors, elle lui racontait comment elle avait rencontré le type, comment c'était arrivé. Elle voulait bien, même, lui raconter comment il l'avait baisée, puisque, de toute façon, il s'en foutait. Il avait d'abord dit non, puis il avait fini par dire oui, et elle lui racontait et après il la baisait, et ils claudiquaient sur ce nouveau chemin et peu importait où il menait.

À cette époque, Margot assistait encore assez souvent aux dîners chez Valentine, pour le plus grand bonheur de Marie-Conté et d'Éliane, qui lui vouaient une adoration admirative. Et comme elle avait un bon coup de fourchette, levait bien le coude et participait avec naturel à la conversation, elle était également populaire auprès de Talbeau et Luca. Ils étaient d'autant plus loin de soupçonner ses mauvaises lunes qu'elle avait le teint vif, l'œil lumineux et le rire facile, ce qui n'était pas le cas de Bichot, auquel on en faisait parfois la remarque.

Et puis, un soir, trois ans plus tôt, elle s'était invitée à partager son gratin d'endives et elle était arrivée maussade, chiffonnée, le teint brouillé, comme si, pensa-t-il plus tard, elle s'était maquillée devant le miroir de Dorian Gray. À la fin du dîner, elle avait tiré de son sac un paquet de lettres nouées d'une faveur bleu clair et l'avait jeté devant l'assiette de Bichot.

— Tiens, j'ai retrouvé ça.

À l'abri de son bouclier mental, il avait dénoué la liasse sans trembler. Des cartes postales et des lettres dans leurs enveloppes, toutes adressées à Marguerite Canouville, au 51, boulevard Beaumarchais. Il avait reconnu l'écriture de Julien Cézat. En survolant les lignes, il était apparu clairement que la voix, le parfum et le derrière de « Margoton » avaient quotidiennement inspiré Cézat entre le 12 mars 1992, date de la première lettre, et le 2 juillet 1996, une carte postale sous enveloppe expédiée la veille de son départ pour les États-Unis. Clotilde était-elle au courant ?

— Non, elle n'a jamais rien su, avait répondu Margot. Elle a toujours été heureuse avec Julien, et lui aussi d'ailleurs.

Le bouclier mental de Bichot s'était lézardé : « Donc, pensait-il, jusqu'à aujourd'hui, Margot est restée la maîtresse de Julien, puisqu'elle ne m'en avait jamais parlé. »

— Voilà, François, lui avait-elle dit, elle qui ne l'appelait jamais François.

Et, tout en caressant d'une main Aramis qui était monté sur ses genoux, elle lui avait tendu un quartier de poire qu'elle venait d'éplucher.

— C'est une histoire assez banale et qui n'intéresse que nous. Ce n'est pas un coup monté :

quand nous nous sommes rencontrés, j'ai vu que je te plaisais, j'ai su que tu me plaisais. Si je t'avais dit, rien ne se serait passé, n'est-ce pas ?

— Mais pourquoi me faire voir toutes ces lettres aujourd'hui ?

Elle lui avait souri du sourire le plus tendre, le plus maternel, le plus désolé.

— Parce que nous avons fait notre temps, mon chéri, tu ne crois pas ?

Et Bichot, sans rien dire, avait essuyé ses lunettes avec sa serviette. Et Margot avait poursuivi de la même voix paisible :

— Tu es exactement comme Julien Cézat, tu es comme tous les Cézat, Talbeau, Luca, Canit. La porte des Cézat est toujours ouverte, dans les deux sens. On est bienvenu, mais personne ne vous retient. Vous ne vous en apercevez même pas. Ce n'est pas un reproche : moi, je suis une porte refermée sur moi-même.

Par la suite, Bichot attendit impatiemment un de ces gains au Loto immanquablement suivis d'un rêve au cours duquel Julien Cézat venait réclamer sa part. Quand l'occasion se présenta, il parla immédiatement de Marguerite Canouville, mais la communication céleste s'interrompit aussitôt, comme à la suite d'un incident technique et il ne réitéra jamais sa tentative.

Depuis, Margot avait réussi à ne pas perdre ses lunettes à monture rose corail. Elle rendait parfois visite à Valentine, elle déjeunait aussi avec Marie-Conté, Talbeau ou Luca, et, quand elle savait que Bichot n'était pas à Paris, elle lui demandait l'hospitalité et allait dormir, seule, chez lui, comme elle venait de le faire.

« Margot est dans les parages », avait dit Valentine au parc de Saint-Cloud. En fait, Margot était toujours là, comme les vrais absents. Depuis la cabine enfumée du capitaine Achab, Bichot appela Valentine au téléphone :

— Tu n'es pas déjà au lit ? Que dirais-tu si je te proposais de venir boire un verre chez toi ?

La porte du quatrième était déjà ouverte pour Bichot qui trouva Valentine en train d'installer deux verres et une bouteille de rouge à peine entamée. La fatigue de l'ascension du mont Saint-Cloud, du voyage dans la diligence n° 72 et de la traversée du fleuve Shopping se lisait encore sur son visage. Au deuxième verre, rompant le silence, Bichot pensa à voix haute :

— La vérité est que j'aurais dû au moins lui proposer de vivre avec moi.

— Je ne sais pas si tu aurais dû, mais tu aurais pu.

— Me crois-tu capable de faire une telle demande ?

— Ça, non.

— Et si je l'avais fait, cela n'aurait pas marché, de toute façon.

— Sans aucun doute, mais au moins tu l'aurais fait. Côté cœur, tu as du mal à mettre la main à la poche, mon petit vieux. De ce point de vue-là, tu es un monotone.

— Elle me l'a dit une fois.

— Ça, elle ne pouvait pas se tromper. Tu es un homme merveilleux, mais tu es un monotone. Un monotone, ça ne demande pas à une folle magnifique si elle aimerait vivre avec lui. Un monotone très célibataire, très sans enfants, très chez soi, très ami de sa petite tristesse irréparable de tous les jours.

Bichot se recroquevilla dans son fauteuil et se réfugia dans le silence du salon russe. Valentine en avait fait autant et, la tête appuyée à une oreille de son voltaire, elle commençait à ronfler. Bichot se leva, Valentine s'éveilla et le raccompagna à la porte où il l'embrassa.

— Pourquoi ne me l'as-tu jamais dit ?

— Mais je dis quand on me demande, dors bien, mon chéri.

Et, se tenant devant sa porte tout en bâillant derrière sa main, elle l'avait regardé monter chez lui.

II

LE LIT ERNEST BOICEAU

Début septembre, les enfants Cézat, de retour du cap, envahirent le quatrième étage. Éliane et Rose, pensionnaires permanentes de Valentine, mais aussi Armand et Marie-Conté, qui, bien que respectivement âgés de vingt-quatre et de trente ans et ayant chacun une adresse à Paris, passaient traditionnellement les quinze premiers jours de la rentrée chez Valentine où ils retrouvaient, ravis, leurs anciennes chambres et leurs vieux lits à une place. Talbeau et Luca s'invitaient fréquemment, chargés de ravitaillement. Valentine, contente, râleuse, désagréable, criait au bordel, convoquait Bichot à tout moment et l'asticotait. Depuis treize ans, la rentrée était une fête prolongée qui ne disait pas son nom. Rose, treize ans, rentrait en quatrième et Éliane, seize ans, en première dans le même établissement. Valentine, à son habitude, les avait inscrites sans demander l'aide de personne : « Maintenant, tu sais, j'ai pris l'habitude de brandir mes papiers de tutrice légale et j'ai ma carte de séjour au pays des profs et des écoliers », avait-elle répondu à Talbeau qui lui avait proposé ses services. La plupart du temps, elle préparait le dîner, alors qu'elle rechignait habituellement à se mettre aux fourneaux. Mais une fois qu'elle y était, sa cuisine était zone interdite et il n'était même pas possible de lui parler à travers la porte. De temps à autre, on l'entendait appeler Éliane et Rose pour savoir si elles avaient mis la table. Bichot, qui avait pris son tour dans cette agitation, descendait toujours avec du vin et du Champomy. Depuis quatre ans, il était accompagné d'Aramis, qui guettait ces semaines agitées avec impatience. Il ne fallait pas attendre Valentine pour se placer. On le faisait comme ça. De la cuisine, elle appelait Éliane pour qu'elle apporte le plat, car elle voulait éviter de prendre de plein fouet les « Ooooh » et les « Aaaah » que Talbeau et Luca ne manquaient jamais de pousser, avec le soutien de la jeunesse. Elle ne boudait pas son triomphe, simplement, ce n'était pas la maîtresse de maison qu'elle souhaitait entendre saluer, c'était la cuisinière, aux commandes de sa cuisine.

Certains soirs, Valentine rendait son tablier. Comme ce soir-là, où Bichot préparait le dîner et s'apprêtait à recevoir dans la cuisine de mousquetaire, après avoir fait son marché dès sept heures du matin. Il avait, la veille, mis en route une daube de joues de bœuf en gelée à la provençale. Un plat numéro un nécessitant une mobilisation numéro un et qu'il n'avait réussi qu'aux trois quarts la dernière fois : ce dîner était un match retour. La daube en gelée serait présentée sous la forme de deux demi-sphères à travers la transparence desquelles on verrait, immobilisés, le bœuf et les carottes. Elle avait été mise au réfrigérateur, comme dans un coffre-fort, que Bichot avait prévu d'ouvrir à huit heures précises du soir. Mais on arriva à partir de sept heures du quatrième étage, où, à en croire le niveau des voix qui montaient, on avait déjà commencé à lever le coude.

Valentine interpella Bichot, qui n'avait pas changé la litière d'Aramis :

— Mais tu es dégoûtant, François, tu as vu la litière d'Aramis ? C'est plein de crottes et de pipi, tu crois qu'il aime ça ? Qu'est-ce que tu dirais si tu devais faire tes besoins au milieu de tes vieux besoins, vraiment !

Éliane, Rose et Marie-Conté pouffaient, Bichot, sanglé dans son tablier, ignora. Luca saisit un journal, sur une pile au-dessus de la machine à laver et éleva la voix :

— Je m'occupe de la litière d'Aramis, et nous laissons le cuisinier tranquille.

La daube, une réussite, fit retour gagnant. Rose avait forcé sur le Champomy, Éliane avait bu un verre de vin et aimé à moitié. Au moment où Rose apportait le gâteau au chocolat, Valentine dit à Armand, assis à côté d'elle :

— Ainsi, tu aimerais retrouver cette épée au fin fond du désert du Ténéré ? Cela m'a donné aussi une idée, figure-toi, mais ce que j'aimerais rechercher est moins loin, c'est en Suisse.

Valentine avait excité la curiosité et chacun autour de la table se disposait à l'écouter mais Talbeau, qui avait foncé toutes voiles dehors depuis le quatrième étage, lui confisqua la parole :

— Le Ténéré ? Joli but de promenade ! Un parc d'attractions avec les troupes du gouvernement de Niamey et les groupes de Touaregs rebelles qui se tournent autour à coups de RPG et de mortiers, la cinquième colonne libyenne qui, depuis trente ans, jette son sel dans le bouillon en jouant à saute-frontière (et dans le désert, il n'y a pas besoin de sauter haut) et favorise la circulation de gros camions Mercedes où se sont entassés cent cinquante malheureux qui rêvent d'atteindre l'Europe en passant par la case Tripoli où ils sont parqués par les services humanitaires de Kadhafi. Avec enfin Arlit, l'île enchantée où les pays riches se retrouvent pour exploiter l'uranium. À six jours de piste de ce radieux éden, les contreforts de l'Aïr où se dresse le massif du Takolokouzet. C'est là que se trouve enterrée depuis bientôt trente ans cette fameuse épée dont on parle tant ces jours-ci, déterrée peut-être depuis belle lurette, en un lieu connu du seul François Bichot, grand saharien, certes, mais qui aurait besoin d'un chien d'aveugle pour traverser la vie.

— Ce n'est pas tout à fait exact, rectifia Bichot de sa voix flûtée, sans quitter son assiette des yeux, je suis pratiquement sûr de pouvoir retrouver l'endroit précis où devrait se trouver cette tacouba, du moins si personne n'est venu la déterrer depuis. En revanche, ajouta-t-il en regardant Armand, je suis loin de militer en faveur d'une telle aventure.

— Ce serait pourtant une belle histoire, je trouve, dit Valentine.

Talbeau leva les yeux au ciel, puis :

— Pardonnez-moi, mais j'ai besoin d'un whisky.

Et il était allé se servir au bar du capitaine Achab. Tandis qu'on entendait des glaçons tomber dans un verre, Armand, élevant la voix pour se faire entendre de lui, dit à Talbeau :

— Ne t'inquiète pas, depuis le temps qu'elle est là, la tacouba peut encore attendre, papa.

Dans la pièce d'à côté, les glaçons cessèrent un instant de tinter et, autour de la table, les conversations s'interrompirent, tandis qu'Armand, interdit, rencontrait les regards autour de lui. Talbeau réapparut, tenant un énorme verre chargé à ras bord de glace et de whisky. De ses yeux ombrés de maharadjah, il fixa Armand avec émotion, alla jusqu'à lui et posa une main sur son épaule.

— Écoute, Armand, si tu avais donné du « papa » à Bichot ou à Luca, j'aurais été un peu jaloux, je suis touché que ton lapsus me soit tombé dessus. Je ne suis pas ton père mais tu es mon fils.

— Toast ! cria Luca.

Bichot regardait à la dérobée le visage ovale et massif de Talbeau, sa calvitie ronde, régulière, couronnée de cheveux denses et noirs, ses sourcils arqués, ses longs cils ombrant ses grands yeux noirs en amande. Il repensait au sosie de Talbeau, une magnifique Indienne qu'il avait admirée, dansant et chantant seule sur scène, faisant tinter les sonnailles de ses chevilles, un soir, au cours d'une représentation du festival d'Automne, au Théâtre Renaud-Barrault. Une artiste inoubliable. Il avait été invité à la rencontrer dans sa loge, où il avait découvert que cette danseuse était un homme, un danseur travesti. Il était tranquillement assis en pantalon et chemise, son col ouvert sur une poitrine broussailleuse, ses manches étaient remontées sur des bras musclés et velus, sa calvitie élégante et ses yeux noirs aux cils de jais lui avaient aussitôt fait penser à Talbeau. Il fumait la pipe — Bichot avait reconnu le parfum de son tabac, Early Morning Pipe. Ils avaient sympathisé en anglais en sirotant un whisky. Depuis, Bichot voyait une danseuse indienne profiler en cachette sa grâce derrière la rugosité de Talbeau. Bichot lui avait fait part de cette ressemblance, et il avait grogné. Mais quand Armand avait commis le lapsus de l'appeler papa, une douceur féminine avait nimbé le regard si émouvant de Talbeau.

Après s'être assis à nouveau en posant son verre géant devant lui, Talbeau eut à cœur de préciser que Bichot et Julien Cézat avaient accompli sans lui leur méharée dans le désert du Ténéré.

— Ils ne m'ont même pas proposé d'en être, voilà pourquoi mon seul objet perdu est le tas de sable où je jouais à Vaux-sur-Seine chez ma grand-mère et où je fabriquais des déserts, pressentant sans doute que je n'irais jamais. Mais si ce voyage doit se faire, cette fois, d'une manière ou d'une autre, j'en serai.

Éliane bâillait parfois, Rose dormait, le visage dans sa serviette, mais se débattait dès qu'on lui proposait de descendre se coucher. C'était un samedi, on n'insista pas. Bichot qui avait prévu un second gâteau au chocolat le sortit du four, le découpa et le servit.

Valentine s'apprêtait enfin, son tour venu, à parler de son objet perdu, mais, au moment où elle ouvrait la bouche, on sonna à la porte : c'était Mme Arroyo, montée offrir un gâteau aux amandes qui rendait folles les populations du quatrième étage.

— Venez vous asseoir avec nous, madame Arroyo, proposa Bichot, Mme Florent allait nous raconter une histoire.

Mme Arroyo exécuta quatre ou cinq demi-tours sur elle-même avant de consentir à s'asseoir, tandis que Bichot disposait devant elle une assiette à dessert, un verre et une bouteille de porto. Alors, Valentine se lança :

— Mon objet perdu est un lit en érable blanc et amarante, signé en 1929 par Ernest Boiceau, un grand facteur de l'entre-deux-guerres. Comme vous ne le savez peut-être pas tous, mon arrière-grand-père, mon grand-père et mon père étaient antiquaires. Je n'ai jamais connu mon père, ni ce lit Ernest Boiceau. Mais ma mère m'avait beaucoup parlé de l'un, mon père, et de l'autre, le lit, auquel elle semblait accorder une grande valeur esthétique et sentimentale. Elle en avait même extirpé une fois une photo fatiguée, en noir et blanc, du désordre d'un vieux carton. Je devais avoir à peine l'âge de Rose à l'époque, la photo en noir et blanc n'avait guère laissé de trace et le lit avait traîné dans un coin oublié de ma mémoire tout au long de ma jeunesse, puis de ma vie.

» En 1982, lors d'une exposition-vente à laquelle je m'étais rendue un peu par hasard, galerie Véro-Dodat, chez l'antiquaire Éric Philippe, je reconnus, en chair et en os, le lit Ernest Boiceau, pièce unique à la connaissance d'Éric Philippe, fort intrigué et intéressé lorsque je lui racontai mon histoire. Ce lit était-il un jumeau de celui que mon père, d'après ma mère, avait acquis à Paris et expédié à Amsterdam, qui était, avec Paris et Lucerne un de ses lieux de stockage ? Quoi qu'il en soit, je découvris et pus toucher, chez l'antiquaire Éric Philippe, ce lit, avec son berceau en forme de coque de trirème en bois amarante, doublé à l'intérieur d'érable blanc.

— Mais qui était Ernest Boiceau ? interrompit Marie-Conté, qui, pour mieux écouter le récit, avait poussé sa chaise contre celle de Bichot en collant sa jambe à la sienne.

— Il était très connu. En 1920, il avait créé sa propre maison de couture, au 32, avenue de l'Opéra : accessoires, passementeries, tissus d'ameublement, un homme d'intérieurs. Le catalogue de la galerie Éric-Philippe mentionnait qu'il avait habillé les hôtels particuliers de la baronne de la Bastide, de la princesse Bibesco, de Mme Lambert-Ribot, les appartements de Mme Cécile Sorel, de M. Mavrogordato de Mme Louise de Vilmorin à Verrières, de M. de Boutet de Monvel à Paris et New York, bref, Ernest Boiceau n'était pas un inconnu pour tout le monde. Il est mort en 1950.

» Éric Philippe ignorait totalement qu'il ait pu exister un double, un « lit jumeau », comme je lui en fis la suggestion, mais il me conseilla vivement de partir à sa recherche en me priant de bien vouloir le tenir informé. D'après ma mère, ce lit était

« mon » lit, car elle était enceinte de moi quand mon père l'avait acquis, à mon intention. Combien de fois, contrariée par mon manque d'intérêt, ne m'en avait-elle pas parlé. Selon elle, le lit était parti par mer de Hollande au moment où les Allemands envahissaient les Pays-Bas et serait arrivé, dans des conditions rocambolesques, à Lucerne, où s'était établi depuis des années le frère et associé de mon père, mon oncle Albert Saltiel. Il était marié et père d'une petite fille de quinze ans, Adry. C'est à Lucerne que parvint, au début de la guerre, tout le fonds qui avait pu être rapatrié d'Amsterdam. Puis ils se sont établis à Coppet avec Adry, ma cousine, qui vit toujours là-bas, et où mon oncle et sa femme sont morts jeunes.

» Je n'ai connu personne de tous ces gens : mon père, mort avant ma naissance, mon oncle Albert et sa femme, ni même ma cousine Adry, que je n'ai jamais vue.

Marie-Conté, une main posée sur la jambe de Bichot, interrompit la narratrice :

— Tu vas un peu vite, Valentine, ne résume pas trop, s'il te plaît.

— Oui, approuva Luca, on aimerait en savoir davantage sur le déménagement des œuvres d'art entre la Hollande et la Suisse.

— Vous voulez vraiment tout savoir ? demanda Valentine, obéissant à l'attention qu'on lui accordait.

Auparavant, elle demanda à Éliane et Rose, qui n'attendaient qu'un ordre, de descendre se coucher, puis, une fois la tournée des baisers ensommeillés achevée et Talbeau ayant invité Mme Arroyo à apprivoiser la bouteille de porto, on reprit en marche l'histoire du lit d'Ernest Boiceau.

— Vous me connaissez sous le nom de Valentine Florent, pourtant je suis la fille de Melchior Saltiel, né à Paris en 1897 et de Marion Kremer, née en 1906 à Düsseldorf. Je suis moi-même née en 1942, à Bourdonné, dans la Seine-et-Oise. Mon père était mort cinq mois plus tôt, juif et résistant, alliant deux bonnes raisons d'être fusillé par les Allemands. Six ans avant l'arrivée des nazis au pouvoir en Allemagne, ma mère était venue vivre en France, non par esprit d'anticipation, mais parce qu'elle rêvait de la France. Elle avait étudié les beaux-arts à Düsseldorf et collaborait à des revues, fréquentant un milieu où il aurait été étonnant qu'elle ne croise pas Melchior Saltiel, un des antiquaires les plus en vue de la place Vendôme. Ils ne se marièrent qu'en 1936, à l'époque où la paix commençait à changer de goût, et mon père, qui ne se faisait pas d'illusions, commença à transférer beaucoup de choses à Lucerne, ce qui était un bon choix, et à Amsterdam, proche des côtes anglaises, mais cependant séparé de la frontière allemande par une petite armée et des champs de tulipes. À Lucerne se trouvait son frère Albert, établi en Suisse depuis 1932. Il s'était marié avec Hélène Stoffel, une antiquaire et, en 1940, ils avaient une fille, ma cousine Adry, dont je vous ai déjà parlé.

» À Amsterdam, le représentant du fonds Saltiel était Friedrich Goldstikker, natif de Heidelberg et vieil ami de mon père, qui s'était installé aux Pays-Bas dès octobre 1933. Il veillait sur un stock considérable de meubles, de tapisseries et de tableaux de maîtres, et, comme Albert Saltiel à Lucerne, il était en contact permanent avec Melchior Saltiel. Dès mars 1940, convaincu que les nazis ignoreraient la neutralité des Pays-Bas, mon père avait dépêché auprès de Goldstikker, âgé et fatigué, son assistant parisien, Martial Alberneau, expert énergique et talentueux, avec pour instruction de regrouper, de classer et d'emballer ce qu'il y avait de plus précieux et de le faire transporter par route jusqu'en France, dont on n'imaginait pas alors que l'armée s'effondrerait en moins de deux mois. C'était une énorme tâche et seules quelques premières expéditions étaient parties d'Amsterdam quand, le 10 mai 1940, les nazis violèrent la frontière. L'armée néerlandaise, qui n'avait pas combattu depuis cent dix ans, se défendit courageusement, mais le pays fut rapidement coupé en deux par les hostilités et il n'était plus question d'acheminer le fonds Saltiel par voie de terre sans se faire repérer par les chasseurs d'art nazis, qui s'abattaient comme des charançons à la suite des armées. Restait encore la mer, pour peu de temps. Panique, urgence, désordre. Grâce à ses relations, Goldstikker obtint une cabine pour Alberneau et lui, ainsi qu'une importante dotation de cale, à bord du *Breda*, un cargo mixte prêt à appareiller à destination des États-Unis. Tandis que Martial Alberneau roulait à la tête d'une colonne de camions en direction de Rotterdam, le vieux Goldstikker était parti en avant dans une voiture rapide, espérant faire renouveler au consulat des États-Unis à Rotterdam son visa, qui expirait le jour même et sans lequel il aurait été immanquablement refoulé outre-Atlantique.

» Par miracle, ils se retrouvèrent deux heures plus tard dans la cohue du quai où était amarré le *Breda* et à bord duquel l'ensemble du fonds Saltiel était désormais arrimé à fond de cale. Goldstikker était revenu bredouille du consulat en proie à l'émeute. Il jeta dans les eaux du port ses papiers, devenus désormais dangereux : il pourrait toujours prétendre qu'on lui avait volé son passeport, que faire d'autre ? Il demanda à Alberneau de lui souffler un nom français. « Charles Gantois, proposa Alberneau. — C'est un joli nom », approuva Friedrich. Mais il ne le porta pas longtemps. Le pont du bateau disparaissait sous une foule en ébullition. Alors que le jour commençait à décliner, le bateau appareilla, ce qui aurait dû rassurer et rétablir un certain calme : bien au contraire, il y eut une panique avec des grappes d'hommes, de femmes et d'enfants livrés à un va-et-vient incontrôlable. Le capitaine tenta de rétablir un semblant de calme en hurlant dans son porte-voix : « Les femmes et les enfants dans les cabines, deux personnes par couchette, les hommes dans les coursives et sur le pont aux endroits indiqués par l'équipage. Votre salut, répétait-il, c'est de garder votre calme. » Peine perdue. Il s'ensuivit une ruée vers les places supposées les meilleures. Emporté au gré de ces courants humains, le vieux M. Goldstikker fut irrésistiblement séparé d'Alberneau dont il lâcha la main, à bout de résistance, et se laissa porter, à demi étouffé, dans ce remous sauvage où le doux érudit était bousculé sans pitié. À un moment, le sol se déroba sous ses pieds : il avait été poussé au-dessus d'une écoutille ouverte. Dans l'ignorance générale, il tomba et se fracassa cinq mètres plus bas. Martial Alberneau le chercha vainement pendant des heures.

» Le *Breda* devait faire escale à Douvres avant de faire route sur New York. Mais par suite de plusieurs attaques en piqué effectuées par des bombardiers allemands en maraude, le cargo, qui avait multiplié les changements de cap, s'était retrouvé aux portes de la Manche sans avoir pu faire halte dans un port où charbonner. Où aller ? En France ? La France avait déjà un genou à terre et l'autre allait suivre. En Espagne, chez Franco ? Au Portugal, chez Salazar ? D'après le capitaine, avec lequel Alberneau s'était entretenu, c'était la quarantaine garantie et des ennuis, de mauvais ennuis. Le capitaine décida de faire route sur Gibraltar, qui était anglais après tout. Et comme Gibraltar était anglais, on les détourna sur Marseille. C'est quelques heures après qu'on ait laissé Gibraltar qu'Alberneau, alerté par le capitaine, fut conduit dans la cale, où on lui montra le corps de Friedrich Goldstikker, étendu auprès des caisses où étaient emballés un Raphaël, un Maître de Moulins, des Manet, des Picasso, des Matisse, des meubles signés Boulle ou Jacob, et aussi un lit Ernest Boiceau.

» Le 20 mai 1940, le *Breda* fut autorisé à débarquer à Marseille ses passagers et son chargement, qui eurent la chance d'être accueillis par des douaniers et des gendarmes sans consignes et déboussolés par les mauvaises nouvelles du Nord, qui s'accumulaient chaque heure. La guerre n'était pas descendue jusqu'à Marseille, mais la crise s'en était déjà emparée. Avec son manteau cousu d'argent, Alberneau se faufila dans les bureaux et collectionna les tampons. Le chargement fut très légalement stocké et mis sous bonne garde. En moins de quarante-huit heures, huit camions et leurs chauffeurs, rangés sur les docks, attendirent l'ordre de départ. Le temps qu'Alberneau fasse laver et habiller Friedrich Goldstikker et lui choisisse sur catalogue un cercueil digne de lui. Après quoi, il plaça entre ses mains un petit roman d'Agatha Christie qu'il avait trouvé dans une poche de manteau du vieux monsieur et le fit enterrer au cimetière de la Timone où un rabbin récita le kaddish, peut-être le dernier avant quatre années de silence. Puis, en tête du convoi, Alberneau remonta la vallée du Rhône, où les Italiens n'étaient pas encore arrivés, tandis que toute la France commençait à dévaler vers le Sud avec ses matelas sur les toits. À la frontière suisse, Alberneau savait que l'argent qu'il avait dans ses doublures ne ferait pas le poids devant celui que le grand pays neutre avait dans ses coffres, et il lui fallut laisser les trois quarts de son chargement à la garde de l'administration helvète « jusqu'à la fin des hostilités en Europe ». Dans le quart qu'il put emporter, qui n'occupait plus qu'un camion, il y avait le lit Ernest Boiceau. Martial Alberneau passa le reste de la guerre chez mon oncle Albert

Saltiel et sa femme Hélène, et regarda grandir ma cousine Adry. En 1946, Alberneau est revenu en France et je ne sais pas ce qu'il est devenu. À la même époque, Albert, Hélène et Adry vinrent vivre à Coppet, dans une jolie maison, tout au bord du lac Léman.

— Et tout ce que les gabelous suisses avaient confisqué ? demanda Marie-Conté, qui avait ouvert, un à un, les boutons du pantalon de Bichot.

— Ça, je n'en sais rien, répondit Valentine. D'après ce que ma mère m'a raconté, j'ai l'impression que les Saltiel de Suisse ont tout récupéré. C'était énorme, surtout vu d'aujourd'hui... En fait, à part ce lit Ernest Boiceau, ma mère ne voulait plus entendre parler du reste. Pour elle, tous ces trésors sublimes étaient vidés de leur beauté et avaient un parfum de mort.

— Et pendant la guerre, demanda Luca, comment vous en êtes-vous sorties ?

— Eh bien moi, au début, j'étais au biberon, dans la Seine-et-Oise, à Bourdonné donc, un joli village en bordure de la forêt de Rambouillet, non loin de Gambais, où Landru brûlait des dames. Mais à l'époque, Landru s'appelait Hitler et ma mère, née Marion Kremer, était la veuve du résistant et juif Melchior Saltiel. À soixante kilomètres de Paris, nous étions trop près de l'actualité du temps. Je ne sais pas comment ma mère s'est procuré de faux papiers pour passer la ligne de démarcation, toujours est-il que nous avons atterri en Corrèze, à Saint-Aulaire-Malzieux, un pays ravissant, où elle et mon père avaient passé des vacances trois ans plus tôt et où il avait failli acheter le presbytère. Ma mère me confia à Émile et Yvonne Thyaire, qui tenaient un café en face de l'église. Ils m'ont tout de suite fait baptiser, c'était le vaccin obligatoire. Un village isolé où la route s'arrêtait devant les grilles du cimetière. C'est là que j'ai vécu jusqu'à six ans. Mes papiers étaient faits au nom de Valentine Florent, le nom que j'ai gardé. Ce n'était pas si prudent, car le nom de guerre de mon père, celui sous lequel il avait été fusillé, était Valentin Florent. Le soir, je ne fermais pas les yeux tant qu'Yvonne n'était pas venue me donner ses deux joues rouges à embrasser. C'était un pays de rivières, de cascades, de bois, de prés, de collines, de brebis, de vaches, de veaux, de chèvres, de champignons, de châtaigniers, de vipères rouges, de fraises des bois, d'accordéons : j'ai vu claquer les petits sabots de la bourrée sur les larges planches du bistrot et les femmes, ébauchant un sourire, danser comme des marquises. On détestait les Allemands, sans s'en vanter. On en tuait.

» Ma mère a débarqué en 1946. « Tu vas revoir ta maman », m'avait dit Yvonne, qui n'avait jamais cessé de m'en parler. La revoir était un bien grand mot, je n'avais jamais vu cette belle femme blonde qui sortit d'une Peugeot 202 qu'elle conduisait elle-même. Elle revenait de beaucoup plus loin que la Corrèze, car, pour se cacher, elle n'avait pas cessé de bouger pendant quatre ans. Et elle avait collectionné les cartes d'identité : Soizic Redouté, Andrée Marsac, Geneviève Dorléan, Antoinette Beauvoisin. C'est sous cette dernière identité qu'elle avait fini la guerre, à l'abri d'un métier de collabo, comme elle disait, où elle était responsable de l'« impôt métal », chargé de récolter le zinc, le cuivre et le fer, dans les granges, dans les greniers ou sur les bars des bistrots. Le lieu de sa planque est devenu un tabac, situé sur une place d'Arles, juste en face de l'hôtel Nord-Pinus.

» En fait, j'étais ravie de me découvrir une mère pareille, si belle et pourtant jamais remariée. Entre treize et quinze ans, je lui ai souvent demandé de me raconter notre vie. Elle ne se faisait pas prier et s'exécutait volontiers. Et le lit Ernest Boiceau revenait régulièrement sur le tapis, sans doute parce que mon père me l'avait destiné. Et, bien sûr, ce n'était pas ce qui m'intéressait le plus. Elle est morte sans crier gare, à soixante-huit ans, en 1974. Chez elle, j'ai trouvé, sur la petite table en acajou, l'adresse et le téléphone de ma cousine Adry Saltiel à Coppet. Par fidélité envers Marion Kremer et Antoinette Beauvoisin, et par simple devoir familial, moi qui ne suis pas famille, je me suis sentie obligée d'annoncer par écrit la mort de ma mère à ma cousine Adry. C'était notre premier contact. Nous savions l'une et l'autre que nous existions, mais c'était tout. Peut-être ma mère lui avait-elle envoyé une photo de moi dans le début des années cinquante. J'avais laissé mon adresse et, par politesse, mon numéro de téléphone en haut de ma lettre.

» Elle préférait le téléphone, qui était pourtant cher à l'époque. Elle me rappela deux jours plus tard. Elle était très gaie et très bavarde : « J'ai vu ta mère une fois à Amsterdam, où m'avaient emmenée mes parents. J'avais dix ans, mais je ne me rappelle pas avoir jamais vu une femme aussi jolie et agréable. Ton père était heureux avec elle. » Elle vivait toujours seule à Coppet. « Viens me voir quand tu veux, il y a de la place, ici. » Puis, au moment où nous allions raccrocher : « Au fait, il y a toujours un lit Ernest Boiceau qui t'attend à la maison. Passe le prendre un de ces jours. »

— Et alors ? demanda Talbeau.

— Et alors, pendant des années je lui ai écrit et elle m'a téléphoné. C'était très agréable, ces coups de téléphone en provenance du lac Léman, si éloignés de la vie que je menais, si familiers, alors que je n'avais jamais vu la cousine Adry. Depuis presque dix ans, je n'ai plus de nouvelles et je n'en donne plus, mais je sens qu'elle est toujours là, avec sa gaieté de vieille dame et ce lit Ernest Boiceau qui m'attend. Qu'en pensez-vous ?

— Enfin un projet réalisable, s'exclama Talbeau, je finance cette mission, si, du moins, Valentine en est d'accord.

— Merci d'avance, dit Valentine. J'aimerais bien, en tout cas, avoir Luca et Bichot pour escorte.

Bichot lut discrètement le cadran de sa montre, qui indiquait presque deux heures du matin.

— Si nous en restions là pour ce soir ?

On approuva et on se leva. Bichot déclina l'offre de Valentine et de Mme Arroyo, qui voulaient l'aider à desservir et à faire la vaisselle. Talbeau et Luca décidèrent d'aller en boire un dernier chez Huguette, et, quelques instants plus tard, il ne restait plus que Marie-Conté, Bichot et

Aramis dans la cuisine de mousquetaire. Le robinet de l'évier chantait comme une fontaine de l'Alhambra, le chauffe-eau ronflait en basse continue, Bichot faisait la plonge, Marie-Conté, le visage caché par ses cheveux, essuyait, et Aramis, allongé sur la table vide, assistait à leurs gestes précis, utiles, complémentaires. Cette vaisselle silencieuse était leur premier tête-à-tête depuis le cap Ferret. Marie était en noir : un T-shirt, qui tombait sur un vieux jean milleraie habitué à ses fesses. Et des mocassins de daim noir, laissant voir des chaussettes rouges. Après la vaisselle, Bichot saisit une bouteille de vin à peine entamée et leur servit deux verres. Marie-Conté se serra contre lui et trouva ses lèvres. Elle avait esquissé le geste de dénouer sa ceinture mais, timidement, il lui avait demandé de rester habillée, de s'appuyer des deux mains à la table, de se cambrer et de bien lui faire voir son derrière et d'imaginer à quel point il en avait envie. Puis il lui avait demandé, tout aussi timidement, de prendre ici et là des postures dont il lui indiquait poliment comment en jouer, comme de se pencher à la fenêtre, par exemple, ou de lui tourner le dos comme si sa présence lui était indifférente. Après un moment, elle avait exprimé un début d'impatience. Elle avait trotté à travers la cuisine jusqu'à la chambre, où Aramis, assis sur le lit, l'avait regardée se déshabiller. Puis, une fois nue, au moment où Bichot passait la porte, elle s'était adressée au chat : « Si tu savais, Aramis, comme elle est mouillée, cette petite chatte ! »

Le voyage à Coppet avait eu lieu trois semaines plus tard, au début du mois d'octobre. Durant les préparatifs, Valentine s'était aperçue que le numéro de téléphone auquel elle avait jusqu'à présent appelé Adry Saltiel ne répondait plus, du moins une voix préenregistrée répétait-elle que ce numéro n'était plus attribué. Il lui revint alors en mémoire qu'au cours d'une de leurs dernières conversations, sa cousine avait à une ou deux reprises évoqué un prochain déménagement de Coppet à Commugny : la maison était désormais trop grande pour elle.

— Ou bien elle est morte, avait dit Talbeau, ou bien elle est toujours à Coppet et vous finirez par la trouver.

Valentine avait un peu renâclé devant une telle incertitude, mais Talbeau l'avait secouée :

— Allons, Valentine, ce n'est pas le moment de nous faire un refus d'obstacle.

Si bien qu'un matin elle se retrouva assise en première classe dans le Paris-Genève en compagnie de Bichot et Luca. Elle les avait sélectionnés pour leur disponibilité générale, leur imperméabilité aux contingences et leur habitude de voyager légèrement. L'imperméabilité aux contingences de Bichot fut cependant mise à mal dès qu'il déplia la tablette fixée au dos du fauteuil de devant et découvrit qu'elle était maculée d'un badigeon de vieux beurre praliné de mie de pain. En soupirant bruyamment, il consacra la moitié d'un paquet de Kleenex et une petite bouteille d'Évian au nettoyage, sans parvenir d'ailleurs à dégraisser la tablette qu'il replia rageusement comme on claque une porte, faisant sursauter le passager assis devant lui. Un peu plus tard, à son retour des toilettes, son moral s'était encore dégradé et il affichait une mine si catastrophée que Valentine et Luca l'avaient interrogé du regard : ça sentait la pisse, des feuilles de papier cul traînaient partout.

— On essaie de ne toucher à rien tellement c'est sale, mais c'est quasiment impossible à cause des cahots.

Valentine et Luca, l'avaient regardé avec compassion par-dessus leurs lunettes et s'étaient replongés dans leur lecture, faisant mine de ne pas l'entendre pendant qu'il poursuivait sa diatribe ferroviaire :

— Quand je pense aux toilettes dans les trains japonais...

Luca et Valentine étaient penchés sur leur livre, si bien que Bichot, prenant acte de leur indifférence, s'empara d'un livre et se cala dans son fauteuil. Le calme régna durant une heure, mais quand le convoi attaqua les plateaux de la Haute-Saône, la modernité frappa à nouveau cruellement Bichot. Son oreille avait douloureusement repéré trois points différents d'où carillonnaient régulièrement de grotesques sonneries de téléphones portables, aussitôt suivies des voix insupportables de leurs propriétaires, dont on partageait, pieds et poings liés, les propos indigents : « T'es où ? / Tu fais quoi ? / Dis-lui plutôt de venir chez Nicole. / Ne viens pas me chercher avant une heure moins le quart, on est partis avec un quart d'heure de retard. / Dis à Championnet de poser un panneau ondulé. / J'ai acheté un tailleur-pantalon, tu verras. » Bichot soufflait à nouveau comme un bouledogue, Valentine et Luca ne bronchaient pas. Valentine poussa les jambes de côté pour livrer passage à son ami, vêtu de sa veste de tweed, d'une élégante chemise de chasse à fins carreaux et d'une cravate écossaise, d'un pantalon en whipcord au pli parfait, et chaussé d'une robuste et vilaine paire de New Balance grises que lui imposait l'arthrose d'un gros orteil. Ni elle ni Luca ne résistèrent à la curiosité de suivre les mouvements de leur compagnon. Celui-ci se diriga vers un fauteuil derrière eux où était assise une victime de la mode entièrement équipée, qui avait déjà échangé avec des copines de portable plusieurs rafales de couinements assortis à leurs centres d'intérêt. Parvenu à sa hauteur, il s'inclina courtoisement et lui montra, collée entre deux fenêtres du wagon, l'étiquette où un gentil petit portable aux yeux clos et barré d'une croix rouge signalait que l'on se trouvait dans une « voiture silence » et précisait que l'on pouvait utiliser son téléphone entre deux voitures. La voyageuse parut interloquée, sans doute par la mise et l'aspect de Bichot, mais, à sa grande surprise, elle sourit et s'excusa. Encouragé par cet accueil, Bichot se dirigea alors vers un homme d'une trentaine d'années, costume noir, chemise blanche, cravate noire, cheveux mi-longs, un anneau à une oreille, qui n'avait cessé d'échanger avec ses correspondants des nouvelles de la Bourse de Genève. Il répéta ses gestes d'hôtesse de l'air, indiquant le petit portable aux yeux fermés, et, à nouveau, fut très aimablement reçu. Fort de ces premiers succès, toujours observé du coin de l'œil par Luca et Valentine, il se dirigea vers la troisième zone, où les turbulences émanaient d'un homme carré, robuste, poivre et sel, vêtu d'une veste de daim coûteuse, portant un bracelet de poils d'éléphant à un poignet, et qui, ayant sans doute remarqué les allées et venues de Bichot, semblait l'attendre. Bichot répéta les mêmes gestes, avec cette courtoisie qui était la dernière chose au monde que l'on pouvait lui contester, mais cette fois-ci la conversation se prolongea et Bichot, obstinément, continua à indiquer le petit portable dormeur, affiché juste au-dessus de son interlocuteur. Et soudain, tout le wagon put entendre une grosse voix crier : « Mais il va me lâcher la grappe, ce déguisé ! », tandis que l'homme à la veste de daim se levait et, du plat de la main, portait un coup au plexus de Bichot dont les lunettes se mirent un peu de travers. Luca marcha d'un pas calme à la rescousse. Il ne se battait jamais, mais son mètre quatre-vingt-dix-sept et sa voix grave arrondissaient généralement les angles. Il indiqua à son tour le signal « voiture silence », le poivre et sel se rassit et protesta de sa bonne foi. Luca et Bichot insistèrent pour lui serrer chaleureusement la main et regagnèrent leur place. Valentine avait disparu. En les rejoignant, elle dit à Bichot :

— Tu as raison, ça sent le pipi et c'est dégueulasse : je suis ressortie aussitôt. Mais, pour information, je te signale que les cabinets juste avant le wagon-bar, sont plus propres.

— Et si nous allions manger un morceau ? proposa Luca, toujours affamé en voyage.

— Pas question ! dit Bichot, avec une telle véhémence que ses amis craignirent qu'il ne soit encore en état de crise.

Mais non, affichant une bonne humeur revenue, il s'était levé, avait descendu son éternel sac à dos du rayon à bagages et en avait sorti six petits pains au lait fourrés de fines tranches de jambon et de gruyère qu'il avait préparés tôt le matin même, devant Aramis, qui en avait eu sa part.

— Pas question de laisser un centime dans ces horribles wagons-bars, avait-il ajouté en sortant triomphalement de son sac un tire-bouchon, trois gobelets de Bakélite et une bouteille de bourgogne.

Aucune pensée désagréable, aucune sonnerie de portable ne vint contrarier ce festin et le bourgogne fut englouti.

— Ça pourrait s'appeler *Les Fenouillard prennent le TGV*, dit Luca, alors que le train s'était engagé entre les mille-feuilles minéraux du plissement jurassique. Comme c'est jeune, le Jura, continua-t-il en regardant défiler les arêtes montagneuses hérissées de leurs couteaux noirs. Comparé au puy de Dôme, ça fait vraiment jeune, c'est un peu comme des immeubles modernes, le Jura.

Quand Valentine secoua Bichot pour le réveiller, le train entrait en gare de Genève.

À Paris, ils s'étaient mis d'accord pour se rendre à Coppet par ce grand bateau à aubes, qu'ils imaginaient avoir jadis abrité les errances mélancoliques de Sissi. Luca, réputé pour maîtriser l'Internet, avait repéré les horaires, les lieux et fait toutes sortes de sorties papier.

Devant la gare, Valentine lui demanda :

— Pour aller à l'embarcadère, on prend un taxi ou on y va à pied ?

En fait, il n'y avait pas un embarcadère, mais des embarcadères. Il n'y avait pas une ligne de bateau, mais des lignes de bateau. Il n'y avait pas une destination, mais des destinations. Il n'y avait pas un guichet d'embarquement, mais des guichets d'embarquement. Et devant son ordinateur, à Paris, Luca était devenu fou, mais sans succès. Il en fit l'aveu. Ils décidèrent d'aller à pied jusqu'au lac Léman.

Valentine traînait derrière elle une valise à roulettes parfaitement insonore, car Luca, qui savait tout faire, y avait adapté des roulettes en caoutchouc qu'on ne trouvait même pas sur les valises roulantes de luxe, équipées des mêmes roulettes en plastique que les crécelles des valises les plus minables. En éprouvant la douceur du roulement sur les trottoirs de Genève, elle eut pour Luca une bouffée de reconnaissance qui chassa les incertitudes inhérentes à toute expédition lacustre. Bichot marchait à pas mesurés, son éternel petit sac sur le dos, petit, mais dont le contenu, chargé par quelqu'un d'autre que lui, aurait dépassé trois fois le volume pour trois fois moins de contenu. Quant à Luca, cela faisait bien vingt ans qu'il se déplaçait avec ce sac à lanière de toile noire en forme de polochon, où, d'après Bichot, il y avait de quoi loger l'équivalent de trois bassets.

Ils débouchèrent dans cet appareil sur le majestueux rivage du lac et commencèrent à aller d'un guichet d'embarquement à l'autre sous un ciel maussade. Gentiment, on leur expliquait qu'ils ne s'adressaient pas à la bonne compagnie, et on les envoyait au milieu du port, à un autre numéro de quai, où il leur semblait pourtant être déjà passés. Le milieu du port de Genève se signale par une monumentale rotonde à balustrade, abritant un square municipal et différents bureaux d'embarquement. De nombreuses lignes sillonnent d'un bord à l'autre le grand lac Léman aux rivages peuplés, qui est une sorte de Méditerranée helvète. Enfin, à l'un de ces petits guichets, ils tombèrent sur un Genevois à casquette de loup de mer, affable et amical, avec lequel on aurait pu sympathiser en n'importe quel point du globe. Il empoigna un annuaire maritime, copia quelque chose sur une feuille de papier, téléphona, notant à nouveau, et raccrocha. Par l'ouverture de son guichet, il voyait s'encadrer les visages attentifs de la dream team Valentine, Luca et Bichot et leur annonça joyeusement le quai et l'horaire de leur bateau. Ils avaient deux heures devant eux. Après les congratulations, ils constatèrent que le ciel était passé au gris sombre et qu'il se mettait à pleuvoir. Le vent avait forci et décoiffait le panache géant du jet d'eau de Genève. Ils n'allaient pas rester là. Ils s'inventèrent une faim et se mirent en route en direction de la rive sud où chacun, sans en faire part aux autres, avait déjà repéré, au cours de leurs va-et-vient, un restaurant à l'enseigne de Casanova.

Ils déjeunèrent au Casanova, où l'on rangea

leurs bagages au vestiaire. Ils avaient une heure et demie à tuer et commandèrent des entrées et des plats. Autour d'eux, quelques beautés locales en face de leur galant et des tables d'hommes qui avaient tombé la veste et dont la chemise blanche immaculée aux plis parfaits indiquait l'appartenance aux laboratoires de la finance. Un mot, que les trois membres de la délégation française n'avaient pas l'habitude d'entendre aussi fréquemment, revenait beaucoup : « marché ». La crise aussi provoquait les commentaires. Mais l'actualité du jour, c'était l'attaque venue d'Allemagne contre le secret bancaire suisse, une invitation à l'évasion fiscale. Les conversations avaient lieu en français, en allemand ou en italien.

— Ils sont tous trilogues, ici, constata Luca.

Ils demandèrent l'addition et repartirent le long des quais jusqu'à l'embarcadère que leur avait indiqué le si aimable loup de mer genevois et où ils attendirent, avec une patience inquiète, qu'il soit quinze heures dix. Émus et soulagés, ils virent enfin approcher lentement l'altière pâtisserie blanche à la fine étrave, où s'étageaient en couronne des coursives arrondies portant des balcons couverts. Coiffé d'une haute cheminée havane à bord noir, épaulé par les ailes de ses grandes roues, le *Savoie*, de la Compagnie générale de navigation, toucha doucement le quai devant Valentine, Luca et Bichot à quinze heures dix exactement avec la majesté d'un cygne.

Ils embarquèrent et se rendirent à une coquette billetterie où Valentine, sortant un gros portefeuille abondamment garni par la générosité de leur sponsor Talbeau, acheta trois billets de première classe qui donnaient accès au pont supérieur où, leur indiqua l'employé en gants blancs, se trouvait un bar.

Bichot était allé s'accouder un peu plus loin à un balcon intérieur qui donnait sur les entrailles de la machinerie, exposées à l'admiration des passagers : de là, on pouvait observer les mouvements des immenses bielles du *Savoie* et entendre le murmure de cette horlogerie soignée, sur laquelle une plaque de fonte gravée indiquait : « Sulzer Frères Winterthur 1914 ». Le *Savoie* était un grand salon à vapeur où des boudoirs succédaient à des salles à manger et où il était partout possible de s'asseoir pour regarder défiler une rive du lac Léman. Bichot s'empressa de se livrer à une superposition verticale, et des diplomates, des poètes, des musiciens, des anarchistes révolutionnaires, des écrivains, des rats d'hôtel et des amants vinrent un instant arpenter les ponts du bâtiment, déserté ce jour-là par ses fantômes. Tout en proie, encore, à son imagination, il rejoignit Valentine et Luca sur le deuxième pont. Il ne devait pas y avoir plus d'une quinzaine de passagers, dont deux couples d'Anglais avec poussettes : la période touristique avait pris fin un mois plus tôt et le mauvais temps n'encourageait guère les excursions familiales. Le bar en rotonde était fort élégant et se dressait face à l'escalier intérieur qui débouchait entre deux rampes de fer forgé peintes en blanc. Il n'y avait personne ni devant, ni derrière le bar, mais ils s'y installèrent pourtant et un jeune barman, mi-groom mi-matelot, étonné et souriant, finit par venir leur servir un Campari gin avec tranche d'orange et beaucoup de glaçons, dans de grands verres si possible, et ça l'était. Enveloppée de son grand imper beige, Valentine n'avait toujours pas rabaissé sa capuche et ressemblait à une réfugiée. Luca lui suggéra de la retirer et de se mettre à l'aise, car le bar était chauffé. Mais Valentine ne répondit même pas : elle était à bord d'un bateau, entourée par des montagnes et il n'était pas question qu'elle baisse la garde.

— Après tout, dit Luca, tu es très bien comme ça : tu ressembles à la princesse Margaret photographiée par Avedon.

Valentine grommela :

— Je préfère ressembler à la princesse Margaret à mon âge qu'à Paris Hilton à son âge.

Bichot proposa d'emporter les verres et d'aller respirer sur la passerelle supérieure. Valentine préféra rester au bar. Bichot et Luca se retrouvèrent accoudés au bastingage. Le *Savoie* avait laissé derrière lui la passe de Genève et progressait à mi-distance des deux rives à peine visibles sous un ciel éteint, fendant les clapots gris et rageurs. Ils scrutaient la rive nord, où se succédaient des jardins arborés et de vastes villas, et il leur sembla, à un moment, reconnaître dans une massive maison de bel aspect, l'ambassade de Bordurie, où, par une nuit d'été infestée de moustiques, les sicaires bordures et syldaves s'étaient arraché le professeur Tournesol. Était-ce vraiment cette maison-là, qu'il leur semblait reconnaître ? Après tout, Hergé était toujours précis dans ses reconstitutions, et puis la Suisse ne semblait guère avoir bougé depuis l'affaire Tournesol.

Le *Savoie* qui poursuivait sa route leur laissa à peine le temps de regarder à nouveau la maison qui s'éloignait dans le jour éteint, le ponton à escalier de pierre, le grand parc entourant la maison à colonnades qui semblait cligner de l'œil à travers une minuscule fenêtre allumée à l'entresol, puis la maison se fondit dans le rivage et ils ne distinguèrent plus rien. Presque aussitôt, ils virent apparaître sur la même rive une autre grande maison entourée d'un parc, qui ressemblait singulièrement à la précédente, puis encore une autre, tout à fait pareille, et il leur sembla que le lac Léman était entièrement bordé d'ambassades de Bordurie. Luca, soudain saisi d'une illumination, se redressa et porta la main à son front.

— Ça y est, je me souviens, c'est Rolle !

— Quoi, Rolle ? demanda Bichot.

— C'est Rolle ! Quand Haddock et Tintin cherchent l'ambassade de Bordurie dans l'annuaire, l'adresse est à Rolle, et Rolle est beaucoup plus haut sur la rive nord, bien après Coppet.

— Comment peux-tu te souvenir d'une chose pareille ?

Luca ne répondit pas et se mit à manipuler son agenda électronique et l'opération semblait devoir durer quand un matelot apparut sur le pont. Bichot porta le pouce et l'index à son chapeau de pluie, et :

— Pardonnez-moi, monsieur, Rolle se trouve bien sur cette rive du lac ? demanda-t-il en indiquant la rive nord.

— C'est ça, monsieur, répondit le matelot.

— Et Rolle se situe-t-il avant ou après Coppet ? demanda à son tour Luca, après avoir rangé son agenda électronique.

— Bien après Coppet, et même après Nyon, Rolle est pratiquement à la hauteur de Thonon-les-Bains de l'autre côté du lac. Mais le bateau ne s'arrête pas à Rolle, vous savez ?

— C'était juste une question pour nous orienter, nous ne sommes pas de la région, expliqua Bichot, avant de remercier le membre d'équipage.

— Tu vois ce que je te disais ! triompha Luca.

— Et d'où te vient cet agenda électronique ?

Luca leva les yeux au ciel.

— C'est un cadeau de Mme Gûfû, figure-toi, mais je n'arrive pas à m'en servir, je l'offrirai à Éliane, dès mon retour à Paris.

Ils regagnèrent l'intérieur du *Savoie* en frissonnant et découvrirent Valentine assise à une table, dormant derrière ses lunettes de soleil, le visage enserré dans le petit capuchon de la princesse Margaret. Ils s'assirent en silence, et le jeune groom déchiffra « Trois Negroni » sur les lèvres de Luca.

Valentine fut tirée de son sommeil par le tintement des glaçons des Negroni que le barman venait d'apporter.

— Vous auriez pu vous faire entendre en arrivant, ça ne se fait pas de surprendre les gens qui dorment.

Ils choquèrent leurs verres.

— D'autant que je dormais comme un loir, bercée par le bateau.

Et puis, contente par avance de son effet de surprise :

— Évidemment, j'ai fait un rêve de Julien !

Elle dormait à poings fermés quand Julien Cézat était venu s'attabler en face d'elle, aimable, souriant, blagueur, et bien entendu il n'avait toujours pas pris une ride : « Mais qu'est-ce que tu fais toute seule au milieu d'un lac ? Tes amis t'ont abandonnée ? » Elle était assez contente de sa réponse : « À ton avis ? Je rêve de toi. » Mais il était aussi au courant de ce qu'ils allaient faire à Coppet et il avait rassuré Valentine : « Je ne me fais pas de souci, vous allez la retrouver, la vieille Adry Saltiel. »

— Et, comme chaque fois que je rêve de lui, il a voulu me racketter. Ce qu'il voulait, c'était que je vende le lit Ernest Boiceau quand je l'aurais récupéré et qu'on partage. Je lui ai dit qu'il n'en était pas question, que c'était une affaire de famille. Il a insisté mais, heureusement, le haut-parleur du *Savoie* a prié M. Julien Cézat de bien vouloir se rendre à la passerelle et il s'est éclipsé.

— C'est amusant, à moi aussi, chaque fois, il me demande un cadeau, dit Bichot.

— Pareil pour moi, confirma Luca. Au prochain rêve, je lui refile l'agenda électronique.

Le *Savoie* les déposa à Coppet peu après quatre heures de l'après-midi et le temps était si exécrable que la nuit semblait être en avance sur l'horaire. Coppet était tout en longueur, moitié ripuaire, moitié perché. Sous les arcades de la rue principale, qui longeait le lac, ils marchèrent jusqu'à leur hôtel, un quatre étoiles dont le firmament remontait au début des années quatre-vingt et dont le restaurant accueillait des notables ou des amants d'âge mûr. Les membres de l'expédition prirent possession de leurs chambres.

Une demi-heure plus tard, toilettés, ils s'étaient retrouvés pour une réunion d'état-major dans la chambre de Bichot, qui tint minibar ouvert.

À Paris, Talbeau, assisté de jeunes collaborateurs capables de repérer une fausse blonde dans un champ de Suédoises, avait assez rapidement mis la main sur la nouvelle adresse d'Adry Saltiel à Coppet. En revanche, côté téléphone, et après avoir beaucoup insisté, il était resté bredouille. Valentine, Luca et Bichot ne pouvaient pas débarquer ainsi chez la vieille dame, après dix ans de silence de Valentine, et lui demander le lit Ernest Boiceau : c'était tout bonnement impossible et, dans ce cas, Valentine préférait repartir.

— C'est ma faute, dit-elle, je n'ai plus donné signe de vie et elle a dû penser qu'elle m'ennuyait. En fait, elle n'y était pour rien. J'étais devenue phobique de ma famille, de ses malheurs, de ses richesses disparues, je ne le regrette pas, car c'est à cette époque que j'ai pu à peu près devenir Valentine Florent née d'histoire inconnue. Adry a commencé à me parler de déménager, elle allait quitter Les Campanules, sa maison au bord du lac. Elle avait décidé de léguer quatre-vingt-dix pour cent de sa fortune au World Wild Found, car elle aimait les bêtes, et de garder le reste pour s'installer et vivre ailleurs. Nous n'avons pas son téléphone, et évidemment il ne figure pas dans l'annuaire, mais j'ai une idée. Ne pourrions-nous pas nous rendre tout à l'heure aux Campanules ? Par chance, peut-être les nouveaux propriétaires habitent-ils là toute l'année et seront-ils présents chez eux ce soir ? Par chance, peut-être possèdent-ils son numéro de téléphone ? Je vous propose de nous y rendre peu avant sept heures, car j'imagine qu'en octobre, sur le Léman, on soupe tôt.

Les Campanules s'appelaient toujours Les Campanules. C'était une jolie maison blanche, balconnant au-dessus du lac Léman, apparemment depuis les années trente. À travers un jour vitré au faîte de la porte d'accueil, on devinait que l'intérieur était légèrement éclairé. Valentine appuya sur la sonnette et, quelques instants plus tard, la porte s'ouvrit sur un homme et une femme aux cheveux blancs, grands, minces et d'apparence sportive. Lui portait un pull-over de cachemire rose, une cravate club noire à bandes mauves, elle était enveloppée dans un long tablier de cuisine blanc duquel dépassait une jupe de flanelle grise. Luca compléta pour lui-même son observation : la dame portait des collants noirs et ses longs pieds (comme les aimait Luca) étaient chaussés de mocassins noirs.

Valentine se présenta comme la cousine de Mme Adry Saltiel, puis Luca et Bichot se présentèrent, et, à leur tour, les habitants des Campanules : Paul et Solange Henriet, et Mme Henriet dit aussitôt :

— Les amis de Mme Saltiel sont nos amis, entrez, je vous en prie, ne restez pas dehors sous cette pluie.

On les conduisit jusqu'à un vaste salon où six grandes fenêtres donnaient sur la nuit du lac. Luca et Bichot furent invités à prendre place sur un profond canapé de velours bleu où Bichot disparut, et Valentine fut absorbée par un voluptueux fauteuil, de velours bleu également. Dos aux fenêtres, le maître et la maîtresse de maison leur faisaient face, assis sur une rigide banquette de bois de style suisse. La pièce était ornée d'un nombre impressionnant d'amphores, de buissons de corail, de maquettes de bateaux à voiles triangulaires, et des vitrines contenaient des lampes à huile, des tanagras et des colliers carthaginois en pâte de verre.

— Nous allions prendre le champagne, dit M. Henriet. Champagne ?

Tout en se confondant en protestations, les visiteurs acceptèrent avec simplicité, non sans avoir remarqué, bien en vue, sur un meuble-bar, une bouteille de Campari. Valentine estima que le moment d'aborder la question du numéro de téléphone d'Adry n'était pas encore venu, et de sa propre initiative elle présenta plus complètement François Bichot, conseiller juridique à Paris dans le cabinet Talbeau Overseas et Luca Dalema, consultant paysagiste au musée de Versailles. Elle-même exerçait la tutelle juridique des enfants d'un grand ethnologue français disparu. Puis elle adressa à ses hôtes un sourire gracieusement interrogatif :

— Et vous-mêmes, si je ne suis pas indiscrète ?

M. Paul Henriet, ingénieur ETP, avait réussi en créant sa propre compagnie de travaux publics et accumulé les chantiers en Asie, en Afrique, au

Brésil, au Portugal et dans plusieurs États de la péninsule Arabique. Madame avait tout juste vingt ans quand ils s'étaient mariés : « Je suis tombée à un moment où Paul était à Paris, ce fut presque un hasard. » Elle se rappelait le premier chantier de son mari comme maître d'œuvre, à Abou Dhabi, au tout début des années soixante. Elle ne l'avait pas accompagné : « À l'époque, Abou Dhabi, c'était Abou Dhabi, si vous me suivez. » Ils n'avaient pas eu d'enfants. « Nous avons été égoïstes », avoua Mme Henriet, sûre de pouvoir parler en confiance devant ces intellectuels parisiens.

Puis elle s'était levée et était revenue quelques instants après avec une nouvelle bouteille de champagne. Leur passion commune, à Paul et à elle, était l'archéologie sous-marine de haut niveau. « Aaah, je comprends », dit Bichot, aussitôt imité par Valentine et Luca, tous trois jetant de longs regards circulaires et admiratifs sur les trésors disposés et présentés avec goût tout autour d'eux. Ce fut le moment où, cognant les verres de champagne, on s'appela Valentine, Solange, Luca, Paul et François. Solange, gagnée par une sympathie généreuse, s'était assise à côté de Luca et l'avait interrogé sur son métier de paysagiste, et Paul, aujourd'hui retraité, avait voulu étendre son champ de connaissance en demandant à Bichot des précisions sur les activités du cabinet Talbeau Overseas. L'ouverture d'une troisième bouteille de champagne occulta la maigreur des réponses, mais elle prolongea les plaisirs de la rencontre.

Paul et Solange, qui avaient mis tant de soin à

arranger si joliment Les Campanules, insistèrent pour les faire voir en détail à leurs visiteurs inattendus. Chambre à coucher, chambre d'amis, trois salles de bains, cabinet de travail de Paul, les privés de Solange. Puis on grimpa tout en haut voir le petit belvédère où l'on venait trop rarement selon Solange. Enfin, tout ce qui était technique et que Paul, ingénieur, avait entièrement conçu : non seulement la cuisine, la buanderie, mais aussi les placards, le système électrique. On descendit au sous-sol où trônait la chaudière.

— Et des chaudières comme ça, dit Paul à Luca, qui affichait sa passion pour la plomberie, des chaudières comme ça, vous n'en verrez pas ailleurs. Elle a été conçue entièrement d'après mes indications et, depuis dix ans, je n'y ai pas touché. Écoutez comme elle ronronne : c'est une Rolls.

— Paulo, dit alors Solange, puisque nous sommes ici, on montre à nos amis ?

M. Henriet ouvrit alors une porte avec une solennité discrète, alluma une petite pièce où, comme deux armures de samouraï, dressées côte à côte, noires, talquées comme neuves, équipées de leurs bouteilles, de leurs masques et de leurs palmes, les tenues de plongée de Paul et Solange montaient la garde.

C'est au moment où M. Henriet refermait cette chambre mortuaire que Valentine se jeta à l'eau :

— Au fait, avant que je n'oublie, auriez-vous par hasard le numéro de téléphone de Mme Saltiel, qui ne figure pas dans l'annuaire ?

Mme Henriet eut un petit rire :

— Mais c'est normal, elle n'a pas le téléphone.

Consternés, Valentine, Luca et Bichot regardaient la chaudière.

— En fait, elle a refusé qu'on lui installe un téléphone fixe, poursuivit Solange, elle n'utilise qu'un téléphone cellulaire. J'ai le numéro là-haut, je vais vous le donner.

On remonta au salon où Valentine regarda avec tendresse la bonne Solange ouvrir son cahier d'adresses, recopier le numéro d'Adry Saltiel, et le lui tendre en disant :

— Vous n'aurez pas de mal à la joindre, elle ne quitte jamais son portable.

— Et si vous restiez dîner ? proposa Paul. Solange a rapporté de belles perches du lac, ce matin.

— Quel dommage, répondit Valentine, nous avons dîné très tôt à l'hôtel. Si nous avions su ! Nous étions tellement embarrassés en sonnant à votre porte et nous avons été si gentiment accueillis. Merci, merci de ce moment merveilleux que nous avons passé avec vous.

— Mais vous pouvez dîner une deuxième fois, insista Paul, quelque chose de léger, des perches préparées par Solange, vous n'en trouverez pas ailleurs.

Luca, toujours partant pour se mettre à table, s'apprêtait à dire : « Pourquoi pas ? », mais il fut devancé par Bichot, qu'on n'avait pas beaucoup entendu au long de la soirée :

— Hélas, hélas, cher ami ! Nous vivons en compagnie de nos servitudes : tels que vous nous voyez, Valentine va bientôt prendre des nouvelles des enfants dont elle a la charge, Luca doit sans faute, durant la nuit, mettre la dernière touche à un projet de jardin suspendu et j'ai moi-même un rendez-vous téléphonique auquel je ne peux me dérober, à Los Angeles, avec Me Talbeau.

Sur le seuil des Campanules, les adieux et les embrassades se succédèrent affectueusement. Les Henriet regardèrent les Ernest Boiceau s'éloigner dans la nuit, puis, quand ils ne les virent plus, ils refermèrent la porte derrière eux. L'hôtel était à moins de cinq minutes de marche. Ils y dînèrent abondamment de filets de perche en sauce, arrosés de vins suisses et, dans un moment d'allégresse, Valentine brandit comme un trophée le papier où Mme Henriet avait inscrit le téléphone d'Adry Saltiel.

Après le dîner, ils se réunirent dans la chambre de Valentine.

— J'appelle, dit-elle à Luca et Bichot qui venaient d'ouvrir le minibar.

— Ben oui, appelle, dit Luca.

— Il est tout de même près de dix heures du soir et c'est une dame de quatre-vingt-trois ans, observa Bichot.

— D'accord, insista Luca, mais il n'est pas quatre-vingt-trois heures du matin, tout de même, allez, Valentine, appelle, on l'a mérité ce numéro de téléphone.

— J'appelle, dit Valentine.

Et elle composa le numéro.

C'était une chambre à deux lits et Luca et Bichot, assis sur le lit en face d'elle, ne la quittaient pas des yeux. Ils entendirent plusieurs sonneries, puis une voix répondit.

— Allô, Adry, c'est Valentine à l'appareil, Valentine Florent, tu ne dormais pas ?

Du regard, elle invita Luca et Bichot à sortir. Au moment où ils refermaient la porte, Valentine disait : « Je suis à Coppet, avec des amis. Tu m'entends ? » Frustrés dans leur curiosité, Luca et Bichot se séparèrent sur le seuil de leurs chambres, doutant de parvenir à trouver rapidement le sommeil. Par chance, à l'abri de leurs couettes, ils se laissèrent bercer sans résistance par les saccades d'une méchante tempête qui déboulait des Alpes et fouettait sauvagement les eaux du Léman avant d'aller s'engouffrer en mugissant vers le Rhône.

Le lendemain matin, ils burent du café avec Valentine dans le salon de l'hôtel dont les fenêtres donnaient sur un temps pire que la veille. Au téléphone, Adry Saltiel avait paru à peine étonnée et plutôt ravie d'entendre la voix de Valentine. Ils étaient invités à dîner chez elle à six heures le soir même. En attendant, proposait Valentine, ils pourraient visiter le château de Coppet et aller flâner dans les environs, quand bien même l'idée de flâner ne collait pas vraiment avec le temps. Coppet pouvait se parcourir à pied d'un bout à l'autre en un quart d'heure et le château s'élevait à environ cinq minutes de leur hôtel. À son habitude, Valentine marchait en tête d'un pas alerte, Bichot suivait en bon élève et Luca traînait un peu derrière. Ils quittèrent la grand-rue et obliquèrent à droite pour gravir la pente raide de la rue des Belles-Filles, déserte et bordée de maisons âgées et coquettes. Luca demanda si Belles-Filles signifiait « jolies filles » ou bien « brus », sans obtenir de réponse. Tout en haut de la ruelle, ils s'engagèrent sur leur gauche dans la rue de Géry, qui longeait en contrebas les jardins en pente raide et la façade du château, puis, parvenus à la route de Divonne, aussitôt à droite, ils franchirent les grilles de la grande demeure. Ce bref parcours s'était déroulé sans la moindre hésitation, grâce au plan que Valentine consultait en permanence et que Talbeau, avant leur départ, avait glissé avec les liasses de billets de banque. Ils étaient les seuls visiteurs et furent accueillis par la guide, une dame fort courtoise. Et tandis que Valentine achetait les billets, Luca se pencha vers Bichot et chuchota :

— As-tu remarqué que cette dame parle un français sans accent, même pas l'accent français ?

Tout était massif, solide, intact, d'une élégance peu bavarde, et les murs enfermaient une fraîcheur inerte qui devait régner même aux jours les plus chauds de l'été. Dans le hall, au pied du grand escalier, une pendule égrenait sèchement les secondes exactement comme elle le faisait au temps où, peut-être, M. Necker la remontait. Valentine, en princesse Margaret, était tout à fait dans le jus et Luca et Bichot, avec un peu d'imagination, pouvaient tenir lieu de Group Captain Townsend et de lord Snowdon. « 1784 », disait leur guide, effectivement sans nul accent. C'était la date où le célèbre Genevois avait acquis la maison. Apparemment, rien n'avait bougé depuis. Surtout si l'on pensait à tout ce qui avait bougé ailleurs au cours des deux cent vingt-quatre dernières années. Le grand et austère escalier à rampe de fer était dominé par un monumental portrait en pied du roi Louis XVI en costume de majesté, si lourd à porter pour cet homme si bon dont le maître de maison avait été le ministre, tout en admirant Jean-Jacques Rousseau dont un beau portrait, très romantique, veillait dans une autre pièce. La vaste bibliothèque vert noisette était couronnée de bustes de philosophes. Sans doute le piano-forte du salon des portraits avait-il joué des partitions de Jean-Jacques ? À l'étage, un salon mêlait les portraits de famille à l'huile et des photos sépia, noir et blanc, et même en couleurs, où se côtoyaient les générations, attestant que la maison n'était jamais sortie de la famille et que, chaque été, le comte d'Haussonville et les siens venaient y renouer la chaîne du temps.

Dans ce lieu où le temps s'était arrêté, et où, étrangement, il continuait, Bichot, qui s'était peu à peu laissé distancer, se livra à une auto-superposition verticale, de telle sorte qu'il fut Chateaubriand. Chateaubriand en visite à Coppet. Il vient d'arriver après un voyage interminable et éreintant, les bottines crottées, couvert d'un carrick à trois rangs battant ses épaules, les cheveux en bataille. On l'a aidé à se débarrasser et, vêtu de son costume de drap prune, il s'est installé dans un haut fauteuil. Nous sommes en juillet 1807 et Coppet est triste : Germaine de Staël est en deuil de son père, le baron Necker, mort peu avant en son absence. La pauvre Juliette Récamier est venue la consoler, et sans doute se faire consoler de la récente faillite de son mari à Paris. Juliette, si belle, si rare, qu'elle n'a perdu aucun de ses amis dans la banqueroute de son époux. À ce propos, Bichot se rappelle cette citation de Chateaubriand : « La fortune se retira seule. » Et puis il y a aussi le prince Auguste de Prusse, prisonnier des armées françaises et tout juste libéré par la paix de Tilsit. Amoureux fou de Juliette, le prince vient d'ailleurs de lui proposer de l'épouser quand elle aura divorcé, lui, membre d'une famille royale. Ainsi, éclairés par le feu, mélancoliques, préoccupés, Germaine, Juliette, Auguste et François-René. Juliette adresse quelques mots à François-René et, aussitôt, Bichot s'aperçoit qu'il est incapable de répondre. Devant cette assemblée, il ne tiendra pas plus d'une phrase, et alors, adieu la superposition verticale. « Non, non, je ne peux pas être le vicomte, d'ailleurs il n'est pas à Coppet à cette époque. » Et aussitôt Bichot devient un valet. Un valet silencieux, évidemment, attentif, prévenant, les oreilles ouvertes. D'ailleurs le seul valet présent, pour éviter d'être démasqué par un valet professionnel de 1807, et il fait son service dans son style 2008 en y mettant tout ce qu'il peut de 1807. Après tout, il n'a pas grand-chose d'autre à faire que servir du porto à l'anglaise avec des biscuits, veiller au feu et aux chandelles, au milieu des soupirs de deuil, de banqueroute et de soupirant, si bien que la veillée s'éteint, faute d'espoir. Prévenant et muet, Bichot valet écarte le feu, mouche les chandelles et laisse s'éloigner le prince Auguste portant son bougeoir. Juliette a tenu à venir embrasser Germaine dans sa chambre. Bichot les précède en les éclairant jusqu'à la pièce au magnifique lit à manteau rond tapissé de soie de Lyon rouge brodée de grosses fleurs crème, où Germaine s'étend et où Juliette l'étreint, tandis qu'il tire les rideaux et dispose un verre et une carafe d'eau sur le chevet. Après quoi, se déplaçant avec un tact attristé, il escorte Juliette jusqu'à sa chambre, tapissée sur fond paille d'oiseaux du Japon et dont le lit, couvert d'un dessus à bandes vert roseau, est juste assez grand pour recevoir son corps exquis. Il tapote les oreillers, elle s'installe, si légère, le remercie d'un joli mouvement de tête et il ne lui reste plus qu'à tirer les rideaux et à disparaître après un bref salut de la tête. Songeur et calme, il se déplace dans la maison endormie dont sa chandelle anime les hautes ombres, quand Valentine, débouchant tout à coup d'un couloir, l'interpelle :

— Bichot, où étais-tu ? Tu viens ? Nous sommes à la salle de bains de Mme de Staël !

Il y suivit Valentine et retrouva Luca qui ne cachait pas son impatience. Il considéra rêveusement la grande baignoire de cuivre bien étamé, lisse, doux, où Juliette, autrefois, avait posé son charmant derrière.

Il était un peu plus de midi quand ils passèrent la grille du château et obliquèrent sur leur droite, s'engageant sur la route de Divonne, en direction de Commugny, où habitait Adry Saltiel. C'était une route à deux voies où il y avait peu de circulation. Bichot avait obligé Valentine et Luca à marcher sur le côté gauche de la route, afin de voir et d'être vus des voitures et des camions qui venaient à leur rencontre. Ils ne couraient pas grand danger car les conducteurs ne pouvaient manquer de repérer de loin, dans leurs vêtements de pluie, la princesse Margaret suivie de lord Snowdon et du Group Captain Townsend.

Encaissée entre deux hauteurs où étaient perchées quelques fermes et des maisons d'habitation, la route sinuait en pente continue. Il ne leur fallut pas plus d'une vingtaine de minutes sous la pluie, après avoir été copieusement arrosés au passage des camions, pour parvenir aux abords de Commugny. Sur le mur d'un petit bâtiment municipal, un panneau sous verre affichait un plan des lieux, moins clair, selon Valentine, que celui de Talbeau. À l'abri d'un panneau mitoyen, ils découvrirent avec curiosité un avis de l'armée suisse : « Cours pour jeunes tireurs, stages d'aide au commandement, armes et service de la logistique. Signé : la cheffe du département de la sécurité et de l'environnement. »

— Quelle est l'adresse de ta cousine Adry ? demanda Bichot.

— On n'en a pas besoin pour le moment, grogna Valentine, je vous dirai plus tard.

Sans rencontrer âme qui vive, ils poursuivirent leur progression vers le haut de Commugny, entre des jardinets et des maisons où une colonne de fumée blanche s'échappait parfois d'une cheminée. Ils passèrent devant un temple, dont le crématorium à l'architecture fonctionnelle rappela à Bichot celui du mont Valérien, où on lui avait remis l'urne encore chaude contenant les cendres de sa mère. L'urne avait passé l'hiver sur le balcon de la cuisine. Puis en juin, il avait dispersé les cendres dans les eaux de la Méditerranée. Le temps était radieux.

Arrivés au cœur du bourg, ils tombèrent sur la route de Divonne, la grande, celle qui venait de Genève. Les poids lourds devaient ralentir pour traverser le centre de Commugny, où les toits des maisons se touchaient presque.

Sur leur gauche, ils laissèrent un atelier où s'activaient des employés sous l'enseigne « Martinoli ferronnier d'art », et, de l'autre côté, là où la route s'élargissait, ils tombèrent sur une grosse bâtisse dont la façade affichait « Hôtel Café Restaurant Guillaume Tell ». Il était plus d'une heure de l'après-midi et Luca, éperonné par son estomac pointilleux, avait déjà poussé la porte de l'établissement qui s'ouvrit sur une grande salle où s'alignaient d'épaisses tables de bois, de lourdes chaises, des rayons de vins suisses et un bar équipé d'une batterie de bières à la pression. Les consommateurs présents se retournèrent pour adresser un discret salut aux étranges arrivants qu'une jeune servante conduisit à une table à l'écart en leur tendant les cartes de la maison. Avant même qu'elle soit repartie, Luca la pria de leur apporter trois verres de vin rouge de son choix.

Ce fut Aurore, la patronne, une jolie femme souriante, qui vint les servir. Bichot poussa son verre en direction de Luca et commanda pour sa part une pinte de Cardinal, une bière dont il avait remarqué le nom parmi les siphons du comptoir. Son choix lui avait été soufflé par le souvenir du

Red Cardinal, un *snuff*, tabac à priser qu'il achetait autrefois à Londres, moins par goût que par coquetterie, chez un marchand de tabac de Burlington Arcade. Il en restait d'ailleurs, depuis des années, deux ou trois pots inentamés dans un tiroir du capitaine Achab et dont personne n'avait jamais voulu. « Une bière de prélat ! » s'écria-t-il gaiement après avoir absorbé la première gorgée de Cardinal. Valentine et Luca s'étaient absorbés dans la lecture du menu, ouvert aux vents suisse, italien et français.

Quand la belle Aurore vint prendre les commandes, Luca opta pour un sanglier de la maison, et, juste pour parler, du ton sur lequel s'informent les visiteurs venus de loin, il lui demanda :

— Je puis vous appeler madame Aurore ? Moi, c'est Luca.

— Vous êtes un Italien de Suisse ? demanda-t-elle.

— Non, Italien de France. Mais, justement, à propos de la Suisse : Guillaume Tell était de Commugny ?

Aurore éclata de rire et toute la salle derrière elle.

— Ah, pas du tout, monsieur Luca ! Tell était des Quatre-Cantons, qui résistaient au duc d'Autriche, il y a sept cents ans, vous voyez, ça ne date pas d'hier. C'est un héros national, des brasseries, des hôtels, des parcs Guillaume-Tell, il y en a partout en Suisse. J'en ai même vu en France. Et chez vous aussi, il y a des bistrots Jean Bart, des rues Bayard. J'ai même vu un hôtel Saint-Simon et un hôtel Voltaire.

— C'est vrai, reconnut Luca, mais c'est parce que Voltaire et Saint-Simon habitaient dans le quartier.

— Oh, vous savez, la Suisse, c'est un peu un quartier, un drôle de quartier, évidemment.

Et les rires s'élevèrent à nouveau de la salle.

Valentine et Bichot commandèrent des spaghettis à la carbonara et Luca suivit du regard Aurore qui disparut par une porte, à côté du bar, qui menait aux cuisines.

Luca était enthousiaste :

— Voilà une femme magnifique, non ? Dire que sans le lit Ernest Boiceau nous ne l'aurions jamais rencontrée !

Elle revint un peu plus tard et déposa devant chacun d'eux une assiette de salade de pommes de terre à la mayonnaise et aux herbes, « pour vous faire patienter ».

— Prenons notre temps pour déjeuner, dit Valentine, nous n'avons rendez-vous chez Adry qu'à six heures.

Ils prirent leur temps, nidifiant dans leurs lainages, tandis que leurs vêtements de pluie, installés par Aurore, séchaient sur des chaises. Les assiettes étaient généreuses. Bichot était passé de la bière au vin rouge dont, à la fin du repas, les trois bouteilles vides côtoyant une bouteille pleine ne vibraient même pas au passage des semi-remorques, tant les murs du Guillaume Tell étaient épais. Luca n'avait pas laissé une miette de son sanglier et il avait aidé Valentine à finir la moitié de ses spaghettis. Quand Aurore, en desservant, lui avait proposé un gâteau fait de ses propres mains, penaud, il avait refusé l'obstacle.

— Eh bien alors, avait dit la maîtresse de maison, qu'est-ce que c'est que ce petit appétit ? Vous êtes grand, il faut manger !

Il avait finalement accepté une demi-portion et, quand Aurore avait déposé l'assiette devant lui, Luca avait murmuré :

— C'est carrément une double demi-portion.

Valentine regarda sa montre.

— Nous avons encore trois heures devant nous, soupira-t-elle en levant les yeux au ciel d'un air de dire : « Qu'est-ce qu'on fait en attendant ? »

Pressentant qu'elle était sur le point de leur proposer d'aller « flâner dans les environs », Luca et Bichot réclamèrent « pour la route » une eau-de-vie régionale, au choix de la patronne. Ils s'accordèrent à la trouver « franche et alerte », elle passait toute seule.

— On dirait de l'eau, jugea Luca.

Si bien qu'ils remirent une tournée, puis une troisième, en fumant tranquillement.

— C'est bien, dit Bichot de son ton paisible, on est en Suisse, donc on peut fumer, on est à pied, donc on peut boire.

— Puisqu'on est à pied, si nous en profitions pour aller marcher, proposa Valentine.

Ses deux compagnons convinrent qu'il serait bon d'aller s'aérer, non sans avoir avalé le verre de Fernet-Branca qui allait donner un coup de pouce à leur digestion.

Luca tint à laisser son numéro de téléphone à Aurore pour le cas où elle viendrait à Paris, non sans ajouter, pour la convenance, ceux de Valentine et Bichot.

Quand ils sortirent, il ne pleuvait plus, mais c'est sous une lumière toujours aussi glauque qu'ils se mirent en marche, sur la route de Divonne, jusqu'à un carrefour où, sans se donner le mot, ils s'arrêtèrent net, comme des mules refusant de faire un pas de plus. L'environ détrempé, il est vrai, n'offrait guère prise à l'idée de « flâner dans les environs ». Vers le nord, une vicinale boueuse allait se perdre parmi quelques fermes estompées dans un repli de plaine grise. Au sud, une petite voie asphaltée s'engageait entre des résidences particulières de l'immédiat voisinage de Commugny. La grand-route filait au nord-est, baveuse, et allait se perdre dans un paysage sans relief où elle disparaissait, pour ainsi dire, sans laisser de trace. Il s'était remis à pleuvoir et le ciel charbonneux était par endroits percé de taches de lumière funèbre. De temps en temps, surgissant de Commugny dont les murs avaient étouffé l'approche, un camion pressé déboulait à plein moteur, passait le carrefour sans ralentir et fonçait sur la route de Divonne où, bientôt, on ne pouvait plus ni le voir ni l'entendre.

Luca s'était adossé au panneau de sortie de Commugny, pour entendre les camions arriver derrière lui et voir leurs gros culs s'évanouir dans le vide sans horizon. Bichot, lui, s'était installé du côté des fermes, dont il s'efforçait de distinguer les toits, noyés dans les brumes d'évaporation, qui apparaissaient et disparaissaient comme des cibles de tir à la carabine. Valentine n'avait pas quitté le côté droit de la route et regardait la petite voie goudronnée et soignée qui s'enfonçait dans la zone résidentielle de Commugny. C'était au-delà, si elle en croyait son plan, que se trouvait sans doute, dans une zone située un peu à l'écart, la maison d'Adry Saltiel, et son cœur battait un peu. Elle observa le mobilier urbain posté au carrefour : Luca, qui ressemblait à un sémaphore et Bichot, qui avait l'air d'un champignon.

— Vous tenez vraiment à continuer à regarder les fermes invisibles et les camions qui passent et qui puent ?

— Note bien, dit Luca dont le visage disparaissait sous la capuche, un moment pareil, ça n'arrive pas tous les jours.

— Je dois dire…, admit Bichot de son côté.

— On y va, si vous voulez ? proposa Valentine en prenant garde de ne pas marquer la moindre impatience.

— D'accord, cria Luca, encore un camion et on y va.

À l'entrée de la petite voie bien entretenue, un distributeur de journaux en plein air, dont la vitrine, souillée par les intempéries, ne contenait qu'une affichette : « Accident de car et ses supporters : les rescapés témoignent. » À mesure qu'ils progressaient, le calme s'installait et c'était des maisons qu'émanait le plus grand silence. Derrière leurs portails et leurs boîtes aux lettres, dans le cocon de leurs jardins, elles étaient blotties entre des collines de vignes aux feuilles dorées sur lesquelles une petite pluie tambourinait avec sa monotonie patiente. Devant une jolie villa moderne, une Austin, seule trace de vie dans ces parages dormants. Ils traînèrent en se perdant aussi souvent que le permettaient les petits croisements bien propres. À chaque intersection, une boîte aux lettres jaune ornée d'une tête de schnauzer était frappée du logo : « Bravo ». Luca s'était étonné :

— Bizarre, une tête de chien sur les boîtes aux lettres : d'habitude les facteurs se méfient des chiens, non ?

— Ce ne sont pas des boîtes aux lettres, avait expliqué Bichot. Ce sont des distributeurs de sacs plastique pour ramasser les crottes de chien.

— Ah oui ? Et « Bravo », alors ? avait insisté Luca.

— « Bravo, madame Canichou, bravo de ramasser les besoins de Mélusine. »

Ils avaient beau se perdre, le temps passait lentement. Si au moins, il s'était passé quelque chose ! Mais il ne se passait rien. Le seul événement d'importance fut l'arrivée bruyante d'une faucheuse municipale de couleur verte, préposée au toilettage des bordures de chemin, et, dans sa cabine, le préposé indifférent, qu'ils dévisagèrent avidement, ignorait qu'il était leur premier être vivant depuis longtemps. Puis ils reprirent leur errance avec une abnégation et une patience qui auraient laissé incrédules leurs proches restés à Paris. Bichot observa qu'avec des distributeurs de sacs pour crottes de chien à tous les carrefours, on pourrait au moins voir *un* chien.

— Ils ne font tout de même pas caca à la maison dans leur petit sac, s'irrita-t-il.

Bichot fut entendu, car ils en croisèrent deux. D'abord un grand braque, maussade, avec de longues oreilles, noir, le poil ras, marchant un peu de travers, qui avait dû les flairer de loin comme des trimardeurs, et passa à un mètre d'eux, sans les regarder. Puis un autre, un peu plus tard, d'origine composite, qui les renifla et s'éloigna en poussant des aboiements minables.

Sous son chapeau de pluie détrempé, les lunettes embuées, Bichot avait une tête de méduse, Valentine était un esquif désemparé, et le dos de Luca, qui pissait contre une haie, exprimait la désapprobation.

— Alors, cette adresse ? demanda la méduse à l'esquif, qui répondit :

— Mais il est encore trop tôt.

— Écoute, dit Luca à Valentine, il nous pleut dessus depuis neuf heures ce matin, alors allons nous embusquer, toujours sous la pluie, à vingt mètres de chez la cousine Adry, la montre à la main mais sans nous faire voir, évidemment. L'attente deviendra presque agréable, tu ne crois pas ? Et puis à six heures précises, dring-dring, qui voilà ?

Valentine était mûre pour se rendre aux arguments de son état-major.

— Très bien, on y va. L'adresse est : L'Étoile, chemin des Hayes.

— Eh bien voilà, se consola Luca, nous ne savons pas où nous allons, mais nous savons enfin comment ça s'appelle.

— Moi je sais, dit Valentine en brandissant son plan tout fripé et en se mettant en route, suivie de son escorte.

Ils marchèrent pendant une vingtaine de minutes, d'abord sur une petite voie asphaltée, puis sur un chemin de terre glissant, étroit, entre une double haie de buissons sauvages.

Enfin, elle s'arrêta net et leur montra un toit qui dépassait de la végétation :

— C'est là !

— Nous y voilà, mon cher Long John Silver, murmura Luca à voix basse en tapant sur l'épaule de Bichot.

À la montre de Valentine, il était un quart d'heure avant six heures.

— Valentine est une fille si exacte, prononça doucement Bichot, tandis qu'une violente averse saluait leur arrivée en terre promise.

— Je boirais bien un coup, dit Luca. J'espère qu'il y a un bon bar chez cousine Adry.

Ils allumèrent des cigarettes aussitôt noyées de pluie, puis Valentine se décida et ils s'approchèrent, voyant apparaître une grosse maison à un étage donnant sur un jardin clos par un portail où l'on pouvait lire « L'Étoile » à côté d'une sonnette sur laquelle Valentine appuya longuement un index, au cas où sa cousine serait un peu dure d'oreille. Ils attendirent un bon moment en silence, puis, sans l'avoir entendue arriver, ils virent un battant s'ouvrir sur Adry Saltiel.

— Vous avez trouvé facilement ? Venez, venez, avec cette pluie !

Ils remontèrent derrière elle un chemin en pente qui longeait un verger où s'élevaient des poiriers, des cerisiers et des pommiers. L'herbe était bien tondue.

— Vous passez vous-même la tondeuse ? demanda Bichot.

— Non, je passe les moutons d'un voisin, répondit-elle en riant. Les fruits ne sont pas terribles, enfin, ça dépend des années, comme toujours avec tout ce qui pousse. Cette année, c'était pas mal pour les pommes et les cerises, je ne savais plus où les mettre.

Luca et Bichot, regardant Adry et Valentine trotter l'une derrière l'autre comme des chèvres le long du chemin, en conclurent que c'était de famille. Après avoir gravi quatre marches, Adry avait ouvert la porte de sa maison et s'était effacée pour livrer passage à ses visiteurs en les dévisageant l'un après l'autre. Une fois qu'ils furent entrés, tandis qu'ils se débarrassaient de leurs oripeaux trempés, elle regarda attentivement Valentine. Elles se voyaient pour la première fois.

— Je t'aurais reconnue, dit-elle, tu ressembles à ton père. Ta mère m'avait envoyé des photos. Évidemment, elles ne sont plus d'actualité. Je te trouve bien belle. Quel âge as-tu, maintenant ?

Luca et Bichot firent mine de s'éloigner, mais ils entendirent Valentine, un peu gênée, répondre : « Soixante-sept ans. » Valentine ne cachait pas son âge et ils le connaissaient, mais c'était différent quand c'était Adry qui le lui demandait, comme à une adolescente.

Ils se trouvaient dans une vaste pièce, bien chauffée, accueillante et confortable, sans projet, où les meubles Directoire et les meubles Habitat se côtoyaient sans se bouder et sans faire de manières.

— Ne restez pas debout, asseyez-vous ! ordonna Adry en claquant des mains.

De longues bûches crépitaient dans la cheminée à côté de laquelle se trouvait un bar où Adry déboucha une bouteille de champagne, refusant l'aide de ces messieurs. Parcourant la pièce du regard, les passagers de la pluie découvrirent sur les murs un Maître de Moulins, une gravure de Dürer, un autoportrait de Goya à Bordeaux, un Delacroix, qui, soixante-huit ans plus tôt, avaient, à n'en pas douter, voyagé de Rotterdam à Marseille sur le *Breda*, fait escale à Lucerne et atterri à Coppet.

Après avoir bu le champagne avec ses hôtes, Adry alla se poster à une extrémité de la pièce devant une grande cuisinière où elle manipulait des casseroles et une cocotte en fonte. Les tableaux étaient accrochés assez haut et recevaient pour tout éclairage la lumière des lampes à abat-jour disposées dans la pièce au chevet des canapés et, pour bien les voir, il fallait successivement s'en approcher et s'en éloigner.

— C'est tout ce que j'ai gardé, dit Adry en se détournant un instant de ses travaux de cuisinière, le reste, je l'ai réalisé. Si tu en veux un, Valentine…

— Certainement pas, Adry.

— Tu es sûre ?

— Absolument sûre.

Adry s'était retournée et avait soulevé le couvercle de la cocotte en fonte, puis :

— Tu sais, il y a toujours ce lit Ernest Boiceau qui t'attend.

Et elle était retournée à ses fourneaux.

Tout en furetant, Bichot avait découvert sur un rayon de bibliothèque une photo ancienne dans un cadre d'argent. En bas à droite, il était écrit dans un bel italique à l'encre noire : « Amsterdam, juin 1938 ». Au milieu d'un groupe, une jeune femme blonde aux cheveux laqués tombant à mi-nuque souriait dans une robe en shantung noir tacheté de nuages clairs, et dont les plis miroitaient à la taille. À sa droite, un grand homme blond et jovial en chemise et pantalon. À sa gauche, un homme élégant, de taille moyenne : « La quarantaine de l'époque », estima Bichot. Des cheveux très noirs accompagnaient une calvitie naissante et dans l'ovale très fin du visage dominaient de grands yeux clairs et rieurs. Un homme maigre et de grande taille, à son côté, lui avait posé une main sur l'épaule. Il portait un costume de tweed avec un pull sous la veste. En le regardant, Bichot pensait au dessin au trait de Stravinski par Picasso.

Valentine et Luca l'avaient rejoint devant la photo. Valentine désigna l'homme aux yeux clairs et rieurs.

— Là, c'est mon père, Melchior Saltiel.

Puis son doigt s'arrêta devant la jeune femme en robe noire.

— Et là, Marion, ma mère.

Puis, devant le grand homme maigre en tweed, le « Stravinski » :

— Lui, c'est Friedrich Goldstikker.

Et enfin, l'homme en chemise, qui avait l'air si heureux.

— C'est mon oncle Albert Saltiel, le frère de mon père, le père d'Adry.

— Il n'y a aucune photo chez toi, à Paris, remarqua Bichot.

— Si, répondit Valentine, j'en ai un tiroir plein.

D'un gros Frigidaire intact, datant des années soixante et dont le design cousinait avec celui des anciennes voitures américaines, Adry sortit une autre bouteille de champagne que Bichot lui prit des mains pour l'ouvrir.

— À votre présence ! dit Adry en levant son verre.

— À cette soirée ! répondit Luca, qu'un délicieux fumet échappé des fourneaux d'Adry avait, depuis un moment, distrait de la contemplation du Dürer et du Goya.

Et la sympathie qu'il avait éprouvée d'emblée pour la vieille dame s'accrut encore quand il l'entendit annoncer :

— J'ai fait réserver ce matin des perches du lac toutes fraîches et un bon morceau de sanglier.

Adry indiqua les commodités à Valentine et, s'adressant à Luca et Bichot :

— Messieurs, vous pouvez aller faire un petit tour au jardin, je sais que les garçons préfèrent.

Ils sortirent sans se faire prier. Il avait cessé de pleuvoir et ils pissèrent longuement, côte à côte, entre deux pommiers, respirant profondément l'air vif de la nuit. « Voilà qui met en appétit », dit Luca, pendant qu'ils se reboutonnaient. Revenus à la maison, ils allèrent à l'évier se rincer les mains et rejoignirent Adry et Valentine qui les attendaient devant le plat de filets de perche.

Adry se révéla être une cuisinière exceptionnelle, d'autant plus exceptionnelle qu'elle ne cuisinait pratiquement plus jamais. Mais la perche du lac est un poisson particulièrement charnu et nourrissant ainsi que le sanglier. Bichot se laissa servir bien au-delà de ses capacités et il cala à la deuxième charge de l'animal. Valentine fut décevante et chipota pauvrement, le nez dans une assiette où l'on ne reconnaissait plus grand-chose. Adry avait d'emblée compris que Luca était un client sérieux et, devant ceux qui avaient renoncé, ils naviguèrent de conserve jusqu'au dernier morceau de sanglier qu'ils partagèrent en deux avec la sportivité des vainqueurs *ex æquo*. Si Luca déclara forfait pour le baba au rhum, Valentine et Bichot regagnèrent quelques longueurs en laissant Adry les resservir généreusement.

Personne ne protesta quand celle-ci revint avec une bouteille d'eau-de-vie et remplit des verres de taille supérieure à la moyenne. Valentine elle-même, s'abritant derrière le prétexte d'une journée passée sous la pluie, se servit à plusieurs reprises, et un climat de gargote s'installa dans le salon de L'Étoile. Bichot, qui s'était levé pour disposer de nouvelles bûches dans le feu, entendit la voix d'Adry derrière lui :

— Valentine, Valentine, chère chérie, pourquoi as-tu fait silence si longtemps, comme si tu étais morte, comme si j'étais morte, comme si nous étions mortes ?

Quelques larmes coulèrent sur les joues de Valentine.

— Eh bien maintenant, au moins, vous n'êtes plus mortes, dit Luca en remplissant les verres.

Ils étaient restés invisibles jusque-là et se cachaient depuis l'arrivée des trois étrangers. Sans impatience, ils avaient attendu, puis, ayant vraisemblablement estimé que Luca venait de dire ce qui devait être dit et que la voie était libre, sept ou huit chats avaient fait leur apparition. C'étaient des chats de tous les jours, des chats de gouttière, des chats de cheminée, des chats de rosier, des mangeurs de souris et d'oiseaux, des chats qu'Adry ne dérangeait pas quand ils venaient se détendre sur les lits et les canapés. Elle retint dans ses bras un matou enveloppé d'une confortable fourrure écaille de tortue et un petit gris aux yeux verts, à poils courts, timide et furtif.

— Le gros, c'est Serpolet, le petit, c'est Miki. Leur territoire, c'est le lit Ernest Boiceau. Tu vas voir, dit-elle à Valentine, dès que je vais les lâcher, ils vont y aller tout droit.

Et elle les lâcha. Valentine, Luca et Bichot, leur verre d'eau-de-vie à la main, suivirent immédiatement les deux chats, qui marchèrent nonchalamment jusqu'à un coin reculé et obscur et s'installèrent confortablement sur le lit Ernest Boiceau, semblant en montrer les avantages, comme lors d'une visite d'appartement-témoin. Ils regardaient, fascinés : Luca et Bichot touchaient au but de leur voyage et Valentine tremblait devant ce cadeau de son père inconnu qui patientait depuis soixante-huit ans. C'était un beau cadeau, un beau meuble. Elle comprenait que Serpolet et Miki l'aient élu, y ajoutant la touche personnelle de leurs innombrables griffures.

Derrière elle, elle entendit la voix d'Adry :

— Il est à toi, prends-le, maintenant que tu es venue.

— Alors je le prends, dit Valentine.

Et elle embrassa Adry, qui proposa d'aller s'aérer au jardin. Ils se promenèrent dans le verger, éclairés de loin par la seule petite lumière au-dessus de la porte de la maison. Adry expliqua pourquoi elle avait fait don de toute sa fortune au World Wild Fund.

— J'en avais assez de la jolie maison des Campanules au bord du lac. C'était la maison de mes parents, j'y ai vécu, trop longtemps. Je suis restée célibataire. Au milieu des années cinquante, je suis tombée sur un type. Très beau, très bel amant, très drôle, un peu cinglé, mais adorable : il était aux petits soins pour moi : « Tu n'es pas belle, me disait-il, tu es pire. » Il s'appelait Marcel Bruyère. Il était directeur d'une entreprise d'accessoires automobiles qui marchait bien et qui appartenait à un grand groupe. Il n'en avait rien à fiche, de ma fortune, il ne m'a jamais demandé un sou. Au contraire, il me couvrait de cadeaux. Je lui dois six années sans l'ombre d'une ombre, même pas une fâcherie, il faut dire qu'on avait bon caractère tous les deux. Et puis voilà qu'un jour il est parti avec la caisse de son entreprise, lui qui vivait avec un coffre-fort. Il a été rattrapé et on l'a mis en prison. Il a refusé mes visites et quand il est sorti, il n'a jamais voulu me revoir. Après ça, pendant un certain temps, Adry Saltiel a marché sur trois pattes, puis elle s'est tricoté une autre vie. J'ai quatre-vingt-trois ans, je ne vois jamais le médecin, et je suis bien, ici, à L'Étoile. Venez me voir quand vous voulez, mais venez.

Ils retournèrent à la maison, s'installèrent autour de la table où les attendait la bouteille d'eau-de-vie et prirent des décisions. Valentine pensait qu'il fallait emporter tout de suite le lit Ernest Boiceau. Tout de suite, c'est-à-dire dans les deux jours. Luca et Bichot estimèrent qu'il aurait peut-être été préférable de revenir un peu plus tard, mais Adry approuva fermement Valentine. Puis elle ajouta :

— Il y a une seule chose : pour Serpolet et Miki, le lit Ernest Boiceau constitue un écosystème. Ils y sont plus attachés qu'à la maison et au verger. Sans lui, ils se laisseront aller à la dépression, alors, Valentine, je te demande de bien vouloir emmener Serpolet et Miki avec le lit.

— D'accord, dit Valentine, qui imaginait déjà la joie de Rose et d'Éliane. Je t'appellerai demain pour te tenir au courant du transfert de l'écosystème.

Valentine, Luca et Bichot repassèrent leurs vêtements de pluie qui n'avaient séché qu'à moitié et Adry les escorta jusqu'au portail où ils l'embrassèrent tour à tour, Luca au point de l'étrangler.

Sur le chemin du retour, dans la nuit noire, Valentine pensait avoir mémorisé l'itinéraire : il n'en était rien et il ne fallait pas compter davantage sur Luca et Bichot qui étaient égarés à tout point de vue. Ils se perdirent longtemps à travers ces allées résidentielles qui se croisaient pour un oui ou pour un non. Par hasard, ils tombèrent sur l'embranchement de la route de Commugny à Coppet, et ils avaient à peine marché une cinquantaine de mètres que la pluie se remit à tomber. Perdus dans leurs pensées, ils n'échangèrent pas un mot jusqu'à L'Hostellerie du Lac, où Valentine demanda à la jeune femme de l'accueil de prolonger leur séjour de vingt-quatre heures. Par chance, c'était possible.

On monta dans la chambre de Valentine, qui donna ses instructions : au retour, on ne prendrait pas le train. Pas question avec deux chats. On rentrerait donc en voiture avec Miki et Serpolet. Bichot réserverait une voiture de location par téléphone le lendemain matin et irait à Genève, acheter une cage à chats. De son côté, Luca contacterait un déménageur pour transporter le lit Ernest Boiceau à Paris aux meilleures conditions dans les meilleurs délais. Puis Valentine les libéra et Luca et Bichot, peu habitués à honorer des instructions aussi précises et morts de fatigue, coururent se coucher. Luca piocha auparavant une pilule contre la migraine dans la trousse à pharmacie de Bichot, richement approvisionnée.

Le lendemain matin, Bichot prit un taxi jusqu'à Genève où il régla en soupirant les cent francs suisses de la course. Il en revint avec une cage à chats et une voiture de location que seule la plaque minéralogique distinguait d'une autre voiture de location. Entre-temps, Luca avait établi un contact téléphonique prometteur avec la société de déménagements internationaux Véron Grauer, où il avait été sans délai aiguillé vers M. Roland Devolst, transitaire romand. « Il s'agit moins d'un déménagement que d'un transport spécial d'objet d'art », avait aussitôt précisé Luca, sans insister sur le style du lit Ernest Boiceau. Selon M. Devolst, cela ne posait aucun problème, à part, peut-être, en ce qui concernait le délai de livraison : un objet unique devait nécessairement attendre d'être joint à un chargement plus important. Cependant, en cette période de fin d'année où il y avait de nombreux mouvements diplomatiques et échanges de fonctionnaires internationaux, il existait une opportunité réelle. « Vous permettez une seconde ? » Et M. Devolst avait brièvement pianoté sur son clavier. « Nous avons de la chance, monsieur Dalema, sauf contretemps improbable, vous serez livré à Paris dans une semaine, par un beau camion jaune de chez Véron Grauer. »

Dans la voiture de location qui roulait en direction de la maison d'Adry Saltiel, Bichot se tenait au volant, Valentine à ses côtés, et sur la banquette arrière, le coude posé sur la cage à chats, Luca cherchait à installer ses jambes interminables. Valentine, qui venait de régler la note d'hôtel, comptait ses billets.

— Il en reste beaucoup ? demanda Bichot à Valentine sans quitter la route des yeux.

— Il en reste.

Luca, qui n'avait pas encore trouvé le temps de faire son rapport, annonça qu'un camion jaune livrerait le lit Ernest Boiceau d'ici une semaine. Puis il demanda pourquoi les camions de déménagement étaient généralement de couleur jaune.

— C'était la couleur des cochers, répondit Bichot en amorçant avec prudence une courbe pourtant anodine, je veux dire : la couleur des diligences, les diligences étaient jaunes.

— Alors, insista Luca, dans ce cas, peux-tu m'expliquer pourquoi les diligences étaient jaunes ?

Le portail de L'Étoile était ouvert et ils montèrent jusqu'à la maison avec la cage à chats. Adry les attendait devant sa porte. Elle prit la cage des mains de Luca et la déposa dans l'entrée, puis elle les conduisit jusqu'à la table où du café, des tartines et de la confiture les attendaient sous le Goya. Adry et Luca papotèrent comme s'ils avaient la journée devant eux. Mais Bichot, qui s'était proposé de conduire, était déjà au volant en pensée et Valentine regardait sa montre. Alors Adry leur demanda d'aller l'attendre dehors. Un moment plus tard, elle apparut en tenant la cage.

— Voilà Miki et Serpolet. En principe, ils tiendront jusqu'à Paris.

Debout devant le portail ouvert, Adry les regarda s'éloigner. Bichot, dans le rétroviseur, la voyait faire signe de la main.

— En fait, dit-il, pour elle comme pour nous, c'est un premier au revoir. *Le Premier Au revoir*, ce serait un joli titre de roman, vous ne trouvez pas ? Vous ne répondez pas ?

Bichot n'ignorait pas qu'il serait hors de question de rouler à sa Vitesse Universelle : en l'état actuel de la civilisation, un tel exploit était encore inenvisageable et ses passagers ne l'auraient pas admis. Il roula donc à cent à l'heure, non sans se faire violence. Valentine, assise à son côté, suçait des pastilles mentholées. À l'arrière Luca s'était déplié tant bien que mal, calé entre sa parka roulée en boule et la cage des chats. Dès qu'ils eurent rejoint l'autoroute, la tension monta d'un cran. En effet, si Bichot estimait rouler à grande vitesse, les autres usagers étaient loin de partager ce point de vue et les appels de phares excédés ne tardèrent pas à se multiplier dans le rétroviseur, puis les klaxons des voitures et les trompes des grands semi-remorques qui les dépassaient en projetant des gerbes d'eau. Sans perdre son calme, Bichot actionnait les essuie-glaces à la vitesse maximale et maintenait le cap, à travers le typhon, stoïque comme M. Mac Whirr sur la passerelle du *Nan-Shan*, indifférent aux camions qui se succédaient, hurlant à toutes sirènes, vomissant au passage les trombes qui déferlaient de leurs dix paires de roues lancées à toute vitesse. Progressivement, il avait senti les passagers se désolidariser du tour héroïque, romantique et moral que prenait le voyage : Valentine avait commencé à s'agiter sur son siège en accélérant sa consommation de pastilles mentholées tandis qu'à l'arrière les genoux de Luca cognaient contre le dos de son fauteuil, quant à Miki et Serpolet, ils ne manquaient pas une occasion de miauler à toute gorge aux avertisseurs déchaînés des quinze tonnes.

— Ça va ? Tout va bien ? demanda Bichot sans

quitter la route des yeux, d'une voix exprimant la bonne humeur et le self-control.

Il fut surpris et blessé par la réaction de ses amis :

— Nous pourrions peut-être aller un peu plus vite, dit Valentine. On a l'impression de regarder passer les camions comme des vaches à l'arrêt.

Et, de l'arrière de la voiture, la voix de basse de Luca s'était élevée :

— Personnellement, j'aurais préféré voyager avec le lit Ernest Boiceau plutôt que d'entendre chanter le Miki et le Serpolet.

— Dans ce cas-là…, dit Bichot, je te passe le volant.

Et il sortit à la première voie de dégagement. Luca venait de gagner une manche dans la lutte où s'affrontaient depuis toujours leurs philosophies de la conduite : Luca, la philosophie italienne, Bichot, la philosophie de la durée. Luca ne se fit pas prier, il s'installa sur le siège du conducteur, qu'il poussa au maximum pour laisser place à ses jambes, réduisant, derrière lui, l'espace de Bichot à la portion congrue. Puis il démarra, récupéra l'autoroute et roula aussitôt à une allure nettement supérieure à la vitesse autorisée.

— C'est une histoire à perdre des points de permis, ne put s'empêcher de dire faiblement Bichot quand il se sentit collé à son siège.

— Et alors ? intervint Valentine. Vous n'avez de voiture ni l'un ni l'autre, vos permis sont vierges, vous avez de la réserve, vas-y Luca, ne traînons pas.

Et tandis que Luca fonçait, elle pensait : « Un Italien au volant, c'est tout de même un Italien au volant. »

Quand ils pénétrèrent dans Paris, ils affichaient des dizaines de voitures et de gros-culs à leur tableau de chasse.

III

LA TACOUBA D'AHAMED

Déployant ses ailes sur le théâtre de marbre noir de la cheminée, le feu éclaire les Fender de Jimi Hendrix qui dévalent en hennissant un paysage lunaire installé dans la cabine du capitaine Achab. Vautré sur le divan prune, Bichot contemple le plafond. La tête calée sur un coussin, Armand est allongé à terre, le visage à demi caché dans le creux de son coude. Entre ses jambes, Aramis, dans son pyjama roux, est étalé sur le dos, les pattes avant croisées l'une sur l'autre, les pattes arrière écartées. Quand Armand vient chez lui écouter les Stones, les Beatles, Patti Smith, les Pink Floyd, les Kinks, Iron Butterfly (il y a des centaines de trente-trois tours, chez Achab), Bichot ne manque pas de lui dire :

— Alors, tu viens écouter de la musique de vieux ?

Et Armand répond :

— Ce qui est vieux commence hier.

Bichot enchérit avec son proverbe sénoufo :

— « Aujourd'hui est le fils d'Hier et le père de Demain. »

Cet Hier avait été un bon père pour Armand : il avait obtenu le prix de la Colombe d'or de magie. Aujourd'hui était donc un bon fils qu'ils venaient de fêter à deux au cours d'un déjeuner dans la cuisine de mousquetaire.

Quand Valentine avait hérité des enfants Cézat, elle avait dit : « Pour Armand, ce sera au minimum un bac, et un bon. » Et il avait grandi sous la férule de cette femme qui n'était ni sa mère, ni sa tante, ni sa grand-mère et qui, pourtant, tenait la première place dans sa vie. À mesure que sa voix se cuivrait, que sa pomme d'Adam proéminait et que son menton bleuissait, il avait abordé les eaux de l'âge ingrat. Mais Valentine, pour la raison même qu'elle n'était pas tout ce qu'elle n'était pas, avait accordé un minimum de crédit à ses protestations pubertaires. Armand l'appelait « mon vieux coach » et ce n'était pas mal trouvé. Il fut reçu à son bac avec mention. Après quoi, estimant avoir fait son boulot, Valentine s'était par la suite exclusivement consacrée à Éliane et Rose, qui vivaient toujours sous son toit. Elle tenait peu compte de la manière dont l'éducation des filles avait évolué depuis vingt ans et pas plus des protestations d'Éliane, l'aînée, qui ne manquait jamais de lui signaler à quel point les filles de son âge étaient libres. La veille encore, en présence de Bichot, Éliane avait annoncé à Valentine qu'elle comptait passer le week-end avec des amis, dans la maison des parents de Rémy Cordolin. Cela faisait un certain temps que ce Rémy Cordolin tournicotait autour d'Éliane. Plusieurs fois déjà, il était venu la chercher.

Un soir où Talbeau était passé, Valentine lui avait parlé de ce prétendant, or il se trouvait que Talbeau connaissait les parents : des gens riches et snobs. Le fils était un sorteur fainéant, un joli garçon qui ne regardait pas dans les yeux, « le genre illettré », dit Talbeau, qui l'avait pris en stage et ça n'avait pas duré deux jours.

— À vingt-deux ans, il ne sait pas écrire son nom.

— Vingt-deux ans ! s'était étranglée Valentine. C'est un satyre.

— Certes, avait répondu Talbeau, mais, à mon avis, Éliane, à seize ans, doit se sentir plutôt flattée d'être courtisée par un satyre.

En tout cas, Valentine refusa net ce week-end chez Rémy Cordolin. Éliane sortit en pleurant et claqua la porte de sa chambre, laissant Valentine et Bichot seul à seul. Bichot, qui ne supportait pas les crises, s'était demandé à voix haute s'il n'aurait pas été préférable de procéder par étapes, plutôt que de donner une réponse aussi négative.

— Tu sais, avait répondu Valentine, il vaut mieux dire non maintenant. Quand ils ont quarante ans, c'est tard.

Tandis qu'Éliane découvrait les injustes limites posées à l'éclosion de sa vie, Armand, depuis son bac, avait fait route sans rien demander à personne. Prisant l'air à la croisée des chemins, il s'était laissé porter vers le monde du merveilleux, et, depuis quelques années, pratiquait la magie et en vivait. Talbeau avait bien tenté de l'épauler pour des études de droit, lui donnant un accès permanent à son cabinet, mais Armand, aidé de sa grâce naturelle, de son long corps, de ses longues mains et de son bagout charmeur, avait préféré faire mentir les cartes, disparaître et réapparaître les objets.

Talbeau était, involontairement, à l'origine de cette passion. Il avait estimé, à un moment, qu'Armand avait besoin d'aller à la montagne, où il l'avait expédié en compagnie de Luca, ravi de se rendre utile de la sorte. C'était à Courchevel. Ils se rendirent un soir à l'Hôtel des Neiges où se produisait un magicien. Une soirée mémorable. Luca gardait encore le souvenir de sa voisine, qu'il avait invitée au bar après le spectacle. Armand eut le coup de foudre pour la « magic ».

Entre ses mains, entre ses doigts, animés par la chorégraphie de ses gestes, les objets se mettaient à vivre et s'imprégnaient de mystère : cigarettes, briquets, montres, stylos, portefeuilles, bagues. Des objets personnels de valeur, expliquait-il à Luca et Bichot dans la cuisine de mousquetaire, des objets qui sont déjà magiques avant que la magie ne s'en empare : par exemple, un briquet Bic ne fait pas marcher l'imagination. Il faut des objets que le public regarde avec des yeux de pie. Il leur fit découvrir les gestes sans importance qui détournent l'attention des gestes cachés.

— Vous voulez que je vous apprenne un tour ?

— Pas question ! répondaient en chœur Luca et Bichot. Toi tu es le magicien et nous on regarde.

Mais, sans rien dévoiler, Armand tenait quand même à les initier.

— Dans un tour, il y a deux éléments complémentaires : la « misdirection » et le « timing ». Misdirection, c'est : « Regarde par ici pendant que je fais par là. » Il faut emmener les gens ailleurs. Mais ça ne suffit pas : n'importe qui pourrait voir le geste qui trompe, le geste invisible. Le timing est crucial : pour que le geste qui ment soit logique, il doit arriver au moment opportun. En fait, il y a la ruse et le temps de la ruse.

Quand Armand commença à additionner les contrats, la famille Cézat, saisie de fierté et d'admiration, le suivit aussi souvent que possible dans les festivals internationaux où il se produisait. Talbeau, qui subventionnait les déplacements, n'hésita pas à annuler plusieurs fois des rendez-vous ou à écourter des séjours. Sur scène comme dans la salle, des magiciens étaient venus de tous les pays du monde, l'ambiance était électrique. Il y avait des Indiens, des Chinois, des Japonais, des Américains, des Européens, réunis par les villes organisatrices sous l'égide de la FISM, Fédération internationale des sociétés magiques. Les tours se succédaient sur scène à grande vitesse, et, la première fois qu'ils virent Armand réaliser sur scène une « neige japonaise », les Cézat furent un peu frustrés de le voir s'éclipser aussitôt pour faire place au tour suivant.

À l'entracte, ils avaient pu découvrir, disposés autour de la salle, les stands des marchands de « trucs magiques » qui proposaient leurs produits aux professionnels et aux amateurs. Et Luca avait fait observer à Bichot : « Par magie, il y a pas mal de jolies filles, mais, si tu veux mon avis, pour en intéresser une, il faut avoir plus d'un tour dans son sac. » Le palais de la magie était un gros business bâti autour d'un spectacle international, avec ses messes, ses meetings, ses shoppings et ses réseaux où se frottaient tous les mondes d'un même monde.

Les Cézat avaient assisté à la plus récente de ces grandes fêtes de la magie à Paris, deux semaines après l'expédition de Coppet. Retenu en Angleterre, Talbeau n'avait pu y assister. À son retour, deux jours plus tard, il avait donné rendez-vous à Bichot rue de Lisbonne.

Depuis trente ans, hiver comme été, le même courant d'air violent et glacial, tapi comme une bête aux premières marches de l'escalier, tourmentait Bichot à la sortie de la station Monceau. Bichot pénétrait dans le parc, longeait les tas de sable et les fabriques vert municipal qui vendaient des boissons, des sucreries et les mêmes frêles moulins de plastique aux ailes multicolores que faisaient déjà tourner au vent, cent ans auparavant, les garçonnets à col marine parcourant les allées ombreuses bordées de bancs, indifférentes au passage des républiques. Tout au plus les nounous africaines et les jeunes filles au pair, bavardes et rieuses, avaient-elles succédé sur les bancs aux nourrices bretonnes qui avaient fredonné à mi-voix la chanson de M. de Pontcallec. Bichot parvint à la sortie du parc donnant sur la rue Rembrandt, laissa sur sa gauche la rue Murillo et déboucha bientôt sur la rue de Lisbonne. Murillo, Van Dyck, Vélasquez, Rembrandt : un quartier de peintres. Et aussi un quartier de musées : Jacquemart-André, Nissim-de-Camondo, Cernuschi. Le quartier où était né Talbeau. Des hôtels particuliers, ou bien les hautes falaises des immeubles en pierre de taille, à cheval sur de grandes portes cochères en bois massif, sous lesquelles s'étaient succédé des générations.

L'hôtel de la rue de Lisbonne dressait sur deux étages sa cuirasse de pierre sans grâce et sans défaut et portait en brandebourgs des balcons de fer forgé. Bichot appuya sur le bouton de cuivre de la sonnette, serti dans un rond de marbre, déclenchant l'ouverture du battant droit de la lourde porte qu'il poussa de l'épaule en habitué. Chaussé de babouches jaunes usagées, Talbeau l'attendait en haut de la volée de marches, dans le vestibule sonore, veillé en surplomb par une Léda et un satyre sans grand charme. Ils traversèrent l'immense salon-bibliothèque où avaient eu lieu tant de réceptions du temps du père de Talbeau, et où celui-ci recevait encore deux à trois fois l'an. Valentine, Luca et Bichot étaient parfois invités et venaient, pour lui faire plaisir, passant la soirée à boire du champagne devant un buffet de coin, au milieu de cent inconnus. Et soudain, sans crier gare, la mémoire de Bichot l'attira vers le jour où, à dix-sept ans, il avait découvert, alignés et superposés, innombrables, les livres d'un grand avocat au Conseil d'État et à la Cour de cassation. « Si tu veux, tu peux t'installer pour lire ici, avait dit Me Talbeau à Bichot. Les livres, ça ne se prête pas, on les lit là où ils habitent. »

— De mémoire, au plus pressé, dit Bichot.

Et il récita :

— Orléans, Marot, Rabelais, Ronsard, Du Bellay, Brantôme, Malherbe, Montaigne, Cervantès, Ben Jonson, Shakespeare, Descartes, Pascal, La Fayette, Scarron, Corneille, Retz, La Rochefoucauld, Sévigné, Bussy-Rabutin, Racine, Boileau, La Fontaine, Molière, La Bruyère, Fénelon, Bossuet, Saint-Simon, Swift, Montesquieu, Voltaire, Diderot, Rousseau, Marivaux, Laclos, Sade, Chénier, Bernardin de Saint-Pierre, Staël, Constant, Goethe, Chateaubriand…

Bichot interrompit son énumération. Bombant leurs tranches reliées, perchés silencieusement au long des rayons, les livres étaient alignés comme des oiseaux empaillés dans une cage où personne ne venait jamais plus les ouvrir et les nourrir de sa lecture.

— Et tout le XIXe et tout le XXe, enfin, presque, dit pensivement Bichot.

— Il lisait tout et lisait sans cesse. En même temps, il travaillait. Je n'ai jamais compris comment il faisait. Enfin, sur le XXe siècle, il était devenu très sélectif après Proust, son dernier et son plus grand amour, qu'il a lu et relu chaque soir jusqu'à sa mort. En fait, les dernières années, Marcel excepté, il n'a pratiquement lu que des livres d'histoire. C'est là que s'était réfugié son appétit de lire.

Son imperméable à doublure écossaise sous le bras, Bichot, songeur, se tenait en face de Talbeau, en T-shirt, en babouches et les mains dans les poches de son blue-jean. Le devinant, Talbeau lui demanda :

— Encore un petit flash-back au temps passé ?

— Oui, répondit Bichot, j'aimerais passer un instant à la salle des machines.

— Volontiers, dit Talbeau, aujourd'hui, pour une fois, j'ai tout mon temps. Ensuite, nous monterons à mon bureau, j'ai quelque chose à te faire voir.

La salle des machines était une longue et haute pièce dont les murs étaient tapissés du sol au plafond de recueils de jurisprudence, Sirey, Dalloz et compilations de droits étrangers. Sur une longue table, quelques ordinateurs et deux exemplaires ébouriffés des *Grands Arrêts de la jurisprudence administrative*, de Long, Weil et Braibant.

Bichot et Talbeau s'étaient connus à la fac de droit. Bichot était en première année et Talbeau, qui avait quatre ans de plus que lui, en quatrième année. Leurs chances de se rencontrer étaient minimes. Un jour, pourtant, ils s'étaient retrouvés assis l'un en face de l'autre à la bibliothèque. Ils avaient échangé quelques mots et étaient sortis prendre un café au bistrot le plus proche. Et alors, tout naturellement, Talbeau avait confisqué Bichot. Et il lui avait fait aussitôt profiter de la salle des machines. Depuis soixante ans, entre quatre murailles de volumes reliés, les experts de l'étude Talbeau étudiaient et préparaient les dossiers du patron, l'un des plus brillants des quarante avocats au Conseil et à la Cour de cass, comme on disait. Me Talbeau avait une très grosse clientèle, comme, par exemple, la British Petroleum, dont il était en France le représentant juridique. C'est dans cette salle des machines que, durant ses années de licence, Bichot avait travaillé et perfectionné son droit, avec les encouragements des Talbeau, père et fils.

À l'époque, les occupants du lieu étaient deux célibataires qui avaient voué leur existence à Thémis : M. Fabien Malet, dont le costume de flanelle gris et la cravate à motif cachemire étaient aussi inaltérables que la courtoisie, et la maigre Mlle Aline de Veyras, vêtue hiver comme été d'une robe-sac de laine marron, qui parlait d'une toute petite voix et à laquelle on répondait de même. Dans le domaine juridique, Fabien et Aline (comme Bichot n'osa jamais les appeler) étaient des tueurs. Tous les renseignements, les conseils et les suggestions, dont ils n'étaient jamais avares, valaient de l'or et des heures gagnées en temps de recherche et en fausses pistes. Comme c'est souvent le cas chez les orphelins, Bichot s'entendait bien avec les anciens. M. Malet et Mlle de Veyras n'avaient même pas semblé remarquer ses cheveux tombant jusqu'aux reins, sa veste de croûte d'Albuquerque à longues franges, ses bottes apaches, la petite plume accrochée au lobe d'une oreille, qui, durant les deux premières années, avaient constitué sa tenue ordinaire et évoquaient davantage Red Cloud qu'un futur membre du barreau ou un juge à la Cour de cassation. Et sa métamorphose des deux dernières années, où il apparut vêtu avec l'élégance sans défaut d'un jeune gentleman de Kensington Gardens, leur échappa tout autant. Ils adoptèrent Bichot comme Talbeau l'avait confisqué et comme Me Talbeau l'avait pris de loin sous son aile. Le hasard y avait sa part. Me Talbeau, bridgeur frénétique, s'était un jour trouvé, à une table verte, partenaire de la mère de Bichot, une jeune veuve sympathique, bridgeuse infatigable et de première force. Beaucoup plus tard seulement, le grand avocat avait découvert que l'excellente bridgeuse Mme Bichot était également la mère du jeune Red Cloud.

Quand Bichot réussit ses examens de quatrième année et obtint sa licence, on déboucha le champagne dans la salle des machines. Dans le même temps, Talbeau, qui s'était spécialisé dans le droit des affaires dès sa troisième année de licence, avait déjà inauguré une carrière d'avocat international. Tandis que les frontières s'estompaient sous le vent des temps nouveaux, Talbeau voyait s'installer entre la carrière de son père, si exceptionnelle fût-elle, et celle qui s'ouvrait à lui, la même différence qu'entre le jet et le chemin de fer. Si moderne soit-il, il appartenait à un monde encore balzacien, voire courtelinesque. C'est lui-même qui leur avait raconté l'histoire de ce confrère, guignant la succession d'un bâtonnier et sillonnant les réceptions en se retournant par moments pour noter sur un petit carnet la tenue que portaient les femmes dont l'époux comptait fort dans son ascension. Et, telle ou telle soirée plus tard, ses concurrents défaits le voyaient roucouler : « Chère madame, pardonnez mon audace, mais vous voici ce soir toujours aussi belle et élégante ! Je me rappelle encore la merveilleuse robe en organza bleu pâle que vous portiez si bien chez le bâtonnier Palmer ! »

Ainsi, sans que leur amitié en souffrît jamais, Bichot voyait-il Talbeau s'éloigner, aspiré vers une nouvelle vie qui, d'ailleurs, ne l'attirait pas.

Le devinant hésitant et perplexe, son parrain Malet et sa marraine de Veyras avaient soumis l'idée d'un stage payé d'un an à Me Talbeau, qui avait aussitôt acquiescé, et Bichot, pour son plus grand bonheur et son plus grand soulagement s'était retrouvé dans l'équipe de la salle des machines. Il y réussit si bien qu'il enchaîna sur une seconde année de stage, coquettement rémunérée. Et quand, l'année suivante, Fabien Malet avait fait valoir ses droits à la retraite, il aurait semblé tout naturel que, Mlle de Veyras lui succédant, Bichot fût engagé à titre permanent. Me Talbeau l'avait invité à venir le voir dans son bureau lambrissé du premier étage. « Tu vas être déçu et tu vas peut-être m'en vouloir, cher François, mais je ne pense pas que te titulariser dans la salle des machines soit une bonne chose. Cela ne débouchera sur rien : tu n'as pas de relations, tu n'as pas d'argent, alors tu vas passer ta vie entre quatre murs de volumes. Je serais impardonnable de profiter de tes qualités et de ton expertise pour faire de toi mon employé à vie. Tu as vingt-trois ans, tu mérites autre chose, tu es beaucoup trop brillant pour ça, François. »

« Je suis brillant, mais à part ça… » C'est ce que Bichot avait été à deux doigts de répondre à Me Talbeau. Il en prit conscience bien plus tard, mais c'est probablement à ce moment-là que Bichot était devenu ce qu'il était. Le Bichot qui descendait l'escalier se connaissait bien : il n'avait aucune ambition, ni professionnelle, ni d'aucune sorte, sauf de bien faire ce qu'il avait à faire. La salle des machines était idéale, il s'en fichait, d'être employé à vie, au contraire, mais Me Talbeau ne pouvait pas comprendre ça. On fêta avec le même champagne son départ et le départ à la retraite de M. Malet, qu'une jolie petite maison de famille attendait à Romorantin. Mlle de Veyras était un peu triste, un peu gaie, et Bichot l'avait invitée à dîner à la Brasserie Lorraine.

Comme il avait l'imagination paresseuse, il avait refait la même chose, mais ailleurs, dans un cabinet où l'on recherchait un tueur en droit administratif. Mais ça n'était pas la salle des machines. À l'époque, Talbeau était installé à Washington où il prenait les lobbies d'assaut. Ils s'appelaient irrégulièrement au téléphone. Quand Bichot avait annoncé à Talbeau qu'il travaillait chez Goubert-Delorgey, celui-ci s'était étranglé : « Mais pourquoi n'es-tu pas entré à la salle des machines quand Fabien Malet a pris sa retraite ? »

Me Talbeau mourut brutalement trois ans plus tard, après une agonie de deux jours, sans reprendre connaissance et avant le retour de son fils. C'est Aline de Veyras qui appela Bichot au téléphone et ils le veillèrent, dans l'hôtel de Lisbonne entièrement vide. À son retour, Talbeau confia à Bichot le bilan privé de son séjour aux États-Unis : il s'était marié, avait eu deux filles et avait divorcé. « Ratage total, avait-il commenté. Parenthèse ouverte, parenthèse fermée et secret-défense, pour m'épargner les épilogues. » Talbeau se réinstalla à Paris pour régler les affaires de son père et relancer ses activités sur le Vieux Continent. Il en avait profité pour réengager Bichot dans la salle des machines où il avait fait merveille : « Tu es mon bouclier, mon Vauban », s'exclamait Talbeau, jamais avare de superlatifs. Talbeau avait même envisagé de proposer une association à Bichot. Mais Vauban avait décliné l'offre. À l'époque, il avait commencé à se passionner pour l'histoire, la géographie et l'économie : « Ce sont elles qui ont le dernier mot », avait-il expliqué à Talbeau. Et il avait demandé à être licencié. Talbeau, dont la patience était sans limites, avait alors introduit Bichot dans d'influents réseaux de réflexion et insisté pour financer ses déplacements à travers le monde. Le vrai Vauban, le Vauban de Bichot, c'était Talbeau. Et Talbeau avait eu rapidement de très bons échos sur ce petit homme globe-trotter en imperméable mastic, coiffé d'un chapeau de pluie, parlant un excellent anglais, et qui laissait derrière lui des souvenirs durables et des regrets admiratifs. Il était tombé plusieurs fois amoureux, mais, au bout du compte, il était le seul à tomber. Après sept ou huit ans, il était revenu, très heureux, très reconnaissant, et, depuis quelques années, il semblait s'être fixé, indécis, disponible.

Avant de quitter la salle des machines, Bichot demanda à Talbeau :

— Qui travaille ici, maintenant ?

— Des jeunes surdoués. Mais des classiques, tout de même : ils savent lire et écrire.

Puis, désignant les ordinateurs à peine plus épais que des cartes de crédit :

— Si la Muraille de Chine était une bibliothèque, elle ne serait pas assez longue pour contenir tout ce qu'il y a là-dedans.

À l'étage supérieur, Talbeau ferma derrière eux la porte de son bureau. L'ancien bureau de son père. Et il suffit d'une rapide superposition verticale pour que Bichot s'y retrouve, vingt-cinq ans plus tôt, quand Me Talbeau lui avait fermé les portes de la salle des machines. Un bruit de mitraille s'éleva d'un cabinet attenant et Talbeau en ressortit en portant un seau à glace d'où dépassait le col d'une bouteille de Laurent-Perrier, qu'il posa sur son bureau à côté d'un dossier orienté en direction de Bichot qui lut : « Sahara », écrit à la main sur l'étiquette.

— Qu'en penses-tu ? demanda Talbeau qui débouchait la bouteille.

— Du Sahara ?

— Oui, pas du bois de Boulogne.

— Je pense qu'Armand finira par y aller. Seul s'il le faut.

— Il faut qu'il y aille avec toi, Bichot. Tu étais avec son père et tu es le seul à avoir quelque chance de retrouver l'endroit où est enterrée cette fichue épée. Tu saurais t'en souvenir ?

— Presque à cent pour cent : j'avais mémorisé l'endroit et l'alentour et j'y ai souvent repensé.

— Crois-tu que, si Julien avait vécu, il aurait emmené Armand ?

— J'en suis convaincu. Il aurait peut-être un peu traîné, mais il l'aurait fait, sans aucun doute.

— Alors il faut y aller. L'avantage, c'est que nous pouvons nous passer de l'avis de ses parents, puisque nous sommes ses parents. Qu'en pense Valentine ?

— Elle est morte d'inquiétude, mais, devant Armand, elle trouve que c'est une idée formidable.

— C'est une folie ?

— Ma foi, un peu, j'ai quarante-huit ans, je ne fais pas d'exercice, je bois et le désert est épuisant.

— C'est parfait, le voyage est prévu en février. Nous sommes en novembre, tu as trois mois pour arrêter de boire.

— Tu as déjà tout organisé ?

— Oui, au cas où.

Et Talbeau ouvrit le dossier Sahara. Armand et Bichot seraient présentés comme des voyageurs français désirant accomplir une méharée dans les conditions traditionnelles et sans passer par une agence de voyages. Le personnage clé qui ouvrirait toutes les portes se nommait « le Garagiste ». Son statut à Arlit, Uranium City, lui assurait une immunité diplomatique auprès des Français, des Chinois, des représentants du gouvernement central de Niamey, des groupes dissidents et même, si besoin était, des cinquièmes colonnes libyennes. Enfin, il avait la confiance des tribus nomades qui cherchaient à vivre au milieu de ce bordel.

— Il est fort ce Garagiste, dit Bichot.

— Très fort, et il mériterait largement de faire une carrière internationale.

— Et comment l'as-tu trouvé ?

— Peu importe et il ne tient pas à ce que tu le saches.

— Il me connaît ?

— Un peu.

En fait, le Garagiste était un ami d'Ahamed, et il n'ignorait rien du voyage que Julien Cézat avait accompli autrefois. Ahamed et lui étaient intimes au point que celui-ci lui avait révélé l'histoire de la tacouba, pour qu'il en partage et protège avec lui le secret.

— Mais comment étais-tu en contact avec lui ? demanda Bichot.

— Mais par téléphone, figure-toi, le désert est bourré de portables. Il m'a annoncé une triste nouvelle : Ahamed est mort. « Il était vieux, cinquante ans », m'a dit le Garagiste. Et c'est vrai qu'au Sahara, cinquante ans... Enfin, le Garagiste a soixante ans, ce qui est plutôt une bonne chose, car, comme tu le sais, en Afrique, on respecte les vieux.

Après avoir prié Bichot de ne pas trop l'interrompre, Talbeau lui expliqua que le Garagiste était très ami avec le fils d'Ahamed, Assarid, qui vivait toujours dans le désert, où sa tribu, en février, aurait commencé à se disperser pour la saison sèche. Et d'après lui, Assarid était l'homme pour réunir et guider une caravane.

— Autre chose, continua Talbeau. Tu ignores peut-être qu'Arlit au Niger et Saint-Brieuc dans les Côtes-d'Armor sont des villes jumelées. Grâce aux Briochins, Armand et toi serez accueillis à Arlit, chez le père Bouombé, aumônier des Petites Sœurs de Jésus, où vous passerez votre première nuit. Le lendemain, le Garagiste passera vous cueillir, et en route pour l'immensité !

Talbeau s'était levé et avait fait quelques pas jusqu'à une console située dans un coin obscur de la pièce et il en était revenu avec une très grande boîte de carton noir mat qu'il avait installée solennellement sur son bureau. Sans l'ouvrir, il y avait posé ses mains à plat.

— Il y a vingt-huit ans, Cézat et toi n'aviez ni transistor, ni téléphone, ni appareil photo, à l'exception de ce si joli Polaroïd que tu avais donné au morveux d'une conquête décevante. Aujourd'hui, les temps ont changé.

Talbeau souleva avec précaution le couvercle de la boîte et en dévoila le contenu : trois téléphones portables en acier brossé y étaient enchâssés dans leurs moules de plastique, avec une notice épaisse comme un missel. L'autre moitié de la boîte contenait ce qui ressemblait à deux dossards, faits dans une matière inconnue, l'un et l'autre accompagnés d'une dynamo oblongue.

— Tu as devant toi, expliqua Talbeau, deux téléphones au design soigné qui, apparemment, n'ont l'air de rien d'autre que de téléphones. Pourtant, l'ordinateur qu'ils abritent leur permettrait de capter à longue distance aussi efficacement qu'un radar du Pentagone. Il y en a un pour toi, un pour Armand et un pour moi : Talbeau, dans ses pantoufles, capte en permanence les signaux émis par sa balise. J'espère ainsi recevoir chaque jour des nouvelles de la méharée, en quelque sorte, le journal des sahariens, et à des rendez-vous horaires réguliers et fixes.

— Ce pourrait être à sept heures du soir, à la tombée de la nuit, et à midi, au zénith, c'est-à-dire à l'opposé du nadir, proposa Bichot, qui aimait assez prononcer le mot « nadir ».

— Ne les sortez que lorsque vous aurez rejoint la caravane, insista Talbeau.

Puis il saisit les deux dossards et poursuivit son exposé :

— Dans les dunes ou dans la montagne, pas de boutique vendant des piles électriques. Ces dossards sont des plaques solaires : on les attache sur le dos, elles alimentent la dynamo qui recharge le téléphone, et voilà.

Talbeau réinstalla soigneusement le matériel, referma le couvercle, rangea la boîte sur la console, disparut dans le cabinet et en revint avec une nouvelle bouteille de champagne. Ils devisèrent, à demi étendus sur leurs fauteuils, les pieds posés sur le bureau de Talbeau.

Bichot se souvenait très bien d'Assarid. Il devait avoir alors une dizaine d'années. Comme tous les garçons qui n'avaient pas encore atteint l'âge d'homme, il était vêtu d'une grande robe bleue, il avait une jolie bouche et des yeux immenses. Sa tête, singulièrement ronde, était couronnée de petites tresses qui se dressaient en tortillons. Julien et Bichot l'avaient tout d'abord pris pour une petite fille, d'autant qu'ils l'avaient vu s'accroupir pour pisser, ignorant que c'est ainsi que font les Touaregs. Assarid était le fils préféré d'Ahamed, mais il n'était pas le plus légitime. Contrairement à son père, qui ne parlait que le tamasheq, il parlait très bien le français, quoique l'ayant appris malgré lui.

À l'époque, une patrouille de méharistes dépêchés par le gouvernement, les gardes champêtres, débarquait chaque année et prenait des enfants pour les emmener à l'école, d'où ils ne revenaient que dix mois plus tard. Dans les tribus, personne ne voulait laisser partir son enfant. Les anciennes familles nobles, les familles influentes s'en tiraient mieux que les autres. Et Assarid, qui était un peu un enfant de la main gauche sans l'être tout à fait, s'était retrouvé à croupetons sur un cul de chameau, derrière un garde champêtre.

Quand il était revenu dix mois plus tard, il parlait français. Et tout au long de la méharée, il avait traduit les instructions, les directives, les explications et les conseils de son père Ahamed. Chaque soir, devant le feu, il avait démontré un vrai talent de traducteur, et, surtout, d'interprète, anticipant, résumant, transposant du français au tamasheq et du tamasheq au français, et, selon lui, c'était dans ce sens-là qu'il rencontrait les difficultés les plus grandes, car le tamasheq portait en lui l'esprit des errants. Ainsi, soir après soir, le feu avait rapproché Ahamed et les deux Français et une amitié imprévue avait grandi entre le père d'Assarid et Julien Cézat.

Bichot et Talbeau restèrent silencieux un moment, puis :

— Pourquoi ne viens-tu pas avec nous ? demanda Bichot.

Talbeau haussa les épaules.

— L'aller avec le père, le retour avec le fils, qui d'autre que super-Bichot ?

Et il lui appela un taxi.

À l'arrivée des parachutés de Coppet, l'escalier joignant les paliers du quatrième et du cinquième avait été durant plusieurs semaines le théâtre d'opérations punitives et d'affrontements entre l'équipe Miki-Serpolet et le tenant du titre, Aramis. Indigné d'une intrusion qu'il considérait comme une trahison de la part de Valentine et Bichot, il avait aussitôt déterré la hache de guerre, résolu à rapporter au cinquième les scalps des greffiers du dessous. Miki et Serpolet, venant d'une maison qu'ils avaient partagée avec sept chats, étaient naturellement disposés à la cohabitation. Mais Aramis, accoutumé à être *le* chat, ruait dans les brancards. Bichot et Valentine avaient pensé que le mieux était de ne pas s'en mêler et de laisser les protagonistes se débrouiller entre eux, d'une chatière à l'autre. Les Suisses avaient rapidement pris goût aux guets, aux escarmouches, aux défis cracheurs, aux épilations confuses, aux tournois de haine et aux parties de train fantôme. Aussitôt réveillés et alimentés, ils attendaient impatiemment l'apparition du salaud de Parisien avec sa panoplie de mauvaises intentions.

À la longue, Valentine trouvait cette guerre civile un peu lassante, mais Bichot l'avait rassurée avec les arguments de la sagesse et de l'expérience : « Il faut laisser faire la géographie : d'un côté, elle provoque les guerres, de l'autre, elle impose la paix. Tu verras, ça finira à la table des négociations. » Et il est vrai qu'Aramis n'avait pas été sans constater que les hostilités qu'il avait déclenchées pour défendre son honneur et son territoire le privaient d'accès au quatrième, où il n'avait pu faire qu'une brève incursion, le temps d'un raid éclair. Et il avait déjà commencé à regretter le temps où il entrait chez Valentine comme dans un moulin. Quant aux Suisses, ils n'avaient pas été sans remarquer, à la faveur d'un contre-raid, que le cinquième étage, d'un point de vue de chat, semblait riche en attractions. Compte tenu du temps nécessaire au ménagement de l'honneur des guerriers, il fallut tout de même plus de deux mois avant que les armes cèdent progressivement à la parole.

Personne n'assista aux négociations et à la signature du traité franco-suisse pronostiqué par Bichot, mais on en devina la teneur à ses effets : de toute évidence, le traité prévoyait la libre circulation et le libre accès aux quatrième et cinquième, y compris aux cuisines des deux territoires, dans l'intérêt des deux parties. Cependant, Serpolet et Miki renonçaient à fréquenter la chambre de Bichot et Aramis s'imposait la même limitation concernant la chambre de Rose, où, dès le soir de leur arrivée, les Suisses avaient établi leurs privés. Enfin, Aramis acceptait que le lit Ernest Boiceau, que les cosignataires considéraient légitimement comme un meuble de famille, soit respecté comme une zone sanctuarisée.

Dès la livraison de ce fameux lit où Miki et Serpolet avaient laissé tant de traces de leur attachement, Valentine l'avait sans plus attendre fait mettre en cale sèche pour restauration chez un maître tapissier. Et elle s'était rendue seule chez Rubelli, le célèbre fabricant vénitien, pour choisir un nouveau tissu. C'est dans les premiers temps de la mise en application du traité des Chats que le lit, remis à neuf, fut livré chez Valentine, un jour de février, à l'avant-veille du départ d'Armand et de Bichot pour le désert.

Elle refusa que quiconque puisse le voir avant d'y avoir été invité et ne le déballa qu'une fois Éliane et Rose parties pour l'école. À midi, elle annonça un dîner pour la présentation du lit. Luca, Talbeau et Bichot répondirent présents. Et, dans un moment de générosité spontanée, elle accorda même à Éliane, tout étonnée, d'inviter son ami Rémy Cordolin. Elle les avait priés de tous se retrouver au cinquième, chats y compris, chez Bichot, et d'y attendre qu'elle les invite à descendre.

Le soir, quand elle appela, comme prévu, chez Bichot pour donner le feu vert à ses invités, ils descendirent, intimidés et respectueux, les marches qui les menaient au lit Ernest Boiceau. La porte était ouverte, et il les attendait en majesté, au milieu du salon russe, comme quelqu'un qui a fait un long voyage. Il était remarquablement restauré, ses bois d'érable blanc et amarante avaient été ravivés et ne portaient plus trace de la moindre griffure de chat. D'ailleurs, Miki et Serpolet, qui s'en étaient approchés prudemment, ne le reconnurent pas et le reniflèrent d'abord avec méfiance. La couche était tapissée d'un magnifique tissu à gros grain dont le motif, d'inspiration gothique, évoquait tout naturellement un roman de Walter Scott. Le contraste avec le style épuré des années trente sautait aux yeux, mais Valentine, devançant les remarques, expliqua qu'elle avait choisi ce tissu « pour faire le lien avec ici », et elle avait désigné son salon russe. Bichot se pencha sur le lit, inspectant attentivement. Puis il recula, comme pour s'en faire une idée d'ensemble, et, pensivement, conclut :

— C'est très bien : on dirait que Richard Cœur de Lion a oublié sa chemise de nuit sur le lit d'Anna de Noailles. Dans un ou deux jours, on n'y pensera plus. En tout cas, être parti de Rotterdam sous les bombes en passant par Marseille, Lucerne, Coppet, et soixante-huit ans d'attente pour en arriver là, c'est un exploit.

Et on avait levé son verre en l'honneur du lit Ernest Boiceau.

Le dîner de Valentine, des artichauts à la barigoule et de petites côtes d'agneau grillées, lui valut un triomphe. Rémy Cordolin, avec lequel tout le monde s'était montré accueillant, et particulièrement Valentine, cachait sa perplexité. Il voyait bien qu'Éliane, loin d'avoir deux parents comme la plupart des jeunes filles qui garnissaient déjà son carnier, accumulait une ribambelle de pères, d'oncles et de mères, notamment cette Valentine, qui cachait à coup sûr un tromblon chargé sous son oreiller. Et il sentait faiblir son intention, pourtant sincère, de dépuceler Éliane. À l'autre bout de la table, Rose venait de proposer à Luca, qui la sortait souvent et qui était son jouet favori, de l'emmener le prochain mercredi à une exposition de chats. Luca était désolé, il avait ce jour-là un rendez-vous de travail.

— On peut savoir ? demanda Marie-Conté, qui, au ton de Luca, avait deviné de quoi il s'agissait.

— Mais oui, on peut savoir : j'ai rendez-vous avec une dame importante. Ce n'est pas une star, je ne travaille jamais avec les stars, mais vous seriez étonnés de savoir qui c'est.

— Mais c'est quelqu'un d'assez connu, quand même ? osa Rémy Cordolin, émoustillé par le parfum de gossip dont on était gourmand chez lui.

— Oui, assez.

— Et vous ne voulez pas dire qui c'est ? insista le soupirant d'Éliane, qui eut un sourire gêné.

— Secret professionnel, mon vieux, répondit Luca de sa voix caverneuse en se tournant pour planter dans les yeux de l'héritier Cordolin un regard qui le pénétra jusqu'à la rate.

— Luca, tu devrais expliquer ton travail à Rémy, dit Valentine qui voyait Éliane se tortiller sur sa chaise.

Luca s'exécuta volontiers. Il était, confia-t-il à son jeune voisin, un bon photographe, un très bon photographe, mais pas un grand photographe. D'abord parce qu'il était indifférent à l'idée d'être un grand photographe, ensuite parce qu'il n'en était vraiment pas un. Il n'était pas davantage un photographe de mode, ni un photographe d'art. Il n'avait publié aucun livre de photos ni jamais rien exposé. Il était arrivé parfois qu'une ou plusieurs de ses photos aient été publiées, mais il ne les avait jamais prises pour qu'elles le soient, c'était arrivé chaque fois un peu par hasard. Il avait, par exemple, beaucoup apprécié la publication dans une bonne revue soignée d'une de ses photos préférées où il avait réuni une soixantaine de personnes dans un arbre. Mais, bien sûr, sa spécialité n'était pas de photographier les gens dans les arbres, il n'était pas spécialisé.

— Mais si vous ne publiez presque jamais vos photos, avait demandé Rémy Cordolin, comment faites-vous pour vivre ?

Luca le rassura :

— Voyez-vous, j'ai des moyens.

En effet, à part la photo, où, donc, il excellait, il était un menuisier exceptionnel, comme on n'en trouve pas sous les pieds d'un cheval (d'ailleurs, il savait ferrer un cheval). En menuiserie, il était expert en placards, en dressing-rooms, en bibliothèques. Il était également imbattable en électricité, le roi de la lumière et de la sécurité. En plomberie, le tuyau et lui étaient liés par une vieille complicité. Enfin, Luca était un grand peintre : certains des salons les plus chic de Paris lui devaient tout de ce point de vue. Il avait fait des cuisines, des réceptions, des salles de bains, que n'avait-il pas fait ? Combien de maîtresses de maison n'avait-il pas laissées sur le pas de leur porte, heureuses et reconnaissantes ?

— Si, par exemple, votre maman a besoin de faire des travaux chez elle, Rémy, qu'elle n'hésite pas à me contacter par votre intermédiaire : je viendrai avec mes références. Mais là, évidemment, à la différence de la photo, c'est rémunéré.

Il marqua un court instant de réflexion, puis s'adressa à nouveau au jeune Cordolin :

— Néanmoins, je vous le dis à vous alors que peu de gens le savent (aussi je compte sur votre discrétion) : il y a un cas où mon activité photographique est rémunérée et c'est ce cas qui me prive du plaisir de me rendre mercredi en compagnie de Rose admirer des centaines de chats. Quand je vous en aurai parlé, vous comprendrez pourquoi, tout à l'heure, je ne pouvais vous donner le nom de la personne que je vais photographier.

L'origine de cette « spécialité », raconta Luca, remontait à très longtemps. Il avait à peine trente ans et une petite amie dont la mère, une très belle femme qui occupait une place importante dans le monde de la banque, avait eu avec lui une brève et agréable aventure. Luca se rappelait d'ailleurs avoir entièrement rénové la cuisine de sa résidence secondaire. Mais là n'était pas le sujet. Le sujet était que cette femme très en vue lui demanda un jour de réaliser une série de portraits d'elle, « personnels et privés ». Elle apprécia le résultat, Luca lui garantit la confidentialité la plus totale et lui rendit les pellicules et les épreuves tandis qu'elle lui remettait en liquide une somme considérable pour l'époque. Elle dut montrer en confidence le travail de Luca à une amie et ce fut ainsi que se développa une filière de femmes socialement haut placées désirant être photographiées « pour elles-mêmes », comme elles le disaient souvent. Des femmes, pas des jeunes filles : des mères lui avaient parfois demandé de réaliser le portrait intime de leur fille, il avait refusé. De même, s'il avait été l'amant de la première de ses clientes, elle était restée la seule. Les enjeux étaient trop importants : Luca tenait à ce que ses clientes restent des clientes et c'était d'ailleurs réciproque. Toutes avaient en commun de vouloir des photos qui ne trichaient pas sur leurs fragilités, mais rendaient justice à leur désirabilité et à leur vérité.

— Et te disent-elles ce que tu dois faire ? demanda Marie-Conté.

— Elles décident du jour, de l'heure et du lieu. Nous parlons avant la photo. Après quoi, durant la prise de vues, ce sont elles qui décident. Mais évidemment, ça se fait à deux.

— As-tu une idée de ce qu'elles font des photos ? demanda Talbeau.

— Aucune. Je crois que c'est vraiment pour elles. À mon avis, elles ne l'exposent pas sur le Steinway ou derrière le canapé design. Le résultat est très personnel, très secret, et rompre ce secret serait, je pense, se mettre en danger.

Jamais Luca n'avait donné tant de détails sur cette activité, dont tout le monde avait entendu parler, sans plus. En vieille curieuse, Valentine saisit l'occasion :

— Et ce sont des femmes de quel âge ?

— Ce qui m'intéresse, c'est que je ne les choisis pas. Ce sont elles qui me choisissent : la plus jeune devait avoir trente-cinq ans, la plus âgée soixante. Elle a d'ailleurs été magnifique.

À son tour, Bichot céda à la curiosité :

— Y a-t-il une forme de périodicité dans ces interventions ?

— Aucune. Au total, elles sont rares. Il peut se passer deux ans entre deux appels.

— Et vous n'avez vraiment jamais conservé un négatif, par exemple pour des raisons esthétiques ?

— Négatif, monsieur Cordolin. La confidentialité, c'est tout ou rien. D'ailleurs, vous êtes plutôt joli garçon et j'imagine que votre maman doit être une belle femme : si elle était intéressée, je suis à sa disposition, en tout bien tout honneur comme vous l'aurez compris.

Sur ces derniers mots, Valentine écourta le dîner, classé par la suite dans les annales sous le nom de « Dîner du lit Ernest ». Elle était prise de pitié pour Rémy Cordolin, qui n'en méritait pas tant et qui était venu sur son invitation. Et elle se sentait terriblement honteuse vis-à-vis d'Éliane qui était au bord des larmes et fixait Luca comme la partie civile dévisage un pédophile.

Par bonheur, le voyage au Sahara fit diversion. Armand proposa à ceux que cela intéressait de venir voir le matériel de l'expédition, qui était exposé au cinquième étage, où tout le monde se retrouva après une bruyante cavalcade dans l'escalier. Bichot ouvrit devant les visiteurs la porte de la cabine du capitaine Achab et, tandis qu'il allumait la pièce, ceux-ci découvrirent le Sahara, en avant-première et sous l'aspect d'un vide-grenier, disposé avec soin et méthode.

Au sol, côte à côte, deux sacs de couchage Décathlon dernier cri, où Rose demanda sans succès à passer la nuit. Deux grandes doudounes Moncler ultralégères et deux couche-partout en mousse densifiée. Bichot s'était fait presque invisible, heureux de laisser à Armand les honneurs de la présentation.

— Le soir, expliqua Armand, on installe le sac de couchage sur le couche-partout qui est isolant, car, la nuit, le sable est glacé. Le jour, on assure le couche-partout autour de la base de la selle avec des tendeurs (il indiqua les tendeurs dans leur emballage), car la selle est très dure et nous n'avons pas des fesses de Touaregs et nous ne sommes pas des chameliers d'élite. En résumé, le couche-partout est indispensable pour un cul venu du Nord.

Puis il montra deux longues torches de caoutchouc dur kaki, à côté de deux carnets de moleskine :

— La torche est indispensable. D'abord, elle vous permet, si nécessaire, de retrouver votre coin pour la nuit, que vous avez installé aux dernières lueurs du jour. On dort loin les uns des autres, et le choix de l'endroit est important, il faut s'y sentir bien, et comme vous n'y avez jamais dormi avant… Évidemment, c'est la leçon de Bichot que je vous récite.

Bichot, dans un coin de la pièce, demeurait silencieux.

— Alors, poursuivit Armand, la torche toujours : quand vous vous couchez, vous sucez un bonbon, vous calez la torche entre le cou et l'épaule, vous prenez votre carnet et vous tenez votre journal. Vous avez passé un caleçon long en polaire, de gros bas de laine, un haut en polaire à manches longues et enfilé votre doudoune et coiffé une chapka. Il peut faire jusqu'à moins deux ou moins trois, mais il paraît qu'on dort très bien. Si vous vous réveillez parce que vous avez entendu un bruit ou fait un cauchemar, vous allumez votre torche et vous vous sentez moins seul dans votre chambre de huit millions de kilomètres carrés.

Deux sacs de toile étaient rangés côte à côte, l'un petit, l'autre gros.

— Et ces sacs, demanda Valentine, qu'est-ce que c'est ?

— Les sacs à pharmacie, répondit Armand. Le petit, c'est le mien, le grand, celui de Bichot, dont tout le monde connaît le suréquipement pharmaceutique.

— Et vos médicaments sont déjà rangés dans vos sacs ? voulut savoir Talbeau.

— Bien sûr, à l'exception des sérums antivenimeux, qui sont dans le réfrigérateur.

— Mais quand vous serez là-bas, il n'y aura plus de réfrigérateur, s'inquiéta Marie-Conté.

— Non, on les gardera au fond des sacs, dans des boîtes isolantes. D'après Bichot, c'est comme ça. Et puis, on n'est pas obligé de sauter à pieds joints sur les vipères et les scorpions.

— Quelle maison de fous ! dit Valentine en hochant la tête en direction de Talbeau, le mécène.

— Et ça ? demanda Marie-Conté.

— Des plats et des soupes lyophilisés, quelques kilos de figues sèches, des boîtes de sardines et de maquereaux au vin blanc, en quantité limitée, pour la gourmandise : c'est lourd. Le reste, sur place.

Du bout d'un chausson de velours noir, Valentine poussa légèrement deux cylindres de porcelaine blanche.

— Et ces choses ?

— Très important : ces choses sont des chandelles, inventées à la fin du XIXe siècle par l'ingénieur Chamberlain. Ce sont des tubes poreux qui filtrent les bactéries contenues dans l'eau. À l'aide de quelques branches, ou d'un buisson s'il y en a, vous accrochez une outre contenant de l'eau tirée d'un puits au-dessus d'une outre propre et vide. Vous glissez la chandelle entre les deux outres par leur ouverture, et en une nuit l'outre inférieure a recueilli une eau parfaitement saine, mais qui, selon Bichot, a un petit goût de chèvre auquel il faut s'habituer.

Éliane, qui jusque-là était restée à l'écart, collée solidairement à Rémy Cordolin, désigna des vêtements soigneusement pliés. Armand expliqua :

— Voici la tenue saharienne de jour préconisée par Bichot : deux pantalons-robes vietnamiens de soie noire qui se nouent à la taille, un peu comme un paréo. Très flottants, très aérés. Et deux vestes vietnamiennes, d'un bleu sombre, aux larges manches. Quand on les retrousse, la doublure blanche est d'un bel effet.

— À bien des points de vue, commenta Bichot, c'est préférable au bermuda, au pantalon multipoches, à la veste Jungle Jim sans manches et au bob.

Valentine sonna l'extinction des feux. Elle appela un taxi pour Rémy Cordolin et descendit au quatrième, accompagnée d'Éliane et de Rose, suivies de près par Miki et Serpolet.

Talbeau et Luca avaient invité Armand à venir prendre un dernier verre chez Huguette. Bichot s'était assoupi sur le canapé et les cheveux de Marie-Conté couronnaient encore un masque à tête de mort en carton bouilli quand elle l'avait réveillé en lui caressant le front. « Tu dors ? » avait-elle demandé. Puis : « Tu viens ? »

Cette nuit-là, ils n'avaient cessé d'échanger leurs caresses en échangeant leurs prénoms et cela avait décuplé leur plaisir. Le matin, à demi éveillés, ils s'étaient dit, encore une fois : « François », « Marie-Conté », comme sur un quai de gare.

Trois jours plus tard, à six heures du matin, Armand et Bichot avaient donné l'accolade au père Pierre Bouombé, le genre d'homme qui donne tout, ne demande rien et qu'on n'oubliera pas, quelles que soient les chances de croiser à nouveau son chemin. Ils avaient embarqué leur paquetage dans l'antique Land Rover du Garagiste, qui les attendait, coiffé d'un chèche vert pâle. Bichot s'était assis à côté du Garagiste et Armand était installé derrière, au milieu des sacs et des bagages, où il pouvait, par une étroite fenêtre ouverte latéralement, entre deux secousses qui l'écrasaient sous le chargement, respirer un air brûlant qui vaporisait le sable de la course. Bichot avait pris soin d'avertir Armand que le Garagiste disposait dans ses hangars de ce qu'on faisait de mieux, de plus récent et de plus pointu en matière de 4×4. Mais, dans un climat général si particulier où s'affrontaient des intérêts multiples, où s'entrecroisaient mille surveillances soupçonneuses de toutes origines, rien ne pouvait mieux leur permettre de passer inaperçus des puissances concurrentes qu'un Land Rover, tout juste bon à trimballer d'innocents touristes jusqu'à une modeste caravane qui leur ferait découvrir les sortilèges du désert. Le Garagiste, qui n'était pas un imbécile, avait choisi dans son parc automobile le plus ancien véhicule (et d'ailleurs son préféré), dont la suspension était restée fidèle aux principes des années soixante.

Durant une heure, ayant laissé Arlit derrière eux, ils avaient roulé sur des semblants de routes à bonne vitesse, puis, peu à peu, les routes s'étaient effacées et avaient laissé place à la piste. La piste allait au désert, ensuite, le désert, c'était le désert tout court. Le Garagiste avait invité Bichot et Armand à se dégourdir les jambes et le dos avant de remonter dans le Land Rover, qui attaqua la piste. C'était nettement pire. La piste avait été travaillée par le passage de mille camions ou 4×4 qui l'avaient labourée en tous sens. Le vent à son tour l'avait damée en tôle ondulée sur des dizaines et des dizaines de kilomètres. Le Garagiste lançait alors le Land Rover, suspendu par des amortisseurs amortis, à toute vitesse sur la piste, où il se mettait à vibrer terriblement, les bagages se mettant à danser au rythme d'un ronflement trépidant, cependant que les silhouettes des passagers, s'accrochant vainement à tout ce qui leur passait par la main, se démultipliaient dans la course, et sentaient leurs viscères sadiquement barattés. Insensible au désarroi qui gagnait l'habitacle, le Garagiste ne relâchait pas la pression sur la pédale de l'accélérateur, fort heureusement d'ailleurs, car il finissait par atteindre la vitesse de quatre-vingt-dix kilomètres à l'heure et dès lors, en fonction de lois physiques que personne ne cherchait à comprendre et que chacun accueillait avec soulagement, la tôle ondulée, par miracle, devenait une moquette. Évidemment, les fréquentes inégalités de la route obligeaient à ralentir et il fallait tout recommencer à zéro mais on savait désormais que l'espoir se situait à quatre-vingt-dix kilomètres à l'heure.

Quand la piste cessa d'être de la tôle ondulée, on découvrit les rails multiples et entrecroisés creusés par des véhicules de tous poils sans tenir compte des suiveurs. Le Garagiste avait mis les crabots et l'on avançait lentement entre les fondrières, passant de l'une à l'autre dans un roulis incessant, et c'était par endroits tellement impraticable que le Land Rover, cambré dans un effort inquiétant, quittait la piste et en escaladait le bas-côté où il risquait à tout moment de s'ensabler. À l'intérieur, dans un grincement métallique, on donnait de la tête contre le plafond, et Armand et Bichot ne regrettaient pas d'avoir coiffé les chèches algériens blancs que leur avait remis le Garagiste au départ d'Arlit. Écrasé par les bagages, Armand se penchait comme un naufragé à la fenêtre et découvrait un vilain désert, morne, anonyme, antipathique et sans charme, qui ne correspondait ni à ses rêves, ni à ses lectures. Et la suspension du Land Rover eut enfin raison de lui. Toute honte bue, il tapa frénétiquement contre le plafond de la voiture et hurla :

— Je veux sortir, je veux descendre !

Le Garagiste stoppa net, sortit, vint ouvrir la portière d'Armand et l'extirpa, puis, le portant à moitié, alla le déposer quelques mètres plus loin où, à genoux, celui-ci vomit longuement le petit déjeuner du père Bouombé. Gagné par la contagion, les jambes écartées, les mains posées sur les cuisses, Bichot se pencha en avant, laissant son estomac exprimer sa solidarité avec celui d'Armand.

Pendant ce temps, le Garagiste dégonfla légèrement chacun des pneus pour en augmenter l'adhérence au sable. Après être restés allongés quelques minutes, les Français s'étaient relevés et accomplissaient à grands pas et avec force respirations des allers et retours. Puis, se tenant face à face et sans se regarder, ils fumèrent une cigarette, burent à grandes lampées dans leurs gourdes une eau tiède qui avait pris vaguement le goût du métal. Enfin, comprenant qu'ils avaient épuisé leur temps de repos en voyant le Garagiste se réinstaller au volant, ils se résignèrent à regagner le Land Rover.

Armand déclina l'offre de Bichot de prendre sa place sur le siège avant et Bichot n'insista pas. Armand remonta à l'arrière où les sacs semblaient avoir subi un cataclysme. Son moral était au plus bas, car il était persuadé qu'il ne tarderait pas à tomber malade à nouveau. Cette crainte n'était pas infondée, car, dès le démarrage, le Garagiste appuya à fond sur le champignon et la partie de montagnes russes reprit, plus acrobatiquement, peut-être, qu'avant l'arrêt sanitaire.

La piste elle-même avait changé, c'était une cogneuse et elle ne retenait pas ses coups au passage du 4×4 et l'on sentait bien qu'elle avait des réserves, qu'il n'y avait guère d'espoir de la voir devenir une bonne fille de piste, prête à jouer les berceuses pour ces deux Parisiens dont les chèches heurtaient le plafond aussi souvent que possible. Dans la fournaise et la poussière, Armand, à sa surprise incrédule, éprouva une impression de faim et de froid et ressentit un grand bien-être.

— Quand on a dégueulé, on se sent mieux, lui dit laconiquement Bichot auquel il venait de faire part de ce phénomène inespéré.

Et plus tard, quand le Garagiste quitta la piste pour s'engager sur du sable vierge où, finalement, ils s'ensablèrent, Armand fut le premier dehors. Sur les instructions du Garagiste, il sortit les rails de tôle, dégagea l'arrière des roues à grandes pelletées de sable et, aidé de Bichot, manœuvra avec abnégation les rails comme le lui indiquait leur chauffeur aux commandes, giflé par les torrents de sable que projetaient les roues.

— Bravo ! dit le Garagiste à Armand quand ils furent désensablés.

Armand pensa qu'il venait de prendre sa première leçon de désert, et, désormais, décida de ne plus cesser d'apprendre. C'est ainsi que, par la suite, il renonça à ses tentatives inutiles d'anticiper la trajectoire du Land Rover en essayant, de l'arrière, de regarder à travers le pare-brise, opération que les secousses et la saleté de la vitre rendaient totalement vaine. Il concentra toute son attention sur les mains du Garagiste : sur le volant, sur le levier de vitesse, sur le crabot, l'oreille pointée vers le moteur. Bientôt, il prit moins de coups. À bord, l'habitude faisait ses premiers pas. Et même la conversation :

— Lors du voyage avec ton père, il y a vingt-huit ans, l'ami qui nous avait conduits, comme aujourd'hui le Garagiste, était un Français, venu ici au moment de la grande sécheresse du Sahel, qui avait tué des milliers de personnes. Il appartenait à une ONG — ça ne s'appelait pas comme ça à l'époque —, je ne sais même pas si ça avait un nom. Il était ingénieur en hydraulique et il n'est jamais reparti. Il s'est marié à une Targa, ils ont eu des enfants et il a fait sa vie dans le désert. Quand il est venu nous rechercher trois semaines plus tard, dans un campement où se trouvait la famille d'Ahamed, trois Touaregs ont voulu prendre leur baptême de la route dans le Land Rover : des durs, aussi à l'aise sur cent mille kilomètres carrés de désert que toi boulevard Saint-Germain. On ne roulait pas depuis cinq minutes en grimpant et en descendant les dunes qu'ils se sont mis à hurler de rire et de terreur et ont supplié Gérard, notre ami français, de les déposer. Ils étaient hilares, ils n'avaient jamais eu aussi peur de leur vie.

Le Garagiste éclata de rire :

— Il y a vingt-huit ans, ici, c'était comme il y a mille ans, ou presque, mon vieux. Aujourd'hui, il y a au moins un 4×4 pour quatre-vingts chameaux. Tu vas voir, Bichot, on t'a un peu volé ton désert.

— On ne m'a rien volé, répondit Bichot, ce n'est pas mon désert, c'est le tien.

Le Garagiste rit à nouveau en se claquant la cuisse.

— Gagné !

C'est vrai que c'était il y a mille ans. Bichot en avait parlé à Armand, quelques semaines plus tôt, dans la cabine du capitaine Achab. Son père et lui avaient voyagé de Niamey à Arlit dans un Dakota datant de la Seconde Guerre mondiale. Ils avaient atterri sur une piste de sable à l'extrémité de laquelle deux douaniers, assis à une table de bois sous un parasol, avaient examiné leurs passeports. À l'époque, l'uranium d'Arlit était une affaire entre les Français et le président du Niger, Seyni Kountché, un homme austère réputé pour sa probité. Aujourd'hui, Arlit était devenu le Far West au moment de la ruée vers l'or. Et au Niger, les Français n'étaient plus les seuls chercheurs d'or accrédités. Les Japonais offraient des programmes d'aide, et les Chinois avaient débarqué en rangs serrés. La veille, Armand et Bichot en avaient d'ailleurs croisé deux, en casque colonial, lunettes de soleil, short, leggins.

— Les Chinois sont partout en Afrique, n'est-ce pas ? demanda Bichot au Garagiste.

— Partout où ils ont envie d'être. Ce ne sont pas des rêveurs, leur système, c'est donnant donnant avec des gouvernements qui sont prenant prenant. Pas des colonisateurs à l'ancienne comme vous autres les Français. L'autre jour, à RFI, j'ai entendu qu'on les estimait à un million en Afrique.

— Tu en connais sûrement, toi, des Chinois ? hasarda Armand.

C'est alors qu'un pneu éclata. Le Garagiste répara en jurant :

— Et en plus, on n'est pas en avance !

Cet incident mit fin aux conversations. Le Land Rover s'était enfilé dans le Zagado, un vaste canyon, bordé à l'ouest par des éminences rocheuses prises d'assaut par d'épaisses coulées de sable et longeant à l'est les noirs contreforts du massif du Takolokouzet. Ils avaient encore beaucoup de route à parcourir avant de parvenir au point de rendez-vous avec la petite caravane d'Assarid. Tout avait été discuté, organisé et décidé au téléphone, cinq semaines plus tôt, entre le Garagiste et Talbeau. Le Garagiste n'avait pas besoin de panneau de signalisation pour savoir où ils se trouvaient et, selon lui, ils se trouvaient à une heure de retard du lieu de rendez-vous, un retard dont Armand et Bichot revendiquèrent à haute voix la responsabilité, dans le silence indifférent du chauffeur. Tout à coup, ce dernier pointa un doigt vers la droite en criant :

— Regardez !

C'était un couple d'autruches, trottant sur leurs grosses cuisses et dandinant leurs vastes postérieurs. Le Garagiste commença à les courser, mais, passé la première surprise, les grands oiseaux accélérèrent le train et les semèrent rapidement, bien que donnant en courant une impression de lenteur nonchalante.

— Tu en avais vu, des autruches, à ton dernier voyage ? demanda le Garagiste à Bichot.

— Oui, deux fois, je me souviens.

— Tu as eu de la chance, et toi, Armand, encore plus : aujourd'hui, ils les tirent à la Kalachnikov, ils les bouffent et ils vendent les plumes.

— Qui ça, « ils » ? demanda Armand.

— Ben ceux qui les tuent.

La lumière, toujours intense, commençait à dorer. Armand, averti par Bichot, savait que la nuit s'étend en quelques instants sur le désert et il s'était mis à guetter. Le jour avait peut-être un peu traîné en chemin et Armand, les yeux grands ouverts, vit surgir d'une courbe un méhariste monté sur un chameau blanc, qui s'approchait calmement du Land Rover immobilisé. Le buste légèrement incliné en arrière, le Touareg trônait sur sa selle, dont la croix du Sud, entre ses jambes, s'inclinait au gré des pas du chameau. Un taggelmoust indigo masquait son visage et s'entrouvrait à la hauteur des yeux, puis s'élevait en volutes sombres autour de sa tête, qu'il couronnait comme une haute tiare. Un large baudrier de cuir ouvragé, couvrant son épaule, retenait un peu plus bas une longue épée. Sa main gauche aux doigts allongés était posée sur un genou, il tenait de la main droite la fine cordelette qu'un anneau reliait à la narine droite de sa monture. Arrivé à quelques pas, il passa une jambe par-dessus la croix du Sud et se laissa glisser à terre avec une souplesse de chat, et tenant son chameau, il vint se pencher à la fenêtre du Garagiste, en prenant soin de ne pas heurter son taggelmoust.

C'est ainsi qu'Armand découvrit Assarid. Bichot l'avait connu quand il avait dix ans. Il était devenu cet Assarid-là, qu'il regardait le cœur battant.

Assarid, se penchant davantage, observa l'homme assis à côté du Garagiste, à la place du passager, et dit :

— Je te connais, tu es Bichot. Tu as changé, mais tu es pareil.

Puis il alla regarder Armand, à l'arrière, et, en riant derrière son taggelmoust :

— Toi, tu ressembles au fils de Cézat.

Puis il revint au Garagiste.

— Je ne vous attendais plus. J'ai marché vers vous, comme ci comme ça. C'est bien tombé. Je suis installé pas loin. Avec la voiture, vous y serez en dix minutes. Vous verrez, il y a trois chameaux entravés et ils n'ont pas dû s'éloigner beaucoup. Mais ramassez du bois, je n'ai pas eu le temps de préparer un feu. Quand je reviens, on parle, c'est bien.

Le Land Rover repéra facilement les chameaux qui grignotaient avec gourmandise des buissons d'épineux.

— Si jamais les chameaux connaissaient les oursins, expliqua Bichot à Armand, ce sont les épines qu'ils préféreraient.

Un monticule entourait un trou de deux mètres de profondeur, fraîchement creusé par Assarid.

— Si tu sais trouver un puits dans le désert, dit le Garagiste à Armand, tu peux te promener les mains dans les poches. Autrement, c'est bidons de plastique et tour operator.

— Il y a beaucoup de touristes, ici ? demanda Bichot d'une voix contrariée.

— Réjouis-toi, en ce moment, avec toutes ces petites agitations, tu n'en verras pas.

Puis le Garagiste emmena ramasser du bois mort Armand et Bichot, équipés comme des Fenouillard, de leurs lampes torches. Ils rapportèrent de quoi alimenter un long feu, le premier feu d'Armand, qui se montrait disponible pour toutes les tâches avec un entrain visible. « Ma queue-de-renard de cet après-midi m'a délivré », expliqua-t-il à Bichot, qui, d'ailleurs, aurait pu en dire autant. Il avait longuement hésité à se résoudre à ce voyage dont il redoutait les fatigues et l'inconfort. Le sable, les chameaux, les nuits à la belle étoile, les imprévus : à son âge et compte tenu de ses équations personnelles si entortillées… Et voilà qu'il se sentait envahi par une sensation de force et de générosité : il respirait avec bonheur la nuit froide et immobile où s'évanouissait déjà le monde qu'il avait laissé derrière lui. Puis, comme c'était la première fois, il indiqua à Armand comment choisir un « lieu de nuit », où celui-ci, appliquant les consignes reçues à l'entraînement dans la cabine du capitaine Achab, déplia son couche-partout, y étendit son sac de couchage et disposa ses impedimenta, Bichot éclairant le novice de sa torche. Celui-ci s'empara du téléphone à recharge solaire et envoya un bref message à Talbeau, dont la réponse, sans commentaire, arriva cinq minutes plus tard, de quatre mille kilomètres plus au nord : « Bien reçu. » Armand, né dans un monde électronique, ne manifesta aucun étonnement, mais Bichot, tout de même :

— Quand nous étions partis, avec ton père, le téléphone portable, bien sûr, n'existait pas et nous n'avions même pas de transistor, car tous les objets anguleux pouvaient irriter les chameaux de bât. Je me souviens qu'à notre départ, Tito, le maître de la Yougoslavie, était dans le coma et nous nous disions parfois : « Peut-être qu'il est mort, à l'heure qu'il est ? » Et un mois plus tard, quand nous sommes revenus, Tito était toujours dans le coma.

— Belle superposition verticale, commenta Armand.

Bichot ne releva pas et lui demanda s'il avait emporté un appareil photo.

— Celui-là, répondit Armand en brandissant son téléphone. Je n'aime pas prendre des photos, je n'aime pas rapporter des images.

Puis il sortit un grand calepin de moleskine :

— Si c'est possible, je ferai des dessins.

Ils marchèrent alors en se repérant à la lueur du feu, que masquait une bosse de terrain. Ils y parvinrent, le découvrant dans tout son éclat, éclairant le Garagiste et Assarid, qui avait rejoint, dessellé et entravé son chameau. Les Touaregs goûtèrent poliment et sans commentaire le festin lyophilisé offert par leurs hôtes. Le Garagiste, Bichot et Armand n'avaient pas été sans constater que la caravane prévue pour la méharée était loin d'être au complet. Sur les douze chameaux attendus, neuf manquaient à l'appel ainsi que deux chameliers. Ils se gardèrent de poser la moindre question, et la conversation s'installa, d'autant plus aisément que tout le monde parlait français. Et c'est entre deux propos qu'Assarid choisit de les mettre au courant.

Le reste de la caravane se trouvait à deux jours de là, où Adal, le frère d'Assarid, et Hotha, son jeune fils, les attendaient avec les neuf chameaux restants. L'avant-veille, alors qu'ils progressaient vers le nord à leur rencontre, en direction du Takolokouzet, Adal avait été mordu au pied par une vipère des sables. Il avait aussitôt plaqué sur la morsure la pierre verte que tout méhariste porte attachée au cou par un lien de cuir. Cette pierre verte, qui a la capacité mystérieuse d'absorber et de figer le venin, est le sérum Pasteur des caravanes. Bichot fit observer à Armand qu'une bonne morsure de vipère cornue enverrait tout le personnel de l'Institut Pasteur au paradis s'il n'avait que la pierre verte sous la main. Mais, Allah soit béni, Adal était en vie et se remettait doucement. Assarid était donc allé à marche forcée à la rencontre du Land Rover. Il n'ignorait pas que le Garagiste devait repartir dès le matin suivant en sens inverse et aurait hésité à laisser ses deux Français en plein bled. Le lendemain, poursuivait Assarid, il partirait avec Armand et Bichot, en faisant route au sud, et dans l'espoir de tomber avant la nuit sur Hotha et Adal, qui pourrait ainsi prolonger sa convalescence. Il avait déjà modifié leur itinéraire : trois jours plus tard, ils emprunteraient une passe et un col de plan B pour l'ascension du Takolokouzet.

— C'est d'un accès un peu sportif, prévint Assarid qu'on sentait sourire sous son taggelmoust, et le Garagiste renchérit d'un rire tonitruant.

Assarid, qui avait découvert la soupe lyophilisée à dix ans, avec Bichot et Cézat père, souleva le bas de son taggelmoust et but d'un trait.

— C'est dégueulasse, mais moins qu'avant.

Bichot, qui l'avait connu petit garçon et sans voile, savait qu'il ne verrait jamais son visage d'homme.

Les choses contrariantes avaient été dites et le sérieux fit place à la gaieté. Le Garagiste, coiffé de son chèche vert, ne cachait pas sa bouche.

Souriant de toutes ses dents, il écoutait Assarid, et se mit à rire et à se tordre comme si on le chatouillait.

— Que lui disais-tu ? demanda Bichot à Assarid.

— Je lui ai parlé de l'histoire des photos.

— Quelles photos ?

— Avec ton appareil, tu faisais une photo à la fois, elle sortait tout de suite, le Polaroïd.

— Polaroïd ? dit Bichot de sa petite voix étonnée. Voilà un mot qui n'a pas dû être prononcé depuis longtemps dans le désert et qui n'est plus prononcé nulle part. C'est dommage, d'ailleurs. La première photo que j'avais prise, je m'en souviens, était de toi, Assarid, très sérieux, avec ta robe bleue et ta guirlande de nattes dressées sur la tête. Comme les personnages d'avant les Touaregs que nous avions vus gravés dans la pierre, tu te rappelles ? Quand je t'avais demandé qui ils étaient, tu m'avais répondu : « Les vieux. »

— Oui, répondit Assarid, et quand Ahamed, mon père, a vu la photo, il l'a retournée dans tous les sens et il l'a déchirée… Ah, ah, ah, le voyage commençait bien !

— Oui, dit Bichot, mais après, j'ai eu plus de chance. C'était quelques jours plus tard et on commençait à bien s'entendre avec ton père, grâce à tes talents de traducteur. J'avais placé côte à côte ton père Ahamed, Julien Cézat, toi, le jeune Assarid, et Moussa, le chamelier.

Assarid éclata de rire.

— C'était la première fois de leur vie qu'on les photographiait. Quand l'image a commencé à apparaître, Moussa a dit en tamasheq : « On peut en faire une décoration, pour coller derrière le miroir », et mon père l'a engueulé.

— J'ouvre une parenthèse pour Armand, dit Bichot : les hommes voilés gardent tous un petit miroir dans la poche pectorale de leur robe, qui contient aussi du thé, une théière, des verres, des queues de tabac, des pousses de thé, un pain de sucre, des allumettes, etc. Le petit miroir ne sert évidemment pas à regarder leur visage puisqu'il est caché. Mais ils sont d'une grande coquetterie et vérifient souvent la tenue et l'élégance de leur taggelmoust. C'est important pour la suite de l'histoire, car la seule image qu'un Touareg connaissait de lui-même à l'époque était un gros plan des plis de son taggelmoust sur une minuscule glace. Assarid, la suite, s'il te plaît.

— Alors, c'était leur première photo et ils se la sont passée de main en main en la tournant et en la retournant, mais *sans la voir.* Alors je leur ai montré la veste de Cézat et le chèche de Cézat, puis je leur ai indiqué du doigt la veste et le chèche de Cézat sur la photo. Alors ils ont reconnu Cézat, et ils se sont enfin reconnus en se montrant l'un l'autre du doigt sur la photo et ils ont hurlé de rire pendant un bon quart d'heure.

— Ah oui ? Et qu'est-ce qui les faisait tant rire ? demanda Bichot, se faisant le comparse d'Assarid.

— Ce qui les faisait rire, c'était que, sur la photo, ils étaient minuscules.

Bichot sentit le vibreur de son téléphone se déclencher dans la poche de sa doudoune. Comme s'il s'était trouvé dans un restaurant à Paris, il se leva et s'éloigna de quelques pas et lut sur l'écran illuminé un message laconique de Talbeau : « Margot Canouville pense à vous. Vous souhaite beau voyage. » Il aurait dû être aussi étonné que s'il avait vu passer un ours blanc, mais le message le laissa indifférent. C'était l'« effet désert », qu'il avait éprouvé vingt-huit ans plus tôt et qui se renouvelait : sa mémoire se poudrait aussi finement que le sable des grandes dunes et filait. Il était incapable de reconstituer la beauté de Margot, sa voix. Marie-Conté, Luca, Talbeau, Valentine, même Aramis, étaient de lointains nuages et, dès qu'un semblant de visage ou d'intonation se dessinait, il disparaissait aussitôt. Déjà, il y a trente ans, Bichot espérait qu'à l'occasion d'un rêve il pourrait réussir une approche par surprise, mais les seuls rêves dont il se souvenait étaient peuplés de chameaux. Il regagna le feu et s'assit avec soulagement parmi ses compagnons sur lesquels l'effet désert était impuissant. Il n'était pas assis depuis quelques minutes, essayant de retrouver le fil de la conversation, qu'il avisa un gros scorpion blanc effectuant paisiblement sa promenade autour de la bonne chaleur du feu. Saisissant une baguette de bois, il titilla l'insecte, qui adopta aussitôt une position défensive.

— Ah, les scorpions aiment bien la chaleur, dit le Garagiste, il faut savoir ça.

— Il ne vaut mieux pas dormir près du feu, dit Bichot, d'abord il attire les bêtes, ensuite il s'éteint et on se réveille gelé et enfumé.

Puis il pensa que le Garagiste les quittait le lendemain.

— Au fait, Armand, si tu faisais deux ou trois tours de magie devant nos amis pour clore la soirée ?

Armand saisit sa torche et disparut. Bichot expliqua aux deux Touaregs qu'Armand était un magicien professionnel.

— Avez-vous déjà vu des tours de magie ?

Le Garagiste en avait vu à la télévision à Arlit et Assarid à Agadez.

Armand était revenu, portant un gros sac de toile, qu'il avait ouvert à quelque distance du feu. Après en avoir extrait une feuille de papier, il vint se poster en face du Garagiste qu'il appela « monsieur » et auquel il s'adressa sur le ton du bonimenteur. Il fit une boule de la feuille de papier et l'enflamma de son briquet devant les yeux du Garagiste qui ne perdait pas un de ses gestes. Armand laissa le papier se consumer, tout en l'animant élégamment de ses doigts, et soudain apparut, propre et luisante, une belle pièce de monnaie. Il tendit la pièce au Garagiste, la posa dans sa main, lui demanda de refermer la main, puis de la rouvrir : plus de pièce. Assarid et le Garagiste partirent d'un grand éclat de rire.

— Fais-moi un « monsieur », lui demanda Assarid, le même qu'au Garagiste.

Cette fois, Armand trouva la pièce de monnaie dans la poche pectorale du Touareg, puis dans un pli de son taggelmoust. Il expliqua qu'un travail de magie effectué près du spectateur s'appelle un « close up ». Autrement, il y a la magie de scène devant un grand public, la « grande illusion ».

— Et M. Armand a-t-il eu un maître ? demanda

Assarid en s'adressant à lui à la troisième personne du singulier, pour atténuer l'indiscrétion inhérente, aux yeux d'un Touareg, à toute question.

— Oui, M. Armand a un maître, monsieur Assarid : on l'appelle Vladini et son nom est Stolini.

Deux chameaux, attirés par les rires et les éclats de voix, étaient venus se poster à la lisière de l'ombre et de la lumière dans l'espoir de glaner une poignée de sel et repartirent bredouilles, chassés par une volée de cailloux lancés par Assarid.

Armand eut à cœur de faire savoir à son public qu'il n'était pas un « magicien magique », mais un magicien professionnel, c'est-à-dire qu'il ne se fichait pas de leur gueule.

— Oui, dit Assarid, tu es un magicien, pas un sorcier.

— Exactement. Les magiciens qui se font prendre plus ou moins pour des sorciers sont les mauvais magiciens. La magie, tu trouves ça joli et tu n'en crois pas tes yeux, c'est tout.

— Et ton grand sac, là, voulut savoir le Garagiste, c'est tout ton matériel de voyage de magicien ? Ça doit être « domaine privé », n'est-ce pas, on ne peut pas regarder ?

— Non, on ne peut pas regarder, sinon, il n'y a plus de mystère. Mais, vois-tu, le papier que j'ai fait brûler devant vous, tout à l'heure, ça s'appelle le « papier flash » : ça brûle d'un coup, sans laisser de cendres et on peut aussitôt le remplacer par un objet. Autrefois, on l'appelait « papier éclair », ce qui était plus joli. Je l'achetais à Paris chez M. Hatte, rue des Carmes.

Bichot consulta sa montre et bâilla. Assarid écarta le feu et chacun se dirigea vers son endroit de nuit. Au moment où les chemins d'Armand et de Bichot se séparaient pour se rendre chacun à leur appartement de vingt mille pièces, comme disait Armand, Bichot soupira : « Enfin chez soi. »

Il marcha quelques minutes et eut la satisfaction de tomber pile sur sa couche. Il se lava les dents dans le noir, passa son caleçon long de laine doublée, son gilet Thermolactyl, ses chaussettes de chasseur alpin, revêtit sa doudoune gonflée de duvet, coiffa sa vilaine mais indispensable chapka, négociée trente ans plus tôt au Grand Bazar d'Istanbul et qui sentait toujours le mouton. Ayant ainsi plus que doublé de volume, il s'introduisit dans son sac de couchage qu'il zippa d'un geste, claquant la porte au nez du froid glacial. Après avoir observé un moment d'immobilité, il finit par extraire de son aménagement intérieur le téléphone magique de Talbeau et composa le numéro de Valentine pour avoir les résultats du Loto. Ils n'étaient pas bons.

À une portée de flèche de là, après s'être livré au même rituel, Armand suçait un bonbon, adossé à son sac de marin, sous un fin croissant de lune perché horizontalement au-dessus de lui comme un hamac accroché en plein ciel. Et il s'endormit ainsi allongé sur le dos, les yeux grands ouverts.

Le matin suivant, quand le sommeil commença à se dissiper, il se réveilla dans l'exacte position où il s'était endormi. Avant même d'ouvrir un œil il savait qu'il se trouvait en plein désert. Et, comme les enfants qui ne traînent jamais au lit le jour de leur anniversaire, il ouvrit son sac de couchage et sortit d'un bond de son terrier, respirant l'air glacial d'une aube maussade et parcimonieuse. Aussitôt, se rappelant la visite du scorpion la veille devant le feu, il s'accroupit sur sa couche et attrapa l'une après l'autre ses Nike largement ouvertes. Il les secoua et les inspecta à plusieurs reprises avant de se décider à les chausser de ses pieds nus. Il saisit alors un rouleau de papier et marcha durant au moins trois bonnes minutes jusqu'à un endroit qui ne différait en rien de tous les endroits alentour. Il finit par se décider à élire un lieu, inspecta au préalable d'un regard circulaire avec une vigilance de lémurien, puis, interprétant avec un zèle peut-être excessif les consignes de Bichot, il se mit en devoir de creuser un trou d'une profondeur singulière au-dessus duquel il s'accroupit pour le reboucher bientôt avec soin.

Armand, qui n'aurait pas imaginé éprouver un tel sentiment d'impudeur dans un lieu aussi vaste et vide avant le lever du soleil, regagna son petit chez-soi pour procéder à sa toilette et faire ensuite son paquetage. L'écuelle dans laquelle on mangeait tenait lieu de lavabo. De sa gourde, Armand y versa l'eau, dans une quantité équivalant à six boîtes de maquereaux au vin blanc. Il y trempa une petite serviette avec laquelle il fit la toilette du visage. Il essora la petite serviette dans l'écuelle et se rasa, sans jeter l'eau et la mousse du rasage. Il absorba une petite quantité d'eau à sa gourde et se lava les dents, recrachant l'eau et le dentifrice, qui vinrent s'additionner à l'eau de rasage. Des eaux usées, certes, savonneuses et vaguement mentholées, mais finalement très utiles à la toilette intime, qui commençait par le devant et s'achevait par le derrière. Après quoi, nul n'aurait considéré comme du gaspillage de jeter le contenu de l'écuelle sur le sable.

Le nettoyage de l'écuelle avait lieu en trois temps : tout de suite après la toilette, Armand la remplit et la frotta de sable jusqu'à ce qu'elle soit bien sèche puis la rangea parmi ses affaires. Le deuxième lavage avait lieu au moment du feu, avant le dîner, où l'on lavait les écuelles à l'eau des guerbas et c'était, sanitairement parlant, une vaisselle irréprochable. Après le dîner, on nettoyait tout au sable, puis on lavait à l'eau des guerbas et chacun emportait avec lui son écuelle toute propre pour la toilette du lendemain.

Armand avait terminé son paquetage et se dirigea vers le feu de la veille qu'Assarid avait ranimé pour le thé. Pour la première fois, il avait noué à sa taille le pantalon-jupe vietnamien, portait la veste de soie bleu sombre aux amples manches, il était chaussé de larges samaras sang de bœuf et portait ses Nike autour du cou, attachées par leurs lacets. Il avait tant bien que mal ajusté son chèche blanc, comme le lui avait appris le Garagiste à leur départ d'Arlit. En arrivant au feu ainsi vêtu, il fut salué par des murmures d'approbation.

— Je suis en retard ? demanda-t-il.

— Pas du tout, répondit Bichot : il est six heures. Nescafé ou thé vert d'Assarid ?

— Thé vert d'Assarid, dit Armand qui tenait aux premières fois.

Assarid avait sorti de sa poche de poitrine une poignée de queues de thé vert sauvage, une théière en fer, trois tasses et un bloc de sucre dont il tira des morceaux à l'aide d'un petit marteau de cuivre. Il installa la théière sur un tapis de braises, la retira, la bourra de feuilles de thé, remplit les tasses, les vida à nouveau dans la théière, remplit encore les tasses, sucra et servit Armand, le Garagiste et garda la troisième tasse.

— Tu ne bois pas de thé, Bichot ? demanda Armand en parvenant à peine à tenir sa tasse brûlante.

— Non, je suis au Nescafé, je me sens en forme. Tu vas voir, le thé vert, ça donne un vrai petit coup de pouce énergétique. Quand on se sent entre deux eaux, c'est idéal.

Armand porta prudemment la tasse à ses lèvres et, à peine absorbée une gorgée :

— Oh la la, c'est délicieux ton thé, Assarid, c'est un mélange de goûts ! On dirait que le thé vert contient plusieurs saveurs à la fois, et le sucre, au milieu de toute cette dynamite.

Armand avait posé sa tasse près du feu, et, en trois grands pas, il était allé s'accroupir devant le Garagiste en dénouant son chèche :

— Tu peux m'apprendre, une dernière fois, avant de partir ?

Le Garagiste avait retiré son chèche et on le voyait tête nue pour la première fois. Bichot constata qu'il avait la même forme de crâne et de calvitie que Talbeau et le danseur indien. Le Garagiste noua doucement son chèche vert pour qu'Armand ait le temps de bien observer ses gestes. Puis il se plaça derrière Armand et, guidant ses mains, l'aida à nouer le sien. Aussitôt, il le défit et dit :

— Toi tout seul, maintenant.

Et Armand y réussit fort bien. Il alla demander à Assarid de lui prêter son petit miroir.

— Ça y est, je sais faire mon chèche. Vous comprenez, je veux que tout soit parfait, je veux faire partie de vous.

Et il retourna s'asseoir et saisit sa tasse de thé.

— Attends, on va en rajouter du chaud, dit Assarid.

Armand but encore à plusieurs reprises, gardant le silence. Puis, tout à coup, il se leva.

— C'est incroyable, je me sens complètement réveillé, mais bien plus réveillé que quand on est très réveillé. J'entends chaque bruit, je vois chaque chose, je sens une force incroyable dans mes jambes et je comprends tout ce qui se passe au moment où ça se passe.

— Maintenant, monsieur Armand, tu connais le thé, dit Assarid. Je t'en ferai quand tu voudras. Attention, jamais avant les soirées de magicien, tu comprends.

— Mais c'est autre chose, Assarid, quelque chose de nouveau en moi, proféra Armand d'une voix métallique, je te raconterai pendant le voyage.

Il se leva et s'éloigna, marchant comme un prophète en direction des chameaux qui broutaient au loin et qui s'éloignèrent tranquillement à son approche.

— Bon, énonça Bichot, laissons-le cuver sa cuite au thé.

Le petit déjeuner avait été assez copieux. On remballa tout le matériel, en plusieurs sacs destinés à être répartis sur les quatre chameaux. Dans une caravane, on ne mange pas à midi, même si on a faim. On jeta les restes dans un trou creusé assez profond et on les recouvrit de pierres et de sable pour décourager les chacals. Bichot signala leur position à Talbeau, qui accusa réception l'instant suivant. Bichot l'imaginait dans son bureau de la rue de Lisbonne couvert de cartes murales, qu'il ne devait pas quitter, se faisant monter des repas. Le Garagiste avait regonflé en partie les pneus du Land Rover, à la pompe à main, avec des biscoteaux qui ne devaient rien au thé vert. Il s'installa au volant et démarra en direction du nord. Il était déjà loin quand on vit son bras faire un signe par la portière et la voiture disparaître dans une courbe.

Il n'avait pas échappé à Assarid que Bichot et Armand étaient des bras cassés de bonne volonté, et dont la formation nécessiterait quelque temps. Il avait rameuté les chameaux, qui, sentant le départ proche, avaient entamé un concert de protestations et blatéraient lamentablement. C'est au cours de ces préparatifs qu'Armand était revenu hébété de sa crise de surhomme. Bichot le rassura : faire boire du thé vert bien servi était une vieille blague de chamelier. Armand se sentit encouragé à lui raconter sa première expérience de lieu d'aisances en zone désertique, le matin même. Bichot lui fit observer que les déserts étaient tout de même ce qu'on faisait de plus intime et de plus panoramique en termes de lieux d'aisances. Il lui fit en outre remarquer qu'il n'était pas obligé d'aller creuser son trou à deux cents mètres de l'endroit où il avait dormi.

— Demain, tu chieras dans un autre lieu, nous ne sommes pas à Paris, où l'on ne dort jamais loin de l'endroit où on chie.

Assarid revint, les chameaux sellés et bâtés.

Les effets du thé vert n'étaient pas entièrement dissipés et il fut évident qu'Armand avait l'intention de se hisser à dos de chameau sans aucune aide extérieure. Assarid avait seulement fait baraquer l'animal, qui, bien qu'allongé sur le ventre, n'en continuait pas moins d'émettre des râles inaudibles. Bichot et Assarid se tenaient à distance et observaient du coin de l'œil Armand, qui installait sur la cruelle petite selle de bois le couche-partout en le fixant à l'aide de Sandow et en prenant ostensiblement soin de ne pas heurter la pointe qui prolongeait le dossier de la selle, ainsi que la croix du Sud, qui faisait office de figure de proue, l'un et l'autre de ces accessoires ayant une fonction purement décorative. L'animal avait mis fin à ses rauques vocalises et, le trait pensif et le regard paresseux, laissait espérer une bonne nature. Jouant son va-tout, Armand s'accrocha à l'épaule du chameau, effectua une souple rotation de la jambe par-dessus la croix du Sud et s'assit sur la selle, dont il découvrit immédiatement la fermeté, à peine amortie par le couche-partout. Il posa ensuite les pieds sur l'interminable encolure, le gauche en arrière et le droit en avant qui serrait la crête du cou entre le gros orteil et le premier doigt. Le pilotage d'un méhari est placé sous le signe de la rusticité : le cavalier correspond avec sa monture au moyen des supinations que son gros orteil transmet au cou et dont on découvre progressivement qu'elles entretiennent une grande richesse dans le dialogue quotidien. La main droite d'Armand tenait le long cordon qui se terminait par un anneau engagé dans la narine de l'animal et permettait, en temps normal, de guider la monture et de la châtier quand il lui arrivait de déclencher un charivari.

— Le chameau, tu lui parles, dit Assarid, il t'écoute, tu vois ses oreilles bouger.

Armand acquiesça à cette remarque de bon sens : il n'est pas en effet de chevrier, de muletier, d'ânier, de cornac ou de cavalier qui ne s'adresse familièrement au mammifère avec lequel il partage tant de choses. Du haut de sa selle, il découvrait en perspective la nuque du chameau, ses oreilles dressées et couronnées d'une touffe de poils rêches, son étrange crâne en forme de pain de sucre, flanqué de deux gros globes oculaires aux longs cils gracieux, et il ne pouvait détacher son regard de cette ingrate et intéressante physionomie. Oui, bien sûr, ils allaient se parler, mais il se demandait déjà ce qu'il allait lui dire, même en français courant. Derrière lui, il entendit la voix d'Assarid :

— Allez, debout maintenant, fais-le lever, tu appuies, tu appuies, tu appuies sur son cou avec les pieds. Et tu lui parles.

Et tandis qu'Armand l'interpellait avec des : « Allez, vas-y mon vieux », l'animal, protestant pour la forme, se dressa sur ses antérieurs, faisant brusquement basculer son méhariste en arrière. Il se tenait assis sur son arrière-train et à nouveau Armand entendit la voix d'Assarid :

— Allez, parle-lui avec les pieds, parle-lui avec la voix il va se mettre debout !

Cette fois-ci, quand le chameau se leva d'un seul mouvement, Armand eut peur de basculer en avant, et se retrouva perché en plein ciel. Jamais il n'aurait imaginé qu'on pût éprouver une telle impression d'altitude : « C'est le plongeoir des grands ! » dit-il en direction de Bichot, qui, au même instant, baraquait impassiblement, sans rien perdre de sa petite taille, sur un immense chameau tabac à la mine patibulaire. Dans ces moments où la caravane prend son départ ou, au contraire, arrive à bon port, moments toujours excitants, les chameaux blatèrent, ils poussent ce cri qui défie à lui seul toute l'histoire de la musique, et qui pourtant, s'il faut en croire les Touaregs, exprime parfois la joie ou même des échanges de blagues.

Assarid était en grande tenue sur son chameau blanc. « La Ferrari du désert », avait soufflé Bichot à Armand. Le chameau était debout. D'une main, Assarid avait saisi l'épaule de l'animal, qui, conscient de sa beauté, regardait ailleurs, puis il avait posé un pied sur son encolure et avait opéré un rétablissement avec une souplesse de chat voilé. Il avait lancé un cri, donnant le signal du départ, et il avait poussé son chameau au trot dans la vallée du Zagado, cap sur Adal et Hotha.

Armand poussa derrière Assarid, mais il cessa de trotter au bout d'une minute. La monte du chameau n'est pas ordinaire puisque l'on y a pour tous points d'appui que les deux pieds sur l'encolure et les fesses sur la redoutable selle, à laquelle il est hors de question de s'appuyer ou de s'accrocher. Le trot implique de se pencher en arrière, en évitant toujours de s'appuyer au dossier, les jambes allongées sur l'encolure et l'effleurant à peine. Quant au galop, où l'on voit le méhariste complètement allongé sans se tenir à rien, il est vain et mortifiant d'en parler davantage.

L'allure reine, pour le chamelier qui a renoncé d'emblée à toute idée de concours hippique, est le pas, aux nuances illimitées. Bichot y avait goûté une sérénité et un oubli qu'il n'avait pas connus ailleurs. Et il les retrouvait intacts, comme il les avait découverts en compagnie de Cézat. Alors, en avant à droite, en arrière à gauche et en avant à gauche et en arrière à droite, le dos ployé d'un côté, puis de l'autre, on regardait l'ombre progresser sur le sable, puis, si l'on relevait la tête pour regarder autour de soi, on n'avançait plus, tout était immobile, et pourtant on avançait, les grosses pattes des chameaux foulaient le sol avec un bruit de savates, elles le palpaient en oscillant sur leurs coussins amortisseurs de leur toucher délicat, et ce bruit régulier de savates, « tchifou, tchifa », un pas, un pas.

— Laisse Assarid partir en avant, avait conseillé Bichot à Armand. De toute façon, il nous retrouvera et les chameaux connaissent la route, ils l'ont faite hier en sens inverse.

Armand avait suivi son conseil et s'était bientôt converti aux vertus du « tchifou, tchifa ».

— Évidemment, avait-il reconnu, ça ne produit pas le même effet que le thé vert.

Et tandis qu'ils progressaient sans échanger une parole, les heures étaient devenues du temps. À la longue, cependant, les méharistes remarquèrent chez leurs chameaux, une modification progressive du caractère, plus conforme à leur physionomie irritable et dédaigneuse. Ils étaient en fait contrariés pour une question de statut et, comme Assarid se trouvait loin d'ici, ils ne se privèrent pas de donner libre cours à leur mesquinerie. Ils étaient l'un et l'autre des chameaux de selle, dont la vocation est de porter des chameliers, et ils étaient ulcérés qu'Assarid leur ait accroché sur le bas du dos ces sacs de marin qui entravaient leur marche. Ce qui achevait de les mettre hors d'eux était de penser que neuf chameaux de bât, dont c'était pourtant le boulot, étaient en train de se la couler douce avec Adal et Hotha, à plus d'une journée de là. Assarid, qui connaissait son monde, les avait le matin même gratifiés au moment du départ d'une poignée de sel et d'une queue de tabac, le luxe absolu. Et comme ils avaient fait mine de trouver cela insuffisant, Assarid leur avait dit : « Le restaurant est fermé. »

Bichot et Armand avaient opposé leur calme à cette grogne.

Armand, cependant, commençait à se tortiller sur sa selle sans trouver de solution.

— Ça va ? lui demanda Bichot. Tu verras, à partir de demain, tu vas t'habituer doucement.

— Comme ci comme ça, répondit Armand, pour qui demain n'était pas la porte à côté. Et toi ?

— Parfait, je retrouve mes sensations, comme disent les tennismen. Moi, c'est avec mon cul.

Les chameaux, qui s'étaient calmés pendant un moment, retrouvèrent aussi leurs sensations, exécutant de petits écarts pour montrer à quel point les sacs de marin justifieraient un arrêt de travail. Une plaque qu'ils portaient au cou indiquait leur nom. Armand montait Tanaka et Bichot était sur Pop. À nouveau, les méharistes restèrent de marbre. Comme cela arrive parfois à ceux qui ont beaucoup souffert, la douleur d'Armand s'espaça et s'atténua. Il s'engourdit délicieusement durant un long moment, au pas de Tanaka. Il fut tiré de sa torpeur par la soif, décrocha sa gourde de la selle et but une grande lampée de cette eau qui sentait la chèvre et qu'il trouva délicieuse. En rebouchant sa gourde, il regarda autour de lui : Tanaka et lui étaient seuls et ce n'était pas une bonne nouvelle. Enfin, très très loin, il repéra la silhouette de Bichot. Il était si loin qu'il ne pouvait pas l'appeler. Bichot avait dû se laisser glisser dans le « tchifou, tchifa », sans même s'apercevoir que l'immense Pop avait allongé le pas en loucedé. Tanaka, c'était le profil inverse : il avait profité de l'engourdissement d'Armand pour se balader d'un petit pas de visiteur, les mains dans les poches, admirant le paysage. Alors, Armand commença à lui parler, et ce n'étaient pas des mots doux, mais, dits en français, ils restaient sans effet. Le ton, cependant, était hargneux et la hargne française semblait passer mieux accompagnée de coups de badine et de cisaillements de pied sur le cou. Et Armand n'osait pas tirer sur le lien relié à l'anneau qui traversait la narine de Tanaka. C'était au-dessus de ses forces, et il ne savait comment le manier. Ce fut alors le début d'une interminable et épuisante succession de ralentissements et d'accélérations. Il s'était un peu rapproché de Bichot, qui, au moment où l'espoir d'Armand renaissait, avait, comme par enchantement, disparu pour de bon. Il suivit ses traces, ou plutôt ce fut Tanaka qui le fit, lui qui avait déjà fait la route et assurait le service minimum. Quand il accélérait un peu, Armand était désormais convaincu que c'était pour lui montrer de quoi il était capable en temps normal, c'est-à-dire en tant que chameau de selle. À la fin, Armand avait depuis longtemps cessé de contempler le ciel et le désert, il ne pensait plus qu'à Tanaka dont il fixait amèrement le crâne en pain de sucre.

Vers midi, cependant, il lui sembla discerner, dans l'axe du museau de Tanaka, deux points noirs immobilisés à l'extrême limite de l'horizon. Au bout d'un certain temps, les deux points s'étaient transformés et pouvaient, presque à coup sûr, être identifiés comme des silhouettes de méharistes. Mais il lui fallut plus d'une demi-heure, sous une lumière sans ombre, pour parvenir jusqu'à eux.

Bichot et Assarid, noblement posés sur leurs selles, immobiles, semblaient absorbés dans la contemplation de l'infini, comme pour indiquer avec tact qu'ils n'attendaient pas spécialement le retardataire mais s'accordaient une pause. C'est au moment où Armand arrivait à leur hauteur que Pop, le chameau de Bichot, eut son moment syndical. Bichot venait de tendre sa gourde à l'arrivant, dans un de ces gestes qui résument si bien la solidarité entre voyageurs, mais le clapotis de l'eau dans la gourde de fer, seul bruit perceptible jusqu'à Alger, plongea Pop dans une crise de fureur. Le grand chameau tabac se mit à marcher dans tous les sens en sautillant et en renâclant, puis à tourner sur lui-même en boucles de plus en plus serrées, comme font les patineurs, en poussant des râles ulcérés. Bichot, qui était assis au sommet de Pop, à trois mètres au-dessus du sol, vit plusieurs fois défiler le paysage, et sa gourde, qu'il avait lâchée et qui demeurait accrochée au bout d'une ficelle à la base de la croix du Sud, planer dans ce manège en se vidant de son eau. Bichot, galvanisé par les joyeux cris d'encouragement d'Assarid, avait empoigné dans son dos une grosse touffe de poils sur la croupe de Pop, seul geste sensé en pareille situation. Il craignait pardessus tout, au cas où Pop réussirait à le désarçonner, de briser dans sa chute l'antenne de son téléphone solaire. Mais, avantagé par sa taille de jockey et rendu teigneux, il ne tomba pas. Finalement, Pop, tout en prononçant des mots affreux, baraqua de son propre chef et se coucha à terre. Bichot, avec des mots tout aussi moches, le fit relever et repartir à coups de pied, recueillant sans fausse modestie les félicitations de son public. Il était encore épuisé et tremblant de tous les efforts qu'il avait déployés pour rester victorieusement en selle, quand Assarid sauta à terre et dit :

— Tout le monde descend.

— Chausse tes samaras ! cria Bichot à Armand. Le sable est truffé d'épines.

Assarid avait saisi dans les mains de Bichot et d'Armand les guides de Tanaka et de Pop et était allé les faire marcher. Puis, sans lâcher le lien de Tanaka, il était monté sur Pop et lui avait fait accomplir trois grands tours, Tanaka suivant le mouvement, puis il avait sauté à terre et administré une correction à Pop en l'engueulant. Ensuite, il avait répété la même opération avec Tanaka. Il rendit les guides aux deux cadets de Saumur (appellation que Bichot estimait convenir aux récents événements), puis il annonça :

— On repart, mais, maintenant, on marche.

Lors des cours préparatoires à Paris, Bichot avait raconté à Armand que, dans le désert, on passait au moins autant de temps à marcher que monté sur un chameau. Et ils marchèrent, chacun devant son chameau, cordelette à la main, et, très vite, toute pensée les quitta, il n'y eut plus, derrière chaque marcheur, que le « tchifou, tchifa ». Parfois le chameau allongeait le pas et venait montrer au chamelier sa grosse tête bizarre de profil. Assarid marchait en tête et il semblait savoir exactement où il allait, c'est-à-dire droit sur nulle part. La veille au soir, toujours sur les conseils de Bichot, Armand avait longuement inondé de salive et mâchouillé la tige centrale de ses samaras pour l'assouplir. « Tu vas voir, avait dit Bichot, les deux premiers jours, ce n'est pas évident, mais après, confort absolu. » Armand le voyait encore sortir d'un sac de toile la paire de samaras datant du voyage avec son père : elles portaient les traces du périple mais semblaient intactes. « Les deux premiers jours, ce n'est pas évident », avait dit Bichot, et Armand comprenait que les deux premiers jours commençaient aux deux premières minutes. Assarid se trouvait toujours un peu plus loin en avant : ils n'étaient pas les uns sur les autres, ils étaient seuls ensemble. On marchait vite. On devinait qu'Assarid avait fait le pari qu'Adal et Hotha n'attendraient pas et marcheraient à vitesse réduite à leur rencontre. Les humeurs du sable, tantôt dur, tantôt mou, dictaient le rythme de la marche. Il y eut de longues séquences de sable ferme où le voyageur s'oubliait, puis le sable poudreux pesait tout à coup sur les jambes et la marche occupait alors leur corps et leur esprit. Depuis quelle éternité de temps marchaient-ils ainsi ? Armand avait pensé pouvoir calculer la durée comme le font les Touaregs, sans montre. Mais il dut s'avouer vaincu, releva l'ample manche de sa veste et le cadran lui révéla qu'ils marchaient ainsi depuis cinq heures. Il fut heureux quand, au même instant, Assarid fit remettre en selle.

Le soleil avait légèrement glissé derrière eux. Pop et Tanaka, qui n'ignoraient pas devoir retrouver prochainement leur statut de chameaux de selle, affichaient une bonne humeur assez provocante. Malgré ses fesses en compote, Armand vécut cette longue chevauchée dans une allégresse qui ne cessait de croître, et, quand il jetait de temps à autre un coup d'œil vers le petit homme installé au sommet de son immense chameau tabac, il ne doutait pas qu'ils partageaient le même instant. Assarid s'était mis à trotter, prenant bientôt un bon quart d'heure d'avance sur eux, et, tandis que leurs ombres les précédaient et s'allongeaient, ils virent Assarid, posté sur une éminence, faire un geste laconique dans leur direction.

Pop et Tanaka, à qui rien n'échappait, passèrent de leur propre initiative à la cinquième vitesse du pas, proche d'une ébauche de trot, moins confortable, certes, mais dont Armand et Bichot n'auraient pas contesté un instant le bien-fondé. Ils rejoignirent Assarid à temps sur son monticule pour découvrir deux silhouettes bleues progressant à pied dans un canyon inondé d'or, accompagnées d'un chameau : c'étaient Adal, le frère, et Hotha, le fils d'Assarid.

Tout le monde avait mis pied à terre et les deux groupes marchaient l'un vers l'autre, dans le même état d'excitation joyeuse que les équipages de deux bateaux qui se rencontrent en plein océan.

Adal, le blessé, était vêtu de sa robe et coiffé de son taggelmoust, Hotha, qui avait l'âge d'Assarid quand Bichot l'avait connu, était vêtu de sa robe et coiffé des petites nattes des garçons. Bichot murmura à Armand qu'il ressemblait étonnamment à son père au même âge.

— Salam aleikum ! s'écria Adal d'une voix chantante.

Assarid, à son tour, fit résonner un :

— Aleikum salam !

— Salam aleikum, répondirent en chœur les cadets de Saumur.

— Aleikum salam.

L'oreille d'Armand était séduite par la musique des saluts. Ce qu'il entendait, c'était : « Salâââm-maleillikoum ! — Alleikumassâlââân ! »

Et comme il exprimait en aparté à Bichot son enthousiasme pour cette première journée de méharée : « Oui, une bonne journée de réglage, avait répondu Bichot, dont les reins étaient en miettes. »

Adal et Hotha avaient décidé de se mettre tôt en route et de marcher sans se presser pour ménager Adal, qui était précautionneusement remonté sur son chameau. Il expliqua qu'ils avaient installé un feu à une heure de là, où ils avaient entravé les chameaux. Puis, comme ils étaient trop impatients pour attendre, Adal avait sellé son chameau et pris Hotha en croupe et ils étaient venus à leur rencontre.

Les cinq chameliers se remirent en route et, en moins d'une heure, parvinrent au feu qu'ils découvrirent aux dernières lueurs du jour, ainsi que les huit chameaux de bât qui mâchaient des épines. Adal raviva le feu sans attendre, tandis qu'Armand et Bichot partaient à la recherche de leur coin pour la nuit.

Les Français et les Touaregs partagèrent ce qu'ils avaient. Les gastronomes du désert refusèrent poliment la soupe lyophilisée mais honorèrent volontiers les figues sèches, les dattes et un tube de crème de marrons, qui éveilla leur curiosité.

Heureusement, il y avait les galettes. Ce n'étaient pas des galettes de Pont-Aven. Le sable se prête à de nombreux usages, notamment dans le désert. Il abrite des points d'eau dans des lieux où l'on n'a pas vu un arbre depuis deux mille ans. On peut creuser des trous pour toutes sortes de destinations, comme on l'a vu, et notamment pour la cuisine, où l'on ne fait pas mieux que le trou en matière de fourneau. On tapisse le fond de pierres, on bourre de bois, on allume, et, quand le bois est consumé, les pierres, au fond, sont incandescentes. Pour les galettes d'Assarid, le trou ne doit pas être trop profond. Les galettes sont pétries avec un mélange d'eau et de farine, les pierres sont recouvertes d'une mince couche de sable sur laquelle on installe les galettes. On laisse cuire, puis on les sort en leur donnant de grandes gifles pour en faire tomber le sable. Et on les mange. C'est très sec, sans sel, sans gras, le goût est à peine perceptible, mais c'est agréable. Tout au plus croque-t-on au passage un petit grain de sable.

Les retrouvailles garantirent la bonne humeur. Armand, qui avait serré la main d'Assarid à l'européenne quand il lui avait dit bonjour la veille, découvrit la poignée de main touarègue, en accompagnant maladroitement les gestes d'Adal et de Hotha dans ce rituel de mains et de doigts. Entre son pouce et ses quatre autres doigts on saisit, et on se laisse saisir entre le pouce et les quatre autres doigts de son vis-à-vis. Puis on les retire progressivement de part et d'autre en faisant bien claquer les huit doigts au moment où les mains se séparent. Et on recommence ainsi, tout en se parlant, en se donnant des nouvelles de la route, des chameaux, de la météo, les propos devant être aussi anodins et aussi peu personnels que possible. Enfin, quand on a épuisé tout ce qui ne présente qu'un intérêt relatif et qu'il n'y a plus moyen de faire autrement, on aborde sur la pointe des pieds, ou plutôt du bout des doigts, les questions personnelles et on se demande des nouvelles l'un de l'autre.

Armand avait bien compris que la politesse des sables dressait une barrière infranchissable entre sa curiosité et la question qu'il brûlait de poser depuis un long moment et qui touchait, de près, à la morsure de vipère dont Adal avait été victime. Et il devinait que ce dernier, pour toutes ces raisons, se garderait farouchement d'en faire état. Armand s'était donc résolu à dompter son insatiable curiosité.

Ce fut Assarid qui vint à sa rescousse. Sans y être le moins du monde invité, il tint à montrer que ce n'était pas de la blague si la caravane avait pris tant de retard. Il demanda à Adal, qui jusque-là le cachait soigneusement sous sa robe, de montrer le pied qui avait été mordu. Quand le pied apparut, Bichot et Armand marquèrent un long silence chargé d'admiration et de compassion horrifiée.

— On dirait une pizza calzone, murmura Armand.

Et, en effet, ils ne pouvaient quitter des yeux le pied d'Adal, un énorme chausson terminé par un gros orteil démesuré, et quatre orteils minuscules qui disparaissaient sous l'œdème.

Assarid prit la parole :

— Ou bien Adal reste ici avec de l'eau, de quoi manger et un chameau, et je passe le prendre au retour. C'est facile. Ou bien il vient avec nous et on ira un peu moins vite.

Bichot et Armand décidèrent d'une seule voix qu'Adal serait de la partie. Quant à la perspective de réduire l'allure, les deux Français en balayèrent l'inconvénient d'un revers de main.

Surpris et heureux de voir ses hôtes accueillir de si bonne humeur toutes ces contrariétés, Assarid demanda timidement si M. Armand voulait bien faire un peu de magie pour fêter les retrouvailles avec Adal et Hotha. Armand revint avec son sac de magicien. Pour mettre à jour les deux nouveaux membres du public, il renouvela pour chacun le tour du « papier éclair ». Puis succédèrent des tours inédits, avec toutes sortes de disparitions et d'apparitions de pièces de monnaie baladeuses. Un stylo en or s'évanouit dans le Sahara et Armand, fort contrarié et penaud, rata son tour et ne parvint pas à le retrouver. La montre d'Assarid, un gros chronomètre, disparut de son poignet, puis, tandis qu'Armand cherchait quelque chose dans son sac, il demanda, tournant le dos à Assarid, s'il avait retrouvé sa montre.

— Non, répondit celui-ci après avoir regardé son poignet droit.

— Alors au poignet gauche, peut-être ? suggéra Armand en revenant avec un nouveau tour.

À plusieurs reprises, Hotha vit lui échapper un

billet de vingt euros, puis le billet disparut pour de bon, et Hotha le découvrit le lendemain dans la poche de sa robe. Armand lui raconta ce qu'était un « matrix » :

— Si vous regardez les mains d'un magicien qui fait danser les pièces de monnaie, vous savez qui c'est, rien qu'en suivant ses gestes. On dit alors que c'est le matrix de Bichot, le matrix de Hotha.

— Oui, dit Hotha. Armand, sur son chameau, on reconnaît son matrix.

— Tu vois, dit Armand, tu sais déjà reconnaître mon style. Mais parfois, le magicien est si fort que les autres magiciens n'y voient rien. Il y a six ans, au championnat du monde de magie à La Haye, une ville dans un pays au nord de la France, un grand champion dont le nom est Largo Romero a réussi un tour de pièce si magnifique que même les grands magiciens professionnels n'en crurent pas leurs yeux.

— Oooooooh ! approuvèrent les Touaregs.

Comme à son habitude, Bichot avait bâillé pour suggérer l'heure d'aller dormir, Armand rangeait et bouclait son sac, Adal et Hotha commençaient à écarter le feu, quand Assarid se redressa et, suivi de Hotha, s'éloigna en courant vers un talus d'où il sembla scruter à travers la nuit. Dans un silence absolu, du moins pour des oreilles françaises, des rayons blafards balayaient le ciel, puis disparaissaient, puis réapparaissaient au fil des déclivités. Enfin, à mesure que leur lumière s'intensifiait, elle s'accompagnait de bruits de moteurs dont le son s'amplifiait à l'approche du campement. Du *kouri*, le lit d'*oued* asséché où ils s'étaient établis, ils virent déboucher en roulant droit vers eux un 4×4 Nissan équipé d'une mitrailleuse sur affût et suivi par un petit camion Mercedes bâché. Les deux véhicules stoppèrent à une trentaine de mètres du feu et il en descendit six hommes armés, vêtus de treillis de camouflage dépareillés et coiffés de chèches kaki noués à l'algérienne, c'est-à-dire laissant voir leurs visages.

Leur chef était un homme trapu et il salua à la manière traditionnelle Assarid qui s'était porté à sa rencontre, accompagné d'Adal et de Hotha. Les deux Français étaient restés près du feu et Bichot avait fait signe à Armand de s'asseoir, « avec le flegme et la réserve polie du voyageur inoffensif », avait-il précisé à mi-voix. Assarid et le chef parlèrent pendant un moment, puis Assarid revint vers les Français.

— C'est la patrouille du désert de l'armée nationale du Niger. Je les connais, ils savent qui je suis. Je leur ai dit que vous étiez mes voyageurs, des amis, des gens tranquilles : vous avez vos passeports ?

Armand et Bichot se rendirent aussitôt à leurs endroits de nuit et en revinrent avec leurs papiers. À leur retour, les soldats s'étaient assis autour du feu et Assarid préparait le thé tandis qu'Adal et Hotha observaient une attitude de bon aloi, conforme à l'hospitalité du désert. Bichot salua et tendit les deux documents au chef qui les examina longuement. Assarid lui tendit un verre de thé qu'il trouva bon et dont il le félicita. Puis, revigoré, il parcourut à nouveau les passeports.

Enfin, portant son regard sur Armand, il lui demanda en français, sans hostilité :

— Pour votre profession, je vois : artiste illusionniste ?

— Oui, c'est mon métier. C'est un métier de distraction : par exemple, par des gestes très rapides et très précis, je peux faire apparaître et disparaître un objet devant vos yeux et vous ne voyez rien.

Assarid, qui venait de servir un second thé au chef, se tourna vers Armand.

— Peut-être M. Armand pourrait-il faire un peu de magie pour M. l'officier ?

Armand retourna à sa trousse tout en se demandant quels tours apprivoiseraient le mieux la patrouille du désert, ses flingues et sa mitrailleuse sur affût. Il décida en tout cas d'expérimenter les premiers tours sur Adal, Hotha et Bichot, pensant que les militaires préféreraient peut-être voir la magie agir sur les autres avant de s'y prêter. La suite lui donna raison car, quand il revint se placer par déférence en face du chef, celui-ci, levant les deux mains, dit :

— Essayez d'abord sur vos amis, qu'on regarde comment ça se passe.

Assarid et Hotha participèrent aux différents tours avec le flegme des vétérans. Adal et Bichot n'eurent pas le temps d'y passer, car le chef interrompit Armand et se porta candidat, ses cinq acolytes se disputant pour le tour suivant. Les pièces dansèrent, le « papier éclair » fulgura, les montres disparurent. Sentant le moment favorable, Armand conclut sa prestation en annonçant un jeu d'eau, un jeu de la soif. Tandis qu'il s'adressait à l'assistance, une main largement ouverte la paume en l'air, un billet de dix euros venu de nulle part s'y installa devant tout le monde. Et Armand semblait se demander également comment ce billet avait pu arriver là, il s'interrompit soudain et son visage exprima une grande stupéfaction : le billet de dix euros était devenu un billet de vingt euros. Il roula alors le billet en forme de tube, renversa la tête en arrière et inclina le billet à courte distance de ses lèvres afin qu'on pût voir l'eau qui s'en écoulait dans sa bouche.

L'officier, qui jusque-là, avait joué les affranchis en présence de ses hommes, ne put retenir ses applaudissements, aussitôt imité par la patrouille.

— Mais votre billet, là, il est mouillé ? demanda-t-il à l'artiste illusionniste du passeport.

— À votre avis ? répondit Armand, devinant que ce ton complice flatterait son interlocuteur.

— Comme je le pense, il est mouillé. Mais comme vous êtes magicien, je dis qu'il est sec.

— Gagné ! s'exclama Armand.

Et tendant le billet :

— Gardez-le, en souvenir.

— J'accepte le souvenir, dit le chef, qui se leva en l'empochant.

Il s'éloigna d'une dizaine de mètres, entouré et congratulé par sa troupe qui le félicita d'avoir été le héros de cette soirée. Les soldats en avaient oublié leurs armes qui traînaient un peu partout et que les membres de la caravane contournaient soigneusement. Hotha écartait le feu, mais pas trop, afin que les visiteurs ne se sentent pas chassés, Armand rangeait son matériel, Adal, assis, une guerba sous le bras, remplissait les gourdes, Assarid préparait à tout hasard un dernier thé et Bichot se rendait inutile, allant et venant à petits pas, les mains derrière le dos. Il lui sembla que le colloque entre la troupe et son chef avait monté d'un ton et, en effet, ce dernier ne tarda pas à revenir vers Assarid et Bichot, les prenant à témoin comme on se parle entre gens sensés :

— Je leur ai dit que le magicien n'est pas un sorcier. Eh bien figurez-vous qu'il y en a deux qui ne veulent pas me croire. Je vous jure, il y a du boulot.

« Deux sur six, ça fait quand même une majorité de laïcs », pensa Bichot. Puis, allant se tenir à la lisière du feu comme une maîtresse de maison sur son perron, il sentit Assarid se pétrifier à ses côtés quand il proposa au chef :

— Mais pourquoi ne restez-vous pas dormir ici ? Vous n'allez pas rouler comme ça toute la nuit ?

Le chef remercia, touché de la proposition, mais il était prévu que l'armée nationale irait bivouaquer à un peu plus d'une heure d'ici. Et il ajouta :

— Ce soir, on va parler toute la nuit.

— Alors, nous permettez-vous de vous raccompagner jusqu'à vos engins ? demanda Bichot, comme on reconduit ses hôtes jusqu'à la grille du parc.

Le chef, à nouveau flatté, acquiesça. Alors, Bichot, alertant les membres de la caravane, éberlués :

— Venez, allons dire un dernier bonsoir à nos amis !

Le chef leur fit les honneurs du 4×4 Nissan presque neuf, avec sa mitrailleuse 30 de calibre 7.62 (antique et cependant mortelle, estima Bichot). Puis le camion Mercedes tout récent avec sa cabine à trois sièges, et le matériel, l'essence et les munitions, bien rangés et arrimés sous la bâche.

Les moteurs ronflèrent dans un nuage de diesel, les deux engins firent demi-tour dans une certaine pagaille, car le camion s'était d'abord retrouvé devant le 4×4, puis le convoi s'ébranla dans un concert de klaxons et disparut de leur vue dans une courbe du kouri. À l'instant même, Assarid, Bichot, Hotha, Armand et même Adal, malgré sa patte folle, se mirent à danser. Puis, exténué, chacun alla préparer sa nuit.

Niché dans son sac de couchage sous une lune pâle et coupante, adossé à son sac de marin, Armand savait qu'il allait sombrer dans un sommeil qui le conduirait directement jusqu'au matin suivant. Il se réveillerait avec l'impression qu'il venait à peine de s'endormir. Il s'y préparait avec gourmandise, mais voulait attendre encore un peu. Il réchauffait entre ses mains le téléphone de contact avec Talbeau. Le message qu'il lui envoya au moment où l'attendait sa deuxième nuit dans le désert n'était pas empreint du laconisme propre au carnet de route, car il avait entendu s'élever un chant flûté, lointain, que le silence propageait avec une prodigieuse netteté. C'était Hotha, qui avait repris sa flûte, après avoir été interrompu par l'arrivée de la patrouille. Armand avait pianoté sur le téléphone : « Ce soir, dans le sud du Zagado, visite d'une patrouille de l'armée. Tout s'est bien passé. Tout le monde dort. Un chant de flûte serpente vers les pâleurs lunaires et s'évanouit, chemin faisant, comme la fumée du feu, comme les bruits anciens qui vont s'éteindre. »

La réponse de Talbeau s'afficha quelques instants plus tard : « Dans ce cas, bonne nuit. »

Le lendemain était le premier jour d'une caravane à douze chameaux, et, sans se donner le mot, tout le monde s'était réveillé tôt. Comme toujours au moment des départs, les chameaux tonitruaient solennellement et leur chorale, aiguillonnée par la circonstance, allait crescendo. Assarid, Adal et Hotha chargèrent les chameaux de bât, des fagots de bois et des bottes de fourrage culminant sur leur paquetage. Armand s'était étonné en constatant qu'ils ne donnaient pas l'impression d'être surchargés, et en effet ils ne l'étaient pas, comme le lui expliqua Bichot, car on n'allait jamais loin avec un chameau surchargé, sauf en cas de nécessité. Stimulé par deux bons verres de thé vert, Armand allait joyeusement d'un groupe à l'autre. Il avait attendu qu'Assarid ait achevé de seller Amenokal, son chameau blanc, pour lui demander :

— Tu te souviens du stylo que j'ai perdu hier soir ?

— Ah oui, répondit Assarid, quand tu as raté ton tour de magie ?

— Oui, c'est ça, dit Armand d'un ton perplexe. Tu ne l'as pas retrouvé ce matin, par hasard ?

— Non, malheureusement, je n'ai rien vu, même en recouvrant le feu.

— Pourtant, il ne doit pas être bien loin, insista Armand.

— Oui, mais c'est grand, ici, constata Assarid avec regret.

— Pourtant… Pourtant, dit Armand. Tu permets, Assarid ?

Et, dressé sur la pointe des pieds, il tendit le bras vers le sommet de son taggelmoust et, passant deux doigts dans un pli, il en tira le stylo et le tendit à Assarid qui, après un court silence, éclata de rire.

— Tu vois, ironisa Armand, satisfait de son effet, un tour de magie, ça peut durer toute une nuit.

On monta en selle, Hotha à croupetons derrière son père, et la caravane s'ébranla, se disposant peu à peu comme une flotte après l'appareillage : Assarid en tête, suivi de Bichot et Armand, ensuite venait Adal chevauchant calmement en tête des chameaux de bât. Durant le premier quart d'heure, il y avait toujours de la contestation entre les chameaux sur le rang à tenir dans la procession et, jusqu'à ce que le calme fût rétabli, après quelques distributions de claques d'Assarid, la chorale persistait. Bichot les avait baptisés « les petits chanteurs à la croix du Sud ». De six heures à huit heures, la caravane progressa, groupée et silencieuse.

Le sable s'était peu à peu raréfié, jusqu'à devenir une traînée blonde où affleuraient de grosses truffes de granit noir. Des apparences de chemins guidèrent les pas. Puis ces chemins devinrent des sentiers et enfin des pistes dont la largeur correspondait exactement à celle d'un chameau. Elles étaient à peine visibles et pourtant on les discernait aisément, car elles avaient été dessinées au fil du temps par les caravanes qui s'y étaient succédé.

On avait mis pied à terre et l'on cheminait, suivi de sa monture. Puis on gravissait, car la pente ne cessait de s'accentuer, enfin on escaladait, un peu comme des singes, en prenant appui sur des blocs de rochers, toujours suivi du chameau, qui semblait se plier distraitement à un exercice de routine.

Du côté des Français s'élevait en permanence un bruit de soufflet de forge accompagné de râles irréguliers. Ils avaient été rapidement placés en queue de caravane pour pouvoir avancer à leur mesure, même après Adal et son peloton de chameaux de bât, et ils en avaient été reconnaissants, toute fierté oubliée.

Leur moral grimpa de quelques crans et ils crurent que leur épreuve avait trouvé son terme quand ils rejoignirent, à la fin de leur ascension, la caravane arrêtée sur une sorte de petit plateau de roche.

— Venez voir, leur dit Assarid, et ils marchèrent jusqu'à lui.

D'un large geste, il leur montra une corniche noire, dont le sommet, effilé en lame de couteau, s'allongeait comme une interminable passerelle entre deux à-pics et allait se perdre au pied d'une passe qui semblait se trouver à l'autre bout du monde.

— C'est magnifique ! s'écria Armand avec une conviction forcée.

Il ne pouvait détourner son regard de cette terrible dentelle minérale jetée entre deux enfers et il sursauta en entendant Assarid ordonner de mettre en selle. Toute honte bue, il aurait été capable d'accomplir le passage à quatre pattes et sans se sentir le moins du monde gêné de retarder la caravane. Mais sur un chameau ! Perché tout en haut d'un chameau, cette canaille de Tanaka, qui plus est ! Bichot lui parla du pied d'alpiniste du chameau, avec ses coussins tactiles qui reniflent le moindre centimètre carré de terrain, des pieds de funambule :

— Tanaka pourrait sans problème marcher sur un filin de la tour Eiffel à l'Arc de triomphe, car le chameau est doté d'un formidable sens de l'équilibre. Tu peux avoir peur, mais tu n'as rien à craindre du moment que tu restes assis, bien droit.

Alors Armand monta en selle en réprimant ses tremblements.

Assarid s'engagea doucement le premier et fit signe à Armand de se placer derrière lui.

— Ne regarde ni à droite ni à gauche, tu me suis et tu regardes les pattes d'Amenokal, tu regardes bien comment il fait : ici, le chauffeur, c'est le chameau.

Et la caravane s'engagea à pas mesurés sur la corniche. Armand ne quittait pas des yeux les pattes d'Amenokal, qui posait une patte après l'autre après avoir diagnostiqué le sol, qui corrigeait calmement les petits dérapages et qui restait aussi vertical qu'un fil à plomb. Progressivement, il transféra son apprentissage sur Tanaka, il le sentait tester le terrain, puis, quand il posait une patte, Armand oscillait verticalement, comme mû par un ressort. À son grand étonnement, il sentit la confiance s'installer, bien sûr cette confiance occupait une petite place entre deux gouffres, mais elle gagnait du terrain et il s'enhardissait à contempler la nudité grandiose qui l'entourait. Cependant, pour ne pas gâcher cette victoire sur lui-même, il ne risqua pas un regard en direction des précipices. Quand il vit s'approcher le bout de la corniche et Assarid s'immobiliser sur un retrait, Armand fut saisi d'une jubilation telle qu'il n'en avait jamais éprouvé, il se mit à aimer pour la vie Assarid, Adal, Hotha et, pour un peu, il aurait invité Tanaka, Pop et Amenokal à dîner au Camel's Club.

Durant les quatre heures qui suivirent, ils se retrouvèrent dans un chaudron minéral à gravir les contreforts escarpés du Takolokouzet, tandis que des mâchoires de rochers les surplombaient tout au long de leur progression. La caravane s'étira, les Français fermant à nouveau la marche, Bichot le tout dernier. Pop, son chameau géant, serait arrivé en tête de l'étape si on l'avait laissé faire. Mais son pas de montagne était plus brutal que son pas de plaine et Bichot, dont le dos était réduit à l'état d'un sac d'osselets, retenait le grimpeur à casaque tabac. Hotha était venu gentiment s'installer derrière la selle de Bichot, pour lui tenir compagnie : « Je viens avec le vieux », avait-il dit en sautant en croupe. Bichot avait été flatté, car, contrairement à ce qui se passe en Europe, « le vieux » est une appellation positive en Afrique.

Adal, avec délicatesse, s'était laissé un peu rejoindre.

— Vous ne ralentissez pas à cause de moi ? avait-il demandé aux Français.

— Oh non, pas du tout ! avaient-ils répondu, mais ils n'en étaient pas moins reconnaissants de la progression plus lente des chameaux de bât.

À nouveau, les heures étaient devenues du temps, et il leur sembla avoir marché une éternité quand ils parvinrent au col de Tessdigue.

— Le col ! cria Armand en direction de Bichot qui peinait plusieurs lacets plus bas.

— Ah bon, déjà ? répondit Bichot d'une voix de mourant.

Après avoir laissé le col derrière elle, la caravane marcha un moment sur un sol de rochers plats, puis tomba sur un amoncellement de gros rochers qui annonçait le début du plateau. Bichot reconnut l'une de ces parois gravées de figures préhistoriques représentant des personnages à têtes rondes. Ceux que, vingt-huit ans plus tôt, Assarid, petit garçon, avait appelés « les vieux » quand Bichot lui avait demandé qui ils étaient.

Il invita Armand à poser la même question à Hotha.

— Les vieux, répondit Hotha.

— Les vieux, dit Bichot à Armand qui l'interrogeait du regard, c'étaient les hommes qui peuplaient le désert bien avant les Touaregs et bien avant que le désert devienne le désert. Il y avait des fleuves, des lacs, des hauteurs boisées, des savanes, des vaches…

Assarid était venu les trouver.

— Maintenant, finie l'escalade, on va beaucoup marcher, on part.

Et aussitôt, suivi d'Amenokal, il marcha. Du premier pas au dernier pas, le plateau du Takolokouzet resterait identique à lui-même : variété des paysages, zéro. La caravane s'espaça dans le désordre, chacun tirant son chameau, à l'exception d'Adal. Ils s'engageaient dans une immensité horizontale, noire, dure, figée, qui se répandait sans fin vers les quatre points cardinaux. Des espèces vivantes la peuplaient sans doute, mais apparemment dans un total incognito. Le géant plat n'était pas sans issue, puisque Assarid en connaissait au moins une et en avait pris le cap. Mais, au premier coup d'œil, on voyait bien qu'on traversait le plateau du Takolokouzet mais qu'on n'y séjournait pas. C'était un lieu propre, survolé ce jour-là de nuages maigres sous un ciel fermé. Chacun marchait à l'intérieur de lui-même, le regard éteint, levant haut le pied, avec cette démarche bizarre que donnent les samaras, accompagnées par le rythme étouffé des pattes de chameaux. Au cœur de cette progression sans fin, le marcheur trouvait un abri. De temps à autre, il en était arraché quand il voyait au loin Assarid remonter en selle, et alors on remontait en selle, puis Assarid sautait à terre, et l'on recommençait à marcher. Cela dura jusqu'à la fin du jour, où l'on fit halte à l'endroit précis où Assarid avait prévu de bivouaquer. C'était un promontoire de petits rochers d'où s'écoulaient d'épaisses cascades de sable doré.

Adal arriva un peu plus tard. Le feu fut bref. On se sépara.

Armand avait installé sa chambre de plein ciel dans un édredon de sable surmonté par un bloc de granit. Il eut à cœur d'envoyer un message à Talbeau : « Il est huit heures. On a escaladé une montagne et traversé un plateau interminable. On est crevés. Pas de lune, des millions d'étoiles. »

Le lendemain, les chameaux qu'Assarid et Hotha étaient allés chercher et avaient rassemblés se mirent à blatérer très tôt, trompetant aigrement l'heure du réveil. Le départ aurait lieu beaucoup plus tôt qu'à l'ordinaire et Armand et Bichot firent précipitamment leur paquetage. Ils se présentèrent ensommeillés devant un petit feu où Assarid avait fait chauffer un thé.

— On doit partir vite, dit Assarid, le chemin est long. Mais si nous marchons bien, à la fin du jour, nous serons peut-être à la guelta d'Agamgam.

Ces quelques phrases chassèrent les dernières traces du sommeil où flottait encore Armand. Dans son esprit, les mots « guelta » et « Agamgam » furent à l'instant même associés aux mots « tacouba », « Ahamed » et « Julien Cézat ». Il était si heureux : il s'était tellement oublié et fondu au sein de la caravane, que le but de ce voyage lui tomba dessus par surprise. C'était pour lui qu'on était là, lui qui en rêvait depuis si longtemps, et voilà qu'il avait oublié. Plus tard dans la journée, il en parla à Bichot qui répondit :

— C'est l'effet désert, aucune importance.

— L'effet désert ?

— Eh bien, c'est ça justement. Et puis, imagine, si tu n'avais cessé dès la première minute de nous casser les oreilles avec la guelta d'Agamgam, tu n'aurais rien vu du reste. Ça tombe bien, on y va.

L'étape avait débuté par une descente des voluptueuses coulées de sable qui flanquaient les bases du plateau. Assarid, Adal, Hotha et Armand s'étaient élancés dans les chutes en se vautrant dans le sable, en poussant des cris de coyotes et les chameaux eux-mêmes avaient profité de l'occasion. Seul Bichot s'était abstenu. La fête avait été de courte durée. On s'était ensuite dirigé au nord en longeant le plateau sur d'interminables étendues où rien n'avait l'air de rien, c'était à n'en pas douter un passage obligé d'un ennui accablant renouvelé à chaque pas. À midi, comme ils affichaient des heures de neurasthénie, Assarid autorisa une pause en un lieu nu, sous un soleil inamical. Bichot et Armand mirent pied à terre et offrirent des dattes et des figues à leurs compagnons. Puis Bichot, qui fut *the right man on the right place*, mit la main à la poche et en sortit une grande boîte de maquereaux au vin blanc et la partagea équitablement avec Armand, sans tricher sur la petite lampée tiède de vin.

— Un maquereau trois étoiles, dit Armand en humant sur ses doigts le fumet du poisson. Je garde l'odeur pour mon après-midi.

Bichot creusa un trou, y enfouit la boîte de conserve et le combla. Armand fit remarquer qu'Adal allait mieux : désormais, son pied ressemblait à une pizza calzone pour enfant. On remonta en selle, mais Assarid fit signe de rester en place. Chacun se tint immobile sur son chameau, à l'exception des chameaux de bât que Hotha avait menés prendre une petite collation sur le seul buisson visible à la ronde. Dans cette immobilité, Armand découvrit la soif : il avait peur d'avoir soif et dès qu'il avait bu il avait encore plus peur d'avoir soif. L'attente se prolongeait. De temps à autre, un chameau changeait de pied. À l'aide d'une badine, les Touaregs soulevaient le bord supérieur de l'ouverture de leur taggelmoust et s'en faisaient une petite visière qui abritait leurs yeux de la lumière blanche tout en leur permettant d'élargir leur champ de vision. Assarid avait un supplément de confort, car il s'était penché en avant et avait appuyé la badine sur sa cuisse. Sans aucun doute, il scrutait quelque chose dans le lointain. Il interrompit à peine sa veille pour échanger quelques paroles en tamasheq avec Adal. Bichot et Armand dardèrent un œil de vigie dans la direction où Assarid regardait. Comme ils avaient l'un et l'autre dix sur dix à chaque œil, ils purent découvrir des lieues et des lieues d'une panoramique esplanade concave dont la mer de sable, d'un jaune soutenu, montait lentement à l'assaut d'extrémités rocheuses au pied desquelles elle allait mourir à une bonne quinzaine de kilomètres de là. On n'en voyait pas la fin, on ne devinait pas ce qu'il y avait derrière, l'image était nette, on ne voyait rien. Assarid regardait toujours.

Armand et Bichot entraînèrent Tanaka et Pop pour un petit casse-croûte vers le buisson où se goinfraient les chameaux de bât. En les regardant mâcher d'épaisses épines de dix centimètres de long, Armand constata : « Pour eux c'est comme des macarons de Ladurée. » Mais l'intermède ne dura pas, car Pop et Tanaka ne tardèrent pas à chercher noise à la concurrence. Armand et Bichot les firent volter et revinrent s'immobiliser à quelque distance d'Assarid qui n'avait pas bougé d'un centimètre. Ils regardèrent à nouveau dans cette direction où tout était vierge.

Et puis Assarid cria quelques mots en tamasheq et tout de suite après en français :

— Regardez ! Regardez, vous allez le voir, maintenant !

Pleins de bonne volonté, les Français regardèrent à nouveau dans cette direction où il n'y avait rien, mais cette fois il y avait un point noir et ils en informèrent aussitôt Assarid, qui rigola :

— Vous n'avez rien vu, tous les deux. Le point noir, il y a longtemps que je l'ai vu. Maintenant, je sais qui il est : c'est un Peul.

— À mon avis, souffla Bichot à Armand, si on emmenait Assarid chez un ophtalmo, il aurait vingt sur dix à chaque œil.

Les récents événements n'avaient pas guéri Armand de sa pépie. Et, cependant qu'on attendait l'arrivée du point noir, ce qui dura un certain temps, il avait calé sa gourde dans son giron pour y accéder avec le minimum de gestes. Il se penchait en avant, comme pour inspecter une égratignure sur une jambe et avalait une exquise lampée à moitié chaude au goût de chèvre. Il n'ignorait pas que, en principe, une gourde, sauf imprévu, doit durer un jour. La rencontre avec le point noir lui donna une inoubliable leçon de sobriété. Mais auparavant, le diable lui infligea la plus cruelle des tentations. Alors qu'il regardait avec un certain ennui le ciel bleu d'un bout à l'autre, il aperçut, très pâle, très frêle, un sillage de jet qui s'éloignait en silence à très haute altitude et qui, une fraction de seconde, émit un éclat de lumière, renvoyé par la carlingue. Cette carlingue où il imagina un passager devant sa tablette sur laquelle une hôtesse venait de déposer une bière glacée.

Enfin, le point noir fut là : il ne mesurait pas moins d'un mètre quatre-vingt-dix, ses pieds, ses jambes, ses mains et ses bras mis bout à bout auraient facilement atteint plusieurs mètres de long. Son abdomen était court et plat, et, s'il était né dans un autre monde, il aurait eu un mal fou à trouver des pantalons à sa taille. Il était une alliance exemplaire de muscles et de maigreur et l'on aurait pu estimer, sans crainte de se tromper, qu'il ne portait guère plus de cent grammes de graisse. Ce patrimoine physique était manifestement adapté à ses activités, car si l'on ignorait comment il avait commencé sa journée, on savait en tout cas, grâce à Assarid, qu'il venait de marcher d'un pas long et régulier des heures pieds nus dans le désert par une chaleur d'environ quarante-cinq degrés. Son visage était long — le contraire eût été inattendu —, son regard était lointain, il était vêtu d'un unique pagne pénien blanc, qui partait de son ventre creux pour séparer ses jambes de lièvre. Attachée à sa taille se trouvait une calebasse, contenant sans doute du lait de chèvre. Un lien de cuir autour de son cou portait un bijou fait de douilles d'ampoules électriques et de morceaux de verre poli provenant peut-être de bouteilles de bière. Il tenait d'une main un haut bâton bien droit terminé en pointe.

Il était allé directement à Assarid et ils avaient disserté un bon moment, saisissant leurs mains et faisant claquer leurs doigts. Après quoi, Assarid s'était laissé glisser du haut de son chameau, avait attrapé sa guerba, en avait dénoué l'orifice et avait offert son eau au voyageur solitaire. Le Peul ouvrit les mains une première fois et passa l'eau sur son visage. Il les ouvrit une deuxième fois pour y boire. La troisième fois, il se gargarisa et recracha l'eau à terre. Il appuya son bâton contre son épaule et saisit les mains d'Assarid entre les siennes, puis sans attendre reprit sa marche droit vers le nord.

— Où va-t-il ? demanda Armand.

— Lui seul sait, dit Assarid, mais il sait.

Il regarda Armand et Bichot, à ses pieds, Adal et Hotha installés à l'ombre des restes du buisson.

— Et alors, qu'est-ce qui se passe ici ? Allez, en route, on part.

Et deux minutes plus tard, la caravane avait décollé. Armand, qui n'avait pas oublié à quel point on s'était levé tôt ce matin-là, l'urgence des préparatifs et le train soutenu auquel on avait marché jusqu'à midi, s'étonnait auprès de Bichot du temps passé à guetter le point noir.

— Dans le désert, il y a des urgences, mais ça dépend un peu du moment, comme tu as vu. À partir de maintenant, je te parie qu'on ne va pas avoir une minute à soi.

La caravane s'était, en effet, mise à dévaler à grands pas les approches de cette vaste perspective par où était venu le Peul et qui semblait sans limites, au point qu'on doutait d'en venir à bout. Assarid, flanqué de Hotha en croupe, s'était à son habitude détaché en avant, mais cette fois il poussa si fort qu'il devint, lui aussi, un point noir. On s'était dispersé, tant il y avait d'espace, chacun marchant avec soi. Tantôt on montait en selle, tantôt on marchait en couple avec son chameau, et le silence, comme toujours, devenait un abri.

Enfoui sous son chèche, Bichot pensait à Talbeau et, cette fois, l'effet désert l'épargna. Talbeau qui avait approuvé, encouragé, organisé et financé cette folie. « Personne n'envisagerait sérieusement une telle histoire, avait-il dit, alors il faut y aller. » Et ils y étaient. À bonne distance, il voyait Adal, suivi de ses chameaux amarrés les uns aux autres, et Armand, encore plus loin, légèrement penchés en avant, accompagnant la marche de leur chameau d'un geste docile de la tête. Cela faisait déjà un moment que le glacier de sable où ils progressaient s'était imperceptiblement relevé et la pente s'était maintenant accrue assez sensiblement pour que le ciel commence à gagner sur l'horizon, comme au décollage d'un avion. Perdus dans leurs pensées vides de mots, ils furent surpris de voir apparaître Assarid, qu'ils croyaient bien plus loin devant. Il était à une dizaine de minutes en avant et poussait des cris de joie que la distance éteignait à demi. Il allait et venait au galop sur une crête, puis s'arrêtait en faisant volter Amenokal et criait quelque chose qu'on ne parvenait pas à entendre. Adal comprit le premier : on allait arriver à Agamgam et, le cœur battant, Bichot et Armand poussèrent leur chameau.

À leur arrivée, essoufflés, Assarid s'effaça en faisant reculer Amenokal et leur laissa la place. Ils découvrirent un paysage homogène où s'étendait à perte de vue un réseau géant et multiple de coulées de rochers noirs qui se rejoignaient et se dispersaient en escalier, dont les marches étaient une infinité de vasques de toutes tailles contenant les eaux mortes où dormaient les pluies anciennes dans un silence absolu. Nulle cascade, nul ruisseau, mais mille miroirs répondant de leur éclat noir à la lumière du soleil.

— Tu reconnais ? dit Assarid en se tournant vers Bichot.

— Oui, je reconnais bien.

Et Bichot regardait, comme lorsque l'on retrouve une maison d'enfance qui paraît soudain si petite. Mais Bichot éprouvait l'effet inverse : vingt-huit ans plus tôt, Agamgam lui avait semblé immense. À cet instant, le paysage qui descendait devant lui avait quadruplé. « L'effet désert », se dit-il.

Ils mirent pied à terre et s'engagèrent derrière Assarid, sinuant entre les bassins de toutes dimensions, dont la surface laquée était comme un couvercle posé sur une menace. La progression de la caravane cessa dans un site dont la beauté et l'étrangeté ne différaient pas des autres. Seule une vasque, dont les dimensions étaient particulièrement remarquables, attirait les regards.

— On dirait une baignoire de sirènes, remarqua Armand.

Il régnait une chaleur fort lourde, entretenue par le socle minéral sur lequel ils se déplaçaient. Il eut envie de se baigner et commença à ôter ses vêtements.

— Reste habillé pour te baigner, lui dit Bichot, et ne traîne pas trop dans l'eau : tu as entendu parler de la bilharziose ? Ces petits vers qui s'introduisent dans ton corps et qui ressortent ici ou là et qu'on enroule avec un bâton d'allumette. Il peut y en avoir, on ne sait jamais, alors reste habillé.

— Il y a des serpents ?

— Non, l'eau est trop froide.

— Vraiment ?

— Vraiment.

— C'est bien, dit Assarid, vous avez fait tellement de bruit que les serpents sont rentrés à la maison.

Armand avait presque oublié la sensation d'être entièrement mouillé. L'eau était étrange, glaciale, lourde, huileuse, noire, avec de lents reflets. Il ressortit et étala ses vêtements au soleil et les Touaregs détournèrent les yeux.

— Alors, tu reconnais ? demanda Assarid à Bichot.

— C'est ici ? répondit Bichot en désignant les lieux d'un geste hésitant.

Lui, si sûr de son fait à Paris, il revenait en titubant vingt-huit ans en arrière : Assarid avait dix ans, Julien Cézat en avait vingt-huit et lui, Bichot, vingt. Il avait tellement répété à Armand qu'il retrouverait l'endroit les yeux fermés. D'une voix enjouée mais où perçait un peu d'agacement, il dit :

— Apparemment, ça n'a pas bougé d'un poil, dans le coin. Alors, c'est là que se trouve l'épée que ton père Ahamed a offerte à Julien Cézat ? Pour l'instant, Assarid, je ne reconnais rien, c'est trop grand autour de nous. Écoute, je ferme les yeux et pendant ce temps-là tu te rapproches un peu, un peu mais pas trop, de l'endroit.

Quand Bichot rouvrit les yeux, Assarid s'était déplacé d'une dizaine de mètres et se tenait debout à côté d'une petite vasque.

— Viens à côté de moi, lui dit Assarid.

Bichot le rejoignit et, gagné par une impatience croissante, il inspecta circulairement des rochers noirs creusés de piscines où il ne décela rien de particulier, où aucun détail ne vint chatouiller sa mémoire. Cependant, à force d'insister, son regard finit par s'arrêter sur une masse rocheuse en forme de casquette de goal de foot, qu'il avait déjà vue sans s'y attarder, et qui se tenait en surplomb, un peu à l'écart. C'est quand son regard atteignit la visière de la casquette, très épaisse et abritant une coulée de sable clair, qu'il eut son eurêka. Il marcha droit dessus et dit :

— C'est ici !

— Gagné, répondit Assarid.

Adal et Hotha étaient allés décrocher d'un chameau deux grandes pelles dont le manche était équipé d'une poignée et revinrent s'agenouiller sous la visière de la casquette où ils entreprirent de creuser en suivant les directives d'Assarid. Installé aux premières loges, Armand n'éprouvait aucune émotion. « L'effet désert », se dit-il. Mais son cœur se mit à battre à toute vitesse quand la pelle d'Adal heurta quelque chose. On jeta les outils, et, tandis que tout le monde s'était à demi allongé pour dégager le sable à la main et élargir un trou profond de plus d'un mètre, la tacouba d'Ahamed fit majestueusement son apparition dans son écrin de plastique bulle, enlacé dans un réseau serré de fil goudronné.

Assarid tendit la tacouba à Armand qui la tendit en tremblant à Bichot. Celui-ci, avec des gestes précis et mesurés, saisit son couteau suisse, en arma le poinçon coupant, desserra, incisa et défit les liens de fil goudronné, puis déroula les couches de papier bulle jusqu'à atteindre une ultime enveloppe, des *Figaro* datés de 1980 au format généreux et dont l'une des feuilles était imprimée d'une photo du maréchal Tito, alors à l'agonie. La tacouba d'Ahamed était enfin mise à nu et s'offrait aux regards avec sa longue lame plate et sa garde en Croix du Sud. Elle n'avait pas pris une ride. Quand Bichot l'avait vu dévaler sur son chameau le flanc d'une dune, Ahamed la portait en baudrier.

Assarid fit un thé, on fuma, on commenta et l'épée d'Ahamed passa à plusieurs reprises de main en main, puis Assarid la déposa délicatement devant le fils de Julien Cézat, dont les vêtements n'avaient pas fini de sécher et qui se trouvait en T-shirt et en caleçon. Armand, qui n'avait pas conscience de sa tenue, but coup sur coup les deux verres de thé qu'Assarid avait remplis à son intention. Il examina avec attention l'épée posée devant lui, puis, revigoré par le thé qu'il venait de boire, il se redressa de toute sa taille, et, tourné vers Bichot :

— Je ne vais tout de même pas accrocher la tacouba d'Ahamed à un mur, chez moi, à Paris et l'exposer à l'admiration des invités, non ? Je ne vais pas davantage en faire don au musée du Quai-Branly pour qu'elle passe directement de la guelta d'Agamgam à un râtelier de tacoubas numérotées dans une réserve climatisée, non ?

— Effectivement, approuva Bichot, ce serait mince à tous égards.

— Alors, dit Armand, et il s'exprima d'un ton plus confidentiel, alors je vais remettre la tacouba à Assarid.

— Sans aucun doute, approuva une nouvelle fois Bichot.

Aussitôt, saisissant l'épée à deux mains, Armand vint à Assarid et lui expliqua que la tacouba de son père Ahamed voulait rester au Sahara. À Paris, ce ne serait plus une tacouba mais un objet de décoration ou une momie, et il conclut :

— Ahamed, le père d'Assarid, a offert l'épée à Julien Cézat, le père d'Armand Cézat. Aujourd'hui, Armand offre la tacouba à Assarid.

Et il lui remit l'épée en retirant ses mains avec

une promptitude de magicien pour éviter qu'Assarid ne la lui rende aussitôt. Mais Assarid ne s'avoua pas vaincu.

L'épée d'Ahamed, qui venait de passer vingt-huit ans dans la tranquillité la plus absolue, fut alors l'objet d'un va-et-vient poli mais insistant entre les Touaregs et les Français. Armand fuyait, poursuivi par Assarid qui brandissait la tacouba, puis c'était au tour de Bichot de prendre la poudre d'escampette, coursé par un Adal boitillant mais rapide. Les Assarid faisaient la mêlée pour repousser l'épée vers l'équipe de France, cramponnée au terrain et ne reculant pas d'un pouce. Ce fut Assarid qui siffla la fin du match :

— Bon, maintenant, on a parlé, je ne dois pas refuser. J'accepte avec joie !

Exténuées, les deux équipes se laissèrent tomber à terre.

Bichot, qui s'était absenté un court instant, reparut, armé d'un chiffon, d'une brossette, d'une boîte de cirage et d'un flacon de Dégrippe-Rouille. Il s'assit et commença à procéder à la toilette de la tacouba devant un public étonné. « Elle en avait quand même besoin », expliqua-t-il. Puis il remit à Assarid la tacouba rénovée de son père et Assarid poussa un cri de joie en passant le baudrier à son épaule.

Mais on n'était pas au bout de cette cérémonie, aussi étrangère aux usages des hommes du désert qu'à ceux des hommes du bitume.

Assarid s'empara de sa propre tacouba et la plaça entre les mains de son fils Hotha.

— Maintenant, elle est devenue ta tacouba.

Mais tu es trop jeune pour la porter, alors, dans dix ans, tu viendras la prendre ici, exactement là où était celle de ton grand-père Ahamed.

Il revint à Bichot de préparer pour un long séjour sous terre l'ancienne épée d'Assarid, devenue la future épée de Hotha. La photo du maréchal Tito reprit sa faction autour de la lame, le plastique bulle refit plusieurs fois le tour de l'objet et le tout fut ficelé cent fois mieux qu'un rôti de veau, avant d'être inhumé dans l'excavation, sous la visière de la casquette de goal de foot, et recouvert de sable, qu'Adal et Hotha balayèrent savamment avec des branchages, effaçant toute trace de l'animation.

— C'est aussi vierge qu'il y a cent ans, commenta Adal avec satisfaction.

Et c'est en toute tranquillité qu'ils se remirent en route et cheminèrent entre les alvéoles figées de cette planète endormie. Armand, heureux et soulagé, se sentait redevenu un marcheur comme un autre, au milieu de cette compagnie dont la fréquentation était si confortable. Sans se retourner, il s'adressa à Bichot qui marchait derrière lui :

— Au fond, je crois bien que je viens de trouver la tombe de mon père. Évidemment, s'il m'entendait, il serait le premier surpris. Mais cet Atlantique, avec ses courants, ses poissons et ses bouts d'avion, ce n'est pas une tombe. Ici, c'est parfait, c'est tranquille, ça ne bouge pas. Tout au plus, tous les dix ans, quand un garçon est devenu adulte, on vient déterrer une épée et la remplacer par une autre.

— Oui, dit Bichot, en quelque sorte, c'est comme venir changer les fleurs. Oh, regarde !

Et il désigna à Armand un grand mouflon aux cornes torsadées qui les observait, perché sur une hauteur.

La marche jusqu'au prochain feu parut interminable : sans doute les émotions récentes avaient-elles entamé les énergies. Ils firent halte sur une grosse coulée de dune dont le vent avait drapé le fond rocheux. Ils avaient les jambes cassées par la montagne aux mille miroirs. Ils mangèrent pour manger et le bivouac dura à peine deux cigarettes avant qu'on écarte le feu. Armand et Bichot avaient choisi leur lieu de nuit un peu au hasard et ne s'étaient pas installés très loin du feu. Dormir était leur seul projet. Armand trouva le courage d'envoyer un message à Talbeau : « Tacouba d'Ahamed retrouvée et offerte à Assarid qui a enterré la sienne au même endroit. » La réponse de Talbeau arriva en moins d'une minute : « Quittez le cimetière au plus vite ! »

À son réveil, et contrairement à son habitude de se lever d'un coup pour enchaîner les procédures matinales, Armand traîna un peu en détaillant les empreintes de toutes sortes qui marquaient le sable autour de son installation. Oiseaux, mammifères, petits reptiles, insectes : selon Assarid, la nuit, avant qu'il ne fasse très froid, on était visité par les lézards, curieux et craintifs. Plus tard, les mulots, et même les fennecs, toutes sortes de bestioles, certaines minuscules, mais qui laissaient des traces tant le sable était fin. Toujours selon Assarid, les insectes faisaient leur visite, juste avant que les oiseaux ne viennent les déguster. Pour une fois, Armand pensa avoir identifié à coup sûr une trace d'oiseau : trois points, dont un, au milieu, plus appuyé. Il fit appel au diagnostic d'Assarid, qui rigola :

— Ça, c'est la trace du fennec, qui est très malin : il pose deux pattes au même endroit, et comme ça, il n'y a que trois traces et on n'y comprend rien.

Ils se mirent en route et entreprirent une marche monotone sur du sable plat, dans un paysage sans aspérités, ponctué en de rares endroits de misérables buissons d'épineux auxquels les chameaux eux-mêmes n'accordaient pas le moindre intérêt. Pour se distraire, les deux Français échangèrent une poignée de figues et de dattes, puis chacun alla s'isoler.

Assarid demanda à Hotha de faire passer en tête les chameaux de bât, qui, sans doute atteints par l'ennui général, avaient tendance à traîner. La présence des chameaux de selle derrière eux les rendait plus craintifs, donc plus alertes. La caravane s'était étalée avec morosité sur deux centaines de mètres, seul Assarid, ceint de la tacouba de son père, faisait caracoler Amenokal avec bonne humeur. Armand trouvait qu'il régnait un désœuvrement de salle d'attente et, en poussant Tanaka, il se rapprocha peu à peu de Bichot qui cinglait paisiblement au triple pas de Pop.

— On s'emmerde ! lui dit-il en arrivant à sa hauteur.

— L'effet désert, répondit Bichot, qui poussa Pop et distança rapidement Armand.

Le but du voyage avait été atteint la veille et Armand souffrait d'une sorte de baby-blues. Plusieurs jours les séparaient encore de leur rendez-vous avec le Garagiste et il éprouvait une certaine honte à découvrir le désert sous un nouveau jour, un désert qui ne l'étonnait plus.

Les rangs de la caravane s'étaient rapprochés et Armand se trouvait à nouveau à quelques mètres de Bichot. Ils virent Assarid se porter à leur hauteur et les héler :

— Alors, les Français, c'est la journée de la mauvaise humeur ?

— Pas du tout ! répondirent-ils d'une seule voix.

— Mais si, insista Assarid, aujourd'hui, ce n'est pas un désert rigolo, c'est vraiment le désert sans rien, mais le désert, c'est comme à Paris, on ne rigole pas tous les jours. Maintenant, depuis hier soir, vous êtes de vrais hommes du désert, des Touaregs français.

— Merci du compliment, Assarid, répondit Bichot, mais nous ne sommes pas encore tout à fait des Français touaregs.

L'ennui prit fin à l'heure du feu, installé sur un vaste banc de sable, au pied des contreforts du Takolokouzet. Le sable coulait des rochers, comme le miel entre les dents du monstre, dont on voyait dans la nuit tombante s'accumuler les cascades obscures d'éboulis figés, acérés, qu'il faudrait gravir le lendemain.

Comme pour oublier le vide de la journée écoulée, le dîner fut bavard et copieux. Armand s'était vu peu à peu regagné par une chaleureuse affection, dont l'éclipse, quelques heures plus tôt, lui semblait maintenant tout à fait grotesque. Il enseigna quelques tours de magie à Hotha, qui apprit vite et qui étonna. Les pièces, les billets de banque et les stylos étaient devenus membres à part entière de la caravane.

Assarid annonça que l'étape du Takolokouzet le lendemain ne serait pas de tout repos et les Touaregs, qui savaient de quoi ils parlaient, partirent dormir, non sans avoir recommandé aux Français qui souhaitaient rester encore un peu à bavarder d'écarter le feu.

En fait, Armand voulait entendre Bichot lui parler de son objet perdu, cet arbre au Japon.

— Tu sais, dit Bichot, personnellement, je n'aime pas les objets, et, bien entendu, il a fallu que ce soit sur moi que tombent tous ces voyages.

En entendant Bichot déclarer sans sourciller qu'il n'aimait pas les objets, Armand éprouva une certaine délectation à faire débarquer en plein désert toutes les maquettes de bateaux dont était envahie la cabine du capitaine Achab. Alors, sans qu'il l'ait davantage sollicité, Bichot parla :

— C'est un matsu, un des arbres stars du Japon, qui en est riche. Les matsus peuplent depuis plus de dix siècles tous les paravents, les rouleaux d'estampes, les peintures, et ils trônent sur toutes les scènes du théâtre nô. Celui dont je te parle était un vrai matsu, un matsu en chair et en os, qui s'élevait dans le jardin d'une riche famille de Tokyo. Certaines de ces familles donnaient parfois l'hospitalité à une représentation de nô. Mais cette tradition a progressivement disparu : soit une famille était ruinée, soit elle cessait d'avoir les moyens d'offrir un spectacle qui est sans prix. Il m'a été donné d'assister à plusieurs représentations dans la maison dont je te parle, celle dont le jardin abritait ce magnifique matsu. C'était une chance exceptionnelle, car tu imagines bien qu'il fallait montrer patte blanche. D'ailleurs, au Japon, que ce soit dans un hôtel, un restaurant, une pâtisserie, une soirée, on te demande toujours de la part de qui tu viens.

— Ta patte blanche, c'était Mariko ? demanda Armand, qui l'avait connue et la regrettait.

— Oui, c'était elle.

— Alors, le matsu ?

— Alors, malheureusement, la famille s'est retrouvée quasi ruinée. Elle a tout vendu. La maison en bois traditionnelle, qui a dû finir en allumettes, et surtout le terrain. C'est un quartier de Tokyo où le mètre carré est au prix d'une Rolls. Enfin, tout ça pour te donner une idée, car je ne connais ni le prix du mètre carré là-bas, ni celui d'une Rolls. En tout cas, cette famille doit vivre confortablement, mais ailleurs.

— Et à la place, on a construit un immeuble ?

— Pas du tout : un parking en plein air. Les acquéreurs doivent attendre le bon moment pour en faire autre chose.

— Et le matsu, l'arbre du jardin, ils en ont fait du bois de chauffage ?

— Eh bien figure-toi que c'est là que commence mon histoire. Il semblerait que quelqu'un — qui, je l'ignore — aurait fait déraciner l'arbre avec mille précautions, l'aurait transporté à travers tout le Japon et l'aurait tout aussi précautionneusement replanté dans le jardin d'un temple.

— Tu sais de quel temple il s'agit ?

— Non.

— Eh bien, Bichot, tu n'es pas rendu.

— En effet.

— Et si tu le retrouves, ton matsu, que ferastu ?

— Je le regarderai.

— Et si tu décides d'aller au Japon, tu verras Mariko ?

— Oui, je pense.

— Tu as des nouvelles d'elle ?

— De temps en temps, mais il y a un moment qu'elle ne m'a pas fait signe. Si nous allions dormir, Armand ? Tu sais ce qui nous attend demain.

Ils écartèrent le feu et chacun se dirigea vers son coin de nuit.

Installé dans son abri douillet, Bichot ne trouvait pas le sommeil. Avoir parlé du Japon et de Mariko en plein désert était troublant. Mais bientôt, il attrapa le sommeil par la queue. Et le sommeil s'esquiva avec la vélocité d'un furet, car un ronronnement de moteur, qu'on ne pouvait confondre avec le ronflement d'Armand qui résonnait un peu plus loin en basse continue, s'éleva dans le lointain et, sans le moindre doute, s'accrût en direction du camp où tout le personnel de la caravane se trouva rassemblé en quelques instants. Armand et Bichot se présentèrent en doudoune et caleçon long, chaussés de leurs samaras et, dans cette tenue, se sentaient assez vulnérables. Les Touaregs achevaient de nouer leurs taggelmousts en ranimant les restes du feu et tout le monde regarda en direction du bruit qui se rapprochait et des rayons des phares qui allaient et venaient dans la nuit. Les moteurs stoppèrent et les phares s'éteignirent à une trentaine de mètres de là.

Cette fois, c'était la visite d'un groupe mobile : « Le MNJ, peut-être ? » s'interrogea Bichot à mi-voix, en se penchant imperceptiblement vers Armand. Quatre hommes armés sortirent d'une sorte de Jeep aux contours insolites. Bichot, qui savait toujours tout, l'identifia à une autoscout, un véhicule de lutte utilisé jadis contre les incendies de forêt en Allemagne de l'Est. « Passé par la Libye ? » se demanda Bichot, lancé à tout hasard sur cette piste par l'existence de ce médecin psychiatre est-allemand, conseiller de Kadhafi, qu'il bourrait de psychotropes et qui ne pouvait s'en passer. Mais non, cela remontait à trop loin. Bien qu'avouant de nombreuses heures de vol, l'autoscout avait dû être jeune vers la fin des années quatre-vingt.

Assarid avait engagé avec les arrivants un palabre qui semblait s'éterniser.

— Qu'est-ce que c'est, le MNJ ? chuchota Armand en déformant la bouche du côté de Bichot.

Et Bichot, de la même manière :

— Le Mouvement nigérien pour la justice.

— Des rebelles ?

— Des incontrôlés, plutôt.

— Ils veulent l'indépendance ?

— Impossible, les Touaregs n'ont pas de pays. Il y en a au Niger, aux confins de la Libye, en Algérie, au Maroc, au Mali. D'ailleurs, je crois qu'à l'origine « touareg » signifie « le visiteur », celui qui vient et qui repart. Mais comme l'uranium d'Arlit est un pactole planté au milieu du pays le plus pauvre du globe et qu'ils sont les hommes les plus pauvres du pays le plus pauvre, ils revendiquent leur part.

Assarid finit par revenir. Le palabre s'était prolongé, car, comme tous les pourchassés, les visiteurs avaient tenu à s'assurer des raisons de la présence de ces deux Français en doudoune et caleçon long.

— On les connaît et ils nous connaissent, dit Assarid, quand il y a du monde, on fait comme si on ne se connaissait pas. Je leur ai dit que, ce soir, ils n'avaient rien à craindre, on était entre nous. Si Armand veut bien faire un peu de magie, la soirée va bien se passer. Et puis si vous pouvez leur montrer vos passeports. Ils ont un chevreau avec eux, c'est très bon, ils proposent de le partager avec nous.

— Mais nous sortons de table, dit Bichot.

— Oui, répondit Assarid, mais tu vas voir, un chevreau, c'est un chevreau.

Il ne resta rien du chevreau, qui avait cuit à l'étouffée dans un trou de sable, sur un lit de pierres. Après quelques échanges de rots, Armand jugea venu le moment de s'éloigner et revint, à la routine, déposer et ouvrir son sac de magicien. Les patrouilleurs s'étaient installés et mis à l'aise à la touarègue, dans des postures qui juraient avec leurs treillis de camouflage. Et ce fut un nouveau succès à inscrire au palmarès de la caravane d'Assarid : fixant tour à tour de ses immenses yeux marron chacun des membres subjugués de son public, Armand fit valser les pièces brillantes, aller et venir les stylos et s'illuminer le papier éclair. Enfin, après avoir jeté un bref coup d'œil en direction de Bichot, il annonça :

— Et maintenant, cher et honorable public du désert, un tour très rare : la neige japonaise !

Il saisit un tube d'os, y introduisit un mouchoir en papier, le sortit du tube en l'agitant, et le mouchoir se dispersa en une multitude de flocons blancs, si légers qu'ils tombaient sur le sable avec une incroyable lenteur.

— La magie, c'est tout faux ? demanda l'un des visiteurs.

— Non c'est pas tout faux, répondit Armand, et il commença à remballer son matériel sans se presser.

Allongés autour du feu, les occupants de l'autoscout ne semblaient pas pressés de bouger.

Par la suite, Assarid résuma la conversation qui se tint en tamasheq avec le chef, qui lui avait demandé, l'air de rien :

— Vous avez rencontré des soldats ?

— Oui, au commencement du Zagado.

— Comment ça s'est passé ?

— Bien, le magicien a fait des tours.

— Des tours comme avec nous, hein ?

— Oui, mais eux, ils n'ont pas offert un chevreau.

C'est alors que le chef avait prononcé les mots

que tout le monde attendait et dégusta sans en rien laisser paraître :

— Bon, on va quand même aller passer la nuit ailleurs.

Les adieux se prolongèrent un peu, car chacun des visiteurs tint à féliciter longuement Armand pour son talent et pour sa beauté. Enfin, l'auto-scout, comme traînée par la lumière de ses phares, disparut en cahotant dans la nuit.

— C'est une expérience, dit Bichot : voilà deux fois que je raccompagne des hommes armés à la grille du parc.

Et ils se dispersèrent pour entamer un nouveau sommeil.

La seconde ascension du Takolokouzet, qui s'opéra par le flanc sud du massif, fut un châtiment plus cruel encore que la première. Armand portait ses samaras liées autour du cou et avait chaussé ses Nike, et, sur les conseils de Bichot, enfilé d'épaisses chaussettes de laine qui, paradoxalement, absorbaient en partie la chaleur. Ils sentaient le sol des chemins ascendants, hérissés de fines lames de roc, entamer leurs semelles et ils progressaient sous la fournaise, sans marquer jamais la moindre halte, avec le sentiment décourageant de s'attaquer à plus fort qu'eux, guettés et dominés en permanence par des surplombs hostiles et vertigineux. Inévitablement, ils perdirent toute conscience du temps. Pourtant, au fil des heures, ils avaient lentement accumulé une réserve de patience, une volonté d'insister, et quand ils avaient atteint le faîte du massif, accueillis par un petit vent froid, ils en franchirent les derniers mètres avec le sentiment d'avoir remporté une victoire par indifférence.

Assarid avait alors fait mettre en selle et la caravane s'était engagée sur une piste assez large et confortable qui descendait en pente douce. La marche, agréable et reposante, s'était prolongée jusqu'au milieu de l'après-midi. Ils longèrent un puits à la surface duquel affleurait une eau boueuse où flottaient des crottes de chameau et Assarid, d'un ton indifférent, dit : « Il y a un meilleur puits à Arakaou », qui était leur prochaine étape. Ils parvinrent à Arakaou à l'heure où le désert, chaque jour, se poudre d'or. La caravane s'était immobilisée sur une hauteur d'où elle dominait un immense cirque de montagnes noires formant une colossale pince de crabe, dont l'arc s'étendait, de bord à bord, sur des lieues et des lieues. Cette pince géante enserrait une dune dont la chair lumineuse s'élevait à une cinquantaine de mètres et s'étendait avec une majestueuse paresse sur une dizaine de kilomètres, pour aller mourir peu avant l'ouverture laissée par les deux extrémités de la pince. Au-delà, sur des milliers de lieues de vide commençait le grand erg du Ténéré. Arakaou : la Pince de crabe.

Il était encore assez tôt et on s'installa à demi. Assarid prépara un thé. Armand aurait pu s'endormir à l'instant, mais il sentit à l'aine une démangeaison, puis un pincement désagréable. Il dénoua la ceinture de son pantalon, passa la main dans son caleçon, et, poussant un cri d'horreur, il brandit un énorme pou de chameau qu'il écrasa au milieu des rires. Il avait à peine retrouvé un peu d'énergie après avoir avalé son thé qu'Assarid vint à lui et lui expliqua que le puits d'Arakaou était mauvais et qu'il fallait retourner chercher de l'eau au puits si peu engageant croisé en venant. Assarid devait décharger et entraver les chameaux, préparer le feu, Adal était blessé et mal en point, quant à Bichot, calé immobile dans un creux de sable, il ressemblait à une outre vide. Amenokal et Tanaka n'étaient pas dessellés : Armand se leva presque machinalement et Hotha et lui partirent chargés de guerbas et firent chemin inverse.

Le nettoyage du puits mal entretenu ne fut pas très ragoûtant, mais Armand regarda faire Hotha d'un œil morne et il participa au remplissage des outres comme s'il se livrait à une tâche quotidienne. Et lors du retour au campement, il ne fut pas particulièrement ému par le spectacle majestueux d'Arakaou alangui dans les dernières lueurs du jour. Dès qu'il eut mis pied à terre, il installa des morceaux de bois en croisillons et les fixa dans le sable, accrocha les guerbas pleines d'eau en position renversée, installa en dessous les guerbas vides et glissa entre les ouvertures une chandelle de Chamberlain, puis chercha autre chose à faire.

On ne veilla pas longtemps autour du feu. Armand et Bichot s'étaient installés à peu de distance, au pied de la grande dune. Ils ne s'étaient pratiquement pas adressé la parole de la journée. Bichot regarda distraitement Armand saisir son téléphone. Un message de Talbeau, sûrement.

Mais ce n'était pas un message, car Armand avait porté l'appareil à son oreille. Il écouta un moment, puis :

— Je te passe Bichot, tu lui diras.

Bichot s'empara du portable et, avec une gaieté un peu forcée :

— Ici le désert, du nouveau à Paris ?

La voix de Talbeau tira Bichot de sa torpeur, il y avait en effet du nouveau à Paris : Marie-Conté avait rencontré un garçon et ç'avait l'air assez sérieux. Mais Talbeau n'en savait pas plus. Évidemment, comme toujours, Valentine était au courant de tout.

— Enfin, conclut la voix de Talbeau, j'imagine que là où tu es, tu dois être loin de tout ça.

— Tu imagines bien, répondit Bichot, et il raccrocha en tendant le téléphone à Armand.

Il laissa passer un quart d'heure, puis il traîna son sac de couchage et son matériel de l'autre côté d'une petite crête de dune.

— Tu déménages ? demanda Armand.

— Oui, épuisé comme je suis, je ne veux pas t'imposer mes ronflements toute la nuit.

— Alors bonne nuit, dit Armand qui prenait des notes sur un petit carnet à la lueur de sa torche.

Une fois glissé dans son sac à l'abri de la petite dune, Bichot alluma une cigarette et appela Valentine au téléphone. C'était un violoncelliste. « Elle l'a rencontré chez des amis, je crois, enfin, on s'en fout, et puis on se rencontre rarement chez des ennemis », disait la voix de Valentine, si nette sous la vieille chapka de Bichot. Oui, elle l'avait vu une fois, il accompagnait Marie-Conté qui était venue la visiter un peu comme ça. Un type sympathique, avec de l'humour, quarante ans, pas plus pas moins.

— Enfin, pour l'instant, on ne s'en mêle pas, avait conclu Valentine. Et toi ? Et Armand ? Quand rentrez-vous ?

— Comment va Aramis ?

— Comme un moine.

— Dis-lui que j'arrive bientôt.

Et Bichot s'endormit, apaisé.

Armand, un peu plus loin, ne parvenait pas à dormir. Il se rappelait les premiers jours de ce voyage dans le moindre détail, comme si chacun d'eux était une personne, comme si chacun avait un nom, des yeux, une bouche, une voix. Depuis la découverte de l'épée d'Ahamed à la guelta d'Agamgam, les jours s'étaient peu à peu mêlés les uns aux autres, ils étaient moins différents et se nouaient dans les plis monotones du voyage. Même s'il se produisait quelque chose d'inhabituel, même s'ils étaient tous empreints de la même beauté, ce n'étaient plus les jours tout neufs du début.

Désormais, Armand appartenait à la caravane, c'était normal d'entendre le nom d'Assarid, de Hotha, d'Adal, de reconnaître leurs voix, de les perdre dans le silence des marches, de les retrouver le soir au feu. Il savait même distinguer les voix de Tanaka, d'Amenokal, de Pop. L'étonnement avait fait place à l'habitude et c'était à cette habitude, à laquelle il avait pris goût, qu'il devrait renoncer prochainement. Il n'était pas content.

Des jours s'étaient ajoutés aux jours, jusqu'à celui où Armand repéra de loin le Garagiste qui les attendait avec le Land Rover au lieu dit et à l'heure dite. Parvenu à sa hauteur, il fit baraquer Tanaka et en descendit pour la dernière fois. Les Français laissèrent aux Touaregs les chandelles de Chamberlain, les Nike d'Armand, qui ne quitta plus ses samaras jusqu'à Paris, les New Balance de Bichot, qu'Adal espérait pouvoir chausser prochainement, le sac à pharmacie de Bichot, qui en avait à plusieurs reprises détaillé et commenté le contenu à Assarid. Hotha récupéra le stock restant de neige japonaise et de papier éclair. Puis, aussitôt chargé, le Land Rover démarra. À l'arrière, Armand se déhanchait pour regarder Hotha, Adal, et Assarid dans sa robe bleue, coiffé de son immense taggelmoust indigo avec, à l'épaule, son large baudrier auquel était accrochée la tacouba d'Ahamed. Ils firent longtemps de grands gestes des bras et Armand ne les quitta pas des yeux jusqu'au moment où une dune les arracha à sa vue et les jeta vivants dans sa mémoire.

Dans le RER qui les ramenait de l'aéroport, Armand et Bichot étaient chaussés de leurs samaras, dont ils appréciaient le confort et se sentaient mal à l'aise dans leurs vêtements de ville. Quand ils se retrouvèrent sur la ligne 1 du métro, Armand émit l'intention de se rendre chez lui. Bichot protesta :

— Entre caravaniers, on ne se quitte pas ainsi. Toi tu vas prendre une douche chez Valentine, moi au cinquième et on se retrouve après. Je serais étonné que Valentine n'ait pas préparé un frichti et que Talbeau et Luca ne rôdent pas dans les parages.

Valentine les guettait depuis un bon moment. Et tandis que Bichot montait à la rencontre d'Aramis qui le huma longuement avec méfiance, Valentine, un étage au-dessous, reniflait Armand, avec la même circonspection :

— Va prendre ta douche, mon grand, ce ne sera pas du luxe.

Armand goûta avec bonheur sa première douche depuis plus de deux semaines, non sans éprouver un sentiment de gaspillage sous cette débauche d'eau. Et quand il vit le sable, dont il était encore couvert, serpenter et disparaître dans l'orifice de la douche, ce sable chargé d'émotion provoqua, étrangement, l'apparition de la tête hirsute de Tanaka. Et Armand ne put retenir un sanglot.

Quand Bichot fit son apparition chez Valentine, lustré, rasé, vêtu d'une chemise à fines rayures roses et d'un pantalon gris clair en tissu léger, Aramis suivait son maître et pénétra dans la pièce en se déplaçant avec une indolence princière. Miki et Serpolet, perchés sur le lit Ernest Boiceau, qui portait déjà quelques marques de leur fréquentation, témoignaient, par leur attitude paisible, d'un lieu où régnait l'amitié traditionnelle entre les chats. Bichot constata que la maison de Valentine s'était peuplée depuis son bref passage, quand il lui avait livré Armand, qui s'était abrité, propre et pensif, dans un fauteuil du salon russe situé à l'écart. Bichot reconnut avec plaisir les silhouettes familières de Luca et Talbeau. Pour rien au monde Éliane et Rose n'auraient manqué le retour des héros du désert. Marie-Conté présenta à Bichot un homme encore assez jeune, le violoncelliste de toute évidence, dont le nom, Marc Avène, lui plut sans qu'il sache trop pourquoi.

— Ce soir, je n'ai rien fait de compliqué, dit Valentine, je ne savais pas à quelle heure vous arriveriez.

Armand et Bichot, qui sortaient d'une longue période de régime désert se précipitèrent sans retenue sur le dîner pas compliqué : omelette géante à la ciboulette et aux pommes de terre sautées servie avec un trait de vinaigre, un plein saladier de batavia et deux camemberts pour finir. Les questions fusèrent et Armand, se limitant à de brèves interventions, laissa à Bichot le soin de répondre et d'exposer plusieurs scènes, en mettant l'accent sur les tours de magie exécutés par Armand à la lueur du feu et qui avaient tiré à deux reprises la caravane de situations délicates. Armand délégua à nouveau à Bichot le soin de rendre compte de l'épisode de la découverte de la tacouba d'Ahamed.

— Mais pourquoi tu ne le racontes pas toi-même, demanda Éliane, c'est ton histoire, cette épée.

Bichot vola à la rescousse de son compagnon de caravane :

— Mais c'est normal, Éliane, c'est tout à fait gênant pour Armand de parler de lui : je serai son

Philippe de Commynes et si par hasard je commets une erreur, il me corrigera.

Bichot convainquit l'auditoire, sur lequel flotta pourtant un soupçon de déception. Mais enfin, il répondit de son mieux, y compris à Rose qui s'intéressait aux questions d'hygiène et aux chameaux.

Marie-Conté rayonnait. Ce n'était pas, évidemment, le genre de circonstance où son ami Marc Avène pouvait faire le mieux valoir ses qualités personnelles, même s'il avait réagi plaisamment à plusieurs pics de la conversation. Luca et Talbeau étaient restés silencieux, car ils étaient encore plus intéressés à écouter les réponses qu'à poser les questions.

Bichot sonna l'extinction des feux en invoquant la fatigue des méharistes. On s'y plia à regret, Valentine pressant le mouvement. Sur le pas de la porte, Bichot salua le violoncelliste :

— J'imagine que vous ne vous êtes pas ennuyé, mais moi, par la force des choses, je me suis un peu ennuyé de vous. À bientôt, donc ?

Et il embrassa Marie-Conté en respirant ses cheveux.

Quand tout le monde eut disparu, il accorda l'hospitalité du désert à Armand, qui souhaitait dormir sur le canapé de la cabine du capitaine Achab. Son spleen n'avait échappé à personne. Après avoir passé un élégant yukata beige à fines rayures grises, Bichot avait posé un drap, un plaid et un oreiller sur le canapé où Armand, auquel il avait prêté un autre yukata, se tenait assis. Et alors, installé en face de lui dans un fauteuil crapaud, Bichot entendit la voix d'Armand, qui n'avait pas ouvert la bouche de la soirée.

— Quand tu as pris ta douche, tu as vu le sable qui coulait entre tes doigts de pied ?

— Certes.

— Cela t'a-t-il évoqué quelque chose du désert ?

La question d'Armand provoqua le rire de Bichot.

— Oui, répondit-il, j'ai vu la tête de Pop en gros plan.

— C'est incroyable ! s'exclama Armand. Moi j'ai pensé à Tanaka. Mais ça m'a donné un peu envie de pleurer, l'effet désert sans doute.

— Sans doute. Pour moi, rien n'était plus hilarant que d'imaginer la gueule de Pop, l'effet Paris sans doute. Je sais que tu penses à Assarid, Adal, Hotha, au Garagiste, que tu es plein de désert, que tu trouves absurde d'avoir été si proche d'eux et peut-être de ne plus jamais les revoir. N'oublie pas que nous avons Talbeau, le roi du contact. Ne pense pas trop à eux, oublie-les juste ce qu'il faut. Pour eux, tu es passé dans leur vie, c'est tout. Mais ils ne t'oublieront pas. Il faut rentrer à Paris, Armand, ça fait partie du voyage.

Bichot se dirigea alors vers la cuisine, en revint en tenant un bol de glaçons, remplit deux verres de whisky, en tendit un à Armand, et, dans le tintement des glaçons :

— Trois semaines sans, ça s'arrose !

IV

LE MATSU DES KOTANI

À peine revenu du Sahara, Bichot, recruté par Talbeau rue de Lisbonne, avait passé trois semaines dans la salle des machines. Doyenne des machinistes, Marie-Laure n'avait pas trente ans et Alphonse, son cadet, venait d'en avoir vingt-cinq. Peu de choses les intimidaient, surtout pas un CDD préhistorique livré un matin, sans prévenir, par le patron. À eux trois, ils avaient fait du bon boulot et leur dîner d'adieu, mission accomplie, s'était, la veille, prolongé fort tard.

À son habitude, Bichot avait pris place à vingt heures trente dans le vol Paris-Tokyo sur un 747 d'ANA. Comme prévu, il s'était réveillé en miettes, onze heures plus tard. Sa petite taille lui avait épargné en partie la torture du siège de classe touriste, mais les hasards du placement lui avaient donné pour voisin un ronfleur pétomane.

Dix jours plus tôt, alors qu'il y avait des lustres qu'ils ne s'étaient donné signe de vie, il s'était jeté à l'eau et avait appelé Mariko pour lui parler de ce matsu des Kotani, dont il voulait retrouver la trace. La conversation avait duré, car, dès les premiers mots de Bichot, Mariko, d'abord interloquée, avait bientôt jugé l'idée franchement absurde. Elle l'avait pourtant écouté parler et reparler péniblement, puis elle avait mis fin à la conversation : « Bon, d'accord, mais surtout tu ne t'occupes de rien. Tu me laisses faire. Demain, tu appelles et tu me donnes tes dates. » Et le moment où l'avion d'ANA amorçait sa courbe pour atterrir à Narita était la première date de Bichot, qui tombait un lundi.

Après avoir enfilé les bretelles de son sac à dos, il avait passé la douane et était allé récupérer sur le tapis roulant la jolie petite valise à roulettes couleur champagne achetée trois ans plus tôt au Tokyu Hands, sur les conseils insistants de Mariko. Il se dirigea ensuite vers la sortie de l'aéroport pour aller attendre le bus (qu'on appelait « limousine ») faisant la navette jusqu'à l'hôtel Westin où il monterait dans un taxi et se ferait déposer au Princess Garden Hotel, non loin de la station Meguro, la seule zone de Tokyo où il savait se diriger seul. Embrumé par onze heures de vol, il traînait sa valise en hésitant, à la recherche de l'arrêt du bus.

À un moment, il dut zigzaguer pour éviter la collision avec une femme qui marchait en sens contraire. Quand elle fut plus près, il remarqua qu'elle était jolie, et, tout aussitôt, grandement surpris, reconnut Sachiko, qui souriait de son étonnement et s'inclina à plusieurs reprises en l'appelant « François-chan », sur un ton d'affectueuse politesse. Il l'entoura de ses bras pour l'embrasser et elle répondit à cette étreinte occidentale par la version nippone du baiser sur les deux joues : elle offrit successivement un coin de maxillaire puis l'autre, la tête résolument orientée vers le côté opposé au baiser, comme si Bichot était atteint du typhus ou recherché pour viol. Elle voulut saisir la valise de Bichot, mais il s'y opposa fermement et la suivit jusqu'au parking, tout en protestant de la confusion où il se trouvait de lui causer un tel dérangement, confusion à laquelle Sachiko répondait par la contre-confusion de ses inlassables inclinations.

Les effusions de politesse de Bichot étaient sincères, car l'aller et retour Tokyo-Narita en voiture, véritable odyssée selon les jours et les heures, est, chez les Tokyoïtes, une marque particulière d'amitié, nettement supérieure au Paris-Roissy, pour donner un ordre de comparaison sur l'échelle de Richter de la prévenance. Bichot ne bouda pas son plaisir, d'autant moins que Sachiko, il le savait, l'aimait bien. Il devinait qu'elle avait dû parfois prendre sa défense au cours des conversations que sa sœur Mariko et elle avaient dû avoir à son sujet, dans leur maison de papier, à l'époque où les mauvais vents avaient poussé Mariko à s'éloigner de lui.

C'était la première fois qu'il était ainsi conduit par Sachiko et elle le fit comme il aimait bien l'être. Certes, ce n'était pas la Vitesse Universelle, mais c'était une conduite déterminée et prudente. Une chose était sûre : Sachiko était en service commandé, sur instructions de sa sœur aînée. Où était-elle, cette sœur aînée ? Où était Mariko ? Il se garda de poser la moindre question : il savait qu'à un moment ou à un autre Sachiko parlerait, c'était dans l'ordre des choses.

Excepté la pâleur et la finesse de la peau, les sœurs ne se ressemblaient pas. Sachiko avait ce mince visage aux yeux très bridés, dont l'éclat noir perçait à peine entre deux paupières effilées en feuilles d'eucalyptus. Un visage ovale enchâssé dans une longue chevelure de jais, à l'image des dames de l'époque médiévale, recluses dans leurs donjons, aux gestes rares, aux silences troublants. Sachiko considérait avec distance son enveloppe charnelle. Le nom qu'on lui avait donné à sa naissance signifiait « bonheur ». Et le bonheur, qui était dans ses cordes, jurait avec sa beauté sévère, « une beauté de conne », avait-elle confié un jour à Mariko, qui l'avait répété à Bichot, lequel avait bien ri : « Moi, j'ai souhaité avoir une beauté de con, à mes débuts, mais j'ai dû renoncer. » Mariko n'avait sans doute jamais connu ce genre de problème, ou alors secrètement, et c'était resté un secret. Elle était un peu plus petite que Sachiko, ses cheveux, très noirs, très drus, étaient courts, son visage était rond, ses yeux, certes, étaient nippons, mais ouverts comme de belles amandes et allaient et venaient dans tous les sens pour accompagner sa voix, ses gestes, ses mots bavards et rieurs, ses onomatopées, ses mimiques. Sachiko était plate, Mariko avait des nichons bien ronds dont elle était satisfaite et qu'elle savait faire exister sans jamais, pour autant, être en décolleté. Elle avait « un caractère de merde » comme elle disait en français, elle était extraordinairement susceptible, et Bichot, couronné de succès, avait plus d'une fois généreusement posé le pied sur un *casus belli* indétectable. En revanche, il ne l'avait jamais vue bouder en public. Comment dire ? S'il fallait identifier Mariko, Bichot aurait dit qu'elle était un précipité d'Arletty, de Giulietta Masina et d'Audrey Hepburn, du moins aux yeux d'un Occidental, et que, en plus, elle était une Japonaise qui avait beaucoup quitté le Japon sans jamais l'abandonner.

En tout cas, Sachiko n'avait toujours pas donné de nouvelles de Mariko quand elle gara sa voiture à proximité du Tsukizi. Ce n'était pas un hasard : c'était le sushi-bar du quartier aux poissons où ils s'arrêtaient toujours en arrivant de Narita et Bichot n'y était jamais allé en compagnie de Sachiko : service commandé, toujours. Pourtant, Sachiko n'en dit pas plus et, quand ils pénétrèrent pour s'asseoir devant un comptoir de bois blanc, la brigade des sushi-boys hurla d'une seule voix : « *Irashaï !* » (« Bienvenue » !)

Pendant plus d'une demi-heure, Bichot oublia tout. Il partagea une bière avec Sachiko, qui passa ensuite au thé, et lui continua au saké chaud, dont il commanda carafe sur carafe pour accompagner le poulpe, le thon, la daurade rose, le maquereau, enfin, il ne pouvait plus s'arrêter et Sachiko saluait sa voracité de petits rires complices. Tous les quarts d'heure, une cloche sonnait et tout le personnel, poussant le cri adapté à la circonstance, levait les mains et les lavait solennellement : ici, c'était une maison propre. Quand la cloche retentit pour la troisième fois, Bichot, rassasié, commanda un thé. Sachiko parlait assez le français pour que le déjeuner n'ait pas été une épreuve d'échanges de signes et de borborygmes. Elle sortit une enveloppe de son sac et la tendit à Bichot, l'invitant à l'ouvrir.

Sur une simple feuille de papier, il reconnut l'écriture de Mariko, une jolie écriture à la française, bien lisible. Elle lui avait réservé deux nuits au Princess Garden Hotel. Le surlendemain, mercredi, il prendrait le matin le train pour Kyoto où elle l'attendrait à la gare. Un billet de train était joint. Mariko savait qu'il aurait été incapable de le réserver lui-même. Et qu'il aurait été gêné de demander à l'homme aux clefs d'or du Princess Garden de le faire pour lui. Rien de plus. « Après-demain, je retrouve Mariko à Kyoto, voilà tout », pensa-t-il. Et, tandis que Sachiko roulait en direction de l'hôtel, Bichot comprit que Mariko connaissait déjà le chemin qui le conduirait au matsu des Kotani. Comme elle l'avait dit au téléphone : « Surtout ne t'occupe de rien. »

Sachiko habitait toujours la maison de papier du quartier Naka-Meguro où elle et Mariko avaient été élevées par leurs parents, non loin de l'hôtel. Mariko y habitait quand elle descendait seule à Tokyo. Il y avait la maison et un petit jardin. Une maison traditionnelle, chauffée en hiver par brasero. Bichot n'y était jamais allé.

Sachiko le déposa à l'hôtel. Sans y prendre garde, il lui donna à nouveau le baiser du typhus et il la regarda s'éloigner dans sa petite voiture bleu pâle.

Il était trois heures de l'après-midi et il pénétra dans une chambre donnant sur les arrières de l'hôtel. Après avoir défait ses bagages et pris une douche, il regarda par la fenêtre, et, au-dessus d'une infinité de toits dont les manches à air scintillaient dans un ciel pur, ce qui était rare à Tokyo, il aperçut, sans trop y croire, tout au loin, le dôme enneigé du Fuji-Yama, qu'il voyait pour la première fois depuis Tokyo. Voir de sa petite chambre le Fuji-Yama, Fuji-san, disent les Japonais, était un bon signe. Il s'habilla, puis descendit dans le hall de l'hôtel et se dirigea vers le bassin couronné d'un jardin où vivaient les carpes, qui avaient oublié Bichot depuis longtemps et auxquelles, durant toutes ces années, il avait pensé, à des milliers de kilomètres de là. Il traîna une lourde chaise de fer jusqu'au bord, s'assit et commença à leur parler. Elles nagèrent nonchalamment jusqu'à lui, se bousculant en ouvrant leurs grandes bouches. Des rouge et noir, des rouge et blanc, des dorées, des rouge et argent, une grosse blanche avec des paupières rouges. Elles se pressaient à ses pieds, c'étaient des vachettes, des ânons, il les aimait tellement, il n'avait aucune gourmandise à leur jeter, pourtant, elles restaient à l'écouter leur parler. Finalement, elles ne l'avaient pas oublié, ces carpes. Il ne pouvait se résoudre à les quitter, et, à l'insu de tous les poètes du Japon, il murmura à voix basse le poème d'Apollinaire :

« Dans vos viviers, dans vos étangs, / Carpes, que vous vivez longtemps ! / Est-ce que la mort vous oublie, / Poissons de la mélancolie ? »

Il était quatre heures de l'après-midi quand il quitta l'hôtel. Tokyo lui avait toujours paru accueillant, facile et inaccessible. À vingt minutes autour de l'hôtel, il pouvait marcher, les mains dans les poches avec une aisance de blasé. Autrefois, cela faisait rire Mariko. Lors de leur deuxième séjour au Japon, elle avait été étonnée de ce besoin qu'avait Bichot de se rendre chaque fois en un même petit lieu : Tokyo était si grand ! Mais il lui avait expliqué qu'il était comme une bête transplantée qui pisse toujours au même endroit pour marquer son nouveau territoire. Et, pour se faire comprendre, il avait ajouté : « Toi, tu pisses ici depuis que tu es née. » Mariko avait hoché la tête.

Bichot se laissa sans hésiter porter par ses pas. Il emprunta le raccourci par le hall de la gare de Meguro, s'engagea dans une large avenue bordée de boutiques, traversa entre les piles portant une autoroute urbaine et franchit quelques minutes plus tard les grilles du musée du Jardin après avoir pris son billet d'entrée. Le musée du Jardin, avec les quelques arpents de maisons de bois du quartier Tsukishima, désormais promises aux promoteurs, et une petite parcelle du côté d'Ueno, où existaient encore quelques restaurants de l'époque Edo, était sorti intact des bombardements américains qui avaient rasé Tokyo pendant la guerre. Le jardin était un vaste parc à l'anglaise dont les dimensions, sinon l'aspect, étaient comparables à celles des Tuileries. Les allées, se dispersant sous des massifs d'arbres pour la plupart inconnus en Europe, menaient toutes jusqu'au musée, jadis résidence du prince Asaka, à l'architecture et à la décoration intérieure Art déco et auquel ne manquait, depuis son édification en 1933, aucun bouton de porte.

C'était un de ces édifices blancs évoquant un yacht d'où cascadaient des balcons dans une harmonie géométrique. L'architecte, Henri Rapin, était un Français, et d'autres Français, Lalique, Raymond Subes, Blanchot, avaient disposé les tissus, les portes en bois de sycomore, accroché les lustres, revêtu les murs de cuirs gravés, bref, avaient, jusque dans le moindre détail des grands salons, de la salle à manger, de la bibliothèque en rotonde du prince, de la chambre et de la salle de bains de la princesse, apposé leur marque, et consacré le mariage réussi entre cet Art déco venu de si loin et une touche asiatique qui allait bien à sa beauté. « Le lit Ernest Boiceau n'aurait pas déparé », pensa Bichot.

C'était quelque chose d'aussi complet, d'aussi miraculeusement préservé que la villa Majorelle à Nancy. Aussi le musée du Jardin à Tokyo donnait lieu à deux visites : celle de la résidence du prince Asaka et celle des expositions qui s'y tenaient régulièrement et dont les gardiennes étaient toujours des dames âgées en kimono, assises sur des chaises et saluant poliment le visiteur d'une inclinaison de la tête.

Cette année-là, le bijou collait à l'écrin, le titre de l'exposition, « Taisho Chic », annonçait : « Japanese Modernity, Nostalgia and Deco. » C'étaient de grandes peintures, de style plus ou moins pompier, des années trente. Essentiellement des portraits de femmes de milieux très aisés, coiffées à la garçonne, vêtues de kimonos d'inspiration moderne, dans un mobilier nippon audacieusement customisé européen. Mais ce qui étonnait, c'était le vêtement traditionnel que les dames portaient en adoptant visiblement des poses européennes, qu'elles avaient sans doute repérées dans les magazines et au cinéma.

Bichot était resté longtemps devant un tableau aux dimensions imposantes dont le centre était occupé par une de ces immenses voitures de maître haut perchées. Le chauffeur, vêtu d'un manteau à boutonnage croisé, tenait d'une main gantée de blanc sa casquette contre sa poitrine et, de l'autre, maintenait ouverte la porte arrière du carrosse où trois belles, enveloppées dans d'extraordinaires kimonos fleuris, posaient à leur descente. À l'intérieur, deux petits vases en flûtes fixés aux parois portaient des fleurs de cerisier joliment disposées. Deux des belles étaient encore assises, tournées vers Bichot et condescendaient à lui accorder un demi-sourire. La troisième avait amorcé sa descente, tenant d'une main son kimono et de l'autre la lanière de la portière, dans un geste fait de grâce et de prudence. Elle dirigeait vers le sol son petit pied enrobé d'un tabi blanc (chausson de soie où le gros orteil est indépendant), et chaussé de socques en laque.

Bichot tourna le dos au tableau et s'éloigna au hasard des galeries et des escaliers : la voiture de maître ne devait même plus être une carcasse tordue et rouillée, elle avait fondu dans le temps. Le chauffeur était probablement mort à la guerre. Quant aux trois belles, si elles n'avaient pas été vitrifiées par les B-27, elles ne devaient pas être loin d'avoir cent ans aujourd'hui. Les kimonos demeuraient peut-être, parce qu'on les entretient jalousement et qu'on les transmet. L'entretien et la transmission sont inscrits au code génétique nippon.

Il sortit. La grisaille qui l'avait accueilli le matin avait fait place à un ciel où paressaient quelques nuages et il n'y avait pas un souffle de vent. Il alla s'asseoir sur un banc de pierre, devant une vaste esplanade d'herbe rase, autour de laquelle les arbres du parc dressaient leur muraille et peuplée, comme partout ailleurs, d'enfants, de vieillards et d'amoureux.

Il alluma une cigarette. En fait, tout était venu de Margot Canouville. Margot et Marie-Conté étaient très amies. Et quand tout avait été fini avec Bichot, elles avaient continué de se voir. Marie-Conté était alors hésitante quant à l'orientation de ses études. Sans que personne ait su d'où lui était venue cette idée, elle avait décidé de prendre des cours de japonais, « juste pour voir », avait-elle expliqué. Elle en avait parlé à Margot, qui venait de rencontrer une journaliste japonaise en poste à Paris, cherchant une partenaire française pour s'initier à la conversation quotidienne : « Après tout, avait dit Valentine, si tu apprends à baragouiner un peu le japonais, tu verras bien ce que tu en feras. » Et à l'étage de Valentine, on avait commencé à entendre Marie-Conté parler de cette Mariko avec laquelle elle échangeait des mots de français contre des mots de japonais. « Invite-la à dîner un soir », avait proposé Valentine.

Ce fut à l'occasion d'un dîner en l'honneur de Talbeau de retour après une absence prolongée. L'équipe des enfants Cézat était au complet, en compagnie de ses vieux entraîneurs. Luca, Talbeau et Bichot étaient arrivés tôt, avaient forcé sur le Campari soda et s'étaient fait reprendre par Valentine :

— Une étrangère vient dîner ici pour la première fois, je ne veux pas vous voir tituber avec cet œil bovin !

Bichot renvoya sa balle à un petit garçon japonais coiffé d'une casquette ronde et alluma une autre cigarette.

Mariko était arrivée avec Marie-Conté. Bichot la revoyait exactement, comme si elle avait pris la place du petit garçon à la casquette ronde.

Elle avait les cheveux courts, comme une Parisienne des années Twiggy, elle était bien maquillée, ce maquillage qu'on ne voit pas. Un trait de rouge à lèvres. Elle avait une robe de flanelle grise fermée dans le dos par un nœud enfantin. Elle portait des collants rayés vert et mauve et elle était chaussée d'escarpins de daim vert.

Elle n'avait pas semblé un instant intimidée de se retrouver au milieu de cette tribu parisienne, qui avait eu très vite la bonne surprise de constater qu'elle parlait et comprenait fort bien le français, et, surtout, qu'elle en saisissait de nombreuses nuances, notamment dans les plaisanteries. De sa voix cuivrée, elle s'exprimait dans un français appris sur le tas où se mêlaient les formules surannées et un argot qui s'arrêtait à la ceinture. Luca et Talbeau étaient entrés dans la danse et Mariko les avait bientôt repérés comme compères. Elle était assise entre Armand, muet et subjugué, et Talbeau. Elle levait facilement le coude : Armand, discrètement, remplissait son verre et elle faisait mine de n'en rien voir. Elle ne comprenait pas toutes les blagues de Talbeau et Luca, mais quand ils faisaient mouche, elle riait en cachant sa bouche de sa main et en faisant : « Hi, hi, hi, hi, hi, hi ! », entraînant toute la table à sa suite.

Peu avant le dessert, Talbeau, à la consternation générale, avait demandé à Mariko son nom de famille. Elle s'était excusée de ne pas avoir de carte, elle n'en utilisait qu'au Japon, expliquant que cela lui était inutile en France, sauf si, bien sûr, elle tombait sur un Japonais. Et elle donna son nom à la japonaise, en faisant précéder le prénom du nom de famille : Haruno Mariko. Et elle avait ajouté : « Haruno signifie "Chant du printemps". » Chacun s'était tour à tour présenté à la japonaise. Puis elle s'était levée de sa chaise et avait trotté comme une souris jusqu'à la place où était assise Marie-Conté, et, se tenant derrière elle, l'avait entourée de ses bras en tenant leurs joues l'une contre l'autre et en disant :

— Et ça, c'est Marie-Conté.

La tournure prise par la soirée avait rassuré Valentine quant aux abus d'alcool. Elle avait à peine bronché quand Talbeau avait demandé à Mariko quelles études elle avait faites. Sans sourciller, elle avait répondu :

— To Daï.

Talbeau avait relevé les sourcils et il était resté bouche bée, comme sous l'effet d'un coup de théâtre. Et, d'une voix pleine de respect et d'admiration, il avait dit, d'un ton rêveur :

— To Daï ? La grande université de Tokyo ?

Il s'était alors tourné entièrement vers Mariko, et s'était incliné à la manière japonaise sous le regard interrogatif des dîneurs.

Talbeau était conquis. Ni Bichot, ni les témoins présents n'oublièrent son enthousiasme. Mariko était une Japonaise moderne, comme il les aimait et en avait rencontré plusieurs fois. Physiquement, elle n'était pas comme ces Nippones à cheveux longs, avec des visages sans yeux, respirant à travers des narines sans nez, belles comme tout, lisses comme des planches, qui sentent le navet. Mariko, amusée et attentive, avait demandé à Talbeau :

— Vous n'avez pas ce genre de femmes en France ?

— C'est un peu différent, avait-il répondu, mais nous avons ces filles qui marchent lentement, très droites, qui regardent toujours au-dessus de la tête des autres, qui ne rient pas, qui ne pètent pas et dont l'ennui n'a pas de prix : on les appelle « les grandes beautés calmes ».

— Nous, on les appelle « les méchantes froides ». On leur donne un surnom péjoratif gentil : « Kitsune », qui veut dire « Renard ». Plus méchant, c'est « Hanya », personnage du théâtre nô : une belle tellement méchante et tellement jalouse que des cornes lui ont poussé sur le front.

Marie-Conté et Mariko étaient parties les premières. Tout le monde s'était salué à la japonaise et Rose était venue plusieurs fois dire au revoir à Mariko pour tester cette nouvelle méthode. Ainsi, sans le savoir encore, Mariko avait gagné une entrée permanente dans le cœur des Cézat.

Le petit garçon au ballon et à la casquette ronde était venu s'asseoir à l'autre bout du banc qu'occupait Bichot. La mine boudeuse, il balançait les jambes et détournait de temps en temps les yeux du côté de cet étranger. Bichot aurait aimé lui parler et lui dire ces choses qu'on peut se dire quand on n'a pas le même âge, quand on ne se connaît pas et qu'on ne se reverra pas.

Mariko et lui avaient presque le même âge, ils ne se connaissaient pas, ils s'étaient revus. Elle était revenue plusieurs fois au quatrième où une telle complicité était née entre elle et Valentine que Marie-Conté, si elle n'avait été bonne fille, aurait pu en tomber jalouse. Bichot cherchait des prétextes à un dîner au cinquième : les Japonais adorant les légumes, il avait déjà prévu, à la première occasion, de faire des artichauts à la barigoule. En attendant, comme Mariko arrivait toujours chez Valentine avec un cadeau pour chacun, dont on n'osait défaire le précieux emballage, Bichot s'était mis en tête d'offrir à Mariko une magnifique écharpe de soie émeraude qui avait appartenu à sa mère. Il l'avait glissée dans un sac de chocolatier de son quartier et, pour atténuer l'effet d'un tel présent, il avait prévu d'en attribuer la trouvaille au hasard d'une halte chez un brocanteur du XIe arrondissement. Il avait par chance confié son intention à Valentine qui l'en avait immédiatement dissuadé, tout en découvrant ce que le naturel cachottier de Bichot lui avait jusqu'alors laissé ignorer : son voisin du cinquième était entiché de Mariko.

— Ce serait très pesant pour elle, Bichot, et ce serait très pesant de ta part, il faut éviter ça.

Les dîners chez Valentine s'étaient succédé et Mariko n'en avait manqué aucun, sans que Bichot parvienne jamais à caser ses artichauts à la barigoule dans la cuisine de mousquetaire, au cinquième étage où Mariko n'avait jamais mis les pieds. Durant tous ces dîners, l'essentiel de ses échanges avec Mariko avait porté sur Aramis, qui l'avait rapidement séduite, sans autre effort que de lui tourner autour des jambes.

Un soir, pourtant, après une séance de cinéma, Marie-Conté, Mariko, Valentine, Luca et Bichot s'étaient retrouvés pour un dîner généreusement arrosé au Royal Bourgogne. Dans un agréable désordre, ils s'étaient salués sur le trottoir avant de se séparer. Tout à coup, Mariko avait lâché le bras de Marie-Conté et traversé leur cercle à petits pas pressés jusqu'à Bichot, qu'elle avait serré entre ses bras pour repartir aussitôt se coller à Marie-Conté. Ce va-et-vient n'avait échappé à personne. Bichot, à la surprise générale, avait trotté à petits pas jusqu'à Mariko pour enlacer sa taille, puis, dans un demi-tour parfait, revenir se tenir au côté de Valentine, qui n'était jamais à court de commentaires :

— On dirait des Auvergnats qui s'invitent à danser la bourrée.

Par la suite, Mariko découvrit la cuisine de mousquetaire, les artichauts à la barigoule, la cabine du capitaine Achab, le charme d'Aramis, les nuits au cinquième étage et François Bichot. La première fois qu'ils s'étaient retrouvés entre deux draps, elle l'avait trouvé « magnifique ». Deux ans plus tard, elle trouvait moins magnifique ce charmant lambin qui oubliait la date de son anniversaire, la Saint-Valentin et ne ratait pas une occasion de blesser, en aveugle, la susceptibilité d'une Japonaise au caractère de merde. Mariko pouvait rester quinze jours sans lui donner signe de vie et sans répondre aux messages, pleins de tact, qu'il laissait sur son portable. Elle n'avait jamais trouvé aussi exaspérant un homme aussi calme. Évidemment, il était drôle, aimable, agréable, gentil. Puis il y avait eu cet au revoir quand elle avait été appelée à Tokyo pour une proposition intéressante. Ils s'étaient séparés en s'aimant encore, Bichot en était sûr, presque sûr. Les mois suivants, il était devenu plus silencieux que jamais et Valentine avait alerté Talbeau. À demi convaincu, Talbeau avait envoyé Bichot pour une mission de neuf mois à Tokyo dans un cabinet associé. L'histoire avait mal marché : les gens du cabinet n'attendaient pas Bichot, qui, visiblement, avait la tête ailleurs. Mariko non plus n'attendait pas Bichot. Il avait renoncé à la voir après deux soirées lamentables. Au bout de quatre mois, il était de retour à Paris, abîmé, mais chez lui. Depuis, Bichot et Mariko n'avaient pas cessé d'échanger, entre de longs intervalles de silence, des mails, des coups de téléphone et, plus rarement encore, des lettres, où ils n'avaient apparemment pas grand-chose à se dire et continuaient à se le dire.

Bichot se leva. Quand il passa devant lui, son petit voisin à la casquette ronde le salua d'une inclinaison brève et décidée de la tête. Il traversa le parc dont le soleil n'éclairait déjà plus que la canopée. Il passa les grilles et marcha en direction de l'hôtel. Il se sentait bien. Loin de le plonger dans la mélancolie, sa longue visite au temps passé, assis sur son banc, l'avait allégé et il marchait tranquillement dans les rues de Tokyo, seul comme n'importe où ailleurs. En prenant sa clef à l'accueil de l'hôtel, il fit réserver en son nom, pour le soir même, au restaurant Tanuki, en demandant de préciser qu'il venait « de la part de Mariko-san ». Bichot avait appris que, au Japon, venir « de la part » de quelqu'un, où que ce soit, conférait d'emblée un avantage non négligeable. Il monta à sa chambre, se doucha, se rasa, choisit une fine chemise de lin à manches longues bleu pâle et un léger pantalon gris clair, noua une cravate de tricot noir, mit cette petite veste de lin gris qui lui était miraculeusement restée fidèle depuis vingt ans, passa une paire de bas vert tendre en fil d'Écosse qu'il achetait chez Vendôme à un prix abordable pour ce magasin de luxe, mais qui attendaient rarement plus de six mois pour signaler la fin de leur mission par des trous au gros orteil et au talon. Enfin, il chaussa une paire de jolis mocassins de daim noir qui lui avaient longtemps mortifié les pieds. Il était en effet hors de question de porter des souliers à lacets dans un pays où l'on se déchausse à tout bout de champ. Après avoir consulté le miroir pour vérifier l'effet d'ensemble, Bichot épaula le petit sac de touriste en toile noire où il enfermait son passeport, un livre, un téléphone portable inutilisable, un calepin de moleskine et quelques médicaments contre la débâcle intestinale, le mal de gorge, sans oublier les précieuses pilules d'origine locale, sans rivales pour la prévention de la gueule de bois. Il cala son portefeuille dans sa poche revolver gauche, habitude dont il n'était jamais parvenu à se déprendre, et descendit s'installer dans le jardin de l'hôtel où il passa une agréable demi-heure à parler aux carpes, convaincu que les plus éveillées avaient reconnu sa voix.

Il était quatre heures du matin, heure de Paris, et sept heures du soir, heure de Tokyo. Un peu plus tôt dans le square, il avait été visité par une courte somnolence, mais il se sentait maintenant remis à neuf. Il avait réservé chez Tanuki pour sept heures et demie. Dans un pays où l'on dîne très tôt, on peut sortir de table à neuf heures du soir et, jusqu'à une heure du matin, on a encore quatre bonnes heures devant soi, pour enchaîner sur des deuxième, troisième et quatrième mi-temps de bar en bar et en karaoké et même à nouveau au restaurant quand la faim de l'ivrogne se fait sentir. Les Tokyoïtes nomment cette déambulation de lieu en lieu « *hachigo* », qui signifie « l'échelle ».

C'était exactement le même itinéraire que pour aller à la résidence du prince Asaka, dont il laissa les grilles closes sur sa gauche. Il pénétra dans le quartier de Shirokanedaï, résidentiel et chic, où habitent de nombreux diplomates et où le mètre carré affiche des prix intimidants. Il ne marcha pas plus de cinq minutes encore pour reconnaître, le cœur battant, l'enseigne de Tanuki. Allait-il y retrouver quelques habitués d'autrefois ? Mariko avait-elle annoncé la visite de Bichot à Kumiko et Takako, les deux jolies sœurs qui tenaient le restaurant ? Takako qu'on n'appelait jamais autrement que par son diminutif, avec la nuance affectueuse : Taka-chan.

L'apparition de Bichot quand il poussa la porte vitrée provoqua la stupéfaction générale, et celle de Bichot quand il reconnut le long du petit bar Ken, Yoshi, Satochi et Shin-san, qui s'étaient retournés pour voir le nouvel arrivant et demeuraient bouche bée, et, de l'autre côté du bar, la beauté inchangée de Taka-chan et de Kumi, dont le visage s'était éclairé en un instant et qui s'écriaient d'une même voix : « François-chan ! »

Il les regarda l'un après l'autre et leur ancienne familiarité était si vite revenue qu'il lui semblait les avoir quittés la veille. Ou alors l'avaient-ils attendu depuis trois ans dans une totale immobilité après avoir bloqué les aiguilles de l'horloge ? Taka-chan et Kumi avaient bien noté cette réservation d'une personne étrangère se recommandant de Mariko (ce fut la seule fois de la soirée où son nom fut prononcé). Mais elles ne connaissaient pas de Bichot. Tout le monde, ici, ne connaissait qu'un François-chan. Lui-même, d'ailleurs, avait oublié ou ignoré le nom de famille de la plupart des Japonais qu'il avait rencontrés. Tout au long du chemin, Bichot avait rêvé d'un saké froid servi dans un des jolis verres de Tanuki. Mais Ken, pourtant amateur de saké, fit ouvrir une bouteille de champagne en l'honneur du retour de François-chan. Bichot redoutait ces rencontres qui commençaient au champagne, se poursuivaient au vin rouge, puis à la bière, au saké et/ou au shochu, alcool de prune, et s'achevaient par un désastre gastrique que sa pharmacie de voyage suffisait à peine à contenir. Et la conversation interrompue depuis si longtemps reprit moitié en français, moitié en anglais, rythmée par les inévitables querelles d'interprète entre Japonais. Tout en servant le champagne, Kumi interpella Ken :

— On ne peut pas offrir le champagne quand on est fauché.

Puis, s'adressant à Bichot :

— Ken est ruiné, François-chan, tu sais pourquoi ?

Bichot fit non de la tête tout en lançant un regard interrogatif en direction de Ken.

— Il est ruiné à cause des Français, François-chan.

Ken, dont le visage de gentleman médiéval était demeuré impassible, leva les yeux au ciel et fit signe à Kumi de poursuivre. Bichot apprit, non sans détour, que Ken avait été nommé chevalier des Arts et des Lettres. Ken avait, en effet, été à l'origine de prestigieuses expositions à Tokyo, notamment celles des impressionnistes et de Camille Claudel. Mais il ne s'était pas rendu en France pour recevoir sa distinction. Les Français, avisés, avaient tenu à venir la lui remettre au Japon. Or les Français éprouvent habituellement une attirance, plus que méritée, pour Kyoto. Ken les avait donc invités à Kyoto et les avait traités sur un grand pied, conviant même des geikos (geishas de Kyoto), dans les maisons de thé et les bars de Gion, quartier des geikos. Cependant, la compagnie exquise de plusieurs geikos de haute réputation peut largement dépasser la valeur d'une berline de luxe. Un cachet au demeurant incontesté, et qui, comme le fit remarquer Bichot à Ken, faisait simultanément monter spectaculairement la cote du titre de chevalier des Arts et des Lettres.

— François-chan, je n'ai plus d'argent, je vais venir habiter chez toi à Paris, dit Ken à Bichot, qui acquiesça.

Yoshi avait faim, Bichot l'approuva secrètement et on commanda. C'est à ce moment-là que Naka-chan vint prêter renfort à la population du bar. Bichot se souvenait bien d'elle. C'était une petite femme rigoleuse, qui fabriquait des sacs, qui fumait beaucoup et qui parlait très vite. Bichot n'avait jamais échangé avec elle que des borborygmes et de généreuses embrassades. Kumiko et Taka-chan tenaient le Tanuki en compagnie de leur père, qu'on n'appelait jamais autrement que Oto-san (que Bichot aurait traduit par M. Papa) et qui partait chaque matin à cinq heures pour Tsukizi, le marché aux poissons.

On ne voyait Oto-san que lorsqu'il fallait découper du poisson pour une assiette de sashimis. Kumi le joignait alors par téléphone, deux étages au-dessus, où il regardait la télévision en compagnie d'Atmo (Atome), le petit caniche blanc de Kumi. Oto-san faisait alors son apparition, le couteau à la main, découpait sans dire un mot, disposait les poissons sur une grande assiette et disparaissait. Ses sashimis étaient exceptionnels et Bichot, imité par Ken, en avait commandé. Oto-san était arrivé et avait découpé sans dissimuler son inaltérable indifférence envers la clientèle.

Le tanuki, qui donnait son nom au restaurant et dont la silhouette était reproduite par une enseigne électrique, est un de ces animaux qui ont pignon sur rue dans le bestiaire animiste des Japonais. En français, on l'assimile couramment à un blaireau, mais Bichot, qui en avait croisé un couple une fois en compagnie de Mariko, n'était pas de cet avis. L'animal, sans équivalent sous d'autres latitudes, de poil charbonneux et rêche, était monté sur de petits sabots pointus. L'œil était vif et dépourvu de toute franchise et il était tentant, en dépit de toute considération scientifique, d'en attribuer l'origine au croisement d'une brosse de ramoneur et d'un terrier. Le tanuki de la petite mythologie animalière est considéré comme le compagnon de l'ivrogne et les marchands de saké l'ont choisi pour emblème. Quelques étagères au pied de l'escalier montant à la salle du premier étaient remplies de tanukis miniatures apportés par les clients et les amis. Bichot s'en voulut d'être venu les mains vides, mais, à Paris, un tanuki est quasi introuvable. Comme il le craignait sincèrement et l'espérait en secret, ce lundi soir à Tokyo fut largement arrosé. Bichot refusa par la suite tout mélange et s'en tint au saké, en faisant équipe avec Ken, ce qui n'était pas une garantie. Il commanda un thé et fut pris d'une brève crise d'éternuements dont il éprouva de la gêne. Ken lui apprit qu'en japonais un éternuement se disait « *kaze* », qui signifie « vent ». Bichot lui répondit qu'en vieux français un pet (*onara* en japonais) se disait « vent ». Il ne résista pas, dans la foulée, à leur raconter que son voisin d'avion avait pété toute la nuit. À quel point ces trois années d'absence avaient été vite comblées !

— François-chan, demanda Kumi, qui, comme Taka-chan, n'avait fait que tremper les lèvres dans un verre ou deux et avait gardé toute sa fraîcheur d'esprit, François-chan, à ton avis, les Français ont trouvé que Ken est un bel homme ?

Il se tourna vers Ken, qui esquissa un geste de la main dont le sens était : « N'écoute pas ces conneries. »

Ken, à soixante-sept ans, était un bel homme, plein de charme et de séduction.

— Tu le sais bien, Kumi, que Ken est un bel homme, déclara Bichot.

— Oui, dit Kumi, mais il faut le rassurer. Tu as vu comme ses cheveux sont courts, maintenant ? Il avait ces cheveux si mignons, tièdes comme des plumes de poussin, alors, pour recevoir la médaille, il les a coupés pour leur redonner de la vigueur. Même avec les cheveux de poussin, il est toujours un des plus beaux hommes de Tokyo, n'est-ce pas ?

Kumi servit le thé, puis regarda Bichot.

— Tu es toujours un des plus beaux gentlemen de Paris, François-chan, mais…

Elle arrondit ses deux mains autour de son ventre.

— Mais tu as un petit ventre, maintenant, pourquoi ?

Bichot leva les bras en signe d'impuissance.

— Je viens trop rarement dîner chez Tanuki.

— Trop rarement, approuva Kumi.

Puis, d'un ton presque indifférent :

— Tu restes à Tokyo ?

— Je pars après-demain matin pour Kyoto.

— Alors demain tu dînes chez Tanuki ?

Dehors, ils hélèrent un taxi pour Naka-chan, la dame aux sacs, qui inondait déjà le chauffeur de paroles quand la porte de la voiture se referma sur elle. Sur le trottoir, Ken, Satochi, Yoshi et Bichot dansaient d'un pied sur l'autre. Eux voulaient le déposer en taxi à son hôtel, mais il refusa en leur faisant comprendre qu'il connaissait le chemin et qu'il avait besoin de s'aérer, vérité pure. Vingt minutes plus tard, parvenant en vue de la façade du Princess Garden Hotel, il était déjà un peu dégrisé. En face de l'hôtel, il s'arrêta au Convini, supérette ouverte toute la nuit, où il fit emplette d'un set de café instantané, d'une bouteille d'eau minérale et, par précaution, d'une fiole de saké subalterne, qu'il vida à moitié, allongé en regardant distraitement un match de base-ball depuis son lit. Puis, après une toilette de chat, il s'endormit en un millième de seconde.

C'est également en un millième de seconde qu'à cinq heures et demie du matin (midi et demi heure de Paris), il ouvrit les yeux sur le plafond de sa chambre. Seule option, la fuite. Vingt minutes plus tard, il montait dans un taxi qui effectua un long parcours à travers les rues encore vides et le déposa devant la vaste promenade bordée d'arbres qui allait s'arrêter, à dix minutes de là, devant les grilles fermées du zoo. Il obliquerait ensuite sur sa droite où une grande avenue identique le conduirait jusqu'au jardin qui entourait les bâtiments monumentaux du Musée national. Il était encore à quelque distance de la grille du zoo, quand il détourna sa route en direction d'un monsieur âgé, portant une petite serviette-éponge blanche autour du cou, et qui parlait gentiment au petit chat tigré qu'il tenait sous le coude en lui désignant du menton un chat noir à moitié sorti d'un buisson et partagé entre la curiosité et la méfiance. Bichot s'était approché et avait observé la scène. Il avait échangé avec le vieux monsieur le sourire international des amateurs de chats et avait repris sa route. En fait, le monsieur était un clochard. À mesure qu'il approchait de l'entrée du zoo, Bichot en dénombra une quinzaine, hommes et femmes, groupés autour de la fontaine publique.

Certains se lavaient les dents, d'autres se toilettaient avec leurs petites serviettes-éponges et Bichot distingua leur matériel de toilette rangé avec soin sur les bancs. L'un d'entre eux s'était assis et s'accompagnait au shamisen, guitare traditionnelle universellement utilisée depuis plus de mille ans dans l'archipel. Debout face à lui, une femme d'une quarantaine d'années, dont les longs cheveux noirs encore humides tombaient sur un maillot de corps à bretelles, donnait au musicien la réponse chantée et faisait entendre une très belle voix dont les nuances s'élevaient clairement dans le silence approbatif des auditeurs à la cloche de bois.

Bichot serait volontiers allé s'installer un peu à l'écart, mais il renonça à cette tentation voyeuriste et mit le cap sur le Musée national. Il savait exactement où il allait : c'était un banc circulaire qui encerclait le tronc spectaculairement massif d'un grand tulipier d'Amérique dominant l'espace compris entre deux bâtiments du musée. Il s'assit et tint compagnie au temps en fumant des cigarettes qu'il écrasait dans une petite boîte en fer.

Contrairement au système français — interdiction générale et absolue —, l'étiquette du fumeur japonais obéit à des règles qui, en l'autorisant à fumer au restaurant et en le lui interdisant dans de nombreux lieux de plein air, défient la logique occidentale. Avec la petite boîte, Bichot limitait les écarts de conduite. Durant une heure et demie, il fut le seul client du banc, dont la circonférence était telle qu'une centaine de personnes pouvaient facilement y trouver place aux heures de pointe. La seconde personne à venir s'y asseoir fut une petite femme joyeuse à la mine fripée, vêtue d'une robe à tablier en imprimé et portant un panier de roseau tressé, et dont on devinait qu'elle arrivait à coup sûr de la campagne.

La surprise vint de ce qu'elle se dirigea droit sur Bichot et s'assit à côté de lui, après avoir posé son panier entre eux. Ils se saluèrent aimablement une ou deux fois, puis elle entama la conversation avec une vélocité de bavarde et Bichot mima son incapacité à répondre, comme quelqu'un auquel on viendrait, tout récemment, d'arracher toutes les dents. Elle avait parfaitement compris et, d'un geste, lui expliqua que cela n'avait aucune importance, ce qui, finalement, mit Bichot à l'aise : rester assis sans rien dire à côté d'une personne sur un banc d'une capacité de cent places serait devenu vite pesant. Et, durant un bon moment, ils conversèrent agréablement, elle, déversant avec volubilité ses propos campagnards, lui, répondant par des mimiques de demeuré, qui exprimaient à la fois sa bonne volonté et son plaisir de passer un si agréable moment. Elle s'interrompit brusquement, comme si elle avait manqué oublier quelque chose et tira de son panier un petit paquet emballé dans du papier à fruits. Elle déplia l'emballage, et, la paume de la main retournée, lui présenta une sorte de galette fourrée tout en se montrant du doigt pour lui signifier qu'elle en était l'auteur. Bichot se livra à quelques hochements de tête admiratifs, mais, sans l'attendre, elle sépara la galette en deux et lui en tendit la moitié. C'était une sorte de chausson aux légumes et au poulet, dont il accompagna la dégustation de quelques petits cris de plaisir et de reconnaissance. Après quoi, elle lui tendit un mouchoir à carreaux en l'invitant à s'essuyer les mains. Ils avaient à peine repris leur conversation unilatérale que trois dames du même acabit que son amie de rencontre surgirent bruyamment, et, la voyant en cette compagnie, gloussèrent et tinrent quelques propos rigolards.

Bichot partagea à sa façon leur hilarité. Il comprit qu'elles avaient rendez-vous et que le moment était venu de se quitter : on échangea de nombreux saluts et, jusqu'à ce qu'elle ait disparu à sa vue, son amie matinale se retourna pour lui faire signe.

En très peu de temps, les jardins du musée avaient été envahis par la foule des promeneurs et des visiteurs. Bichot refit le chemin en sens inverse : les clochards avaient disparu et les grilles du zoo étaient ouvertes. Il se fit raccompagner en taxi à l'hôtel. Comme c'était étrange, ces va-et-vient au petit hasard dans Tokyo. Il aurait pu partir ce matin même pour Kyoto. Pourquoi attendre le lendemain ? Mariko en avait décidé ainsi : « Tu ne t'occupes de rien. » Cette attente était d'ailleurs si dépaysante qu'il en venait parfois à perdre de vue le matsu pour lequel il avait fait un si long voyage. En même temps, si Mariko connaissait l'emplacement du pin, ce qui était évidemment le cas, rien n'aurait été plus morose et décevant que de le retrouver en vingt-quatre heures, le regarder et faire demi-tour pour prendre l'avion de Paris. Et puis, il croyait l'entendre : « Je ne suis pas idiote : il y a Mariko, dans les branches de ton matsu. »

Il fit arrêter le taxi un peu avant l'hôtel, devant l'enseigne du Doutor. Il avait faim. Il avait toujours faim en voyage, mais avec le décalage horaire, son estomac, dont l'horloge était encore réglée sur deux méridiens, réclamait deux déjeuners, deux dîners et quelques extras. Les Doutor étaient une chaîne de petits cafés proprets et confortables, un peu à l'italienne, où l'on pouvait grignoter à toute heure du jour. Déjà, dans l'avion, il avait pensé aux petits pains de mie au jambon et au fromage ou au concombre mayonnaise. Il en commanda deux barquettes et alla s'asseoir en terrasse, à l'ombre d'un parasol. C'était une belle journée de mai. Il retira son foulard de soie, qui ne le quittait jamais et qu'il avait, par un réflexe désormais acquis, noué dans les taxis, dont les climatiseurs ronflaient plein pot. La climatisation, sport national japonais, transforme dès la fin mars les taxis, les hôtels, les trains, les restaurants et les grands magasins en échantillons d'Alaska, provoquant des angines par temps chaud. Il était si absorbé par la dégustation de ses petits pains de mie qu'il n'avait pas immédiatement remarqué un couple avec poussette, venu s'asseoir à la table voisine.

Il regarda dans leur direction et ils échangèrent un salut courtois. Ils avaient passé la quarantaine. Coiffés dans le style moderne, ils étaient vêtus à l'identique d'un polo rayé bleu et blanc, d'un pantalon beige au pli impeccable et de petites tennis rayées bleu et blanc. Bichot avait vaguement cru voir que l'enfant dans la poussette était assorti à ses parents et il esquissa un regard pour confirmation : l'enfant était un schnauzer nain très toiletté, habillé d'un coquet maillot sans manches rayé bleu et blanc avec un bandana de même motif noué au cou. Les parents du petit chien guettaient la réaction de Bichot, qui échangea avec eux force saluts complices. Il aurait été curieux de savoir si la mignonne créature faisait caca en ville ou au domicile de son élégante famille, mais l'impitoyable barrière de la langue lui épargna cette grossièreté. Ils se levèrent. Au passage, Bichot adressa une main attendrie à destination de l'occupant de la poussette, puis il les regarda s'éloigner sur le trottoir au milieu des passants indifférents.

En quittant le Doutor, après avoir rendu son plateau, Bichot fut pris d'une somnolence irrésistible. Si Mariko avait été là, les choses ne se seraient pas passées comme ça, elle ne l'aurait pas laissé se précipiter à l'hôtel pour dormir, ou alors, il y aurait eu un tarif. Il profita de cette impunité. Il ouvrit la porte de sa chambre en sifflotant, tira les rideaux et se déshabilla dans l'ombre protectrice. C'est alors que le téléphone sonna. Qui pouvait l'appeler ici, sinon Mariko ? Il décrocha avec le sentiment d'être pris la main dans le sac. C'était Talbeau. Talbeau savait toujours où et quand. Il avait voulu appeler Bichot de chez Valentine, mais elle s'était énervée : « Fiche-lui donc la paix ! » Alors Talbeau l'appelait de la rue de Lisbonne, « comme ça, un peu au hasard ».

Le travail auquel Bichot avait participé dans la salle des machines avait été couronné de succès. Bichot aurait pensé qu'une telle nouvelle reçue à Tokyo ne lui aurait pas fait grand-chose. Au contraire, il en fut ravi. Il le dit à Talbeau qui répondit : « Mais ça fait toujours plaisir, tu devrais le savoir, depuis le temps. » Il aimait entendre Talbeau, pour qui tout était toujours normal, même quand il était un peu commère : Marie-Conté et le violoncelliste Marc Avène, c'était le grand amour. Il avait dîné la veille avec eux : « Verdict de Valentine : il n'est pas bégueule. Mon verdict : bonne pioche. Pourtant, il a quarante ans : pourquoi il a quarante ans ? Réponse de Valentine : ce sont des lents, c'est bon signe. » Il était huit heures du soir à Paris, Bichot imaginait Talbeau, dans son bureau, les pieds sur la table, faisant tinter les glaçons de son whisky. « Je n'étais vraiment pas sûr de te trouver à ton hôtel, mais, connaissant ton goût pour la sieste, j'ai essayé. » Talbeau parla de choses et d'autres, puis il s'interrompit. « Je te laisse, tu me diras le reste à Paris. »

En raccrochant, Bichot sentit sa sieste compromise. Il aurait bien aimé que l'appel de Talbeau agît comme ces bonbons qu'il suçait dans le désert, après s'être couché, et, une ceinture de plomb nouée à la taille, sombrer dans un sommeil sans fond.

Il s'allongea pourtant, les bras croisés derrière la tête, les yeux ouverts. Pourquoi fut-il, dans cette chambre, visité par des images aussi estompées ? Cette grosse maison dont la terrasse à balustrade dominait un vaste jardin et un verger ? Parfois ils y restaient une semaine, fin juin. Fabrice, Carole et Diane, il aurait cru avoir depuis longtemps oublié leurs prénoms. Souvent, la nuit venue, ils descendent l'escalier de pierre jusqu'au jardin. Ils vont s'adosser au mur où les poiriers grimpent en espalier. Ils mangent de la terre de la guerre de 14 préparée en viande hachée et il faut prendre garde à bien recracher les bouts de métal. Bichot est assis à côté de Diane, dont il connaît les yeux verts et le joli corps, depuis cette plage où ils ont passé plusieurs étés : ils sont amis. Amis, amis. La première fois qu'ils mangent cette terre de la guerre de 14, Bichot a mal au cœur, il repousse son assiette. Diane réconforte son ami, elle lui parle, elle le rassure de la voix, il va bientôt aller mieux, il va voir ; par le short entrebâillé de Bichot, Diane glisse sa main qui l'étreint, le caresse et le cajole sans cesser de murmurer à son oreille avec une extraordinaire gentillesse, et, sans doute, jamais de tels mots que ceux dont elle accompagne ses attouchements n'ont-ils encore franchi les lèvres de Diane et la braguette de Bichot.

Il s'éveilla en sursaut, en nage, à Tokyo. Il se doucha, s'habilla, descendit tenir compagnie un moment aux carpes, puis sortit de l'hôtel en obliquant à gauche. C'était une rue à deux voies, assez tranquille, qui commençait au quartier Meguro et descendait en pente douce vers le quartier Ebisu, où les taxis se croisaient et s'esquivaient comme des poissons. Il marcha une vingtaine de minutes jusqu'au parking. Un parking en plein air d'une centaine de places qui surplombait les rames de métro fonçant de la station Meguro à la station Ebisu et où se dressaient quelques arbres assez anonymes frémissant dans une brise médiocre. Une petite trentaine d'automobiles, très astiquées, y étaient garées. Il n'y avait pas plus inerte et plus anodin que ce parking-là, où Bichot s'était appuyé à un arbre.

Qui aurait songé que jadis s'était élevée ici la maison de la famille Kotani ? Jadis, c'est-à-dire moins de dix ans plus tôt. Une grande maison, édifiée à la fin des années vingt, au milieu d'un jardin, qui était, par miracle, sortie indemne de la guerre. La famille Kotani était de ces familles raffinées qui donnaient autrefois, chez elles, des représentations de théâtre nô. Être raffiné allait de soi, mais être riche, et même très riche, était indispensable, car rien au Japon n'est plus cher qu'un thé en compagnie d'une geisha, une représentation de nô, de kyôgen ou un mètre carré de terrain à Tokyo. Au Japon, rien n'est plus cher que ce qui est cher.

De telles représentations privées ont désormais à peu près disparu. Une scène de théâtre nô était une des parties nobles de la maison des Kotani. À l'époque, entre Mariko et Bichot, la tendresse n'avait pas encore débouché sur l'hésitation. Sans Mariko, il n'aurait pas pu introduire un centimètre de pied chez les Kotani, tant la patte blanche exigée était hors de sa portée. Il avait été admis deux fois. La première, il découvrit les élégantes de toutes générations et de toutes coiffures, le visage poudré à frimas, dont les kimonos obéissaient à des codes de couleurs et de motifs variant en fonction des âges. Il découvrit également les messieurs, dans ce qu'il appelait le « smoking japonais », *montuki hakama* aux motifs sombres, apparemment uniformes, et à la variété infinie dès qu'on y regardait de plus près. Il découvrit enfin le nô, dont la lente splendeur le bouleversa. Il aurait dû être expulsé, car il s'était présenté en pantalon de velours marron et pull de laine de même couleur, avec dessous une petite cravate écossaise de rien du tout sur une chemise de chasse. Jamais il ne s'était senti aussi imprésentable et il n'avait cessé de tenter de se rendre invisible au cours de la collation qui avait suivi.

L'année suivante, de retour à Tokyo, il avait assisté à une seconde représentation de nô dans la maison des Kotani. Cette fois, il avait suffisamment soigné sa tenue pour s'épargner ces gymnastiques d'invisibilité. Entre-temps, à Paris, où Bichot était moins vulnérable, Mariko lui avait expliqué que le fond de décor du nô était invariablement un matsu, un pin maritime, peint sur panneau. Le matsu, le cerisier et le hêtre pourpre étaient des arbres indispensables aux Japonais. Il avait également appris d'elle que les acteurs qu'il pouvait voir interpréter les grands moments du nô chez les Kotani n'étaient pas une troupe, mais une famille, qui jouait de génération en génération depuis le XVIe siècle, en se transmettant masques et costumes, préservés et conservés avec un soin jaloux. Le théâtre était une affaire de famille, disait Mariko : dès qu'un petit garçon atteignait l'âge de trois ans, son père commençait à lui enseigner son art.

— En somme, avait dit Bichot, une famille d'acteurs du nô, c'est comme un vignoble qui se perpétue. Certaines années sont meilleures que d'autres.

Mariko, un instant silencieuse, n'avait dit ni oui ni non.

Après la deuxième soirée de nô à laquelle il avait assisté chez les Kotani, la douceur du temps avait permis la collation dans le jardin. Bichot était tombé en arrêt devant ce matsu qui répondait à tous les canons de pins maritimes, comme il en avait tant vu sans y prendre garde dans sa jeunesse, au bord de la Méditerranée, et qu'il découvrait dans une version japonaise grandeur nature, conforme à ses représentations sur les panneaux peints depuis mille ans ou les estampes ou les rouleaux, mais dont la perfection était à la fois singulière et conforme au modèle des vieux peintres, dénouant ses branches et hérissant ses crêtes d'un vert profond avec des nervosités de dragon. Bichot était resté longtemps devant le matsu des Kotani dans l'intention d'en capturer la beauté. Il aimait les arbres et celui-ci était sans pareil.

Des mois plus tard, à Paris, Mariko lui avait dit :

— Tu sais, les Kotani, c'est fini, ils vendent tout.

Ils avaient dû vendre cher. Six mois après, Mariko lui avait annoncé :

— La maison des Kotani, ils l'ont transformée en matière première. Maintenant, c'est un parking.

À Tokyo, une réputation douteuse colle au monde des parkings. D'après Mariko, les nouveaux acquéreurs attendaient une occasion pour faire fructifier le terrain.

— Et le matsu du jardin ? avait demandé Bichot.

— Le matsu ? Tout le monde s'en fout, avait répondu Mariko.

Bichot avait protesté. Quelques semaines plus tard, Mariko avait dit :

— Ton matsu, il y a quelqu'un chez les Kotani qui pense comme toi. Il a été transféré et replanté quelque part. Ç'a coûté beaucoup d'argent, paraît-il.

Par la suite, il n'avait plus été question du matsu des Kotani. Il n'avait plus été question de rien, d'ailleurs : les choses avaient commencé à se gâter entre eux, sans qu'ils n'y puissent rien et, quelques mois plus tard, Mariko était retournée au Japon. Pourtant, Bichot, incertain et obstiné, n'avait pas chassé le matsu de ses pensées.

Il abandonna le parking à ses fantômes, puis remonta en direction de Meguro, passa devant l'hôtel et marcha dans les rues de Tokyo jusqu'à l'enseigne électrique de Tanuki.

La soirée ressembla comme une sœur aux soirées chez Tanuki. Bichot fut étonné d'apprendre que Yoshi avait été élève dans une école catholique, l'école de l'Étoile du matin. C'est avec sa classe et son professeur de français qu'il était venu en France pour la première fois. Quand ils avaient montré leur billet de groupe pour prendre le TGV Paris-Marseille, quelque chose ne collait pas et ils n'avaient pu monter dans le train. Le professeur de français, malgré tous ses efforts, ne parvenait pas à comprendre ce que répétait l'employé dans le dialecte de la SNCF, qui, lui-même, ne comprenait pas un mot du français du professeur. Mais ce dernier avait tant insisté qu'un, puis deux autres employés étaient venus se joindre au premier. L'un d'entre eux, examinant le titre de transport, s'était bien gratté la tête en soulevant légèrement sa casquette, provoquant un peu d'espoir chez les élèves de l'Étoile du matin. Mais il avait finalement hoché négativement la tête, quoique avec regret.

Le train partait dans cinq minutes, les trois employés s'éloignaient déjà en levant les bras au ciel, le professeur était consterné et tout semblait perdu, quand un des élèves eut l'idée de la dernière chance. Il alerta du geste le groupe japonais, puis, d'une voix claire et décidée, entonna *La Marseillaise*, aussitôt suivi de ses camarades. « Allon cenfants de la patliie le jiou de groile est allivé. » Cette version inédite de l'hymne national français chanté sur un quai de la gare de Lyon par des petits Nippons provoqua un attroupement de voyageurs. La chorale, bien sûr, était tout entière tournée vers les gens de la SNCF, auxquels sa prestation était dédiée en priorité. Ces derniers, quand l'attroupement de voyageurs se mit à applaudir et à acclamer les chanteurs, revinrent sur leurs pas, et d'un geste magnanime et grognon, firent grimper l'Étoile du matin à bord du TGV.

— J'aurais peut-être intérêt à apprendre l'hymne national nippon, avait suggéré Bichot.

— Ça peut prendre du temps, avait répondu Yoshi.

Bichot n'eut en tout cas aucun mal le lendemain matin à monter dans le Shinkansen pour Kyoto et à s'asseoir à la place réservée par Mariko. Il était toujours fasciné par le Shinkansen. Les convois occidentaux sont haut perchés sur leurs trains de roues et il faut les escalader pour y accéder. Le Shinkansen est comme une carlingue d'avion qui aurait avalé son train de roues et dont les portes s'ouvrent à hauteur de quai. À l'intérieur, les gros fauteuils multiréglables individuels et indépendants offrent un confort et une intimité exceptionnels. La zone sanitaire abrite des toilettes pour dames, pour messieurs, des lavabos, un urinoir et une table à langer. Le personnel en casquette et en gants blancs circule dans les travées, attentif, disponible et compétent. Parvenu à l'extrémité de chaque voiture, il tourne sur lui-même et s'incline pour saluer les voyageurs. Des jeunes filles en tablier blanc poussent une roulante fournie en boissons et en « bento », ces boîtes de pique-nique dont les petites cases contiennent du riz, des légumes, des poissons, des œufs hachés et dont la préparation est généralement représentative des régions traversées. Le trajet de Tokyo à Kyoto ne dure pas plus de deux heures et demie, mais Bichot ne résista ni au bento, ni à la fiole de saké. Il était d'excellente humeur. L'appréhension de retrouver Mariko avait disparu et fait place à une allégresse impatiente. Une fois restauré, il mâchonna un peu son cure-dent en se rappelant la réflexion de Mariko : « Le cure-dent au bec, au Japon, c'est seulement vulgarité pour les mecs. » Puis il inclina son fauteuil et somnola, bercé par le staccato du Shinkansen fonçant vers le sud-ouest. Le long des voies ferrées, pensait-il, lorsqu'on s'allonge sur le ballast et que l'on colle l'oreille contre un rail, on entend parfois les pleurs des enfants perdus et les appels des chiens abandonnés.

Sur le quai de Kyoto, il n'avait pas fait dix pas, déjà affolé à l'idée de se perdre, qu'il tomba sur Mariko. Comme si ces trois ans avaient duré une minute. Toujours les cheveux courts avec une petite mèche sur le front. Un T-shirt à larges rayures horizontales bleu sombre et bleu-gris, autour duquel elle avait noué par les manches un petit pull à col ras vert tendre. Un pantalon de toile bleu sombre et des mocassins souples de daim vert. Elle était jolie, mais ce qui était irrésistible, c'est qu'elle était mignonne. Tellement mignonne qu'il n'y avait pas d'autre mot. C'était ça, qui désarmait. Elle pouvait avoir ce « caractère de merde », qu'elle reconnaissait elle-même et qui était à prendre ou à laisser, on avait beau ne pas savoir par quel bout la prendre, s'exercer à la détester, elle restait mignonne, et c'était toujours cette porte-là qui s'ouvrait sur la plus drôle, la plus vive, la plus solidaire et la plus amoureuse des femmes. Elle sourit en reconnaissant la valise couleur champagne de Bichot, qu'ils allèrent déposer à la consigne. Puis ils prirent l'ascenseur jusqu'au dernier étage du bâtiment de la gare où étaient regroupés une vingtaine de restaurants de toutes spécialités. Ils optèrent pour un bol d'osoba, puis ils descendirent et prirent un petit train, qui les conduisit à une station de banlieue où ils montèrent dans un taxi. Quand ils arrivèrent à destination, Bichot reconnut les abords du temple Entsu-ji, dont il avait été autrefois émerveillé. Il comprit : Mariko avait décidé que le chemin qui le conduirait jusqu'au matsu serait jalonné de retours sur des lieux aimés et de surprises. Elle mettait toutes les chances de leur côté.

À l'origine, c'était une villa construite par un empereur au début du XVIIe siècle. Trois alignements de petites habitations de bois entourant un étroit jardin rectangulaire, avec ce sens du rien du tout qui fait tout, dont le Japon est si capable. Un belvédère couvert donnait sur un jardin d'herbe, de pierres, d'érables et de pins au-delà duquel on voyait le lointain profil d'une magnifique montagne, évidemment à l'origine de l'installation. Par chance, il y avait peu de visiteurs et il n'y eut qu'une pollution de cinq minutes durant lesquelles un Japonais couina dans son portable. Ensuite, Bichot goûta sa récompense.

« Luca et toi, vous êtes des contemplatifs, avait dit un jour Talbeau, et ce n'est pas un reproche, mais vous êtes totalement en dehors du circuit des humains.

— Pas du tout, avait protesté Bichot, je paie mes impôts, mon loyer, je lis les journaux, je vote, je prends le bus et le métro, je parle avec mes voisins de bistrot et je ne dérange personne. »

Mais, évidemment, Talbeau savait ce qu'il disait. Bichot adressa tour à tour à chaque élément du paysage un regard d'adieu, puis se leva et trouva, accoudée à une balustrade entourant le petit jardin intérieur, Mariko en conversation avec un des deux moines gardiens du temple.

— Tu as bien fait d'en profiter, lui dit-elle, tandis qu'ils retournaient à Kyoto. En quelques années, le temple est devenu une star internationale, les architectes du monde entier viennent le vénérer, il est maintenant dans tous les guides, et, comme il est minuscule, bientôt, finie l'entrée libre.

Ils passèrent prendre la valise de Bichot à la consigne de la gare et montèrent dans un taxi.

— Tu n'as pas de valise ? demanda Bichot.

— Elle est déjà là où on va.

Le taxi les déposa devant un portail de bois dans une petite rue, non loin du temple Kodai-ji, à l'est de Kyoto, au pied des hautes collines grouillantes de corbeaux. Kishimoto était le nom de l'auberge, où ils furent accueillis par M. et Mme Moriguchi, un couple très âgé. Précédé de Mariko, Bichot monta à l'étage et déposa sa valise à côté de celle de Mariko. C'était une vieille petite auberge de bois traditionnelle, voûtée par le temps. Après s'être douchés, Bichot et Mariko étaient allés dîner dans un sushi-bar non loin du quartier de Gion, dont Bichot aimait l'ambiance de brasserie populaire, le ballet des grands verres de bière à la pression et des carafes de saké. C'était un peu un contresens, car Tokyo est la capitale du sushi. La cuisine de Kyoto, à juste titre fière de son raffinement, boude les goûts prononcés et ignore l'épice, qui offusquerait les palais de ses habitants, héritiers d'une civilisation qui a résisté aux déboires historiques. Aussi les Tokyoïtes trouvent-ils la cuisine de Kyoto un peu fade et les Kyotoïtes celle de Tokyo un peu brutale, et les uns et les autres en restent là, car il y a de la place pour chacun.

Bichot et Mariko regagnèrent l'auberge Kishimoto où la vieille dame les attendait pour leur servir un thé, puis ils montèrent à leur chambre où étaient installés côte à côte deux matelas recouverts de couettes aux motifs géométriques. Ils se déshabillèrent et revêtirent les yukatas aux couleurs de la maison. Ils s'allongèrent et, la tête posée dans le creux du coude, parlèrent sans élever la voix, à la lueur d'une petite lampe sourde. Sur une étagère, semblait abandonnée, débranchée, une antique petite télévision rouge. Un peu plus loin, de belles calligraphies originales étaient accrochées au mur. Bichot demanda à Mariko ce que disaient les calligraphies.

— Tu sais où on est ? lui demanda-t-elle.

— Ma foi, non. Où sommes-nous ?

— Ici, Tanizaki a écrit une partie de *Sassameyuki*, dit Mariko, souriant comme si elle avait fait une bonne blague à Bichot.

Sassameyuki, *Bruine de neige*, dont Mariko, à leurs débuts, lui avait offert la traduction dans la Pléiade. Il avait lu sans reprendre son souffle les six cent quatre-vingt-quatorze pages du roman de Tanizaki, dont il n'avait jamais, jusque-là, entendu parler. Et cette découverte offerte et partagée avait scellé quelque chose qui revivait assez magiquement sous le toit de l'auberge Kishimoto.

— Les calligraphies encadrées sont de Tanizaki, dit Mariko, c'est une lettre à son éditeur. Il lui demande du fric.

Ils bavardèrent encore, sur un ton confidentiel. Elle lui demanda des nouvelles de Paris, faisant sonner les noms dans la petite pièce et les libérant du silence où elle les avait fidèlement conservés : Marie-Conté, Valentine, Talbeau, Luca, les filles, le quatrième étage. « Le quatrième étage, c'est vraiment quelque chose ! » Bichot lui avait donné des nouvelles et ne s'était pas montré avare. Elle l'avait écouté, les yeux écarquillés, raconter l'histoire de la selle de Canit, le raid à Coppet pour retrouver le lit de Valentine et l'expédition au Sahara avec Armand. Mariko n'en revenait pas. Elle trouvait ça extraordinaire : tout ça pour aller chercher de vieux objets sans intérêt dans un vieux passé ?

— Je n'aime pas les objets, protesta doucement Bichot. Quant au passé, c'est un compagnon sans lequel je me sentirais aveugle. Le passé naît à tout instant. Le passé a commencé le jour où je t'ai rencontrée. Il commence des millions de fois chaque jour.

Mariko avait souri derrière sa main comme tous ceux qui l'avaient entendu prétendre qu'il n'aimait pas les objets. Mais au fond, les trésors de la cabine du capitaine Achab n'étaient pas des objets. C'était le monde animiste de Bichot, de petites divinités maritimes veillant sur ses rêves et ses jours. Il était inchangé, on ne pouvait pas envisager qu'il en fût autrement, pourtant, elle le découvrait dans une version inédite. Elle éteignit la lampe sourde et, d'un saut de carpe, se glissa sous la couette de Bichot, le serra dans ses bras et se colla à lui.

Plus tard, au cœur de la nuit, il fut réveillé par les pianotements de la pluie sur le toit de la vieille maison Kishimoto. Il se leva doucement, écarta et referma derrière lui la porte coulissante donnant sur l'étroit balcon couvert où deux fauteuils d'osier étaient installés de part et d'autre d'une table ronde. Il choisit un fauteuil et poussa le panneau de la fenêtre, dont l'ouverture livra passage à un souffle d'air humide et parfumé et amplifia le chant régulier de l'averse, qui faisait danser et briller les feuillages du modeste jardin en contrebas. Par-dessus le portail, il regardait, de l'autre côté de la ruelle, la pluie cascader et serpenter sur les tuiles vernissées d'une imposante maison. Dans la chambre, Mariko dormait profondément, et, durant tout le temps qu'il passa sur le balcon couvert, Bichot respira chaque seconde qui passait.

Le matin suivant, il fut réveillé par la voix de Mariko qui se tenait au-dessus de lui avec une serviette nouée sur la tête et lui disait :

— À toi de prendre ta douche, maintenant.

Et, connaissant Bichot, elle ajouta :

— Aujourd'hui, on ne traîne pas.

Il regarda sa montre : il était un peu plus de six heures et demie du matin. Il se montra exemplaire et se doucha, se rasa, se toiletta et fit sa valise en un temps qui dépassait de loin ses meilleures performances. Tout au plus, Mariko lui tendit sans un mot sa trousse de pharmacie au moment du départ. Il jeta un regard circulaire à la chambre de Tanizaki, où Mariko, d'un bond léger, avait franchi tout ce qui les séparait. Mme Tenu Moriguchi se tenait devant le portail de l'auberge pour les saluer quand le taxi stoppa à leur hauteur. On échangea de multiples saluts et c'était fou, les sentiments multiples que l'on pouvait exprimer à travers ces saluts. Tandis que le taxi s'éloignait, Bichot s'était tourné vers la vitre arrière et répondait à ses signes de la main tandis que sa silhouette rapetissait.

— J'ai l'impression de dire au revoir à ma grand-mère, dit Bichot à mi-voix.

— C'est ta grand-mère, approuva Mariko.

À la gare de Kyoto, elle retira des billets pour un train régional. Au bout d'un quart d'heure, Bichot se risqua à demander quelle était leur destination.

— Un endroit que tu connais mais où tu n'es jamais allé, répondit Mariko sans cesser de regarder le paysage.

— Un endroit que je connais ? insista Bichot.

— Oui, un endroit que tu as vu avec moi à Paris et où tu avais très envie d'aller, répondit Mariko, toujours tournée vers la fenêtre. C'est pas difficile, quand même.

— C'était au cinéma ?

Pas de réponse. Bichot avait donc posé laborieusement un pied sur la piste :

— Le festival Ozu au cinéma MK2 Beaubourg ?

Pas de réponse.

— La ville où habitent les parents de *Voyage à Tokyo* et où sont tournées les images de la fin ?

— Enfin ! laissa tomber Mariko en levant les yeux au ciel.

Bien sûr que Bichot s'en souvenait. Le vieil homme habitait une maison sur les hauteurs d'un petit port traversé par une ligne de chemin de fer et faisant face à une monumentale île-rocher en forme de pain de sucre, qui en était séparée par un chenal d'à peine quelques centaines de mètres où se croisaient de petits bateaux à vapeur aux moteurs toussotants. Bichot se rappelait également les terrasses d'un très vieux temple d'où l'on pouvait contempler le paysage. À la sortie du film, durant lequel ils avaient consommé des Kleenex, il avait, en effet, dit à plusieurs reprises à Mariko qu'il aimerait beaucoup se rendre un jour à cet endroit.

— Comment s'appelle la ville, déjà ?

— Onomichi, répondit-elle avec agacement, car il le lui avait déjà demandé cent fois.

— Onomichi, sur le Seto Naikai ! s'écria-t-il, surpris et ravi d'avoir retenu le nom.

Pour se représenter de manière simplifiée la physionomie compliquée du Japon, il faut imaginer le corps central de l'archipel (Honshu), comme un boomerang dont la corne supérieure se redresse vers le nord et dont la corne inférieure s'allonge horizontalement au sud-ouest. Le boomerang est prolongé au nord par l'île de Hokkaido, au sud il est flanqué de deux grandes îles, Shikoku à l'est et Kyushu, la plus grande, à l'ouest. Ces deux îles dessinent avec la base de l'île centrale une grande mer intérieure ouverte, parsemée d'îles et d'îlots sur lesquels ont été jetés de spectaculaires ponts suspendus dont les haubans, peints de blanc, s'illuminent par beau temps.

Et voilà que Bichot éprouvait l'émotion de se trouver bientôt, à coup sûr, sur le littoral de Seto Naikai, cette mer qu'il allait cesser d'imaginer, qu'il allait respirer. Cette étape était-elle un détour, un leurre sur le chemin du matsu, allaient-ils ensuite repartir vers la côte de la mer du Japon ou dans les denses forêts des montagnes du centre ? En tout cas, Mariko se montra moins avare de détails sur ce qui les attendait :

— À Onomichi, on va déjeuner et, ensuite, on montera au temple que tu as vu dans le film. C'est un peu à la sortie de la ville.

Quand ils furent arrivés à Onomichi, Mariko lui demanda de l'attendre dans le hall avec leurs valises. Bichot patientait tranquillement dans de bonnes dispositions, quand le gantelet de fer de Du Guesclin lui saisit les entrailles et les serra sans pitié. Le front inondé de sueurs froides, il gagna aussitôt le sous-sol où les toilettes, par bonheur, étaient désertes et étincelaient d'une propreté de laboratoire. Il s'engagea dans une cabine avec les deux valises et, tout en se soumettant au châtiment de Du Guesclin, empoigna sa trousse de pharmacie pour en extraire les pilules correspondant à la circonstance et en lesquelles il avait toute confiance. Il regagna en quatrième vitesse le hall, où il arriva juste en même temps que Mariko. Elle lui dit qu'il fallait prendre un bus pour aller au temple, qu'elle avait repéré la ligne et l'arrêt à la sortie de la gare. Sa bonne humeur était revenue : Mariko était souriante, ils allaient trouver un restaurant au petit bonheur (où il se contenterait d'une soupe), il avait répondu au mieux à une situation d'urgence, il empoigna leurs deux valises, marcha jusqu'au seuil de la gare d'Onomichi, qui donnait sur un chantier naval, Mukaishimi Dock, où se trouvait en cale le

Sanko Harmony, un cargo vert et rouille. Et dans le même instant, plus loin sur la gauche, il découvrit avec stupéfaction la haute masse du rocher en pain de sucre filmé soixante ans plus tôt par Ozu et qui dominait la passe. Bichot, qui se laissait rarement gagner par l'excitation, saisit et embrassa les mains de Mariko, qui les retira, irritée par ces exagérations.

— Je t'invite à déjeuner dans un bon restaurant, dit-il tout à sa joie.

— Je ne sais pas où il y en a et on n'est pas venus pour ça, dit Mariko d'une voix où flottaient quelques nuages.

— Si, je t'assure, insistait Bichot.

Et, par réflexe, il porta à sa poche revolver gauche sa main, qui, s'apprêtant déjà à saisir le rectangle dodu de son portefeuille, rencontra le vide. Il se mit à inspecter toutes ses poches des deux mains comme s'il se cherchait des poux.

— Qu'est-ce qu'il y a ? demanda Mariko, dont la voix n'annonçait rien de bon.

— J'ai perdu mon portefeuille.

— Tu le mets encore dans ta poche de derrière ? Tout le monde t'a dit que c'est con. Tu es con !

Et quand Mariko disait « con » à Bichot, il fallait entendre « khhhon ». Elle lui demanda s'il avait pu le perdre dans le train, mais dans le train il n'avait pas bougé. Et il se revoyait encore sortir des yens de son portefeuille pour acheter de l'eau à un distributeur en arrivant à la gare.

— Mais ici, à la gare, quand je t'ai laissé, continuait Mariko, tu n'as rien fait ?

— Je suis seulement allé aux toilettes.

— Pour pipi ?

— Non, pour urgence.

— Alors qu'est-ce que tu attends ? Tu retournes là-bas tout de suite. Moi, je vais voir au service voyageurs si on ne l'a pas retrouvé.

Bichot descendit avec les deux valises jusqu'aux toilettes, mais la cabine qu'il avait utilisée était occupée. Il inspecta les autres à tout hasard, à quatre pattes, sous le regard perplexe de la dame chargée de l'entretien. Mariko déboula, accompagnée d'un employé en casquette et gants blancs. La dame de l'entretien lui fit remarquer qu'elle ne pouvait rentrer chez les messieurs mais Mariko la convainquit en deux mots du contraire.

— Alors, tu as trouvé ? demanda-t-elle, excédée, à Bichot.

— En fait, ma cabine est toujours occupée.

Et il indiqua du menton la seule porte fermée.

— Eh bien on va attendre, car là-haut, dit-elle en regardant l'employé en casquette, on n'a rien trouvé.

— Ça fait déjà un moment que j'attends, murmura timidement Bichot.

Puis, croisant le regard de Mariko :

— Mais on n'a pas le choix.

Enfin un bruit de trombe sonna la fin de l'attente. La porte s'ouvrit sur un jeune homme, qui ne s'attarda pas devant le groupe formé par la dame pipi, l'employé des trains, la petite Japonaise ombrageuse et l'étranger à la mine sinistre.

— Alors, tu y vas ? demanda Mariko à Bichot.

— Oui, j'y vais, on peut tout de même attendre un peu avant d'entrer.

— Tu crois qu'on a du temps à perdre ? Vas-y tout de suite !

Prenant sa respiration, Bichot se lança à quatre pattes dans une exploration minutieuse sous l'œil de ces trois Japonais et en ressortit bredouille. La dame pipi, l'employé et Mariko en firent autant à sa suite, tout aussi inutilement.

Quand ils eurent regagné la surface après avoir multiplié les remerciements, Mariko demanda à Bichot ce qu'il y avait dans son portefeuille.

— Tout mon argent, ma carte de crédit, ma carte Vitale et mon passe Navigo.

— Bon, dit-elle, c'est un vol. Tu as dû te faire repérer par un pickpocket à la sortie du train. Ton portefeuille dans la poche arrière, c'est une enseigne lumineuse pour les pickpockets. Et ton passeport ?

Bichot se recroquevilla : le passeport se trouvait dans le petit sac de touriste qu'il portait en bandoulière et qui ne le quittait pas, mais dont l'espace était presque entièrement occupé par un gros livre qu'il n'avait pas ouvert depuis son arrivée au Japon. Mariko, évidemment, avait remarqué ce livre et il encaissa une nouvelle rafale de reproches jusqu'au commissariat.

Au commissariat, Mariko déposa une plainte pour vol et Bichot signa une déposition dactylographiée en japonais dont il reçut un double, ce qui prit trois quarts d'heure environ. Puis Mariko appela Yoshi à Tokyo et lui expliqua l'affaire. Dix minutes plus tard, Yoshi rappela et donna la marche à suivre concernant le vol de carte de crédit. Mariko eut ensuite trois entretiens successifs d'un quart d'heure avec des correspondants japonais de la banque de Bichot. Puis elle composa un numéro, dit quelques mots en français et tendit son téléphone portable à Bichot en détournant ostensiblement la tête. Il saisit l'appareil et entendit la voix courtoise d'un employé de sa banque qui lui parlait depuis Washington dans un français sans faute. Il ne devait pas être loin de trois heures du matin à Washington. Allant et venant sur le terre-plein devant le commissariat, Bichot se montra d'autant plus courtois qu'il fut incapable de répondre quand son correspondant lui demanda le numéro de sa carte de crédit et celui de son compte en banque : il ne savait que le nom et l'adresse de son agence à Paris. Pourtant, après quelques interruptions pour connexions de vérification, il apprit qu'une somme de secours lui serait remise sous vingt-quatre heures à Tokyo, dans une banque dont l'adresse aurait été entretemps communiquée à son hôtel. Il annonça la nouvelle à Mariko, dont la seule réponse fut :

— Bon, on y va. On ne déjeune pas, on prend le bus tout de suite.

Il la suivit et insista pour tirer leurs valises jusqu'à la gare routière. C'était un petit bus de banlieue d'où ils descendirent vingt minutes plus tard. Mariko lui avait expliqué qu'ils n'avaient pas laissé les valises à la consigne de la gare d'Onomichi, car elle ignorait encore s'ils emprunteraient ensuite le train ou l'autocar. De la station de bus, sous un ciel opaque et pesant, ils marchèrent dix bonnes minutes, Bichot toujours préposé aux bagages, jusqu'au temple Jodo-ji. Au pied du temple, car il n'échappa pas à Bichot que, pour y accéder, il fallait gravir quatre grandes et hautes volées de trente-deux marches. Tout à côté se tenait un minuscule restaurant-comptoir, proposant une cuisine sur plaque chauffante à la manière d'Hiroshima, *oconomiyaki*, et que l'on accompagnait généralement de bière. Mariko demanda au patron asile pour leurs valises, le temps de grimper jusqu'au temple. Il accepta sans la moindre hésitation. Sous l'effet de la reconnaissance, Bichot fit un *hand shake* au brave homme qui regarda sa propre main avec étonnement. Et Mariko ne put s'empêcher de sourire quand il se présenta en s'inclinant :

— François Bichot.

Elle échangea quelques mots avec le restaurateur et le présenta à son tour :

— Noguchi-san.

Le site sur lequel Ozu avait tourné une partie du *Voyage à Tokyo*, où ils parvinrent essoufflés, réunissait trois temples datant du VIIe siècle et occupant une place d'honneur dans l'interminable liste du classement général des temples du Japon. Bichot retrouvait la terrasse encadrée de deux lanternes de pierre d'où l'on pouvait dominer le paysage de la passe d'Onomichi, face à ce vertigineux rocher, maintenant couvert d'habitations et que la caméra du grand maître avait rendu inoubliable à Bichot. Mariko et lui allaient et venaient parmi les temples blasés par les siècles.

— Il y a un musée du Cinéma, un peu plus loin, on y va ? proposa Mariko qui venait de consulter un dépliant qu'on lui avait remis à la gare.

Dans les années cinquante, un certain nombre de cinéastes étaient venus tourner à Onomichi, provoquant une affluence d'éclairagistes, de décorateurs, de scénaristes et de comédiens.

— On y va, répondit Bichot.

Restant sourd aux grincements de ses genoux, il avait descendu les escaliers du temple et récupéré les valises chez M. Noguchi. Puis il avait suivi Mariko dans une succession de petites rues désertes, interminables et à peu près rectilignes où elle s'était engagée d'un pas décidé, consultant de temps à autre son dépliant. Manifestement, le plan y figurant était une réduction, car leur marche s'éternisait et Bichot courbait le dos sous le bruit de crécelle des valises à roulettes qui chantaient leur vilaine complainte derrière lui d'un trottoir à l'autre. Mariko trottait loin devant, sous cette lumière de trois heures de l'après-midi, qui n'a jamais grand intérêt, où que l'on se trouve à la surface du globe, sauf peut-être dans les zones boréales où l'on ne crache pas sur ce qui se présente. Bichot pensait à cette phrase de Canit : « Le plus dur, à mesure que le temps passe, c'est de penser à marcher sans traîner les pieds. » Mariko avait disparu de sa vue. Bichot, suivi de son vacarme, finit par la rejoindre à l'entrée du musée du Cinéma, où elle riait avec une jeune Japonaise d'une exceptionnelle beauté. Elle avait encore ces cheveux marron glacé qui avaient été à la mode si longtemps, des pommettes rebondies, soulignant des yeux prune à demi cachés, des joues rondes et fermes, et cette bouche bavarde, sous la proéminence charnue d'une lèvre supérieure dessinée comme une vague.

Elle leur fit visiter ce charmant petit musée où trônaient de massives et lourdes caméras vert kaki, dont les murs étaient tapissés d'affiches qui avaient attiré des foules dans des salles désormais disparues, une ou deux pièces projetaient des interviews ou des commentaires cinéphiliques, et puis cette fille si belle encore au moment de lui dire au revoir et d'empoigner les deux valises en suivant Mariko. Ils retrouvèrent le bus. Le bus les conduisit à Onomichi. À Onomichi, ils prirent le train en direction de Fukuyama.

— On redescend, dit Mariko.

— Mais on reste dans Seto Naikai ? demanda Bichot.

— On reste, répondit Mariko.

Trois quarts d'heure plus tard, ils descendirent à la gare de Fukuyama. Mariko se renseigna et ils attrapèrent un bus, qui, peu après la sortie de la ville, longea la mer et s'arrêta à de nombreuses reprises. Ils ne traversaient pas une région touristique : c'était une région sans histoire, anonyme, sans grand charme. Bichot éprouvait une impression agréable. Le voyage dura environ à nouveau trois quarts d'heure, jusqu'à un arrêt où Mariko dit :

— C'est ici, on descend.

Le bus s'éloignait, et Mariko s'orientait.

— Où sommes-nous ? demanda Bichot.

— Tomo-no-Ura.

C'était un petit port de pêche, traversé par la route où avait disparu le bus, devant une immense baie, survolé par de gracieux petits faucons, un bout du monde avec une supérette qu'ils longèrent jusqu'à l'entrée d'un *ryokan*, une auberge avec bains, où Mariko avait réservé. Ils furent aussitôt conduits à leur chambre, qui donnait sur la baie.

Ils allèrent sans attendre au dernier étage prendre un *onsen*, un bain chaud, où ils firent leur toilette, Mariko, côté dames, Bichot, côté messieurs. De retour à leur chambre, ils passèrent les yukatas de la maison. Celui de Mariko était bleu sombre avec de très fins motifs verticaux roses, celui de Bichot à damier gris et bleu-gris, motif dont il avait constaté, dans le miroir de la chambre, qu'il survalorisait son tour de taille. Ils sortirent dans cette tenue pour une promenade dans Tomo-no-Ura. Ils empruntèrent d'abord le trottoir qui longeait la route littorale où ne passèrent que quelques voitures. En s'appuyant à la rambarde surplombant la mer, ils virent une île distante d'à peine quelques encablures.

— C'est là qu'on ira dormir demain, dit Mariko.

Puis ils gagnèrent le petit port où ne régnait aucune activité. Les barques et les petits bateaux de pêche amarrés oscillaient doucement. Il n'y avait pas âme qui vive. Ils arpentèrent les quais à pas lents et finirent par rencontrer un homme aux cheveux blancs qui rangeait son matériel de peinture. Il engagea la conversation avec Mariko. C'était un professeur d'histoire à la retraite, il vivait depuis quinze ans à Tomo-no-Ura dans une maison du vieux quartier. Mariko tenait à la main un appareil photo jetable, et Bichot le remarqua seulement alors, quand le professeur d'histoire proposa de les photographier. Mariko lui confia son appareil et il les photographia deux fois, Bichot s'efforçant d'estomper son embonpoint et cachant derrière lui son petit sac noir de touriste. Après quelques saluts, ils s'engagèrent au milieu des maisons de bois du vieux quartier, aussi éteintes et muettes que le reste du village.

— Tu as un appareil photo ? demanda Bichot qui, comme elle, n'en avait jamais.

— Parfois, ça sert, répondit-elle.

Au début de leur promenade, Bichot avait cru qu'ils se promenaient au hasard, mais il lui sembla bientôt que Mariko savait où elle allait, trouvant sans hésiter son chemin parmi les ruelles qui grimpaient de plus en plus vers une colline dominant l'ensemble des maisons. Ils parvinrent à un grand portique de bois rouge encadrant un escalier qui aboutissait à une vaste esplanade où se trouvait un temple.

— Voilà, tu es arrivé, dit-elle à Bichot.

Et elle lui tourna le dos, le laissant à lui-même.

Un peu perdu, il considéra le temple silencieux au milieu de l'esplanade déserte, cernée par une couronne de grands pins dans les premières ombres du jour déclinant. Il alla d'un arbre à l'autre, détaillant attentivement chacun d'entre eux. Puis il n'y eut pas le moindre doute quand il s'immobilisa devant le matsu du jardin des Kotani, déployant sa beauté dans ce secret refuge. Il le contempla longuement. Il tira ensuite de son vilain sac de touriste un petit sécateur et une fiole contenant un liquide ressemblant à du lait de coco, que lui avait remise un ami travaillant à l'Office national des forêts. Il sectionna une courte extrémité de branche du matsu, qu'il enferma dans la fiole au liquide pâle et rangea celle-ci dans son sac. Mariko revint :

— Ça y est ? Maintenant, on va dîner et on va boire.

Ils retournèrent à l'auberge où ils prirent à nouveau un bain traditionnel, Mariko chez les dames, Bichot chez les messieurs. Entièrement nu, assis sur un petit banc de bambou, il fit sa toilette, accompagnée de nombreuses aspersions, comme le lui avaient appris autrefois Ken et Yoshi, lors de son premier séjour. Non loin de lui, un gros homme procédait de même sans lui prêter attention. Puis Bichot alla s'asseoir sur une marche du bain chaud d'où l'on pouvait, à travers de larges baies vitrées, contempler le panorama de la baie, sous un ciel qu'éclairaient les dernières lumières du jour et que traversaient bruyamment les corbeaux et un couple de ces jolis petits faucons de mer.

Revêtus de leurs yukatas, Mariko et Bichot furent introduits dans une salle à manger privée, où étaient disposés une quinzaine de plats dont le contenu était assemblé selon une esthétique qui tenait de l'art floral. Bichot buvait du saké froid et Mariko, à son habitude, du shochu, vin de prune allongé d'eau. Leur tête-à-tête semblait renouer, sans avoir connu d'interruption, avec tous ceux qui les avaient réunis au fil des mois et des années à Paris ou Tokyo. Mariko l'interrogea sur le séjour à Tokyo qui avait précédé sa venue à Kyoto. Il lui raconta le sushi-bar en compagnie de sa sœur Sachiko, ses retrouvailles avec les carpes du Princess Garden Hotel et sa visite au palais du prince Asaka.

— Les petites habitudes de Bichot ! commenta Mariko.

Il lui raconta ensuite la soirée au Tanuki et elle semblait heureuse qu'il ait retrouvé ses amis en son absence. Elle éclata de rire en l'écoutant raconter l'histoire de *La Marseillaise* de Yoshi à la gare de Lyon, qu'elle ne connaissait pas.

Bichot lui dit qu'il n'avait jamais vu Takako aussi belle.

— Moi, je trouve que la plus belle est Kumi-chan, estima Mariko, mais c'est vrai que les hommes s'intéressent beaucoup à Taka-chan. Mais elle, elle ne se laisse pas attraper, ou jamais pour très longtemps.

— J'aime entendre le nom de Takako, s'exclama Bichot, mis en verve par le saké. Il fait le même bruit qu'un talon de gitane.

Et Bichot ne voulut pas abandonner le sujet des prénoms féminins. Une fois, au tout début, elle lui avait dit le sens de Mariko, mais il l'avait oublié.

— Mariko, c'est un prénom démodé, aujourd'hui. Selon l'idéogramme que tu utilises pour l'écrire, ça signifie « ballon », quelque chose de rond, une sphère, un globe, qui exprime la gaieté et l'ouverture. Si tu l'écris d'une autre manière (mais ça se prononce de la même façon), la signification est « vérité, raison ».

— Et quelle est la signification du Mariko dont tu t'appelles ?

— Devine.

Pour lui expliquer les mystères de l'homophonie d'un prénom à travers quatre calligraphies et quatre significations différentes, elle prit pour exemple Yoko. De son sac, elle tira un crayon et un carnet et traça quatre idéogrammes aussi différents l'un de l'autre qu'un carré peut l'être d'un cercle et un cercle d'un triangle. Les quatre signes se prononçaient Yoko ; mais le premier signifiait « mer, océan » ; le deuxième « feuille » ; le troisième « cube » (accueillant, généreux) et le quatrième « soleil ».

— Mais tous les noms de filles qui se terminent par « ko » sont démodés, aujourd'hui. Par exemple, les prénoms des quatre sœurs de *Sassameyuki*, que tu aimes tant, Sachiko, Yukiko, Tsuruko, Taeko, sont considérés comme vieux jeu. Maintenant, ce qui marche, c'est Maya, Naomi, Harumi, Hukemi, on est dans l'ère « mi-mi », l'ère cucul.

De retour dans la chambre, qu'ils laissèrent plongée dans l'obscurité, ils allèrent s'asseoir à la terrasse couverte d'où l'on voyait scintiller les lumières d'une agglomération, dans le lointain, de l'autre côté de la baie, sillonnée par les petits feux verts et rouges des bateaux de pêche ou par les grands immeubles illuminés des ferry-boats qu'on voyait glisser et disparaître vers le large, masqués par l'ombre d'un grand îlot. Ils avaient fait glisser une fenêtre pour avoir un peu de fraîcheur et partageaient une grande bouteille de bière glacée achetée au distributeur de l'étage. De temps à autre, ils entendaient crier les petits faucons qui chassaient de nuit.

Lors de la visite au temple, Mariko s'était tenue

à l'écart pour laisser Bichot en tête à tête avec le matsu des Kotani, mais elle avait continué à l'observer du coin de l'œil et le prélèvement de la bouture ne lui avait pas échappé. Elle lui en demanda la raison sans cacher sa curiosité. Il lui expliqua que la fiole dans laquelle il avait introduit le prélèvement contenait un mélange qui le conserverait et favoriserait, au bout d'un certain temps, l'apparition de petites racines. Son intention était de trouver un endroit favorable sur la pinède dominant les maisons de Talbeau et de Canit au cap Ferret et de tenter une transplantation.

Ils quittèrent le balcon couvert et allèrent s'allonger sur leurs futons disposés côte à côte à même les tatamis.

— Évidemment, dit Bichot, biologiquement, ce ne serait pas un « fils » du matsu du temple, mais un clone, un jumeau parfait. Qu'est-ce que tu en penses ? demanda-t-il en se tournant vers elle et en devinant son profil.

Mariko resta un moment sans rien dire, puis, comme si elle se résignait à une évidence :

— France me manque. Bichot me manque.

Et, en une brève reptation, elle le rejoignit sous sa couette.

Le lendemain matin, très tôt, Bichot était monté jusqu'au temple, toujours aussi désert, où il avait rendu, sans s'attarder, visite au matsu. Il rejoignit Mariko et ils embarquèrent à bord de la navette effectuant l'aller et retour entre Tomo-no-Ura et l'île de Sensui-jima. C'était un charmant petit bateau rouge et blanc dont la cabine de pilotage était surmontée d'un toit en accent circonflexe. Bichot et Mariko étaient seuls à bord. Bichot avait tenté un ou deux gestes d'amabilité en direction du capitaine, mais celui-ci avait répondu par une grimace hostile, attitude rare au Japon et que Bichot classa « collector ». Il faut dire ici que l'île de Sensui-jima est si proche du littoral que la durée du trajet pour s'y rendre ne dépasse pas cinq minutes : la monotonie de ce parcours ne devait pas arranger le caractère du capitaine. Mariko était coiffée d'une casquette ronde à visière, de toile marron, et vêtue d'une chemise à manches courtes à motifs végétaux gris-vert et d'un pantalon beige.

Ils marchèrent une dizaine de minutes derrière l'employé de l'hôtel venu les accueillir et prendre soin de leurs bagages. C'était un grand bâtiment massif qui s'élevait au milieu des arbres sur une hauteur, et qui datait peut-être du milieu des années cinquante. Les marches et l'esplanade d'accès étaient flanquées d'imposants mâts blancs au sommet desquels flottaient des drapeaux, et Bichot remarqua que le drapeau japonais dépassait largement les autres en dimension. Le centre du fronton du bâtiment était orné d'une grande fleur de chrysanthème stylisée en pierre, que Bichot reconnut comme l'emblème impérial, qui avait orné la proue des plus grandes unités de la flotte nippone, aux neuf dixièmes engloutie à l'issue de la guerre.

— On est chez les fachos, dit Mariko, la bouche de travers, tandis qu'ils gravissaient les marches jusqu'à l'entrée de l'hôtel.

— N'exagérons pas, protesta Bichot, qui trouvait l'endroit intéressant.

Et pendant que Mariko s'occupait des formalités à la réception, Bichot inspecta l'immense hall d'accueil, qui courait d'un bord à l'autre du bâtiment. À une extrémité, il distingua une salle de spectacle dominée par un tambour géant, comme il lui était arrivé d'en voir en illustration dans des reportages touristiques. L'autre aile était occupée par un salon ouvert où étaient disposés des fauteuils club surdimensionnés et, un peu plus loin, une bibliothèque assez richement pourvue, comme il en existait autrefois dans les hôtels. Il prit place dans un des fauteuils et une jeune femme souriante vint immédiatement lui servir une tasse de thé. Seto Naikai, la mer Intérieure, pensait Bichot, par l'abri qu'elle offrait, par ses bases et ses chantiers navals, par ses ouvertures sur le Pacifique ouest et sur le Pacifique sud, avait dû accueillir une part essentielle de la flotte disparue. L'hôtel devait être particulièrement hospitalier envers les anciens marins. Évidemment, Mariko avait été électrisée à la vue du chrysanthème impérial. Elle était de la deuxième génération des « enfants de MacArthur », qui avait supprimé les titres de noblesse, imposé la démocratie, l'égalité et le culte de la valeur au mérite. Comme toute sa génération, Mariko était hostile à la famille impériale, méprisait ces Premiers ministres fils à papa et incompétents, et les vanités de la différence de classe. Bichot se trouvait pourtant bien ici, mais il se demanda s'ils n'allaient pas faire bientôt demitour en voyant Mariko trotter vers lui.

— Bon, on reste, on s'en fout, on est juste là pour une nuit, lâcha-t-elle finalement.

La chambre où on les conduisit était particulièrement agréable et le balcon couvert, exposé plein ouest, donnait sur un paysage magnifique. Bichot, au passage, avait remarqué à l'étage la vitrine d'un distributeur automatique bourré de bouteilles de bière et de saké.

Dans ces onsen, auberges de bains, on ne déjeune pas. Les deux repas sont le petit déjeuner, aussi copieux qu'un repas de gala, et le dîner, aussi copieux que deux repas de gala. Bichot se sentait gagné par la faim, mais il n'osa rien dire quand Mariko l'invita à faire le tour de l'île, dont elle tenait un plan à la main. C'était étrange, car cette île avait quelque chose de méditerranéen, mais sa végétation, les pins exceptés, était inconnue de Bichot. En tout cas, elle était peuplée d'une quantité étonnante d'oiseaux de petite taille, très colorés, d'espèces nombreuses et qui venaient faire du rase-mottes avec impertinence autour des marcheurs. Il y avait des côtes abruptes, des descentes raides, puis à nouveau des pentes abruptes. Bichot ne quittait pas des yeux la petite casquette ronde de Mariko en prenant garde à ne pas se laisser distancer. Ils parvinrent à un coude d'où la vue dominait la mer, et, sur la suggestion de Bichot, s'assirent sur un banc de bois. Il lui tendit sa bouteille d'eau. Après avoir bu, elle expliqua :

— Sensui-jima, cela signifie « l'île de l'Ermite ivre de bonheur ». De bonheur, et aussi de saké.

— Une île pour moi, dit Bichot.

Mariko ricana :

— Oui, pour le saké.

— J'aurais pu faire un bon ermite, je crois, je suis plutôt contemplatif, non ?

Mariko éleva légèrement la voix :

— Un ermite, en tout cas un ermite japonais, il pratique l'art du vide. Chez Bichot, ce n'est pas vide : il y a quelque chose qu'on ne voit pas, qu'on n'entend pas et qui est toujours là. Tu es comme un enfant suivi par l'ombre d'un mensonge. Moi, ça m'a rendue folle, et les femmes que tu as connues, ç'a dû les rendre folles, non ?

Il laissa le silence s'installer entre eux. Il avait treize ans. Une nuit, pendant son sommeil, son père était entré dans sa chambre, avait pris son fusil de chasse et était allé se tuer dans la cave. Depuis, il avait eu des amours, des métiers et des vies, mais à sa façon, méfiant à l'idée d'aller jusqu'au bout des choses, à la fois distant et disponible. Mariko savait tout ça depuis longtemps, il le lui avait dit un jour.

— Mais, Mariko, tu me connais par cœur ! Il y a quelque chose que tu as envie de me dire depuis longtemps, non ? Dis-le.

Mariko eut l'air surpris, puis :

— Oui, je te connais par cœur et ce que je veux te dire, c'est qu'il faut te calmer ! Tu comprends ?

Bichot, les sourcils relevés derrière ses lunettes, protesta modestement : s'il y avait quelqu'un de calme, quelqu'un dépourvu d'agressivité et d'impatience, c'était bien lui.

— D'accord, tu es très calme, ce que je te demande, elle hésita une fraction de seconde.

Oui, c'est ça, ce que je te demande, c'est de calmer ton calme.

Et elle plongea la main dans son sac où carillonnait son téléphone, se leva, se remit en marche, suivie de Bichot, entamant en japonais une conversation ponctuée de rires.

À l'hôtel, ils dînèrent dans une salle à manger particulière ouvrant sur un jardin. Un bruit de sabots leur annonça l'arrivée d'un couple de tanukis au pelage noir et dru, dont les petits yeux brillants détaillaient ce qu'il y avait dans les plats disposés sur la table.

— Ils sont maigres, dit Mariko.

Selon elle, un tanuki avait en principe le ventre rond.

Bichot était tout de même fasciné. Ces deux drôles de vilains petits animaux curieux lui firent l'effet d'un couple de diables sur une lande bretonne.

Dans la chambre, Bichot s'installa sur le balcon couvert et but du saké en regardant les allées et venues des feux des petits bateaux de pêche dont on entendait longtemps haleter les moteurs loin dans la nuit. Mariko avait tourné le dos et dormait déjà.

Le matin, alors que Mariko avait mis en marche la bouilloire pour le thé, il se réveilla en nage. Mariko, voyant son visage bouleversé, l'interrogea du regard.

— J'ai rêvé de Julien Cézat. Il est mort depuis treize ans et puis, d'un coup, cette nuit, il n'est plus mort, il n'est plus simplement une apparition. Il est là. Nous rions ensemble comme toujours. Tout est normal. C'est un moment de certitude extraordinaire. Mais une inquiétude s'installe peu à peu et je me réveille et je suis désemparé.

— C'est un bon rêve, dit Mariko. C'est difficile pour lui de te rejoindre vraiment quand tu es dans une ville. Il a choisi le moment où tu dormais tranquillement dans une île pour te rejoindre facilement, dans un rêve entouré d'eau. Tu as de la chance.

Ils quittèrent l'île de Sensui-jima à bord de la petite navette rouge et blanc, puis empruntèrent l'autobus de Tomo-no-Ura jusqu'à la gare de Fukuyama, puis le train jusqu'à Kyoto, puis le Shinkansen jusqu'à Tokyo, où ils passèrent à la banque prendre son cash de secours et dînèrent chez Tanuki. Au Princess Garden Hotel, ils dormirent ensemble. À cinq heures du matin, Mariko l'accompagna dans le taxi jusqu'au Westin. Tandis qu'il attendait la « limousine » pour Narita, Mariko lui tendit une enveloppe contenant toutes les notes d'hôtel, de restaurant et les billets de train.

— Tu rembourseras tout à Talbeau. Je lui ai renvoyé deux fois le mandat, après je n'ai pas insisté : c'est Talbeau.

La navette arriva. Au moment où Bichot l'embrassait avant de monter dans le bus, Mariko dit :

— France me manque déjà.

Et elle se dirigea vers un taxi, d'où, avant de monter, elle le regarda de ses yeux noisette.

Bichot arriva à Paris vers cinq heures du soir. Il dîna chez Valentine en compagnie de Talbeau. Il monta au cinquième où il dormit avec Aramis, qui fut incommodé par le sommeil agité et souvent interrompu de son maître. Il n'apprécia pas d'être déposé le lendemain matin chez Valentine. Bichot était pressé, il était de retour, mais il n'était pas encore revenu. Il prit le train jusqu'à Bordeaux, puis Arcachon, où il attrapa la navette pour le Grand-Piquey.

— Ça va, Bichot ?

Le capitaine Capitaine était à la barre. Le temps était magnifique.

— Ça va, capitaine.

Il avait fini son service et ils allèrent boire un verre à la terrasse de L'Escale. Au bout de la jetée, debout à côté de la petite Virga bleue, il repéra France Domot qui l'attendait. Elle lui fit signe de prendre son verre avec le capitaine, elle avait tout son temps. Durant le trajet jusqu'aux Jacquets, elle lui avait dit : « Vous n'avez pas l'air très bronzé, pour quelqu'un qui revient du Sahara. » Elle l'avait déposé devant le portail de la maison et avait fait demi-tour.

Talbeau lui avait donné les clefs. Il poussa le battant et alla déposer ses affaires dans la petite maison rouge. Il tira de sa valise le cylindre de verre contenant l'échantillon du matsu et le posa sur l'étagère de la salle de bains. Il ressortit et gravit la pinède qui surplombait la maison. En peu de temps, il repéra un espace de terrain où il pourrait planter plus tard le matsu. Si, avec beaucoup de chance, la transplantation réussissait, le matsu des Kotani pousserait face au soleil levant. Il redescendit, traversa la maison de Talbeau, le ponton, obliqua à gauche et déboucha sur la terrasse voisine. Sous le murmure des arbres caressés par une petite brise, il vit la crinière blanche de Canit qui assistait à la fin du jour en compagnie de deux verres propres et d'une bouteille inentamée.

— Je t'attendais, dit-il et il lui fit signe de s'asseoir dans un fauteuil d'osier.

Puis, après avoir rempli les verres, il dévisagea attentivement Bichot.

— Et comment te portes-tu ?

— Bien, j'ai décidé de calmer mon calme.

— Dans ce cas-là, dit Canit en levant son verre.

DU MÊME AUTEUR

Aux Éditions Les formes du secret

TERMINUS PARIS, 1978

Aux Éditions du Seuil

L'AMOUR DU TEMPS, 1980

Aux Éditions Stock

L'ANNÉE DERNIÈRE, 1999

LA VIE PARLÉE, 2005, prix Roger Nimier (Folio n° 4416)

VIEUX GARÇON, 2007, prix France Bleu des libraires de Gironde (Folio n° 4763)

LE RÊVE ENTOURÉ D'EAU, 2009, prix Georges Brassens 2009, prix du roman du Cap Ferret 2009, prix des Deux Magots 2010, prix Mottard de l'Académie française 2010 (Folio n° 5189)

COLLECTION FOLIO

Dernières parutions

4783. Lao She	*Le nouvel inspecteur* suivi de *Le croissant de lune.*
4784. Guy de Maupassant	*Apparition et autres contes de l'étrange.*
4785. D. A. F. de Sade	*Eugénie de Franval.*
4786. Patrick Amine	*Petit éloge de la colère.*
4787. Élisabeth Barillé	*Petit éloge du sensible.*
4788. Didier Daeninckx	*Petit éloge des faits divers.*
4789. Nathalie Kuperman	*Petit éloge de la haine.*
4790. Marcel Proust	*La fin de la jalousie.*
4791. Friedrich Nietzsche	*Lettres choisies.*
4792. Alexandre Dumas	*La Dame de Monsoreau.*
4793. Julian Barnes	*Arthur & George.*
4794. François Bégaudeau	*Jouer juste.*
4795. Olivier Bleys	*Semper Augustus.*
4796. Éric Fottorino	*Baisers de cinéma.*
4797. Jens Christian Grøndahl	*Piazza Bucarest.*
4798. Orhan Pamuk	*Istanbul.*
4799. J.-B. Pontalis	*Elles.*
4800. Jean Rolin	*L'explosion de la durite.*
4801. Willy Ronis	*Ce jour-là.*
4802. Ludovic Roubaudi	*Les chiens écrasés.*
4803. Gilbert Sinoué	*Le colonel et l'enfant-roi.*
4804. Philippe Sollers	*L'évangile de Nietzsche.*
4805. François Sureau	*L'obéissance.*
4806. Montesquieu	*Considérations sur les causes de la grandeur des Romains et de leur décadence.*
4807. Collectif	*Des nouvelles de McSweeney's.*
4808. J. G. Ballard	*Que notre règne arrive.*
4809. Erri De Luca	*Sur la trace de Nives.*
4810. René Frégni	*Maudit le jour.*
4811. François Gantheret	*Les corps perdus.*
4812. Nikos Kavvadias	*Le quart.*
4813. Claudio Magris	*À l'aveugle.*
4814. Ludmila Oulitskaïa	*Mensonges de femmes.*

4815. Arto Paasilinna	*Le bestial serviteur du pasteur Huuskonen.*
4816. Alix de Saint-André	*Il n'y a pas de grandes personnes.*
4817. Dai Sijie	*Par une nuit où la lune ne s'est pas levée.*
4818. Antonio Tabucchi	*Piazza d'Italia.*
4819. Collectif	*Les guerres puniques.*
4820. Patrick Declerck	*Garanti sans moraline.*
4821. Isabelle Jarry	*Millefeuille de onze ans.*
4822. Joseph Kessel	*Ami, entends-tu…*
4823. Clara Sánchez	*Un million de lumières.*
4824. Denis Tillinac	*Je nous revois...*
4825. George Sand	*Elle et Lui.*
4826. Nina Bouraoui	*Avant les hommes.*
4827. John Cheever	*Les lumières de Bullet Park.*
4828. Didier Daeninckx	*La mort en dédicace.*
4829. Philippe Forest	*Le nouvel amour.*
4830. André Gorz	*Lettre à D.*
4831. Shirley Hazzard	*Le passage de Vénus.*
4832. Vénus Khoury-Ghata	*Sept pierres pour la femme adultère.*
4833. Danielle Mitterrand	*Le livre de ma mémoire.*
4834. Patrick Modiano	*Dans le café de la jeunesse perdue.*
4835. Marisha Pessl	*La physique des catastrophes.*
4837. Joy Sorman	*Du bruit.*
4838. Brina Svit	*Coco Dias ou La Porte Dorée.*
4839. Julian Barnes	*À jamais* et autres nouvelles.
4840. John Cheever	*Une Américaine instruite* suivi d'*Adieu, mon frère.*
4841. Collectif	*«Que je vous aime, que je t'aime !»*
4842. André Gide	*Souvenirs de la cour d'assises.*
4843. Jean Giono	*Notes sur l'affaire Dominici.*
4844. Jean de La Fontaine	*Comment l'esprit vient aux filles.*
4845. Yukio Mishima	*Papillon* suivi de *La lionne.*
4846. John Steinbeck	*Le meurtre* et autres nouvelles.
4847. Anton Tchékhov	*Un royaume de femmes* suivi de *De l'amour.*
4848. Voltaire	*L'Affaire du chevalier de La*

Barre précédé de *L'Affaire Lally.*

4849. Victor Hugo — *Notre-Dame de Paris.*
4850. Françoise Chandernagor — *La première épouse.*
4851. Collectif — *L'œil de La NRF.*
4852. Marie Darrieussecq — *Tom est mort.*
4853. Vincent Delecroix — *La chaussure sur le toit.*
4854. Ananda Devi — *Indian Tango.*
4855. Hans Fallada — *Quoi de neuf, petit homme ?*
4856. Éric Fottorino — *Un territoire fragile.*
4857. Yannick Haenel — *Cercle.*
4858. Pierre Péju — *Cœur de pierre.*
4859. Knud Romer — *Cochon d'Allemand.*
4860. Philip Roth — *Un homme.*
4861. François Taillandier — *Il n'y a personne dans les tombes.*
4862. Kazuo Ishiguro — *Un artiste du monde flottant.*
4863. Christian Bobin — *La dame blanche.*
4864. Sous la direction d'Alain Finkielkraut — *La querelle de l'école.*
4865. Chahdortt Djavann — *Autoportrait de l'autre.*
4866. Laura Esquivel — *Chocolat amer.*
4867. Gilles Leroy — *Alabama Song.*
4868. Gilles Leroy — *Les jardins publics.*
4869. Michèle Lesbre — *Le canapé rouge.*
4870. Carole Martinez — *Le cœur cousu.*
4871. Sergio Pitol — *La vie conjugale.*
4872. Juan Rulfo — *Pedro Páramo.*
4873. Zadie Smith — *De la beauté.*
4874. Philippe Sollers — *Un vrai roman. Mémoires.*
4875. Marie d'Agoult — *Premières années.*
4876. Madame de Lafayette — *Histoire de la princesse de Montpensier* et autres nouvelles.
4877. Madame Riccoboni — *Histoire de M. le marquis de Cressy.*
4878. Madame de Sévigné — *« Je vous écris tous les jours… »*
4879. Madame de Staël — *Trois nouvelles.*
4880. Sophie Chauveau — *L'obsession Vinci.*
4881. Harriet Scott Chessman — *Lydia Cassatt lisant le journal du matin.*
4882. Raphaël Confiant — *Case à Chine.*

4883. Benedetta Craveri	*Reines et favorites.*
4884. Erri De Luca	*Au nom de la mère.*
4885. Pierre Dubois	*Les contes de crimes.*
4886. Paula Fox	*Côte ouest.*
4887. Amir Gutfreund	*Les gens indispensables ne meurent jamais.*
4888. Pierre Guyotat	*Formation.*
4889. Marie-Dominique Lelièvre	*Sagan à toute allure.*
4890. Olivia Rosenthal	*On n'est pas là pour disparaître.*
4891. Laurence Schifano	*Visconti.*
4892. Daniel Pennac	*Chagrin d'école.*
4893. Michel de Montaigne	*Essais I.*
4894. Michel de Montaigne	*Essais II.*
4895. Michel de Montaigne	*Essais III.*
4896. Paul Morand	*L'allure de Chanel.*
4897. Pierre Assouline	*Le portrait.*
4898. Nicolas Bouvier	*Le vide et le plein.*
4899. Patrick Chamoiseau	*Un dimanche au cachot.*
4900. David Fauquemberg	*Nullarbor.*
4901. Olivier Germain-Thomas	*Le Bénarès-Kyôto.*
4902. Dominique Mainard	*Je voudrais tant que tu te souviennes.*
4903. Dan O'Brien	*Les bisons de Broken Heart.*
4904. Grégoire Polet	*Leurs vies éclatantes.*
4905. Jean-Christophe Rufin	*Un léopard sur le garrot.*
4906. Gilbert Sinoué	*La Dame à la lampe.*
4907. Nathacha Appanah	*La noce d'Anna.*
4908. Joyce Carol Oates	*Sexy.*
4909. Nicolas Fargues	*Beau rôle.*
4910. Jane Austen	*Le Cœur et la Raison.*
4911. Karen Blixen	*Saison à Copenhague.*
4912. Julio Cortázar	*La porte condamnée* et autres nouvelles fantastiques.
4913. Mircea Eliade	*Incognito à Buchenwald...* précédé d'*Adieu !...*
4914. Romain Gary	*Les trésors de la mer Rouge.*
4915. Aldous Huxley	*Le jeune Archimède* précédé de *Les Claxton.*
4916. Régis Jauffret	*Ce que c'est que l'amour* et autres microfictions.
4917. Joseph Kessel	*Une balle perdue.*

4918. Lie-tseu — *Sur le destin* et autres textes.
4919. Junichirô Tanizaki — *Le pont flottant des songes.*
4920. Oscar Wilde — *Le portrait de Mr. W.H.*
4921. Vassilis Alexakis — *Ap. J.-C.*
4922. Alessandro Baricco — *Cette histoire-là.*
4923. Tahar Ben Jelloun — *Sur ma mère.*
4924. Antoni Casas Ros — *Le théorème d'Almodóvar.*
4925. Guy Goffette — *L'autre Verlaine.*
4926. Céline Minard — *Le dernier monde.*
4927. Kate O'Riordan — *Le garçon dans la lune.*
4928. Yves Pagès — *Le soi-disant.*
4929. Judith Perrignon — *C'était mon frère...*
4930. Danièle Sallenave — *Castor de guerre*
4931. Kazuo Ishiguro — *La lumière pâle sur les collines.*
4932. Lian Hearn — *Le Fil du destin. Le Clan des Otori.*
4933. Martin Amis — *London Fields.*
4934. Jules Verne — *Le Tour du monde en quatre-vingts jours.*
4935. Harry Crews — *Des mules et des hommes.*
4936. René Belletto — *Créature.*
4937. Benoît Duteurtre — *Les malentendus.*
4938. Patrick Lapeyre — *Ludo et compagnie.*
4939. Muriel Barbery — *L'élégance du hérisson.*
4940. Melvin Burgess — *Junk.*
4941. Vincent Delecroix — *Ce qui est perdu.*
4942. Philippe Delerm — *Maintenant, foutez-moi la paix !*
4943. Alain-Fournier — *Le grand Meaulnes.*
4944. Jerôme Garcin — *Son excellence, monsieur mon ami.*
4945. Marie-Hélène Lafon — *Les derniers Indiens.*
4946. Claire Messud — *Les enfants de l'empereur*
4947. Amos Oz — *Vie et mort en quatre rimes*
4948. Daniel Rondeau — *Carthage*
4949. Salman Rushdie — *Le dernier soupir du Maure*
4950. Boualem Sansal — *Le village de l'Allemand*
4951. Lee Seung-U — *La vie rêvée des plantes*
4952. Alexandre Dumas — *La Reine Margot*
4953. Eva Almassy — *Petit éloge des petites filles*
4954. Franz Bartelt — *Petit éloge de la vie de tous les jours*
4955. Roger Caillois — *Noé* et autres textes

4956. Casanova	*Madame F.* suivi d'*Henriette*
4957. Henry James	*De Grey, histoire romantique*
4958. Patrick Kéchichian	*Petit éloge du catholicisme*
4959. Michel Lermontov	*La Princesse Ligovskoï*
4960. Pierre Péju	*L'idiot de Shangai* et autres nouvelles
4961. Brina Svit	*Petit éloge de la rupture*
4962. John Updike	*Publicité*
4963. Noëlle Revaz	*Rapport aux bêtes*
4964. Dominique Barbéris	*Quelque chose à cacher*
4965. Tonino Benacquista	*Malavita encore*
4966. John Cheever	*Falconer*
4967. Gérard de Cortanze	*Cyclone*
4968. Régis Debray	*Un candide en Terre sainte*
4969. Penelope Fitzgerald	*Début de printemps*
4970. René Frégni	*Tu tomberas avec la nuit*
4971. Régis Jauffret	*Stricte intimité*
4972. Alona Kimhi	*Moi, Anastasia*
4973. Richard Millet	*L'Orient désert*
4974. José Luís Peixoto	*Le cimetière de pianos*
4975. Michel Quint	*Une ombre, sans doute*
4976. Fédor Dostoïevski	*Le Songe d'un homme ridicule* et autres récits
4977. Roberto Saviano	*Gomorra*
4978. Chuck Palahniuk	*Le Festival de la couille*
4979. Martin Amis	*La Maison des Rencontres*
4980. Antoine Bello	*Les funambules*
4981. Maryse Condé	*Les belles ténébreuses*
4982. Didier Daeninckx	*Camarades de classe*
4983. Patrick Declerck	*Socrate dans la nuit*
4984. André Gide	*Retour de l'U.R.S.S.*
4985. Franz-Olivier Giesbert	*Le huitième prophète*
4986. Kazuo Ishiguro	*Quand nous étions orphelins*
4987. Pierre Magnan	*Chronique d'un château hanté*
4988. Arto Paasilinna	*Le cantique de l'apocalypse joyeuse*
4989. H.M. van den Brink	*Sur l'eau*
4990. George Eliot	*Daniel Deronda, 1*
4991. George Eliot	*Daniel Deronda, 2*
4992. Jean Giono	*J'ai ce que j'ai donné*
4993. Édouard Levé	*Suicide*
4994. Pascale Roze	*Itsik*
4995. Philippe Sollers	*Guerres secrètes*

4996. Vladimir Nabokov	*L'exploit*
4997. Salim Bachi	*Le silence de Mahomet*
4998. Albert Camus	*La mort heureuse*
4999. John Cheever	*Déjeuner de famille*
5000. Annie Ernaux	*Les années*
5001. David Foenkinos	*Nos séparations*
5002. Tristan Garcia	*La meilleure part des hommes*
5003. Valentine Goby	*Qui touche à mon corps je le tue*
5004. Rawi Hage	*De Niro's Game*
5005. Pierre Jourde	*Le Tibet sans peine*
5006. Javier Marías	*Demain dans la bataille pense à moi*
5007. Ian McEwan	*Sur la plage de Chesil*
5008. Gisèle Pineau	*Morne Câpresse*
5009. Charles Dickens	*David Copperfield*
5010. Anonyme	*Le Petit-Fils d'Hercule*
5011. Marcel Aymé	*La bonne peinture*
5012. Mikhaïl Boulgakov	*J'ai tué*
5013. Arthur Conan Doyle	*L'interprète grec et autres aventures de Sherlock Holmes*
5014. Frank Conroy	*Le cas mystérieux de R.*
5015. Arthur Conan Doyle	*Une affaire d'identité et autres aventures de Sherlock Holmes*
5016. Cesare Pavese	*Histoire secrète*
5017. Graham Swift	*Le sérail*
5018. Rabindranath Tagore	*Aux bords du Gange*
5019. Émile Zola	*Pour une nuit d'amour*
5020. Pierric Bailly	*Polichinelle*
5022. Alma Brami	*Sans elle*
5023. Catherine Cusset	*Un brillant avenir*
5024. Didier Daeninckx	*Les figurants. Cités perdues*
5025. Alicia Drake	*Beautiful People. Saint Laurent, Lagerfeld : splendeurs et misères de la mode*
5026. Sylvie Germain	*Les Personnages*
5027. Denis Podalydès	*Voix off*
5028. Manuel Rivas	*L'Éclat dans l'Abîme*
5029. Salman Rushdie	*Les enfants de minuit*
5030. Salman Rushdie	*L'Enchanteresse de Florence*
5031. Bernhard Schlink	*Le week-end*
5032. Collectif	*Écrivains fin-de-siècle*
5033. Dermot Bolger	*Toute la famille sur la jetée du Paradis*

5034. Nina Bouraoui — *Appelez-moi par mon prénom*
5035. Yasmine Char — *La main de Dieu*
5036. Jean-Baptiste Del Amo — *Une éducation libertine*
5037. Benoît Duteurtre — *Les pieds dans l'eau*
5038. Paula Fox — *Parure d'emprunt*
5039. Kazuo Ishiguro — *L'inconsolé*
5040. Kazuo Ishiguro — *Les vestiges du jour*
5041. Alain Jaubert — *Une nuit à Pompéi*
5042. Marie Nimier — *Les inséparables*
5043. Atiq Rahimi — *Syngué sabour. Pierre de patience*
5044. Atiq Rahimi — *Terre et cendres*
5045. Lewis Carroll — *La chasse au Snark*
5046. Joseph Conrad — *La Ligne d'ombre*
5047. Martin Amis — *La flèche du temps*
5048. Stéphane Audeguy — *Nous autres*
5049. Roberto Bolaño — *Les détectives sauvages*
5050. Jonathan Coe — *La pluie, avant qu'elle tombe*
5051. Gérard de Cortanze — *Les vice-rois*
5052. Maylis de Kerangal — *Corniche Kennedy*
5053. J.M.G. Le Clézio — *Ritournelle de la faim*
5054. Dominique Mainard — *Pour Vous*
5055. Morten Ramsland — *Tête de chien*
5056. Jean Rouaud — *La femme promise*
5057. Philippe Le Guillou — *Stèles à de Gaulle* suivi de *Je regarde passer les chimères*
5058. Sempé-Goscinny — *Les bêtises du Petit Nicolas. Histoires inédites - 1*
5059. Érasme — *Éloge de la Folie*
5060. Anonyme — *L'œil du serpent. Contes folkloriques japonais*
5061. Federico García Lorca — *Romancero gitan*
5062. Ray Bradbury — *Le meilleur des mondes possibles* et autres nouvelles
5063. Honoré de Balzac — *La Fausse Maîtresse*
5064. Madame Roland — *Enfance*
5065. Jean-Jacques Rousseau — *« En méditant sur les dispositions de mon âme… »*
5066. Comtesse de Ségur — *Ourson*
5067. Marguerite de Valois — *Mémoires*
5068. Madame de Villeneuve — *La Belle et la Bête*
5069. Louise de Vilmorin — *Sainte-Unefois*
5070. Julian Barnes — *Rien à craindre*
5071. Rick Bass — *Winter*

5072. Alan Bennett	*La Reine des lectrices*
5073. Blaise Cendrars	*Le Brésil. Des hommes sont venus*
5074. Laurence Cossé	*Au Bon Roman*
5075. Philippe Djian	*Impardonnables*
5076. Tarquin Hall	*Salaam London*
5077. Katherine Mosby	*Sous le charme de Lillian Dawes*
5078. Arto Paasilinna	*Les dix femmes de l'industriel Rauno Rämekorpi*
5079. Charles Baudelaire	*Le Spleen de Paris*
5080. Jean Rolin	*Un chien mort après lui*
5081. Colin Thubron	*L'ombre de la route de la Soie*
5082. Stendhal	*Journal*
5083. Victor Hugo	*Les Contemplations*
5084. Paul Verlaine	*Poèmes saturniens*
5085. Pierre Assouline	*Les invités*
5086. Tahar Ben Jelloun	*Lettre à Delacroix*
5087. Olivier Bleys	*Le colonel désaccordé*
5088. John Cheever	*Le ver dans la pomme*
5089. Frédéric Ciriez	*Des néons sous la mer*
5090. Pietro Citati	*La mort du papillon. Zelda et Francis Scott Fitzgerald*
5091. Bob Dylan	*Chroniques*
5092. Philippe Labro	*Les gens*
5093. Chimamanda Ngozi Adichie	*L'autre moitié du soleil*
5094. Salman Rushdie	*Haroun et la mer des histoires*
5095. Julie Wolkenstein	*L'Excuse*
5096. Antonio Tabucchi	*Pereira prétend*
5097. Nadine Gordimer	*Beethoven avait un seizième de sang noir*
5098. Alfred Döblin	*Berlin Alexanderplatz*
5099. Jules Verne	*L'Île mystérieuse*
5100. Jean Daniel	*Les miens*
5101. Shakespeare	*Macbeth*
5102. Anne Bragance	*Passe un ange noir*
5103. Raphaël Confiant	*L'Allée des Soupirs*
5104. Abdellatif Laâbi	*Le fond de la jarre*
5105. Lucien Suel	*Mort d'un jardinier*
5106. Antoine Bello	*Les éclaireurs*
5107. Didier Daeninckx	*Histoire et faux-semblants*
5108. Marc Dugain	*En bas, les nuages*
5109. Tristan Egolf	*Kornwolf. Le Démon de Blue Ball*
5110. Mathias Énard	*Bréviaire des artificiers*

Composition Nord Compo
Impression Maury-Imprimeur
45330 Malesherbes
le 17 janvier 2011.
Dépôt légal : janvier 2011.
Numéro d'imprimeur : 161727.

ISBN 978-2-07-043753-5. / Imprimé en France.

173984